MOUNIA JAYAWANT

All My Golden Memories

Die Bücher von Mounia Jayawanth bei LYX:

Die Berlin-Night-*Reihe*

1. Nightsky Full Of Promise
2. Starlight Full Of Chances
3. Sunrise Full Of Wonder

Die Van-Day-*Reihe*

1. All My Golden Memories
2. All Our Golden Dreams *(erscheint 22.12.2023)*

Mounia Jayawanth

All My Golden *Memories*

Roman

LYX

LYX in der Bastei Lübbe AG

Die Bastei Lübbe AG verfolgt eine nachhaltige Buchproduktion.
Wir verwenden Papiere aus nachhaltiger Forstwirtschaft und verzichten darauf,
Bücher einzeln in Folie zu verpacken. Wir stellen unsere Bücher in Deutschland
und Europa (EU) her und arbeiten mit den Druckereien kontinuierlich
an einer positiven Ökobilanz.

MIX
Papier | Fördert gute Waldnutzung
FSC® C014496
FSC www.fsc.org

Textredaktion: Stephanie Röder
Umschlaggestaltung: © Kristin Pang unter Verwendung von Motiven von
© TWINS DESIGN STUDIO / shutterstock.com; natrot / stock.adobe.com
Satz: Greiner & Reichel, Köln
Gesetzt aus der Adobe Caslon
Druck und Verarbeitung: GGP Media GmbH, Pößneck

Printed in Germany
ISBN 978-3-7363-1987-5

1 3 5 7 6 4 2

Weitere Informationen unter:
lyx-verlag.de
luebbe.de | lesejury.de

Liebe Leser:innen,

wir möchten darauf hinweisen, dass dieses Buch
folgende Themen behandelt:
toxische Familienverhältnisse, Erkrankung eines Familienmitglieds, sexistisches Verhalten und Erwähnung von Suizid.

Wir wünschen uns für euch alle
das bestmögliche Leseerlebnis.

Eure Mounia und euer LYX-Verlag

Für alle, die zurückkommen.

PLAYLIST

We Don't Talk Anymore – Charlie Puth, Selena Gomez
Like Strangers Do – AJ Mitchell
Heat Waves – Glass Animals
Loved You Once – Clara Mae
Like 1999 – Valley
IDK – Ali Gatie
Automatic – Fly By Midnight, Jake Miller
Cotton Candy – Nic D
Can I Kiss You? – Dahl
No One Compares To You – Jack & Jack
Somebody To You (Acoustic Version) – The Vamps
Running On My Mind – Ali Gatie
Feel My Love – Glenn Travis
Never A Good Time – NOTD, The Band CAMINO
Midnight Rain – Taylor Swift
Late Night Talking – Harry Styles
Tomororow – Fly By Midnight
Worst of You – Maisie Peters
House of Cards – Alexander Steward
Turn Back Time – Daniel Schulz

Damals

Ryan, acht Jahre alt

Mit einem *Pliing* schieben sich die Türen des Personalaufzugs auseinander – und da steht sie. Ein Mädchen, vielleicht so alt wie ich, mit braunen lockigen Haaren, die ihr offen über die Schultern fallen. Sie trägt ein weißes I♥NY-S-Shirt, das ihr zwei Nummern zu groß zu sein scheint. Eindeutig eine Touristin. Aber was hat sie hier oben verloren?

»Hallo«, sagt das Mädchen fröhlich, der Blick erwartungsvoll und neugierig. »Ist das der fünfzehnte Stock?«, fragt sie mich lachend.

»Ähm, ja«, sage ich, und halte schnell meinen Fuß vor den Sensor, damit sich die Türen nicht wieder schließen. »Aber du darfst hier eigentlich nicht …«

»Ha! Wusst' ich's doch!« Und damit hüpft sie über mein ausgestrecktes Bein.

Was zum … Ich bin so perplex, dass ich mich einen Moment lang nicht bewegen kann, doch dann befreie ich mich aus meiner Starre, ziehe den Fuß wieder ein, und folge ihr über den leeren Hotelflur.

»Was machst du hier?«, frage ich, und beschleunige mein Tempo, um mit ihr Schritt zu halten.

»Ich wollte ganz nach oben. Der große Mann an der Rezeption hat gesagt, dass es nur vierzehn Stockwerke gibt, aber ich war mir ganz sicher, dass ich mich draußen nicht verzählt hatte!«

»Nein, es gibt gerade wirklich nur vierzehn. Auf diesem hier werden momentan keine Zimmer vermietet.«

»Warum?« Sie rüttelt an einem Türknauf und ich reiße entsetzt die Augen auf. Was ist denn mit der los?

»Hey, du darfst das nicht!«, sage ich streng, und greife nach ihrem Unterarm, um sie von der Tür wegzuziehen.

»Warum ist ein ganzes Stockwerk gesperrt?«

»Weil hier alles renoviert werden muss.«

»Ah.« Das Mädchen schnuppert in der Luft, als würde sie erst jetzt den Geruch der frisch gestrichenen Wand wahrnehmen. »Und warum?«

Mann, ist die nervig. »Darum.«

»Aber was ist mit den Türmchen?«

Ich runzele die Stirn. »Was?«

»Die kleinen Türmchen auf dem Dach, die ich von draußen gesehen habe.«

»Ach so.« Ich schüttele den Kopf. »Nein, da kann man nicht hin.«

»Warum nicht?«

»Weil …« Ich schließe den Mund wieder, weil mir klar wird, dass ich es selbst nicht weiß. Um ehrlich zu sein habe ich mir noch nie Gedanken darüber gemacht, ob es von hier aus einen Zugang zu den kleinen blauen Türmchen gibt. Ob sich dort auch Zimmer befinden?

»Es geht einfach nicht. Und jetzt komm«, sage ich und ziehe sie am Arm zurück in Richtung Aufzug.

»Wohin gehen wir?«, fragt sie, während sie mir stolpernd folgt.

»Du darfst hier nicht sein. Ich bringe dich wieder nach unten.«

»Und warum warst *du* dann hier?«

»Deine Eltern suchen dich bestimmt schon«, sage ich, ohne

auf ihre Frage einzugehen. »Wie bist du überhaupt in den Personalaufzug gekommen?«

»Wie wohl, ich habe auf den Knopf gedrückt und bin rein.«

»Nein, ich meinte …« Ich verdrehe die Augen. »Ach egal.«

Vor dem Aufzug angekommen, drücke ich auf den vergoldeten Knopf, um den sich prompt ein leuchtend gelber Kreis bildet. Während wir warten, beobachte ich das Mädchen im Spiegelbild der glänzenden Türen. Ihr Kopf ist zur Seite geneigt, der Mund leicht geöffnet.

»Wow«, haucht sie. »Ist es hier überall so schön?«

»Redest du vom Flur?«, murmele ich, ohne den Blick von ihrem Spiegelbild zu lösen.

»Ja, er ist so groß und hell.«

Ein kleines Lächeln umspielt meine Lippen. Wenn sie diese Baustelle schon begeistert, sollte sie erst den Rest des Hotels sehen.

»Und der Teppich ist so hübsch.«

»Das ist doch nur ein roter Teppich«, sage ich mit einem flüchtigen Blick nach unten. Wo bleibt denn der Aufzug? Allmählich werde ich nervös, dabei weiß ich nicht mal, warum. Wieder drücke ich auf den Knopf, obwohl mir selbst klar ist, dass er dadurch auch nicht schneller kommt.

»Gar nicht wahr. Guck.« Sie geht auf die Knie und bedeutet mir mit einer hektischen Handbewegung, ihr zu folgen. »Guck!«, sagt sie wieder und zieht diesmal sogar an meinem Hosenbein.

Oh Mann. Seufzend gebe ich nach und hocke mich hin.

»Siehst du das?« Mit den Fingern fährt sie über die feinen goldenen Schnörkel.

»Ja?«, gebe ich unbeeindruckt zurück.

»Sie sehen aus wie kleine Wellen, die alle ineinander übergehen. Und der Stoff ist so schön weich.«

Als ich nichts darauf erwidere, schaut sie ruckartig auf, und mit einem Mal sind sich unsere Gesichter so nah, dass mein Atem ins Stocken gerät. Ihre Augen sind groß und braun, die Brauen dunkel und dicht. Und ihre Haare … Sie erinnern mich an das Schnörkelmuster vom Teppich. Kleine Locken, die sich in Wellen kräuseln.

»Du bist nicht sehr begeistert, oder?«

Ich blinzele. »Was?«

»Vom Teppich.«

»Oh, ach so. Ähm …«

Plötzlich gleiten die Aufzugtüren auseinander, und wir beide zucken zusammen.

Na endlich.

»Komm«, sage ich, und stütze mich auf dem Teppich ab, um aufzustehen.

Sie hat recht. Er ist wirklich weich.

Im Aufzug sieht sich das Mädchen wieder nach allen Seiten um, und diesmal kann ich ihre Begeisterung noch weniger verstehen. Der Personalaufzug ist viel größer und schlichter als der für die Gäste. Hier gibt es keine bodentiefen Spiegel, nur silberne Wände und einen zerkratzten Metallboden.

»Wie heißt du eigentlich?«, fragt das Mädchen. Das grelle Deckenlicht macht ihre Augen heller.

»Ryan. Und du?«

»Ellis. Ich bin gerade mit meinen Eltern hierhergezogen.«

»Hergezogen?« In ein Hotel? Moment …

Ich reiße die Augen auf. »*Du* bist Ellis? Das Kind der neuen Köche?«

»Jaa?« Sie legt den Kopf schief. »Kennen wir uns etwa?«

»Oh Mann«, stöhne ich, und obwohl ich weiß, wie unhöflich es ist, schaffe ich es nicht, meine Enttäuschung zu verbergen. »Ich dachte, du wärst ein Junge.«

Als meine Eltern mir erzählten, dass eine gute Freundin meiner Mom und deren Ehemann ganz spontan als neue Köche eingestellt werden, und hier vorübergehend als Gäste wohnen werden, haben sie erwähnt, dass sie auch ein Kind mitbringen. *Ellis* – geschrieben wie der Name des Jungen aus meiner Schule. Aber sie ist ein Mädchen. Was bedeutet, dass es wohl nur eine Frage der Zeit ist, bis meine Schwester Sam sie sich krallen wird.

Und ich werde wieder allein sein.

»Warum ist es schlimm, dass ich ein Mädchen bin?«, fragt Ellis und klingt ehrlich interessiert.

»Ist es nicht, ich dachte nur … ach, vergiss es«, winke ich ab und spüre, wie meine Laune zusammen mit dem Aufzug immer tiefer sinkt.

Ellis' Blick wird argwöhnisch. »Ryan, bist du etwa ein Chauffeur?«

Irritiert blicke ich sie an. »Hä?«

»Meine Mom sagt, dass Jungs, die sich besser finden als Mädchen, Chauffeure sind.«

Was redet sie für einen Quatsch?

»Ich … bin kein Chauffeur! Und ich hab doch nichts gegen Mädchen!«

Endlich öffnen sich die Türen, und ich atme erleichtert auf. Mit schnellen Schritten marschiere ich nach draußen und schlage den Weg zur Lobby ein.

Vor der Rezeption entdecke ich meine Mom, die mit einer Frau und einem Mann zusammensteht. Sie sind anders gekleidet als unsere üblichen Gäste. Eher bequem und ganz bestimmt nicht so schick wie meine Mutter.

»Ellis!«, ruft der Mann und zeigt in unsere Richtung. Die anderen folgen seinem Blick, und selbst aus der Ferne kann ich sehen, wie sich die Frau neben ihm vor Erleichterung an die Brust fasst.

»Dad!«, ruft Ellis und rennt auf ihn zu. Ihr Vater, ein Mann mit schwarzen Haaren und hellbrauner Haut, fängt sie auf und drückt sie ganz fest an sich. »Wohin bist du wieder ausgebüxt, meine Kleine?«, fragt er sanft.

»Wir haben dir doch gesagt, dass du dich nicht von der Stelle rühren sollst«, donnert die Frau neben ihm, die genauso aussieht wie Ellis. Wahrscheinlich ihre Mutter. Sam und ich sehen eher unserem Dad ähnlich. Nur die schwarzen Haare haben wir von Mom.

»Siehst du? Ich habe doch gesagt, du musst dir keine Sorgen machen«, meint Mom und wendet sich an den Rezeptionisten. »Gavin, sagst du Bescheid, dass sie wieder aufgetaucht ist?«

Gavin nimmt den Hörer in die Hand und nickt bestätigend.

Mom wendet sich mir zu und lächelt breit. »Hast du Ellis gefunden, Schätzchen?«

Sie hat wieder diese Stimme aufgesetzt, die viel freundlicher und höher klingt als ihre übliche. Ich weiß nicht, warum sie das immer macht, wenn andere Menschen dabei sind.

»Ja.« Fast will ich sagen, wo ich sie gefunden habe, aber dann müsste ich zugeben, dass ich mich auch im fünfzehnten Stock aufgehalten habe. Und der ist ja eigentlich gerade gesperrt …

»Mom, ich glaube, Ryan ist ein Chauffeur«, sagt Ellis, und sofort zucke ich zusammen.

Jetzt fängt sie schon wieder damit an!

»Ein Chauffeur?«, wiederholt ihre Mom, und Ellis nickt eifrig. »Ja. Er mag keine Mädchen.«

»Das stimmt gar nicht!«, schimpfe ich, während meine Mom und ihr Dad losprusten.

»Ellis, hast du Ryan etwa als Chauvinisten beleidigt?«, japst ihre Mutter erschrocken.

»Oh.« Erkenntnis leuchtet in ihren braunen Augen auf. »Stimmt, so hieß das Wort.«

Wieder lacht ihr Dad, verstummt jedoch sofort, als er sich einen finsteren Blick seiner Frau einfängt.

»Beeindruckend, dass dein Kind schon solche Worte kennt«, kichert meine Mutter, aber Ellis' Mom wirkt überhaupt nicht beeindruckt, sondern schockiert.

»Entschuldige dich bei ihm«, verlangt sie. »Sofort!«

Die Standpauke zeigt ihre Wirkung. Ellis zuckt zusammen, und senkt verschämt den Kopf. »Tut mir leid«, murmelt sie und streckt mir ihre kleine Hand hin. Ich zögere, doch als meine Mutter mich auffordernd anstupst, schüttle ich sie schließlich. Aber nur kurz, weil ihre Hände echt schwitzig sind.

»Schätzchen, so darfst du wirklich nicht mit ihm reden«, sagt ihre Mom und nickt in meine Richtung. »Weißt du überhaupt, wer das ist?«

Ein dicker Kloß bildet sich in meinem Hals.

»Das ist Ryan«, sagt Ellis und zieht die Stirn kraus.

»Ja, Ryan *Van Day*«, sagt sie und betont meinen Nachnamen, als sei er heilig. »Seiner Familie gehört das Hotel, in dem wir vorübergehend wohnen werden«, erklärt sie, und macht eine ausladende Geste, die die Lobby und das ganze Hotel einzuschließen scheint.

»Wirklich?« Ellis' Augen weiten sich, und sofort kriege ich Angst. Angst, dass sie mich jetzt anders sieht, anders mit mir redet. Oder auch gar nicht mehr mit mir redet. So wie alle anderen es immer tun.

Weil ich der Enkel des Hotelerben bin.

»Heißt das etwa, du bist öfter hier?« Ihre Stimme klingt aufgeregt. »Dann können wir bestimmt mal miteinander spielen!«

»Ich …« Verdattert schließe ich den Mund wieder. Sie will mit mir spielen? Obwohl ich nicht gerade nett zu ihr war?

»Ellis!« Ihre Mutter schnalzt mit der Zunge und zieht ihre Tochter ein Stück von mir weg. »Bedräng ihn doch nicht so.

Sonst müssen wir bald wieder ausziehen«, setzt sie mit einem nervösen Lachen hinterher.

»So weit kommt's noch.« Mom winkt ab und zeigt auf Ellis' Eltern. »Euch beiden ist schon klar, dass ihr uns das Leben rettet, oder?«

Damit meint sie vermutlich, dass uns momentan eine Menge Küchenpersonal fehlt, nachdem der Chefkoch Streit mit Grandpa Al hatte, und der daraufhin gekündigt und all seine Assistenten mitgenommen hat.

»Außerdem glaube ich, dass es diesem Einzelgänger hier ganz guttun wird, nicht immer nur alles allein zu unternehmen«, fährt meine Mutter fort und wuschelt mir mit ihren frisch manikürten Fingern durch die Haare.

Mein Kopf wird heiß.

»Mom!«, jammere ich und entziehe mich ihrem Griff. So was kann sie doch nicht vor anderen sagen! Erst recht nicht vor Ellis.

Aber Ellis lächelt nur, und ihr Blick ist so intensiv, dass ich wegschauen muss. Trotzdem höre ich sie. Sanfte Worte, die mir unter die Haut gehen.

»Jetzt bist du nicht mehr allein.«

1. KAPITEL

Gegenwart

Ellis

War es Mord? Berühmte Schauspielerin Edith Langston tot im Hotel aufgefunden

Bei Detective Crime *rüttelte sie die Achtziger mit spannenden Mordfällen auf, doch nun wurde sie möglicherweise selbst einem zum Verhängnis. Die britische Schauspielerin Edith Langston ist im Alter von 86 Jahren gestorben. Eine Reinigungskraft fand sie am Morgen des 12. Juli in ihrem Hotelbett. Langston war von ihrem Heimatort Surrey extra nach New York City gereist, um an einer Wohltätigkeitsveranstaltung teilzunehmen.*

Ihre Fans sind erschüttert. Was zum plötzlichen Tod der Schauspielerin führte, ist noch unklar, aber erste Aussagen versichern: Es war Mord!

Eine Angestellte sagt: »Ihr Gesicht war völlig verzerrt. Die arme Frau sah aus, als hätte sie bis zum Schluss gekämpft.« Ein Hotelgast, der im selben Stock wie Edith Langston wohnte, bestätigt, dass er aus der Richtung ihres Zimmers laute Stimmen gehört habe. Für ihn besteht kein Zweifel, dass mehr als ein natürlicher Tod dahinterstecken muss. »Da war eine Menge Krawall. Es klang, als wollte jemand in ihr Zimmer. Und anscheinend ist es ihm auch gelungen.«

Sind das alles nur Spekulationen oder könnte an den Gerüchten tatsächlich etwas dran sein? Es wäre zumindest nicht das erste Mal, dass der Schatten eines Leichenwagens auf die prächtige Fassade des Hotels Van Day fiel. Erst vor zwei Jahren sorgte das Luxushotel an der Madison Avenue für große Schlagzeilen, als der Hotelbesitzer Albert Van Day (79†) in einem seiner eigenen Hotelzimmer verstarb. Der Pressesprecher gab Altersschwäche als Grund bekannt, doch mit dem aktuellen Tod der millionenschweren Schauspielerin Langston rückt alles in ein neues Licht. Zwei reiche Menschen, die in beinahe demselben Hotelzimmer starben. Handelt es sich hier nur um einen Zufall? Oder besteht zwischen den Toden möglicherweise ein Zusammenhang?

Fassungslos starre ich auf den Artikel und spiele mit dem Gedanken, ihn nur deshalb auszudrucken, um ihn anschließend dramatisch zusammenzuknüllen und in den Müll zu werfen. Bislang war jeder Beitrag dieser Art auf seine Weise lächerlich, aber bei diesem hier fehlen mir wahrhaft die Worte. Ein Mord? Ein Serienmord? Die arme Edith Langston hatte einen Herzinfarkt, und jetzt bauscht die Klatschpresse ihren Tod zu einem Skandal auf?

Ihre Fans sind erschüttert. Ähm, und was ist mit den Freunden und Angehörigen, die sich neben dem Verlust auch noch mit diesen Artikeln herumschlagen müssen?

»Du liest dir das Zeug immer noch durch?«

Ich zucke zusammen und drehe den Kopf zu meinem neuen Mitarbeiter Emory. Er ist groß und schlaksig, hat silbern gefärbtes Haar, das in alle Richtungen absteht, und immerzu ein freundliches Lächeln auf den Lippen. Genau wie ich trägt er einen dunkelblauen Anzug mit einem weißen Hemd, dunkelblauer Weste und einer goldenen Krawatte. Wir waren schon öfter zusammen an der Rezeption, doch heute sind wir beide in der Nachtschicht und kommen zum ersten Mal dazu, richtig miteinander zu reden.

»Ja, ich kann nicht anders«, grummele ich und werfe der mit Fotos und Werbung überladenen Klatschseite einen finsteren Blick zu. »Es macht mich einfach so sauer.«

Eine Woche ist es schon her, seit Edith Langston verstorben ist, und dank dieser immer noch andauernden Schlagzeilen, ist die Zahl der Stornierungen um fast dreißig Prozent gestiegen. Etliche Gäste, die nicht mehr herkommen wollten, weil im Internet dieser Unsinn erzählt wird. Genau dasselbe Drama hatten wir schon vor zwei Jahren nach dem Tod von Grandpa Al. Wochenlang lungerten Reporter vor dem Eingang herum, schrieben vom *Mord im Luxushotel* und dachten sich die wildesten Geschichten aus. Und jetzt passiert es schon wieder.

Dabei verstehe ich den Trubel nicht, denn so grausam es klingt: Menschen sterben – auch in Hotels. Es ist traurig, aber nicht unüblich. Warum macht die Presse gleich einen solchen Eklat daraus?

Emory wirft einen Blick über meine Schulter und überfliegt die Zeilen.

»*In beinahe demselben Hotelzimmer*«, zitiert er lachend. »Okay, erklär mir das: Wie kann ein Hotelzimmer denn *beinahe dasselbe* sein? Das macht doch überhaupt keinen Sinn.«

»Abgesehen davon hatte Edith Langston ihr Zimmer im zwölften Stock und Grandpa Al ein Penthouse im vierzehnten.«

Von wegen *beinahe dasselbe* Zimmer.

Emory hebt überrascht die Augenbrauen. »*Grandpa Al?*«

»Oh. Ich meine natürlich Albert Jr. Van Day.« Hitze steigt mir in die Wangen. »Und außerdem ist das überhaupt kein richtiger Journalismus!«, setze ich, in der Hoffnung, das Thema zu wechseln, hinterher. »Ich meine, klar, so etwas wie *den einen*

Journalismus gibt es nicht, aber wenn die Schreibenden schon nicht neutral bleiben, könnten sie sich doch zumindest an die Fakten halten, und ihre Quellen ordentlich überprüfen.«

»Aber irgendwer meinte doch, dass ihr Gesicht wirklich verzerrt war«, wendet Emory ein.

»Das stimmt nicht«, schnaube ich. »Verstorbene haben keine Muskelspannung mehr und Louisa hat gesagt, dass sie einfach so aussah, als hätte sie friedlich geschlafen.« Meine Hand schließt sich fester um das Gehäuse der Maus. »Diese Person hat ganz eindeutig gelogen.«

»Okay, aber was ist mit den lauten Stimmen vor ihrer Tür?«

Verstört drehe ich mich zu ihm und bedenke ihn mit einem »Ist das dein Ernst?«-Blick. »Sag bloß, du glaubst den Kram, der dort steht?«

»Nein, aber …« Er richtet seine Krawatte und zuckt mit den Schultern. »Ich mein ja nur.«

»Es gab einen Junggesellenabschied im selben Stockwerk, der für den Lärm verantwortlich war«, kläre ich ihn auf. »Und bei einem großen Star wie ihr wurden die Kameraaufzeichnungen tausendmal überprüft. Es war nichts und niemand zu sehen. Aber das wird natürlich nirgendwo erwähnt. Der Artikel ist völlig aus dem Zusammenhang gerissen. Scheiß auf die Wahrheit, scheiß auf die trauernden Angehörigen. Hauptsache, die Headline sorgt für genug Klicks.«

Emory fährt sich durch den silbernen Schopf und macht ein nachdenkliches Gesicht. »Hast du eine Ahnung, wer die Zitate gegeben haben könnte?«

Ich schüttele den Kopf. Louisa hat Edith Langston gefunden, aber sie hätte niemals geplaudert, und auch sonst niemand von den Reinigungskräften, da bin ich sicher. Überhaupt könnte ich es mir bei keinem vorstellen, nicht einmal bei Tratschonkel Dennis.

»Ich hoffe, dass sich der Trubel bald legen wird«, seufze ich und bewege die Maus, um die vielen offenen Fenster zu schließen.

Detective-Crime-Star Edith Langston tot. Warum schweigt die Familie?
Noch ein Todesfall im Hotel Van Day! Hat der Serienkiller wieder zugeschlagen?
Nach Langston-Tragödie: Spukt es im Hotel Van Day?

»Ha, der mit dem Geist war echt witzig«, gluckst Emory, der mir noch immer über die Schulter schaut.

»War er nicht«, grummele ich. »Hier spukt kein Geist.«

»Hey, das ist doch nur Gossip«, winkt er ab und gähnt einmal tief. Bis drei Uhr halten die meisten von uns noch durch, aber früher oder später setzt die Müdigkeit bei allen ein. Ich hingegen bin hellwach. Diese Artikel sind wie ein Bad in eiskaltem Koffein.

»Und noch dazu von der lächerlichsten Sorte«, fährt Emory fort. »Warum regst du dich so darüber auf?«

»Weil ich nicht will, dass jemand schlecht über dieses Hotel redet«, murmele ich und lehne mich mit dem rechten Arm gegen den Tresen der Rezeption, während ich den Blick über die geschwungene Decke der Hotellobby wandern lasse. Worte können nicht beschreiben, wie viel mir dieser Ort bedeutet.

»Warte.« Irgendwas in seinem Kopf scheint einzurasten. »Bist du etwa die, die mit ihrer Mutter hier wohnt? Der Köchin?«

Ich verkneife mir ein Lächeln. »Offenbar eilt mir mein Ruf voraus. Lass mich raten: Dennis hat von mir erzählt?«

»Dennis«, bestätigt Emory und wir beide lachen los.

»Glaub dem ja nichts«, warne ich und deute auf den Computerbildschirm. »Er ist die Personifizierung solcher Artikel. Was auch immer er sagt, du musst immer dreißig Prozent davon abziehen.«

»Also seid ihr keine Schnorrer, die auf Kosten des Hotels in einer pompösen Suite leben?«, stichelt Emory und ich verdrehe die Augen. Typisch Dennis. Ich mag unseren Front Desk Manager eigentlich, allerdings ist es kein Geheimnis, dass er ein Problem damit hat, dass meine Mom und ich im Hotel ein paar Privilegien genießen. Aber dass er immer gleich so übertreiben muss …

»Nein. Wir wohnen zwar hier, aber wir zahlen Miete.«

Und sonderlich pompös ist unsere Angestelltenwohnung auch nicht …

»Jetzt macht auch der Spruch mit ›Grandpa Al‹ mehr Sinn. Ich hab mich schon gewundert, warum es so klang, als würdest du ihn kennen. Wow.« Emory macht ein ehrfürchtiges Gesicht. »Stimmt es, dass du schon hier lebst, seit du ein Kind warst?«

Ein warmes Gefühl durchflutet meinen Körper. »Ja, das stimmt.«

»Und wie war es so?«, fragt er und streckt den Rücken durch, der ein lautes Knacken von sich gibt.

»Es war …« Mit den Fingern fahre ich über das polierte Holz des Tresens und suche eine Weile nach dem richtigen Adjektiv. »Märchenhaft«, flüstere ich und spüre, wie meine Wangen sich röten.

»Aww.« Emory hält sich eine Hand ans Herz. »Ich sehe es genau vor mir. Klein Ellis schreitet über den glänzenden Marmorboden und weiß gar nicht, wo sie zuerst hinsehen soll.« Er öffnet staunend den Mund und tut so, als würde er alles verzückt beobachten.

Ich pruste los und halte mir schnell eine Hand vor den Mund, weil mein Lachen als Echo in der leeren Lobby widerhallt. »So war es wirklich«, flüstere ich. »Ich meine, da ist ein riesiger Springbrunnen in der Lobby!«, sage ich und deute auf besagte Sandsteinkonstruktion, von der selbst aus der Ferne noch sanftes Wasserplätschern zu hören ist. »Und überall diese Art-Deco-Möbel.« Mein Blick wandert hinter dem Springbrunnen vorbei zu den Sesseln, die mit rotem Samt bezogen sind, eine gefächerte Lehne haben und auf goldenen Messingfüßen stehen. Vor ihnen niedrige Glastische, die ebenfalls dünne Metallbeine haben. »Es war so klassisch und zugleich modern«, rede ich ohne Halt weiter. »Gatsby trifft auf Renaissance.« Erneut hebe ich den Kopf zur stuckverzierten Decke und muss lächeln. Das mochte ich schon immer am Hotel – das Zusammenspiel beider Strömungen; ein Hotel, das von einem französischen Architekten mit symmetrischen Proportionen, gebogenen Decken und weiteren Renaissanceeinflüssen entworfen und in den Zwanzigern von einer amerikanischen Designerin mit farbenfrohen Möbeln und ausdrucksstarken Tapeten eingerichtet wurde.

»Alles war so schön und prächtig. Ich habe mich gefühlt wie in einem Schloss.«

»Das Schloss von Manhattan«, zitiert Emory den alten Kosenamen, der seinen Ursprung in den frühen Zwanzigern fand. In unserem Souvenirshop finden sich noch Postkarten mit dem damaligen Slogan.

»Genau!«

»Aber ist das Leben auf Dauer nicht langweilig geworden?«

Überrascht ziehe ich die Stirn kraus. »Wie meinst du das?«

»Na ja, Urlaub ist doch nur deshalb so schön, weil er … du weißt schon.« Er macht eine vage Geste. »Urlaub ist. Irgendwann endet er, und das macht die Zeit, die einem bleibt, umso kostbarer. Aber sobald der Alltag eintritt, wird alles zur Normalität. Und dann sehnt man sich doch automatisch nach etwas Abwechslung, oder?«

Ich schüttele den Kopf. »Nicht bei diesem Hotel. Wenn du einmal hier bist, willst du nie mehr weg. Wirklich«, beteuere ich, obwohl ich das eher selten mache. Prahlen, meine ich. Ich weiß, welches Vorrecht ich genieße, in einem Luxushotel wohnen zu dürfen, während andere keinen bezahlbaren Fleck in dieser Stadt finden. Deswegen erzähle ich auch fast niemandem von meiner besonderen Adresse, auch nicht den neuen Hotelmitarbeitenden, die es früher oder später allerdings sowieso immer von Dennis erfahren. Manche begegnen mir deshalb mit Missgunst, und das Schlimmste ist, dass ich es ihnen nicht einmal verübeln kann. Es ist verdammt unfair.

Andererseits wissen sie auch nicht, dass meine Wohnsituation gerade die einzige Stabilität in meinem Leben ist. Der Rest ist wie ein Kartenhaus in sich zusammengebrochen.

»Aber war es trotzdem nicht etwas öde, so ganz ohne andere Kinder?«, fragt Emory weiter. »Die meisten Gäste, die herkommen, sind doch eher älter, oder?«

Ein plötzlicher Druck senkt sich auf meine Brust. »Es war nicht langweilig. Und ... es gab Kinder«, füge ich stockend hinzu, während ich den Blick durch die Lobby schweifen lasse, durch die Ryan und ich immer gejagt sind. Meine Kehle schnürt sich zu. Ein Teil von mir hatte gehofft, dass er dem Hotel nach seinem Highschool-Abschluss einen Besuch abstatten und erst dann nach Harvard gehen würde, aber meine Hoffnungen waren vergebens. Und ich werde den Gedanken nicht los, dass er meinetwegen nicht kommt. Um mich nicht zu sehen.

Weil er wirklich nichts mehr mit mir zu tun haben will.

2. KAPITEL

»Ich wusste, dass irgendwas nicht stimmt«, sage ich, während ich mir im Badezimmer einen Fischgrätenzopf flechte. Der goldene Rand des Spiegels rahmt mein Gesicht ein, und wenn ich mich nicht bewege, könnte es den Anschein haben, als sei mein Spiegelbild mit den edlen Badfliesen im Hintergrund ein Porträt aus einem vergangenen Jahrhundert.

»Also wollte ich der Sache nachgehen«, fahre ich fort und lasse kurz von meinen Haaren ab, um meine Finger zu strecken.

»Was war dabei Ihr Ziel?«, fragt die Stimme namens Jimmy in meinem Kopf. »Wollten Sie die Schuldigen zur Rechenschaft ziehen?«

»Ja, das natürlich auch, aber als Journalistin ging es mir hauptsächlich darum, die Wahrheit zu berichten.«

»Und wie kam es dazu, dass sie schon ganz am Anfang, noch vor allen anderen einen Verdacht hatten?«

»Ich liebe Rätsel und Geheimnisse und würde sagen, dass ich schnell erkenne, wenn mir etwas unschlüssig erscheint. Schon als Kind ging ich gern Dingen nach und …«

Plötzlich wird die Tür aufgerissen, und der Rest des Satzes bleibt in meiner Kehle stecken. Meine Mutter platzt herein und trägt bereits ihre weiße Kochuniform. Die braunen Haare sind zu einem strengen Dutt geknotet. Als ihr Blick auf mich fällt, hebt sie eine Augenbraue. »Führst du schon wieder Interviews mit dir selbst?«

Hitze schießt mir in die Wangen. »Mom! Wie oft muss ich dir noch sagen, dass du vorher anklopfen sollst?«

Sie grinst. »Wer war es diesmal? Jimmy Fallon?«

Ich winde mich innerlich. »Kannst du bitte gehen?«

»Also ja.« Ihre Lippen zucken. »Erklär mir nur noch, warum eine Journalistin zu einer Late Night Show eingeladen wird?«

Ich schließe die Augen und atme tief durch. »Weil ich einen berühmten Fall aufgedeckt habe, und dieser verfilmt wurde.«

»Aufgedeckt? Du bist also nicht nur Journalistin, sondern auch Detektivin.«

»Mom!«, stöhne ich und versuche die Tür zu schließen, aber sie stemmt ihre Hand dagegen.

»Ich muss da auch rein. Und du solltest raus. Aus dem Hotel, meine ich«, setzt sie hinterher und deutet hinter sich. »Seit Tagen hockst du nur hier rum.«

»Na und?« Ich marschiere an ihr vorbei in mein Zimmer. Meine Mutter und ich teilen uns die bescheidene Angestelltenwohnung mit zwei Schlafzimmern und einem kleinen Wohnbereich. Die Wohnung ist spärlich eingerichtet, hat einen Wasserschaden an der Badezimmerdecke, und ist auch an anderen Stellen sanierungsbedürftig. Aber da wir hier zu einer äußerst bezahlbaren Miete wohnen dürfen und unser Geld gerade ohnehin sehr knapp ist, beschweren wir uns nicht.

»Geh doch mal ein bisschen frische Luft schnappen. Setz dich in ein Café und iss eine Kleinigkeit.«

»Ich kann doch auch hier was essen«, entgegne ich und lasse mich auf mein ungemachtes Bett plumpsen.

Mom folgt mir und lehnt sich gegen meinen Türrahmen. Sie sieht müde aus, was kein Wunder ist, weil sie seit dem »Vasen-Fiasko« vor zwei Monaten rund um die Uhr arbeitet.

»Bitte, Liebling«, sagt sie und als sie ihren wehleidigen »Tu's für mich«-Gesichtsausdruck auspackt, knicke ich ein. Wenn es sie so glücklich macht …

»Meinetwegen«, grummele ich, und lasse mich von ihr hochziehen, obwohl ich mich viel lieber mit einer Serie zurück ins Bett kuscheln will. Auf dem Weg zur Tür schnappe ich mir Laptop und Ladegerät und stopfe beides in meine Tasche. Ohne gehe ich nie aus dem Haus. Zwar bezweifle ich, dass ich zum Schreiben kommen werde, aber man weiß ja nie, wann einen die Inspiration packt.

»Aber komm nicht erst in der Dunkelheit nach Hause«, ruft Mom, als ich gerade dabei bin, in meine Schuhe zu schlüpfen. »Und nimm später den Haupteingang.«

Ich unterdrücke ein Lachen. Das wandelnde Paradoxon namens Mutter. Erst will sie mich nach draußen drängen und dann wieder hinein.

Sie hat ja recht, denke ich, während ich die Tür hinter mir schließe. Seit über einer Woche war ich nicht mehr draußen. Ich arbeite im Hotel, esse im Hotel, und wenn mir danach ist, mir die Beine zu vertreten, steige ich ein paar Treppen auf und ab. Armselig, ich weiß. Aber seit die Highschool vorbei ist, und meine Freunde Deb und Rahim verreist sind, finde ich immer weniger Gründe, um das Hotel zu verlassen.

Im Flur treffe ich Louisa, die einen Rolly vor sich herschiebt. Sie arbeitet im Housekeeping und ist der so ziemlich liebste Mensch auf der Welt. Da sie etwas älter als meine Mutter ist, war sie für mich immer wie eine Tante.

»Schätzchen«, begrüßt sie mich in einem streng-mütterlichen Tonfall. »Arbeitest du etwa schon wieder?«

»Nein, ich gehe eine Runde spazieren.«

»Wirklich?« Ihre linke Augenbraue verschwindet unter ihrem schwarzen Pony, der von vereinzelten grauen Haaren durchzogen ist. »Zwingt dich Kelly?«

Erneute Hitze steigt mir ins Gesicht. »Was … nein, ich … ich will einfach nur raus!«

»Natürlich.« Sie lächelt wissend, belässt es jedoch dabei. »Viel Spaß. Und wenn du willst, kannst du dich später noch dem Bingo-Abend anschließen.«

Der Bingo-Abend findet ein- bis zweimal die Woche im Pausenraum statt, und entstand zu einer Zeit, in der Bingo noch cool war. Heute werden statt Bingo meistens irgendwelche Kartenspiele gespielt, und mitmachen können alle, die Lust haben. Es ist ein schönes Event, um außerhalb der Arbeit mit Kollegen zusammenzukommen, zu reden, zu trinken und zu spielen. Eigentlich bin ich immer gern dabei, aber heute fehlt mir die Energie für die Interaktion mit so vielen Menschen, deshalb lehne ich dankend ab.

Ich verabschiede mich von Louisa, drücke mich an ihr und dem Rolly vorbei und laufe in Richtung der Personalaufzüge. Unten angekommen nehme ich wie üblich einen der hinteren Ausgänge, der mich an der 61st Street rausbringt. Im Schlendertempo spaziere ich die Straße runter, biege in die Madison Avenue ein und genieße jeden Schritt in meinen Sneakers, die so viel bequemer sind als die schwarzen Trotteurs, die ich während des Arbeitens tragen muss. Ich habe kein wirkliches Ziel, folge einfach nur dem glühenden Lichtball der untergehenden Sonne, der sich zwischen den immer größer und dichter werdenden Wolkenkratzern hindurchquetscht, und den Himmel in ein warmes Orange taucht.

Als ich an einer Ampel zum Stehen komme, höre ich mein Handy in der Tasche klingeln, und noch ehe ich den Namen lese, weiß ich, dass es mein Vater ist. Niemand sonst ruft mich unangekündigt an. Ein paar Atemzüge lang betrachte ich sein Gesicht, das immer auf dem Display erscheint, wenn er anruft. Es ist ein altes Foto, vor vier oder fünf Jahren aufgenommen, als ich ihn in San Francisco besucht habe. Zu gern würde ich abheben und seine vertraute Stimme hören, doch ich zögere. Ich musste Mom schwören, dass ich ihm auf keinen Fall erzähle, dass sie bei einem privaten Catering-Auftrag im Esszimmer des Kunden versehentlich eine hundertachtzigtausend Dollar teure Vase zerbrochen hat, die sie – *wir* – nun schweren Herzens abbezahlen müssen. Dad hat die Angewohnheit, jedem seine Hilfe aufzudrängen, und obwohl wir sie diesmal gut gebrauchen könnten, ist Mom zu stolz (und stur), um die Almosen ihres Ex-Mannes anzunehmen. Andererseits kann, nein, *will* ich Dad auch nicht anlügen.

Sein Bild verschwindet wieder, und ich seufze tief, ehe ich das Handy wieder einstecke. Gar nicht mit ihm zu reden ist auch keine Lösung, aber noch ist mir keine bessere Alternative eingefallen.

Drei Blocks später spüre ich, wie meine Beine bereits schwer werden. Kurz spiele ich mit dem Gedanken, wieder kehrtzumachen, doch dann entscheide ich mich, irgendwo was essen zu gehen. *Vielleicht Pizza?*, überlege ich, verwerfe den Gedanken allerdings sofort wieder. Ich hätte zwar schon Lust auf eine leckere Calzone bei *Alfredo's*, aber es käme mir wie Verrat vor, ohne Ryan in unser Stammlokal zu gehen. Auch, wenn ich beinahe fürchte, dass es ihm ohnehin egal wäre.

Weil ich ihm egal bin.

Stattdessen setze ich mich ins nächstbeste Deli, und bestelle mir einen schwarzen Kaffee und einen Bagel mit Cream Cheese. Es ist mein erstes Essen heute; wegen der Nachtschicht gestern habe ich den ganzen Tag verschlafen, und bin erst vor zwei Stunden aufgewacht. Mein Magen knurrt, als mir der Duft des getoasteten Brots in die Nase steigt.

Während ich esse, beobachte ich die Leute, die am Lokal vorbeigehen. Hauptsächlich Touristen – man erkennt sie daran, dass sie viel langsamer laufen, und jeden Winkel der Stadt fotografisch festhalten. New Yorker schauen sich nie wirklich um, stürmen einfach an einem vorbei, weil sie es immer eilig haben.

Dann sehe ich einen Mann, und mir bleibt kurz das Herz stehen. Es ist nicht Ryan, er sieht ihm bis auf das schwarze Haar nicht einmal ähnlich, aber seine Gangart – schlurfende Schritte, leicht nach vorn gekrümmte Schultern …

Hastig nehme ich einen Schluck Kaffee und versuche, die aufkommende Sehnsucht runterzuspülen. Durch den Hoteltratsch habe ich erfahren, dass die ganze Familie Van Day gerade auf den Bahamas ist. Am Strand sonnen und Cocktails schlürfen. Ein Geschenk zum Schulabschluss – Ryan soll angeblich Jahrgangsbester gewesen sein – oder vielleicht eher Drittbester, wenn man bedenkt, dass ich die Info von Dennis habe.

Trotzdem – zu gern würde ich ihm gratulieren und ihm sagen, wie sehr er es verdient hat, doch nach meinen erfolglosen Versuchen, unsere Beziehung zu kitten, vermute ich, dass er mir nicht einmal antworten würde.

Der Typ mit dem Ryan-Gang verschwindet um die Ecke, und plötzlich frage ich mich, was passieren würde, wenn wir uns durch Zufall auf der Straße begegneten. Würden wir uns freundlich begrüßen und ein bisschen Small Talk führen? Oder würden wir wie Fremde einfach aneinander vorbeigehen und so tun, als hätten wir uns nicht gesehen?

Seufzend stütze ich das Kinn auf die Handfläche und schaue nach draußen. Beobachte, wie es immer dunkler wird, und spüre mit jedem Atemzug, wie auch in mir eine Düsternis aufzieht. Jetzt weiß ich wieder, warum ich so selten rausgehe. Die Wände des Hotels sind wie ein Schild, das meine Sorgen und Ängste abschirmt. Aber hier draußen bin ich ihnen schutzlos ausgeliefert. Manhattan ist laut, doch meine Gedanken sind lauter. Sie schreien mich förmlich an, erinnern mich daran, dass ich von nun an allein bin. Ryan ist weg, Rahim geht für ein Jahr nach Europa, und auch Deb wird ab September an der UPenn studieren. Alle verlassen mich, und die Einsamkeit ist leichter zu ertragen, wenn ich sie in Arbeit ersticke. Im Hotel habe ich wenigstens das Gefühl, etwas Sinnvolles zu tun. Geld verdienen, um Mom mit den Schulden zu helfen, die sie ohne meine Hilfe unmöglich allein abbezahlen kann. Meine Mutter denkt, dass ich nach der Highschool sowieso erst mal eine Pause vom Büffeln brauche, andernfalls hätte sie niemals zugelassen, dass ich ihretwegen meine Zukunftspläne über Bord werfe. Tue ich ja nicht. Nächstes Jahr werde ich studieren. Zwar nicht an der Columbia, die mich zwar wider aller Erwartung tatsächlich genommen, mir jedoch kein Stipendium angeboten hat. Es war hart, weil ich schon mit einem Bein drin war und es um ein Haar geschafft hätte, in meine Traumuni zu kommen. Aber sechsundsechzigtausend Dollar Semestergebühren fallen nun mal nicht vom Himmel, daher gehe ich an die University of Pennsylvania, die mir ein Stipendium gegeben hat. Nicht meine erste Wahl, nicht New York, aber es ist trotzdem eine der renommiertesten Universitäten des Landes, die mich trotz ihrer sechsprozentigen Zulassungsrate angenommen hat. Und immerhin wird Deb auch dort studieren.

Allerdings werden wir einen Jahrgang voneinander getrennt sein. Wir werden keine Einführungskurse zusammen belegen, nicht auf Erstsemesterpartys gehen oder zusammenziehen …

Weil das Leben dazwischengekommen ist.

Die meiste Zeit über versuche ich, mir einzureden, dass es okay ist. Dass ich keinen Grund habe, mich zu beschweren, dass ich das Hotel liebe, gern dort arbeite und jeden Tag neue Erfahrungen sammele. Und es stimmt auch. Aber hier draußen, in der Wirklichkeit, schwappt die Welle des Frusts trotzdem über mich herein, droht mich niederzureißen. Tränen brennen mir in den Augen, und mit einem Mal kann ich keine Minute länger ganz allein in einem Deli hocken. Schnell hänge ich mir meine Tasche um und trete mit einem schweren Druck auf der Brust nach draußen.

Die alten Stuckfassaden erstrahlen im letzten Licht der Sonne, sodass es sich sogar schon aus der Ferne von den anderen Gebäuden abhebt: *Hotel Van Day.* Große goldene Letter, die leuchtend über dem Eingang zu schweben scheinen. Darunter ein roter Teppich, der das Eintreten noch prächtiger macht. Mein Blick wandert höher, zu den vielen Reihen bodentiefer Fenster mit französischen Balkonen. Das Dach ist in der Dunkelheit nicht zu erkennen, dabei gefallen mir die kleinen Türmchen und halbrunden Fenstern dort schon immer am besten. Ich spüre, wie mein Puls abflaut. Ich kann noch so aufgebracht sein, der Anblick des Hotels bringt mich jedes Mal wieder runter und lenkt den Fokus nicht auf das, was weg ist, sondern auf das, was ich habe. Ein wunderschönes Zuhause.

»Hey, ihr zwei«, begrüße ich Levi und Gonzales, die heute am Eingang die Stellung halten.

»Hey, Kleines. Hat deine Mom wieder gesagt, du sollst abends durch den Haupteingang rein?« Levi grinst.

»Wer sonst?«, seufze ich, und die beiden lachen, als hätten sie einen alten Witz gehört. Was irgendwie sogar der Fall ist, denn Mom tut immer so, als würde sich die Upper East Side bei Nacht in Sin City verwandeln.

»Wie läuft's so?«, erkundige ich mich. Augenblicklich verdüstern sich ihre Mienen.

»Du meinst, bis auf die Tatsache, dass den ganzen Tag Leute kamen, weil sie ein Foto vom *Mordhotel* machen wollten?«, schnaubt Gonzales. Schockiert reiße ich die Augen auf. »Wie bitte?«

»Den ganzen verdammten Tag«, pflichtet Levi ihm bei und ich schüttele fassungslos den Kopf. Wie viele Leute lesen eigentlich diesen Gossip-Scheiß?

»Wie sollt ihr damit umgehen?«, frage ich.

»Einfach ignorieren«, sagt Gonzales. »Die Chefin glaubt, dass es schneller vorbeigeht, wenn wir dem Rummel so wenig Beachtung wie möglich schenken.«

»Aber ist das wirklich die richtige Lösung? Wäre es nicht klüger, sich als Hotel in irgendeiner Weise zu positionieren?«

Zu dritt unterhalten wir uns über das Für und Wider, und regen uns gemeinsam über die Menschen auf, die keinem Klatsch widerstehen können. Dann verabschiede ich mich von den beiden und nehme die steinernen Treppen zur Lobby. Auf der letzten Stufe komme ich jedoch automatisch zum Stehen, denn – woah! Ich habe seit Ewigkeiten nicht mehr den Haupteingang genommen und völlig vergessen, wie atemraubend der Anblick der Lobby von hier ist. In ihrer Mitte ragt der Springbrunnen auf, eine schmale verzierte Säule, deren Basis ein Sockel aus Sandstein bildet. Die darüberliegenden Ebenen sind mit Figuren aus dunklem Messing verziert und verjüngen sich leicht bis zu seiner eleganten Spitze. Am Ende der Eingangshalle führen geschwungene Wendeltreppen in den ersten Stock, dort, wo sich die meisten Veranstaltungsräume befinden. Die kuppelartige Decke ist stuckverziert und bereits ein Kunstwerk für sich.

Ich laufe um den Springbrunnen herum, vorbei an den edlen

Sesseln und dazugehörigen Tischen, und mit jedem Schritt, den ich gehe, spüre ich, wie sämtliche Sorgen von mir abfallen. Der Schutzschild des Hotels zieht sie zurück, setzt sie vor die Tür und gewährt ihnen keinen Zugang.

Worüber rege ich mich eigentlich so auf? Ich wohne hier und liebe alles daran, sogar die viele Arbeit. Sogar die Tatsache, dass mich jeder Winkel an Ryan erinnert. Dann verzögern sich meine Zukunftspläne eben um ein Jahr! Die Zeit wird so schnell vorbeigehen, dass ich es kaum merken werde, und außerdem tue ich etwas Gutes. Ich helfe Mom und bleibe für sie hier, genau wie sie damals für mich geblieben ist.

Auf dem Weg zu den Aufzügen winke ich Emory zu, der mit dem Telefon in der Hand an der Rezeption steht und aussieht, als würde er gerade von dem Anrufenden angeschrien werden. Dennis, der mit seinen roten Haaren und dem hellen Schnurrbart ein bisschen was von Garfield hat, hält die Hände vor der Brust verschränkt und macht ein »Damit musst du jetzt allein klarkommen«-Gesicht. Armer Emory. Zu gern würde ich ihm zu Hilfe eilen, aber das würde Dennis ohnehin nicht zulassen. Ich glaube, er ist einer dieser Menschen, der seinen Kindern das Schwimmen beibringt, indem er sie einfach gnadenlos ins Wasser wirft. Als Dennis kurz wegguckt, recke ich beide Daumen in die Höhe und forme mit dem Mund ein lautloses »Du packst das!«

Emory lächelt schwach, hält sich die Finger wie eine Knarre an die Schläfe, und als Dennis wieder den Kopf hebt, unterbrechen wir schnell den Blickkontakt.

Bei den Aufzügen angekommen, spiele ich mit dem Gedanken, noch einen Abstecher ins *Kimberly's* zu machen, das Hotelrestaurant, in dessen Küche Mom arbeitet. Ich könnte mich zu ihr schleichen und mir etwas von dem Trüffeltiramisu stibitzen, das heute auf der Karte steht. Und wenn wir schon dabei sind, auch das Mango Panna Cotta. Wasser läuft mir im Mund zusammen und ich will gerade wieder kehrtmachen, als das vertraute *Pliing* ertönt, sich die Türen öffnen und meine Pläne in einem grellen Blitz des Schocks zersplittern.

Ryan steht im Aufzug. Mir klappt die Kinnlade runter. Genau wie ihm. Sekundenlang starren wir uns an, rühren uns nicht, blinzeln nicht. Mein Herz hämmert in der Brust, während tausend Gedanken, tausend Gefühle auf mich einstürmen.

Dann schließen sich die Türen des Aufzugs wieder, und als Ryan aus meinem Sichtfeld verschwindet, blinzele ich und frage mich, ob er es wirklich gewesen ist. Ryan, *mein* Ryan, kein Doppelgänger mit ähnlichen Haaren oder seiner Gangart. Aber wie kann das sein? Müsste er nicht auf den Bahamas sein? Und hat er wirklich …

Mit pochendem Herzen drücke ich erneut auf den Knopf, und als sich die Aufzugtüren kurz darauf öffnen, ist der Aufzug leer. Doch ein bekannter Geruch schwebt nach wie vor in der Kabine, und mir dreht sich der Magen um. Es ist der unverkennbar würzige Duft der Calzone von *Alfredo's*, deren Pizzaschachtel er vorhin in der Hand balanciert hat.

Damals

Ryan, acht Jahre alt

Alle im Hotel sagen, dass ich ein einsamer Wolf bin, weil ich oft allein rumhänge. Aber das heißt nicht, dass ich gern allein bin. Die meisten gehen nicht auf mich zu, weil sie mich nicht zu sehen scheinen, und ich … traue mich nicht. Es ist schwierig, und ich weiß dann gar nicht, was ich sagen soll oder was ich sagen darf, um keinen Fehler zu machen. Außerdem mögen viele sowieso Sam lieber. Wer auch immer sie kennenlernt, ist begeistert von ihr und vergisst mich direkt wieder. Von mir ist niemand begeistert.

Na ja, außer Ellis. Ich glaube, sie mochte mich. Aber vielleicht habe ich sie neulich im Aufzug verschreckt, denn in den letzten zwei Wochen habe ich sie gar nicht mehr gesehen. Ihren Eltern bin ich öfter über den Weg gelaufen, nur sie schien wie vom Erdboden verschluckt zu sein.

Bis jetzt. In diesem Moment tritt ein brauner Lockenkopf durch den Eingang des *Kimberly's*, und als ich sie sehe, spüre ich, wie eine unerklärliche Anspannung von mir abfällt.

Ellis schaut sich mit offenem Mund nach allen Seiten um, und beim Anblick ihres entzückten Gesichts muss ich unwillkürlich lächeln. Diesmal kann ich ihre Begeisterung sogar verstehen. Das Restaurant sieht mit dem Mosaikboden, den Steinsäulen und Kronleuchtern ziemlich schick aus.

Als sie den Blick suchend durch die Menge wandern lässt,

glaube ich eine absurde Sekunde lang, dass ich es bin, den sie finden will. Doch dann steuert sie die Tür zur Küche an. Vermutlich will sie zu ihren Eltern.

»Ellis«, höre ich mich plötzlich sagen und sinke verlegen in meinen Stuhl, als sich einige Köpfe in meine Richtung drehen. Dabei habe ich mir extra den Tisch in der Nische geschnappt, um vor den Blicken der anderen geschützt zu sein. Aber ich wollte Ellis nicht schon wieder verpassen.

Warum eigentlich?

Ellis bleibt abrupt stehen, dreht den Kopf zur Seite, und als unsere Blicke sich treffen, weiten sich ihre Augen. Einen kurzen Moment lang steht sie unschlüssig da, dann setzt sie sich langsam in Bewegung und schlängelt sich an einer Topfpalme vorbei zu meinem Tisch.

»Hey, Ryan«, sagt sie leise und hebt die Hand, in der sie irgendeinen weißen Stoff umklammert hält.

Ich lächele befangen. »Hey.«

Kurz herrscht Schweigen zwischen uns.

»Ich, ähm … hab dich lange nicht mehr gesehen«, beginne ich.

»Ich weiß.« Ellis sieht sich um, als wäre sie auf der Hut. »Meine Mom hat gesagt, ich soll dich nicht nerven«, flüstert sie.

»Was?« Ich richte mich auf.

Sie ist mir aus dem Weg gegangen?

»Das musst du nicht. Du … also … nervst mich nicht«, stammele ich und spüre, wie mein Kopf heiß wird.

Ellis' Augen werden groß. »Wirklich?«

Ich nicke knapp, und sofort breitet sich ein strahlendes Lächeln auf ihrem Gesicht aus. »Cool. Kann ich mich zu dir setzen?«

»Klar.«

Der Stuhl schabt über den Boden, als sie ihn zurückzieht und mir gegenüber Platz nimmt.

»Findest du diesen Tisch eigentlich auch so hübsch?«, fragt sie und legt das weiße Stoffding zur Seite, um mit den Fingern über den Tischrand zu fahren.

Lächelnd nehme ich die Gabel wieder in die Hand. Ellis ist wirklich leicht zu begeistern. »Wegen dem goldenen Rand?«

»Ja, es macht ihn so edel.«

Gerade will ich fragen, welcher Ort im Hotel ihr am besten gefällt, als ihr Blick auf mein Essen fällt. »Oh, du isst Moms Caesar Salad.«

»Deine Mom hat den gemacht?«, frage ich mit vollem Mund.

»Jepp.«

»Der ist richtig lecker!«, sage ich und schlucke den Bissen runter.

»Das liegt am Dressing – ihr Geheimrezept. Und das Brot für die Croutons backt sie immer selbst. Die Schüssel kann man übrigens auch essen.«

»Wirklich?« Ich senke den Blick auf die gelbe Schale, in dem sich mein Salat befindet.

»Ja, die besteht aus Parmesan.«

»Wow.« Jetzt verstehe ich erst recht, warum alle so von den neuen Köchen schwärmen.

»Möchtest du auch was?«, biete ich an, aber sie winkt ab. »Nein danke, ich habe vorhin schon was gegessen. Warum isst du ganz allein?«

Ihre Frage überrumpelt mich. »Ich, ähm … einfach so«, entgegne ich stockend und beschließe, schnell das Thema zu wechseln. »Wie gefällt es dir hier eigentlich?«, frage ich und breche mir ein Stück vom Parmesan ab.

»Es ist so schön«, seufzt sie und fährt wieder über den Tisch. »Ich bin jetzt schon traurig, dass wir bald wieder wegmüssen.«

Erschrocken lasse ich den Käse in meinen Salat fallen. »Ihr geht weg? Aber ich dachte … also, meine Mutter hat gesagt, ihr könnt so lange bleiben, bis ihr eine eigene Wohnung gefunden habt.«

»Nein, weg aus New York, meine ich. Wir sind zwar gerade erst hergezogen, aber mein Dad hat ganz spontan ein Jobangebot in Kalifornien bekommen.«

»Oh. Ach so«, murmele ich und verstehe nicht, warum da plötzlich ein seltsam stechendes Gefühl in meiner Brust ist. »Musste er deshalb schon weg?«

»Ja. Er hat dort ein Vorstellungsgespräch oder so.«

»Wird er es annehmen?«

Ellis macht ein unschlüssiges Gesicht. »Ich weiß es nicht, ich habe nur mitgekriegt, dass er und Mom sich am Telefon ziemlich doll gestritten haben. Eigentlich möchte sie bleiben. Sie mag New York und hat sich so gefreut, als sie eine Stelle in einem der beliebtesten Restaurants der Stadt bekommen hat. Und dann auch noch als Chefköchin. Außerdem mag sie das Hotel und ihre Kollegen. Aber vor allem will sie euch nicht hängen lassen.«

Mit *hängen lassen* meint sie vermutlich, dass wir ohne die beiden schon wieder kein gutes Küchenpersonal hätten.

»Ja, das wäre echt blöd«, sage ich und lege die Gabel zur Seite. Mit einem Mal ist mir der Appetit vergangen.

Sie blickt traurig auf den Tisch. »Ich will gar nicht weg von hier.«

Ich auch nicht.

»Ich liebe das Hotel. Und diese Stadt ist so cool.«

Ich muss an ihr Touristenshirt von neulich denken.

»Vielleicht überlegt dein Dad es sich ja noch anders«, sage ich aufmunternd.

»Hoffentlich.« Ihr Blick wandert zu meinem, und plötzlich

richtet sie sich auf. »Hey, was ich dich die ganze Zeit schon fragen wollte: Warum wohnst du hier?«

Ich runzele die Stirn. »Wie meinst du das?«

»Meine Eltern haben gesagt, dass ihr hier auch eine Wohnung habt. Ist es normal, dass die Leute, denen das Hotel gehört, auch im Hotel leben?«

»Ach so. Nein, es stimmt zwar, dass wir oben eine Suite haben, aber eigentlich wohnen wir da nicht wirklich.«

Ellis hebt beide Augenbrauen. »Eigentlich?«

»Ja, unsere richtige Wohnung ist im Battery Park. Ganz unten am Wasser.«

»Aber ihr seid doch trotzdem oft hier, oder?«

»Ja, weil … meine Mom und mein Dad … also … sie verstehen sich nicht so gut«, sage ich leise. »Deshalb ist Mom oft hier, kümmert sich um Hotelkram, und …« Ich halte inne. Warum erzähle ich das alles?

Ellis' Pupillen weiten sich. »Oh.«

»Das … darf ich eigentlich nicht verraten«, gebe ich kleinlaut zu.

»Keine Sorge, ich sag's nicht weiter«, verspricht sie ernst und aus irgendeinem Grund glaube ich ihr.

»Vermutlich bin ich sowieso bald …«

»Ellis!«

Wir beide schrecken zusammen. Hinter Ellis entdecke ich Mrs Wheaton, die mit schnellen Schritten auf unseren Tisch zu stapft.

»Oh nein.« Ellis zieht eine Grimasse. »Sorry Mom. Ich habe mich mit Ryan verquatscht. Hier ist deine Kochmütze.« Schnell reicht sie ihrer Mutter den weißen Stoff.

Mrs Wheaton seufzt, und wieder einmal wird mir bewusst, wie sehr die beiden sich ähneln. Ihre Mom ist hübsch, denke ich, und plötzlich frage ich mich, ob ich Ellis auch hübsch finde.

»Du ärgerst ihn doch nicht etwa schon wieder?«, fragt sie an ihre Tochter gewandt.

»Nein, Ma'am!«, sage ich schnell und kriege plötzlich Angst, dass Ellis gehen muss.

Und ich wieder allein bin.

»Sie … ärgert mich nicht«, bringe ich heraus. »Sie … kann bleiben.«

Mrs Wheaton hebt die Augenbrauen und lächelt überrascht. »Okay, zunächst einmal musst du mich nicht Ma'am nennen. Kelly reicht aus, in Ordnung?«

Ich nicke knapp.

»Und wenn Ellis bleiben darf und das auch möchte – wovon ich stark ausgehe, weil sie die ganze Zeit nur von dir …«

»Mom!«, würgt Ellis ihre letzten Worte ab und Mrs Wheaton kichert, ehe sie ihrer Tochter sanft über den Kopf wuschelt. So zärtlich ist meine Mutter nie zu mir. Wenn mich jemand umarmt oder küsst, dann ist das eher Dad.

»Na gut, ich lasse euch beide dann mal wieder allein. Aber ich warne dich, junge Dame.« Sie wirft ihrer Tochter einen mahnenden Blick zu. »Wehe du beleidigst Ryan erneut.«

Ellis schaut grinsend zu mir rüber. »Solange er sich nicht wie ein Chauffeur benimmt.«

Ich muss lächeln. Ellis ist wirklich … speziell.

Ich greife nach meiner Gabel.

»Hey, Ryan?«, fragt sie, als ich mir den dritten Bissen in den Mund schiebe.

Ich schaue von der Schüssel auf. »Ja?«

Ellis beugt sich vor. Ihre Augen schimmern geheimnisvoll. »Wollen wir gucken, ob wir einen Eingang zu den Türmchen finden?«

3. KAPITEL

Gegenwart

Ellis

Das Schlimmste ist, dass er ohne mich bei *Alfredo's* war. Drei Tage ist unser Aufeinandertreffen her, und noch immer versetzt mir die Erinnerung an die Pizzaschachtel in Ryans Hand einen enttäuschten Stich. Dass er sich nach seiner Rückkehr nicht bei mir gemeldet hat, ist die eine Sache, aber dass er allein zu *Alfredo's* gegangen ist …

»Wheaton, hörst du mir überhaupt zu?«

Blinzelnd reiße ich den Kopf hoch und blicke zu Anitta, die den Rest der Servicekräfte in der kleinen Küche versammelt hat. Als Oberkellnerin trägt sie als Einzige von uns einen Anzug, und ist eine dieser Frauen, bei der man das Alter absolut nicht einschätzen kann. Ihr dunkler Haaransatz ergraut bereits, doch ihr Gesicht wirkt so jung und eben – sie könnte dreißig oder auch fünfzig Jahre alt sein.

»Äh, ja, entschuldige«, sage ich und nicke etwas zerstreut.

»Also nicht vergessen.« Anitta wendet sich den restlichen Mitarbeitern zu. »Ihr redet nicht mit der Presse, gebt keine Interviews und auch sonst keine Informationen über das Hotel preis. Wenn euch irgendjemand blöd kommen sollte, sagt ihr mir sofort Bescheid. Das Codewort ist: ›Neues Geschirr decken.‹ Verstanden?«

»Verstanden«, sagen wir im Chor.

Eine ähnliche Ansprache hat uns auch Dennis an der Rezeption gehalten. Wir alle haben sie bekommen, eine Warnung, mit niemandem über den Langston-Skandal zu sprechen. Bei all der Heimlichtuerei könnte man fast annehmen, dass an den Gerüchten etwas dran sei. Ich persönlich würde ganz anders mit der Sache umgehen, als so zu tun, als wäre nichts. Aber wer bin ich schon, darüber zu entscheiden …

Anitta löst die Gruppe auf, und wir zerstreuen uns. Gähnend schnappe ich mir Block und Stift und stecke beides in meine Schürzentasche. Nach einer weiteren Nachtschicht bin ich unglaublich müde, allerdings ist jemand vom Service ausgefallen, und als Anitta mich gefragt hat, ob ich kurzfristig einspringen will, konnte ich einfach nicht ablehnen. Außerdem lassen sich hundertachtzigtausend Dollar nun mal nicht auf der Straße finden, und je mehr Schichten ich übernehme, desto schneller zahlen Mom und ich den Batzen Geld ab.

Als ich den Restaurantsaal betrete, verpufft meine Hoffnung auf eine ruhige Schicht zu den restlichen Staubkörnern, die in der stickigen Luft tanzen. Das *Kimberly's* ist rappelvoll, was um die Vormittagszeit eher ungewöhnlich ist. Ich zupfe an meinem weißen Hemdkragen und bahne mir einen Weg zu meinen Tischen. Sonnenlicht strahlt durch die türgroßen Rundbogenfenster. Ich kneife die Augen leicht zusammen, um nicht geblendet zu werden und am Ende noch gegen eine der Steinsäulen zu laufen.

Die erste halbe Stunde verläuft hektisch, jedoch ohne Zwischenfälle. Die meisten Gäste, die ich bediene, wohnen zwar nicht im Hotel, aber sie machen auch nicht den Eindruck, als seien sie wegen irgendwelchem Klatsch hier. Das *Kimberly's* ist teuer, und in der Regel wird das Restaurant von Menschen besucht, die sich Achtzig-Dollar-Hüftsteaks leisten können, und manchmal auch von Touris, die vom Ambiente angelockt werden. Zügig nehme ich alle Bestellungen auf, serviere die Gerichte und versuche einen freundlichen und nicht allzu übernächtigten Eindruck zu machen.

Dann, auf dem Weg zu Tisch sieben, blitzt ein vertrauter schwarzer Schopf aus der Menge hervor, und meine Augen treffen auf waldgrüne.

Nein, oder?

Ryan ist hier???

Sein Anblick ist wie ein Elektroschock, der all meine Synapsen erbeben lässt. Aus Angst, mein Tablett mit den drei großen Cappuccini fallen zu lassen, drehe ich den Kopf schnell wieder nach vorn und zwinge meine Beine weiterzulaufen. Mit pochendem Herzen serviere ich die Getränke und stapele Gläser vom Nachbartisch auf mein Tablett, während ich durch den Vorhang meines herabhängenden Zopfes zu ihm rüberlinse.

Er sitzt an Tisch zwölf, seinem üblichen Nischenplatz, gleich hinter dem Eingang. Ihm gegenüber eine Frau und ein Mann, die ich nicht kenne. Sie sind in seinem Alter – vielleicht neue Freunde von ihm?

Meine Eingeweide krampfen sich zusammen. Die Überraschung ihn hier zu sehen, drängt sämtliche Kränkung zurück und macht Überforderung Platz. Er sitzt einfach dort, als wäre er nie weggewesen. Als hätten wir uns nie gestritten. Als wäre alles so wie immer.

»Ellis, kannst du bitte kurz meine Tische übernehmen?«, ruft Linus mir zu und schenkt mir ein nervöses Lächeln. »Ich … äh, *muss neues Geschirr decken!*«

Die letzten Worte schreit er fast. Wow, noch auffälliger geht es nicht.

»Alles klar«, sage ich, doch meine Miene erstarrt, als ich Linus' Geste folge, die die Tische zehn bis fünfzehn einschließt.

Nein, nein, nein!

Der Typ gegenüber von Ryan hebt in diesem Moment seine Hand, und am liebsten würde ich losschreien. Das darf doch nicht wahr sein!

Tief durchatmend straffe ich die Schultern, streiche über meine schwarze Schürze und setze mich langsam in Bewegung. Das Wummern meines Herzschlags in meinen Ohren vermischt sich mit den Hintergrundgeräuschen – klirrendes Geschirr, nuschelnde Gesprächsfetzen und die melodischen Saxophonklänge einer Jazz-Ballade. Ich durchwühle meinen Geist nach einer passenden Begrüßung, doch als ich den Tisch erreiche, ist mein Kopf wie leergefegt.

»Hallo«, bringe ich mit brüchiger Stimme hervor.

»Hi.« Der Mann, der die Hand gehoben hat, lächelt mir freundlich zu. Er ist groß, hat kurze schwarze Haare, dunkelbraune Haut und trägt ein schlichtes schwarzes T-Shirt. Die Frau neben ihm, ein brünetter Lockenkopf in einem kurzen hellrosa Kleid mit Puffärmeln, schaut nicht auf, während sie die Gerichte auf der Karte studiert. Ryan trägt trotz des warmen Wetters ein dunkelblaues eng anliegendes Sweatshirt und eine lange Jeans – sein übliches Outfit. Das oder einen weiten Hoodie. Er wirkt größer seit unserer letzten Begegnung und seine Schultern etwas breiter. Aber ansonsten hat er sich überhaupt nicht verändert. Noch immer umspielen die leicht gelockten schwarzen Haare seine kantigen Gesichtszüge und bilden einen starken Kontrast zu seinen tiefgrünen Augen.

Jetzt wäre der Moment. Ryan könnte aufschauen, total überrascht tun, mich herzlich in die Arme schließen und mich seiner Begleitung vorstellen.

»Hey, das ist Ellis, meine beste Freundin. Ja, genau, die, von der ich euch so viel erzählt habe!«

Aber er meidet meinen Blick, und trotz der heißen Temperaturen spüre ich, wie eine beißende Kälte in mir aufzieht. Jede Wette, dass er nicht wusste, dass ich hier arbeite. Vermutlich wäre er andernfalls gar nicht gekommen.

»Ha-haben Sie schon etwas ausgesucht?«, frage ich, während ich Block und Stift hervorziehe.

»Wir schwanken noch.« Die Frau schürzt die Lippen und lässt ihre bonbonfarbenen Nägel auf den Glastisch trommeln. »Können Sie irgendwas empfehlen?«

»Nun ja, der …« Meine Stimme kippt, und ich will gerade das Tagesangebot runterrattern, als ich innehalte. »Die … Pizzen hier sind wirklich ausgezeichnet.«

Aus dem Augenwinkel sehe ich, wie sich Ryans Schultern versteifen.

»Hm, Pizza ist mir jetzt glaub ich zu mächtig«, entgegnet die Frau. »Was gibt es noch?«

Schau doch einfach in die Karte …

»Der Caesar Salad ist auch sehr beliebt.« Mein Blick fliegt unwillkürlich zu Ryan, der mit undurchdringlicher Miene auf den Tisch starrt. »Eignet sich bei kleinem Hunger, und danach passt noch ein Nachtisch rein.«

Der Blick der Frau erhellt sich. »Das gefällt mir besser.« Sie sieht zu ihren Begleitern. »Tyler? Ryan?«

»Warum nicht«, meint Tyler gleichgültig und Ryan schluckt, ehe er schließlich nickt.

»Gern«, sagt er leise und beim vertrauten tiefen Klang seiner Stimme stellen sich die Härchen in meinem Nacken auf.

Zwei Jahre. Zwei lange Jahre habe ich diese Stimme nicht gehört.

»Alles klar«, entgegne ich heiser, notiere mir 3x CS in den Block und sammele die Karten wieder ein. Ryan hält den Kopf nach wie vor gesenkt, doch ich spüre, wie er meine Hände mustert. Meine Fingerspitzen beginnen zu prickeln, als würde er sie nicht nur ansehen, sondern auch berühren.

Vor der Kasse angekommen buche ich die Bestellung mitsamt Tischnummer, vertippe mich mehrmals, weil meine Finger so zittern, und lehne mich anschließend erschöpft gegen die Flurwand.

Was zum Teufel war das gerade? Wir haben uns nicht einmal angesehen. *Er* hat mich nicht angesehen. Wir – Ellis und Ryan – haben uns wie Fremde behandelt! Meine Emotionen sind das reinste Chaos, verlieren sich in einem Wirrwarr aus Überforderung, Unglauben und Wut.

Er war so abweisend.

Genau wie damals bei unserem Streit. Die Reue über meine harten Worte verfolgt mich bis heute, aber jetzt weiß ich wieder, warum ich damals so ausgerastet bin. Sein passives Verhalten hatte mich zur Weißglut getrieben. Dass er einfach nichts gesagt hatte …

Andererseits konnte er es auch nicht, erinnert mich eine leise Stimme in meinem Kopf, und sofort steigt das bittersüß vertraute Schuldgefühl in mir auf. Nicht er war der Böse in dieser Geschichte.

Ich war es.

»Hey, alles okay?«

Ich öffne die Augen. Linus steht vor mir und ein paar blonde Strähnen fallen ihm in die Stirn, während er den Kopf neigt und mir einen besorgten Blick zuwirft.

»Ähm, ja, es ist heute nur sehr warm«, bringe ich heraus.

Mein Kollege mustert mich einen Moment lang aufmerksam, eher er kurz darauf seine kalte Hand zu meiner Stirn wandern lässt. Es ist eine fürsorgliche und doch überraschend intime Geste. So nah waren wir uns zuletzt bei unserem ersten und einzigen Date, das schon mehrere Monate zurückliegt und einen seltsamen Ausklang hatte, nachdem ich fast die ganze Zeit nur über Ryan geredet habe. Aber wenn mir jemand Fragen zu meinem Leben stellt, kann ich sie nun mal nicht beantworten, ohne zwangsläufig auch von ihm zu sprechen. Danach hat Linus vorgeschlagen, lieber Freunde und Kollegen zu bleiben, und ich war einverstanden.

»Bist ein bisschen warm«, stellt er mit geschürzten Lippen fest.

»Es geht mir gut«, versichere ich, obwohl meine Stirn sofort wieder anfängt zu pochen, sobald er seine Hand wegnimmt.

»Trink trotzdem lieber was. Nicht, dass dein Kreislauf gleich schlappmacht.«

Ich zwinge mich zu einem schwachen Lächeln. »Okay.«

»Danke, dass du eingesprungen bist.« Er drückt kurz meine Schulter, ehe er sich mit seinem Tablett zurück ins Gedränge stürzt.

Ich bleibe noch einen Moment stehen, warte, bis mein rasender Herzschlag an Tempo verliert, und mache mich schließlich ebenfalls auf zu meinen Tischen. Wenigstens bin ich jetzt hellwach, dafür schmerzen allerdings meine gesamten Muskeln, die zum Zerreißen gespannt sind.

Während ich meine Gäste bediene, schnappe ich immer wieder Gesprächsfetzen von Tisch zwölf auf. Tyler regt sich über einen gewissen Mr Murphy auf, während das Mädchen – ich glaube, Tyler nannte sie Megan – einwendet, dass sie seinen Unterricht sogar ein bisschen vermissen wird. Ryan sagt nicht viel, brummt nur hier und da zustimmend. Wahrscheinlich kennen sich die drei aus dem Internat. Ob Tyler und Megan auch aus New York kommen? Oder sind sie nur zu Besuch hier und gehen alle gemeinsam zum Knicks-Spiel, das heute im Madison Square Garden stattfindet? Ryan liebt die New York Knicks.

Schweigend wische ich zum dritten Mal über Tisch neun.

In welcher Relation die drei wohl zueinander stehen? Sind sie alle nur befreundet oder ist irgendwer mit wem zusammen? Das Mädchen ... Sind sie und Ryan etwa ... Nein. Mein Kopf bremst, bevor er die Überlegung zu Ende denken kann. Trotzdem spüre ich, wie mir irgendwas gegen die Brust kracht.

»Entschuldigung«, murmele ich, als ich zurücktrete und gegen jemanden stolpere.

»Kein Problem«, sagt eine vertraute Stimme, und sofort erstarre ich. *Oh nein.*

»Ellis?«

Mit angehaltenem Atem drehe ich mich um. Meine Mutter lächelt zwar, aber ihr Blick tötet mich gerade.

Mist! Dabei hatte ich wirklich gehofft, wir würden uns nicht über den Weg laufen. Mom kommt nie aus der Küche, es sei denn, einer der Gäste steckt Anitta einen Fünfziger zu, um ein Foto mit der berühmten Chefköchin machen zu dürfen. Dass sie ihre Kochmütze abgenommen und ihren roten Lippenstift nachgezogen hat, bestätigt meine Theorie.

»Bitte Mom«, wehre ich ab, und hebe den Lappen wie ein Schild, der ihre Vorwürfe abfängt. »Ich weiß, ich bin heute Morgen erst um sieben nach Hause gekommen, aber Anitta brauchte mich. Schau doch, wie voll es hier ist.«

Zu meiner Überraschung schwindet die Härte aus ihren Zügen. »Schätzchen, das ist ja alles schön und gut, aber es ist doch nicht deine Aufgabe, dich um das ganze ...« Sie unterbricht sich selbst, als irgendwas ihre Aufmerksamkeit auf sich zieht.

»Moment, ist das ...« Ihre Augen weiten sich, und sie schnappt nach Luft. »Ryan? Ryan Van Day, bist du das etwa?«

Na super.

Mom stürmt auf Tisch zwölf zu, und ich bin kurz davor, unter den Tisch zu kriechen und dort so lange zu verharren, bis das alles vorbei ist.

»Oh, mein Lieber, wie schön, dich zu sehen.«

»Hey, Kelly«, höre ich Ryan sagen und obwohl er verlegen klingt, höre ich den warmen Unterton in seiner Stimme.

»Seit wann bist du wieder da?«

»Seit vorgestern.«

»Und du hast nicht Bescheid gesagt? Steh auf, damit ich dich umarmen kann!«

Aus dem Augenwinkel sehe ich, wie Ryan den Stuhl zurückschiebt und sich aufrichtet. Er ist tatsächlich groß geworden. Größer als bei unserer letzten Begegnung. Mom versinkt in seinen Armen, und eine seltsame Sehnsucht macht sich in meiner Rippengegend breit. Von hinten sieht meine Mutter fast so aus wie ich und die Vorstellung, dass ich es bin, die er in seine Arme schließt, wird plötzlich zu einem Wunsch.

»Liebling!«, ruft meine Mutter durchs halbe Lokal und winkt hektisch in meine Richtung. »Schau mal, wer hier ist!«

Als ob ich das nicht selbst wüsste …

»Ellis!«, ruft sie, als ich nicht sofort reagiere.

Gott, wo sind die verdammten Erdlöcher, wenn man sie braucht? Ich presse die Lippen fest zusammen und drehe mich widerwillig um. Meine Mutter strahlt mich an, Tyler und Megan blinzeln verdattert und Ryan … Ich schlucke. Er sieht mich an. Zum ersten Mal an diesem Tag weicht er meinem Blick nicht aus. Die Intensität seiner grünen Augen liegt tonnenschwer auf mir, er hält den Atem an und stoppt damit auch meinen. Mein Puls wird immer langsamer, ich blende alles um mich herum aus, und auf einmal sind da nur wir. Er und ich. Ryan und Ellis.

Doch er verlässt den Moment, indem er sich als Erstes abwendet, während ich trotzdem nicht aufhören kann, ihn anzusehen.

»Ach, ist das schön.« Mom grinst, und schaut erst zu mir

und dann zu ihm. Sie öffnet den Mund, und ich weiß jetzt schon, dass sie gleich etwas sagen wird, das die Befangenheit in mir nur verstärken wird.

»Endlich seid ihr wieder vereint!«

4. KAPITEL

»Was sollte das?«, frage ich, als ich aus meinem Zimmer komme. Mom hat sich im Schlafanzug auf unserer kleinen Couch ausgestreckt und die Nase in irgendeiner Kochzeitschrift vergraben.

»Was sollte was?«, entgegnet sie, ohne von der Zeitung aufzuschauen.

»›Ellis, schau mal, wer wieder da ist‹«, äffe ich sie nach. »›Jetzt seid ihr zwei endlich wieder vereint.‹«

»Ah.« Mom lächelt wissend und blättert eine Seite um. »Damit wollte ich nur das Eis brechen.«

»Den Gletscher wohl eher«, korrigiere ich und schlurfe zum Bad. »Er hat kein Wort mit mir gewechselt.«

»Bestimmt nur, weil er mit seinen Freunden da war.«

»Na und? Das ist doch kein Grund, so zu tun, als würde er mich nicht kennen.«

»Vermutlich ist er immer noch sauer wegen eures albernen Streits«, ruft sie mir durch die halb offene Tür zu.

»So albern war er nicht, wenn er meinetwegen sogar aufs Internat gegangen ist«, brumme ich und wühle in meiner Schminktasche nach meinem Concealer.

»Ja, aber das war doch nicht deinetwegen, sondern weil sein Großvater hier gestorben ist«, widerspricht Mom, während ich mir eine großzügige Schicht unter die Augen klatsche. »Ist doch klar, dass er danach etwas Abstand vom Hotel brauchte.«

Nein. Ich blicke in mein zerknittertes Gesicht, das selbst Make-up nicht retten kann. Dieselbe Ausrede hat er mir zwar auch aufgetischt, aber das ist doch kein Grund, um den Kontakt mit mir abzubrechen und mir mit lächerlichen Ausreden zu kommen, dass er viel lernen müsse. Er ist nicht mal an Weihnachten zu Hause gewesen.

»Egal.« Ich straffe die Schultern und trete wieder aus dem Bad. »Ich gehe jetzt nach unten.«

Mom schaut auf und scheint nun erst zu registrieren, dass ich meine Dienstkleidung trage.

»Ellis …«

»Bitte keine Moralpredigt«, flehe ich, zu müde, um mir ausgerechnet von *ihr* vorhalten zu lassen, dass ich zu viel arbeite. »Ich mag die Ablenkung. Sie tut mir gut.«

»Und was ist mit Schlaf? Täte dir der nicht auch gut?«

»Vielleicht«, räume ich ein und betrete die Küche, in der Moms benutzte Backutensilien überall verstreut liegen. Da ihre Catering-Aufträge in den meisten Fällen nicht mit dem Hotel zusammenhängen, nutzt sie zum Arbeiten bloß unsere kleine Küche. Ich bin zwar sicher, dass Mrs Van Day nichts dagegen einzuwenden hätte, aber Mom will keine Extrawurst – hauptsächlich, um dem Getuschel der Mitarbeiter zu entkommen.

Und *sie* beschwert sich, dass ich zu viel arbeite …

»Aber das Hotel braucht mich«, schließe ich und trete wieder aus der Küche, wobei ich mich an zwei übereinandergestapelten Kartons vorbeiquetsche, in denen sie ihre Vorräte lagert. Diese Wohnung ist eindeutig zu klein dafür!

»Das Hotel oder ich?« Mom legt die Zeitschrift auf ihrem Schoß ab und presst kurz die Lippen zusammen. »Denn ich will nicht, dass du dich wegen meines blöden Fehlers halb totarbeitest.«

»Die Einzigen, die blöd sind, sind Menschen, die so viel Geld für Porzellan ausgeben«, entgegne ich frotzelnd. »Außerdem mache ich das nicht nur für dich. Ja, ich will dir bei den Schulden helfen, aber auch dem Hotel. Du weißt doch, wie stark die Belegung seit dieser Sache zurückgegangen ist.«

Mom seufzt und greift wieder nach ihrer Zeitschrift. »Du bist noch sturer als ich.«

»Das geht gar nicht.« Lächelnd drücke ich ihr einen Kuss auf den Haaransatz. »Schlaf gut.«

»Du später auch. Bis morgen.«

Im Aufzug pocht mein Herz. Wann immer die Türen auseinandergleiten, fürchte ich, Ryan könnte dahinter erscheinen. Aber das tut er nicht, und als ich unten ankomme, verstehe ich nicht, warum ich trotzdem enttäuscht bin.

Vermutlich ist es ohnehin besser so. Eine unangenehme Begegnung am Tag reicht. Entschlossen durchquere ich die Lobby und versuche, die aufdringlichen Gedanken an Ryan abzuschütteln.

Emory sitzt im Backoffice und strahlt, als er mich erblickt. »Ellis!«

»Hey.« Wir nehmen uns kurz in den Arm. »Ich wusste gar nicht, dass du heute auch hier bist.«

»Ich habe mit Gavin getauscht, weil …« Er senkt die Stimme. »Ich wollte morgen nicht schon wieder mit Dennis arbeiten.«

Ich verkneife mir ein Lächeln. »Das verstehe ich.«

»Und, wie geht's dir so?«, erkundigt er sich und lässt sich zurück auf seinen Stuhl sinken.

»Gut«, gähne ich und setze mein Buch und meine Flasche auf dem Tisch ab. »Und dir?«

»Sicher?«, fragt er, ohne auf meine Frage einzugehen. »Du siehst irgendwie so aus, als wärst du einen Marathon gelaufen.«

»So fühle ich mich auch ein bisschen. Aber ich bin nur müde. Sehr müde«, korrigiere ich und muss wieder gähnen. »Ich habe heute im Restaurant ausgeholfen und danach kaum geschlafen.«

»Nach deiner Nachtschicht gestern? Krass, vor allem, weil es heute so warm war. Hast du auch … Moment.« Emory wirft mir einen irritierten Blick zu. »Du arbeitest an der Rezeption *und* im Restaurant?«

»Hat dir Dennis das etwa noch nicht erzählt?«, stichele ich, aber Emory winkt ab.

»Bei ihm stelle ich meine Ohren mittlerweile immer auf Durchzug.«

»Vernünftig. Und nein, eigentlich bin ich nur an der Rezeption, aber gelegentlich springe ich auch irgendwo ein, wenn ich gebraucht werde. Da ich hier wohne, bin ich immer schnell abrufbereit.«

»Wow. Spontan einspringen und Überstunden schieben.« Ein amüsiertes Funkeln tanzt in seinen Augen. »Du liebst dieses Hotel wirklich, oder?«

»Schuldig im Sinne der Anklage.«

Außerdem brauchen wir das Geld, setze ich innerlich hinzu.

»Willst du für immer hierbleiben?«, fragt er weiter und in seinem Tonfall höre ich keine Wertung, sondern ehrliche Neugier.

Ich schüttele den Kopf und hebe die Hand, um einen Fussel aus seinem silbernen Schopf zu zupfen. »Eigentlich wollte ich dieses Jahr aufs College gehen und kreatives Schreiben oder Journalismus studieren, aber meine Pläne verschieben sich um ein Jahr.«

»Echt? Ist ja witzig. Meine Mitbewohnerin studiert das an der Columbia.«

»Oh.« Ein vertrauter Druck schiebt sich zwischen meinen Rippenbogen, doch ich bemühe mich um ein aufrichtiges Lächeln. Die Columbia, wo auch sonst …

»Klingt nett. Ähm, wo wohnst du eigentlich?«, versuche ich das Thema zu wechseln.

»Mit ein paar Freunden in einem Appartement in Greenpoint.«

Emory erzählt mir von seiner Zweck-WG, die er sich mit vier anderen Leuten teilt, und von seinem Werdegang in der Hotellerie. In einem Nebensatz erwähnt er, dass er erst zwanzig ist; aus irgendeinem Grund hatte ich ihn älter geschätzt. Die Ellbogen auf den Tresen gestützt lausche ich seinen Worten, freue mich, mehr über meinen Kollegen zu erfahren, und bin gleichzeitig froh, nicht selbst reden zu müssen. Dafür bin ich heute einfach zu ausgelaugt.

Der Abend ist relativ ruhig. Die meiste Zeit verbringen wir im Backoffice und treten nur dann an die Rezeption, wenn neue Gäste einchecken oder das Telefon klingelt. Zwischendurch hole ich uns einen Kaffee und besorge Levi und Gonzales gleich ebenfalls welche. In der frischen Nachtluft stehe ich eine Weile mit den zwei Pagen vor dem Hotel und unterhalte mich mit ihnen über den New-York-City-Marathon, an dem die beiden im November teilnehmen werden. Als sie mich ebenfalls dazu ermutigen, verabschiede ich mich schnell und schleppe meinen sportfaulen Hintern zurück in die Lobby.

Um halb eins verschwindet Emory in seine Pause. Ich bleibe allein zurück, weil sowieso nichts zu tun ist. Eine Weile löse ich das Kreuzworträtsel der *Times*, dann trete ich wieder aus dem Backoffice vor den Tresen. Ein paar Gäste, die aussehen, als kämen sie von einer Party, torkeln zu den Aufzügen. Sie winken mir zu, aber ich tue so, als hätte ich sie nicht gesehen, da ich sie nicht ermutigen will, eine Unterhaltung mit mir zu beginnen.

Heute ist der Springbrunnen ausgeschaltet. Bis auf die leise klassische Musik, die sanft von den Wänden widerhallt, ist es vollkommen ruhig. Nur Beethoven und mein gleichmäßiger Herzschlag, der jedoch bei jedem Gedanken an Ryan einen Stolperer macht. Ich kann nicht fassen, dass er gerade hier im Hotel ist. Wie lange er wohl bleibt? Ob wir uns noch einmal sehen werden? Oder wird er einfach wieder verschwinden, ohne sich zu verabschieden? Bei der Vorstellung schnürt sich mir der Hals zu. Ich will gerade nach meiner Wasserflasche greifen und den aufkommenden Kloß runterspülen, als ich bemerke, wie eine Frau vom Eingang her auf den Tresen zuschlendert. Sie sieht jung aus, vielleicht ein, zwei Jahre älter als ich, hat schulterlanges rosa gefärbtes Haar und zarte ostasiatische Gesichtszüge. Um ihren Körper schmiegt sich ein eleganter Jogginganzug aus weißem Samt.

Ich richte mich auf und setze mein professionelles Lächeln auf. »Guten Abend. Willkommen im Hotel Van Day.«

»Hi.« Sie lächelt müde. »Ich weiß, es ist schon spät, aber haben Sie hier noch ein Zimmer frei?«

Sie will einchecken? Mein erster Gedanke war, dass sie einem Gast einen nächtlichen Besuch abstatten will. Ganz kurz huscht mein Blick zu ihrer einzigen Tasche, eine braune Louis Vuitton, in die vermutlich gerade so ein Kulturbeutel reinpasst.

»Ich schaue mal nach«, sage ich und werfe einen Blick auf den Monitor. »Wie viele Nächte wollen Sie bleiben?«

Die Frau macht ein unschlüssiges Gesicht. »Ich weiß noch nicht genau. Vielleicht eine Woche? Oder auch einen Monat, keine Ahnung.«

»Oh.« Ich versuche, meine Verwunderung wegzulächeln. »Also ein längerer Aufenthalt. Sehr gern. Möchten Sie ein einfaches Doppelzimmer oder eine Suite?«

Sie zuckt mit den Schultern. »Mir egal. Was da ist.«

Was da ist. Also spielt Geld für sie keine Rolle. Sie will nur einen Schlafplatz. In einem Luxushotel, wohlbemerkt. Dennis würde der Frau vermutlich die Grand Suite für Zehntausend Dollar pro Nacht andrehen, aber ich versuche immer den individuellen Wünschen der Gäste entgegenzukommen.

Andererseits, wenn es ihr wirklich egal ist …

Plötzlich klingelt das Telefon, und ich fahre kurz zusammen.

»Einen ganz kleinen Moment bitte«, sage ich zu der Frau, und bedeute ihr mit einer Geste, gleich wieder für sie da zu sein.

»Hotel Van Day, hier spricht Ellis Wheaton. Wie kann ich Ihnen helfen?«, leiere ich meinen üblichen Text runter.

»Hallo, hier ist Artus McCain. Es geht um meine Buchung nächsten Monat.«

Er hat einen australischen Akzent. Ich recke den Kopf zur Seite und werfe einen Blick auf die große Golduhr, auf der die Uhrzeiten mehrerer Metropolen zu lesen sind. In Sydney ist es jetzt fünf Uhr nachmittags. Vermutlich ruft er deshalb so spät hier an.

»Was kann ich für Sie tun, Mr McCain?«

»Ich wollte mich nur vergewissern, dass ich nicht das Zimmer bekomme, in dem Edith Langston ermordet wurde.«

Ich unterdrücke ein Stöhnen. Jetzt hat der Gossip sogar Ozeane überquert.

»Sir, es gab keinen Mord«, sage ich mühsam beherrscht. »Das ist alles nur ein großes Missverständnis.«

»Das sagen *Sie*, aber ich habe viele Berichte gelesen«, meint er wichtigtuerisch.

Meine Finger umschließen den Hörer etwas fester. »Sir, bitte glauben Sie nicht alles, was in der Klatschpresse steht. Hier ist nichts dergleichen passiert.«

Der Mann schweigt ein paar unheilvolle Sekunden. »Hören

Sie, ich kann auch in ein anderes Hotel gehen.« Sein Tonfall klingt drohend. »Ich war zwar immer gern im Van Day, aber in New York wimmelt es von Schlafplätzen, in denen keine berühmten Menschen gestorben sind. Werden Sie mir jetzt endlich verraten, welches Zimmer ich bekomme?«

Uff. Das hasse ich an diesem Job. Die Arschkriecherei. Ich schlucke all die Worte runter, die ich ihm am liebsten entgegenschmettern würde, und presse ein glockenhelles: »Selbstverständlich Sir, ich schaue sofort nach. Wann, sagten Sie, wäre ihre Ankunft?«

Ich überprüfe die Buchungsdaten und versichere dem Mann, dass sein Zimmer weit entfernt von dem ist, in dem Edith Langston gestorben ist. Als ich auflege, raucht mein Kopf. Menschen wie er rauben mir den letzten Nerv.

»Tut mir leid für die kurze Unterbrechung«, sage ich und wende mich wieder der Frau zu. Ihr Blick spiegelt eine seltsame Mischung aus Irritation und Erkenntnis wider. Mein Herz sinkt, als mir klar wird, dass sie mein ganzes Gespräch verfolgt hat.

»Ja, das ist das Hotel«, beantworte ich ihre unausgesprochene Frage, und ziehe eine Grimasse. »Aber ich versichere Ihnen, hier gab es keinen Mord, und das sage ich nicht, weil ich hier arbeite. Wirklich«, beteuere ich. »Ich will später Journalistin werden, und wenn an den Gerüchten auch nur irgendwas dran wäre, wäre ich die Erste gewesen, die davon berichtet hätte. Na gut, vermutlich nicht die Erste, aber ich würde niemals die Wahrheit unter den Tisch kehren. Das wäre wie ein Verrat gegen mich selbst. Außerdem wurde das Bett auf Anweisungen des Hotels wenige Tage später ausgetauscht, es gibt also keinen Grund zur …«

»Wissen Sie was?« Sie unterbricht meinen Monolog und nickt mir auffordernd zu. »Geben Sie mir das Zimmer.«

Meine Augen werden kreisrund. Das habe ich jetzt nicht kommen sehen.

»Im Ernst?«

»Klar.« Sie zuckt mit den Schultern. »Dann ist es besetzt, und niemand anders muss sich Sorgen machen, dass er es bekommt.«

Sie sagt es so nüchtern und pragmatisch, dass mir einen Moment die Spucke wegbleibt.

»Wirklich«, versichert sie und lächelt über meinen verdatterten Ausdruck. »Es ist mir egal. Hauptsache das Zimmer ist schön.«

»Absolut«, sage ich hastig. »Die Ballentine Suite ist sehr lichtdurchflutet, weil es eines der beliebten Eckzimmer ist. Der Ausblick ist unglaublich.«

»Cool.« Sie kramt in ihrer Tasche, zückt ein Portemonnaie, und schiebt ihren Ausweis und eine schwarze Amex über den Tresen. Schweigend registriere ich den Namen. Riley Wang. Allerdings steht auf der Kreditkarte J.P Wang. Vielleicht gehört die einem ihrer Elternteile?

»Möchten Sie auch ein Frühstück dazubuchen?«, frage ich.

Sie nickt, während sie den Blick durch die stille Lobby wandern lässt. »Warum nicht.«

Ich unterbreche das Tippen auf der Tastatur und werfe einen unschlüssigen Blick in ihre Richtung. Sie will einfach so die Ballentine Suite … Zweifel beschleichen mich. Wer ist diese Frau, die um zwei Uhr morgens hier aufschlägt, mit schwarzen American Express Karten umherwedelt und dann auf den Gedanken kommt, in ein Zimmer einzuchecken, in dem kürzlich jemand gestorben ist?

»Sie … sind aber keine, die darauf steht, in den Zimmern von Toten zu schlafen, oder?«, frage ich, bevor ich es verhindern kann.

Moment. Das habe ich doch nicht wirklich laut gesagt, oder?

Die Frau blinzelt. »Sehe ich so aus?«

Hitze schießt mir in die Wangen. »Äh, nein. Und selbst wenn, wäre das natürlich völlig in Ordnung«, rudere ich hastig zurück.

Ihr Blick wird skeptisch. »Dürfen Sie mich so was überhaupt fragen?«

Scheiße, scheiße, scheiße.

Ich winde mich innerlich. »Nein, das steht mir überhaupt nicht zu. Es war sehr respektlos von mir. Jeder hat irgendeinen Kink, und … a-also nicht, dass ich Ihnen irgendwas unterstellen will!« Oh Gott. Was ist nur los mit mir? Warum neige ich in unangenehmen Situationen dazu, sie noch unangenehmer zu machen? Schnell rufe ich mir das Protokoll in Erinnerung, für den Fall, dass man Mist baut. Schritt eins: Entschuldigen. Schritt zwei: Etwas zur Entschädigung anbieten.

»Ich bitte vielmals um Verzeihung. Besuchen Sie uns doch während Ihres Aufenthalts im *Kimberly's*. Die Rechnung übernehmen wir gern für Sie.«

»Sparen Sie sich diese Schleimernummer, die zieht bei mir nicht.« Ein kleines Lächeln taucht auf ihrem Gesicht auf. »Aber das kostenlose Essen nehme ich trotzdem gern.«

»Großartig!«

»Und nur fürs Protokoll: Ich bin nicht von der Presse oder so. Ich bin auch keine Geisterjägerin oder … Sie wissen schon. Meine Wahl ist unter anderem deshalb auf dieses Hotel gefallen, weil es in der Nähe vom Central Park ist und ich gehört habe, dass es ein extrem gutes Restaurant hat.«

Am liebsten würde ich über den Tresen klettern und die Frau abknutschen. Endlich mal wieder ein Gast, der die Qualitäten dieses Hotels zu schätzen weiß.

»Das Restaurant ist extrem gut«, bestätige ich und mache

schnell die Buchung fertig. Dann reiche ich ihr die Amex, samt Ausweis und Schlüsselkarte über den Tresen.

»Die Ballentine Suite befindet sich im zwölften Stock, Zimmer 1207. Frühstück gibt es von sieben bis zwölf. Den Eingang zum Restaurant finden Sie im ersten Stock. Zu den Aufzügen geht es da lang.« Ich deute nach links. »Für den brauchen sie auch die Schlüsselkarte. Falls Sie Fragen haben oder sonst irgendwas brauchen, melden Sie sich bitte jederzeit. Ansonsten wünsche ich Ihnen eine gute Nacht, Miss Wang.«

Die Frau wendet sich bereits zum Gehen, dreht sich jedoch noch mal um und lächelt wieder.

»Sagen Sie Riley zu mir.«

Damals

Ryan, neun Jahre alt

Mein Herz rast, während sich meine Faust um den kleinen metallischen Gegenstand schließt. Ich hab sie gefunden. Ich hab sie tatsächlich gefunden. Ellis und ich haben das halbe Hotel auf den Kopf gestellt, uns in sämtliche Büros geschlichen und etliche Ermahnungen kassiert, und nun hat unsere Suche endlich ein Ende. Und zwar nicht im Hotel, sondern im Haus meines Großvaters.

Es war nicht geplant oder so. Ich hatte wirklich nicht vor, in seinen Sachen zu wühlen. Aber nachdem ich während unseres Besuchs auf dem Weg zum Klo an seinem Büro vorbeigekommen bin, dachte ich … Nein, ich habe gar nicht gedacht. Ich bin einfach rein und habe wahllos ein paar Schränke geöffnet. Nicht, dass ich große Hoffnungen gehabt hätte, die begehrten Schlüssel zu den Turmzimmern tatsächlich hier zu finden, doch jetzt halte ich einen von ihnen in meinen Händen.

Vorsichtig schiebe ich den Schrank wieder zu und lasse den Blick im Raum umherwandern, um zu überprüfen, dass alles wieder an seinem Platz ist. Andererseits würde vermutlich ohnehin niemand merken, dass ich hier gewesen bin, denn in Grandpa Als Büro herrscht das reinste Chaos. Auf dem dunklen Holztisch stapeln sich etliche Papiere und Bücher, der dunkelgrüne Teppichboden ist übersät mit Akten.

»Wohin gehst du?«, fragt Dad, als ich die Treppe runtergepoltert komme. Durch die offene Doppeltür sehe ich, dass er, Sam und mein Großvater im Wohnzimmer auf der Couch sitzen.

»Ins Hotel«, sage ich so gelassen wie möglich und drücke den Schlüssel in meiner Hand noch fester. »Aber nur kurz«, setze ich mit einem Blick auf den Kuchen hinterher, den Grandpas Haushälterin Portia nur für unseren Besuch gebacken hat. »Danach kann ich gern wieder …«

»Ach geh ruhig, Junge.« Grandpa Al schenkt mir ein warmes Lächeln. »Du musst nicht den ganzen Tag hierbleiben.«

»Okay. Danke, Grandpa«, murmele ich, und spüre, wie sich ein schlechtes Gewissen in mir breitmacht. Vermutlich wird er nicht merken, dass einer der Schlüssel weg ist, trotzdem nehme ich mir vor, ihn gleich morgen zurückzulegen.

Aber jetzt muss ich erst mal zu Ellis.

Ich will gerade zur Tür rennen, als Dad mich aufhält.

»Willst du deine Schwester vielleicht mitnehmen?«, schlägt er freundlich vor.

»Wozu?«, entgegnet Sam und wirft einen gelangweilten Blick auf ihre Fingernägel. »Er wird sowieso nur die ganze Zeit an seiner Freundin kleben.«

Meine Wangen werden heiß. »Ich klebe nicht an ihr!«

»Und ob du das tust. Seit sie da ist, bist du fast jede Nacht im Hotel.«

»Ich … will halt bei Mom sein!«, verteidige ich mich, aber Sam lächelt träge.

»Ja, klar, red dir das ruhig ein.«

»Hey, ärgere deinen Bruder nicht«, bittet Dad sanft. »Er ist traurig, weil sie morgen wegfahren.«

»Wegfahren?«, wiederholt Grandpa Al und macht ein verwundertes Gesicht. Dann flackert Erkenntnis in seinem Blick. »Ihre Mutter geht also wirklich.« Er seufzt, während er sich durch das schüttere graue Haar fährt. »Unfassbar, dass sie sowohl das höhere Gehalt als auch die kostenlose Unterkunft ausgeschlagen hat.«

»Eine ziemlich blöde Entscheidung«, pflichtet Sam ihm bei. »Ihr Mann verlässt sie für einen besseren Job, und sie rennt ihm hinterher.«

Immer wenn Sam solche Sachen sagt, wirkt sie viel älter als die Zehnjährige, die sie eigentlich ist.

»So einfach ist das nicht«, wendet Dad ein und streicht seiner Tochter sanft über den Kopf. »Sie sind eine Familie. Sie haben ein Kind. Da muss man manchmal Opfer bringen.«

So wie er, der Mom nicht verlässt, obwohl sie eigentlich gar nicht mehr zusammen sind? Vielleicht tut er das auch für die Familie.

»Aber warum darf ihr Vater schön Karriere machen und ihre Mutter muss ihre hier zurücklassen?« Sam verschränkt wütend die Hände vor der Brust. »Ich finde das echt unfair.«

Sam und ich stehen zwar nicht oft auf derselben Seite, aber diesmal muss ich meiner großen Schwester recht geben. Ich finde es fies, dass ihr Vater einfach gegangen ist und Ellis und ihre Mom ihr Leben, das sie sich im letzten Jahr aufgebaut haben, aufgeben müssen.

»Die kleine Wheaton wird mir fehlen«, seufzt Dad. »Ein ziemlicher Wirbelwind, aber sie hat dir gutgetan, mein Junge. Seit sie da ist, bist du richtig aus dir herausgekommen.«

Hitze schießt mir in den Kopf. Argh, warum müssen Erwachsene immer so peinliche Sachen sagen?

»Die große Wheaton hat uns auch gutgetan«, schiebt Grandpa Al grummelnd ein. »In den vierzig Jahren meiner Laufbahn ist mir keine Köchin begegnet, die so viel Talent hatte wie sie. Das Restaurant von der Ostküste hätte *sie* abwerben sollen und nicht ihren Amateur von Ehemann.«

Ungeduldig trete ich von einem Bein aufs andere. »Ja, ähm, ich gehe jetzt, okay? Bis später«, verabschiede ich mich und knalle fast mit Portia, der Haushälterin, zusammen, als ich herumfahre.

»Huch, vorsichtig Mr Van Day.«

»Sorry Portia«, entschuldige ich mich und schlängele mich an ihr vorbei zur Tür.

Von Grandpas Haus sind es nur wenige Blocks bis zum Hotel. Ich rase die Madison Avenue runter, hüpfe bei jeder roten Ampel ungeduldig auf und ab und flitze dann sofort weiter. Gleich ist es so weit. Gleich werden wir endlich eines der Türmchen betreten.

Vor dem Hotel steht ein großes Taxi. Morgen werden Ellis und ihre Mom auch in so einem sitzen. Ich schlucke gegen den sauren Geschmack in meinem Mund und renne noch schneller.

Während ich im Aufzug hochfahre, kann ich nicht stillstehen. Die Leute neben mir werfen mir genervte Blicke zu, doch ich beachte sie kaum, zappele weiter, muss nach oben.

Als ich aus dem Aufzug trete, bleibt mir kurz das Herz stehen. Vier Koffer stehen vor der Suite, in der Ellis und ihre Mom in den letzten zwölf Monaten gelebt haben. Was hat das zu bedeuten? Sie wollten doch erst morgen fliegen. Nein, sie kann jetzt nicht gehen, nicht, bevor wir bei den Türmchen waren!

»Ellis?«, rufe ich panisch durch die offene Tür, aber auf dem Sofa sitzen nur Mom und Kelly, vor ihnen zwei Tassen Kaffee und eine Etagere mit Snacks. Beide haben ein Bein übers andere geschlagen und sehen nicht aus, als hätten sie es eilig.

Hoffnung steigt in mir auf. Vielleicht ist es noch nicht zu spät. Vielleicht haben wir noch Zeit.

»Hallo Schätzchen«, begrüßt meine Mutter mich fröhlich, doch ich falle ihr ins Wort. »Wo ist Ellis?«

Moms Lächeln bleibt auf ihren Lippen, doch ihre Augen werfen mir einen tadelnden Blick zu. Mist. Ich soll andere nicht unterbrechen.

»Tut mir leid«, setze ich schnell hinterher. »Aber ... weißt du ... wisst ihr, wo sie sein könnte?«

»Sie wollte dich suchen gehen«, antwortet Kelly und beißt von einem kleinen Croissant ab. »Vermutlich ist sie ...«

Mehr höre ich nicht, denn meine Beine haben sich bereits wieder in Bewegung gesetzt. Sie ist oben. Sie kann nur dort sein. Wir hängen fast immer im fünfzehnten Stock ab, weil die Räume nach wie vor renoviert werden und wir dort unsere Ruhe haben. Unsere Eltern haben kein Problem damit, zumal auch dort überall Kameras sind.

Ich laufe zur Tür, die zum Personalbereich führt, zücke die Schlüsselkarte aus meiner Jeans und halte sie vor den Sensor. Als sich die Tür mit einem vertrauten Surren entriegelt, stürme ich zum Personalaufzug, warte ein paar endlos lange Sekunden und beschließe dann, einfach die Treppe zu nehmen.

Die ganzen drei Stockwerke hechte ich nach oben und nehme immer zwei Treppenstufen auf einmal. Als ich den letzten Absatz erklimme, senke ich den Kopf und stütze mich am Geländer ab. Meine Wangen glühen, meine Lunge brennt. Schwer atmend öffne ich die Tür, und sofort fliegen meine Füße wieder über den Teppich. Die Wände verschwimmen zu einem Tunnel, meine Sicht wird immer glasiger. Ich renne und renne und renne – geradewegs in sie hinein.

Auf einmal ist sie da, aber mein Kopf schaltet zu spät, und ich werfe uns beide um.

Ein paar Sekunden lang liege ich wie erstarrt auf ihr.

»Ryan?« Ellis mustert mich mit großen Augen. Ihre offenen

Haare sind auf dem roten Teppich ausgebreitet, ihre Augenbrauen sind vor Überraschung zusammengezogen. Unsere Gesichter sind sich ganz nah …

»T-tut mir leid«, entgegne ich stotternd und rappele mich hastig hoch.

»Nicht schlimm.« Sie setzt sich auf und fährt sich mit der Hand durch die Haare. »Ich hab dich gesucht.«

»Ich hab dich auch gesucht. Komm mit.« Ich biete ihr meine Hand an.

»Wohin gehen wir?«, fragt sie und zieht sich an mir hoch. Ihre Hand ist wie immer schwitzig, trotzdem lasse ich sie nicht los, während ich sie mit mir ziehe. Aber diesmal schaffe ich nur ein paar Schritte, dann gerate ich wieder ins Taumeln.

»Ryan!« Ellis stützt mich am Arm. Ihre Stimme klingt erschrocken. »Was ist denn los?«

»Nichts. Aber wir müssen uns beeilen«, sage ich und versuche weiterzugehen, doch sie hält mich am Arm fest.

»Lass uns erst kurz stehen bleiben. Du siehst aus, als wäre dir schwindelig.«

»Dafür ist keine Zeit.« Ich denke an die Koffer vor ihrer Tür und das Taxi vor dem Hotel. Mein Atem wird schon wieder schneller.

»Warum denn keine Zeit?« Sie runzelt die Stirn. »Und wohin gehen wir überhaupt?«

Als Antwort strecke ich meine Hand aus. Meine Fingernägel haben halbmondförmige Abdrücke auf meiner Haut hinterlassen, so fest habe ich den Schlüssel gehalten.

Ellis Mund formt ein ungläubiges O. »Nein.«

Jetzt muss ich lächeln. »Doch.«

»Du hast ihn gefunden?«, flüstert sie.

Ich nicke.

»Bei euch zu Hause?«

»Nein, bei Grandpa Al. In seinem Büro.«

»Und du bist ganz sicher, dass es der richtige ist?«

»Ziemlich sicher. Da waren noch fünf andere Schlüssel, und sie alle hatten so was hier.« Ich deute auf den schwarzen Plastikanhänger, auf dem die Ziffer 4 steht. Sechs Schlüssel für sechs Türmchen.

»Oh mein Gott.« Ellis lässt von meinem Arm ab und hält sich beide Hände vor den Mund. Ihre Augen glitzern. »Wir haben es geschafft. Ich meine ... also, du hast es geschafft, aber ...«

»Du auch«, wende ich ein. »Es war ja deine Idee, auch außerhalb des Hotels zu suchen.«

»Wir haben es beide geschafft.« Sie macht einen Schritt auf mich zu und sieht mir fest in die Augen. »Zusammen. Als Team.«

»Als Team«, wiederhole ich heiser und spüre, wie mir Tränen in den Augen brennen. Gleich endet unser Abenteuer. Vielleicht sogar unsere Freundschaft. Wer weiß, ob wir uns überhaupt je wiedersehen werden.

»Ryan?« Ellis legt den Kopf schief. »Was ist denn los? Freust du dich nicht?«

»Doch, aber ... ich ... du wirst mir fehlen!«, platze ich heraus und schließe den Mund sofort wieder.

Oh. Das wollte ich eigentlich nicht laut sagen. Mom ermahnt uns ständig, nicht einfach draufloszureden, sondern uns erst zu überlegen, was wir sagen. *»Denn die Wahrheit macht uns angreifbar«*, höre ich ihre Worte in meinem Kopf.

Aber diese Wahrheit konnte ich nicht für mich behalten. Ellis soll wissen, dass ich sie vermissen werde.

Ellis verzieht überrascht das Gesicht und schweigt ein paar Sekunden. Dann beißt sie sich auf die Unterlippe. »Das wollte ich dir noch sagen.« Sie reibt sich verlegen über den Arm. »Wir gehen jetzt doch nicht weg.«

Sofort versteife ich mich. »Was?«

»Wir bleiben hier.«

»Wie? Aber ich dachte, ihr wolltet … was ist mit den ganzen Koffern vor der Tür?«

»Wir ziehen in eine kleine Angestelltenwohnung im sechsten Stock. Deine Eltern hatten angeboten, dass wir im Hotel wohnen können, aber Mom will es nur annehmen, wenn sie auch Miete zahlt.«

»Warte.« Ich komme immer noch nicht mit. »Wann wurde das beschlossen?«

»Mom hat sich heute spontan umentschieden. Na ja, vielleicht nicht ganz so spontan. Du weißt, wie lange sich das Ganze hingezogen hat. Aber gestern Nacht habe ich sehr lange geweint und Mom irgendwann auch. Wir haben geredet, und jetzt … joa, ich weiß auch nicht, bleiben wir doch.«

»Und du bist ganz sicher?«, vergewissere ich mich. »Deine Mom macht keinen Rückzieher? Ihr verschiebt den Umzug nicht? Ihr bleibt wirklich hier?«

»Ich … glaube schon.« Sie hält kurz inne. »Mom wollte eigentlich auch nie weg.«

»Und was ist mit deinem Vater? Kommt er zurück?«

»Nein.« Sie senkt den Kopf. »Vermutlich nicht.«

»Oh. Bedeutet das …« Ich traue mich nicht, den Satz zu beenden.

»Vielleicht.« Ihre Stimme wird leiser. »Aber Dad hat mir fest versprochen, dass wir jeden Tag telefonieren. Und dass er mich ganz oft besuchen wird. Und wenn ich will, kann ich den ganzen Sommer bei ihm verbringen.«

Ich räuspere mich. »Klingt doch cool.«

»Ja.« Jetzt strahlt sie wieder, und auch wenn es sonst ziemlich ansteckend ist, wenn sie so lächelt, schaffe ich es diesmal nicht einmal, einen Mundwinkel zu heben. Ich bin noch immer zu geschockt. Wer hätte gedacht, dass auch gute Nachrichten einen so aus der Bahn werfen können?

Ellis bliebt hier. Das bedeutet, dass wir uns auch weiterhin sehen, weiterhin miteinander spielen können. Das war alles, was ich mir gewünscht habe. Warum ist mir trotzdem nach Weinen zumute?

»Wollen wir jetzt zu den Türmchen?«, fragt Ellis und blickt gespannt zur Decke.

»Okay.« Noch immer leicht benommen setze ich mich in Bewegung. »Auf zu den Türmchen.«

»Warte. Ryan?« Ellis greift nach meinem Arm.

Ich bleibe stehen und drehe mich um. »Ja?«

Ihre Wangen röten sich. »Du … hättest mir auch gefehlt.«

5. KAPITEL

Gegenwart

Ellis

Die Turmzimmer sind anders als die restlichen Räume des Hotels. Der französische Architekt Robert Aland wollte die Türme wie die Zacken einer Krone auf das Hotel setzen und die Besucher mit einem märchenhaften Charme bezaubern. Folglich sind sie kleiner, rustikaler, aber auch gemütlicher. Ihnen wohnt eine gewisse Altertümlichkeit inne, die ich so schätze.

Leider sind die Turmzimmer nicht halb so beliebt wie erhofft und ziemlich teuer. Reiche Leute mit zu viel Geld verbringen hier ihren Hochzeitstag oder feiern ein sonstiges Jubiläum. Meistens bleiben sie nicht länger als eine Nacht.

Ich taste nach dem kleinen Schlüssel in meiner hinteren Hosentasche und hole ihn hervor. Noch eine Besonderheit an diesen Zimmern: Man benötigt keine Schlüsselkarten, sondern richtige Schlüssel.

Obwohl ich sicher bin, dass sich außer mir niemand sonst in diesem Stockwerk befindet, werfe ich trotzdem einen Blick über die Schulter, ehe ich den Schlüssel im Schloss drehe und die Tür mit einem leisen Knarzen aufschiebe. Obwohl es dunkel ist und ich durch das hereinfallende Licht des Flurs nicht mehr erkenne als das Staublaken über dem Doppelbett, macht mein Herz in der vertrauten Umgebung trotzdem einen Satz.

Ich lasse das Licht ausgeschaltet, während ich über den weichen Teppichboden auf eines der beiden halbrunden Dachfenster zuschreite. Ich kenne jeden Winkel dieses kleinen Zimmers, weiß, wo alles steht und könnte mich vermutlich auch mit geschlossenen Augen zurechtfinden. Voll ist das Zimmer schließlich nicht. Es enthält lediglich das prächtige Doppelbett, das von zwei edlen Wandlampen flankiert wird, einen dunklen Holztisch mit einem dazugehörigen Stuhl, ein expressionistisches Gemälde mit dem Abbild einer Jazzband und einen schwarzen Fernseher an der Wand.

Ich ziehe den schweren Vorhang zur Seite und öffne das Fenster. Kühle frische Luft weht herein, und ich nehme einen tiefen Atemzug. Obwohl ich gleich wieder runter muss, löse ich das Haargummi aus meinem Zopf und spüre, wie meine Kopfhaut sofort von dem strammen Zug befreit wird. Meine Locken wehen mir ins Gesicht, kitzeln meine Wangen. Ich streiche sie zur Seite und werfe einen Blick in die Ferne. Der Himmel ist mitternachtsblau. Die Lichter der Stadt sehen aus wie heruntergefallene Sterne. Ich liebe diese Aussicht, komme aber auch nicht umhin, mich zu fragen, was ich überhaupt hier mache. Es ist mitten in der Nacht, ich war seit Ewigkeiten nicht mehr im Turmzimmer, abgesehen davon ist es nicht ganz risikofrei, sich mit einem geklauten Schlüssel Zugang zu einem Hotelzimmer zu verschaffen. Besonders nicht ohne Ryan.

Aber vielleicht ist er der Grund. Vielleicht habe ich mich nach unserer heutigen Begegnung nach einem Ort gesehnt, an dem ich mich ihm nahe fühle. So richtig nahe. Keine physische »Uns trennen nur wenige Stockwerke«-, sondern eine tiefere »Du und ich waren mal unzertrennlich«-Nähe.

Dieses Zimmer war unser Geheimversteck – wenn auch kein Gutes, da es fast jedem im Hotel bekannt war –, aber trotzdem taten alle so, als wüssten sie es nicht. Bei Ryan, dem Enkel des

Hotelbesitzers widersprach ohnehin nie jemand. Und mir, seiner besten Freundin, die seinen Welpenschutz genoss, ebenfalls nicht. Wir verbrachten Stunden hier oben, sprachen, aßen, spielten. Nie nahmen wir jemand anderen mit hoch. Dieses Zimmer gehörte nur uns allein, unser kleines Vakuum, das uns vom Rest der Welt abschnitt.

Ryan war mein Gegenstück. Ich war laut, er leise. Ich war quirlig, er ruhig. Ich war energisch, er besonnen. Ich war spontan, er durchdacht. Wie zwei Magnete zogen wir einander an, bis wir eines Tages unsere negativen Pole aufeinandertreffen ließen und uns dadurch so weit voneinander abstießen, dass wir das Spannungsfeld durchbrachen und uns aus den Augen verloren.

Gedankenverloren blicke ich zur Seite und fahre zusammen, als ich am anderen Fenster plötzlich einen Schatten entdecke. Noch bevor mein Gehirn begreift, was gerade passiert, entfährt mir ein spitzer Schrei, und mein Herz fällt drei Etagen tiefer.

»Scheiße!« Ich presse mir die Hand gegen die Brust, während es in meinen Ohren laut wummert. Diese Silhouette … Ich würde sie überall wiedererkennen. *Ryan.* Er ist hier, mit mir im Turmzimmer! Nur einen großen Schritt von mir entfernt, gleich am anderen Fenster. Hätte ich das Licht angeschaltet, hätte ich ihn vermutlich sofort entdeckt.

Das darf doch nicht wahr sein!

»Sorry.« Der warme Unterton in seiner Stimme bringt mein Herz noch mehr zum Rasen. »Ich dachte, du hättest mich gesehen.«

»Hab ich nicht. Es ist dunkel«, bringe ich heraus und werde mir im nächsten Moment bewusst, dass dies die ersten Worte sind, die wir seit unserem Streit wechseln. Ein warmes Kribbeln durchfährt meine Lippen.

Vorsichtig riskiere ich einen weiteren Blick zur Seite. Ryan hat den rechten Unterarm auf den Fenstersims gestützt und sieht mich an. Seine Miene ist undurchdringlich, doch sein Kiefer wirkt angespannt. Dass er hier ist, ist auf die vertrauteste Weise unvertraut. Etliche Worte brennen mir auf der Zunge, doch der Schock blockiert meine Stimmbänder, und ich kriege keinen einzigen Satz hervor. Wie absurd, wo ich doch früher gar nicht aufhören konnte zu reden …

Glücklicherweise ist er es, der das Schweigen bricht.

»Du … kommst immer noch hier hoch?«

Seine Stimme ist warm, doch die Miene weiterhin verschlossen. Keine Ahnung, was das zu bedeuten hat.

»Manchmal«, gestehe ich und will irgendwas hinzufügen, aber ich weiß nicht, was. Mein Kopf fühlt sich heiß an. Vermutlich überfordert es mein System, dass wir so ernst und steif miteinander reden. Oder … überhaupt miteinander reden.

Ryans Blick wandert mein Gesicht hinab und verharrt auf meiner Dienstkleidung. Überraschung blitzt in seinen Augen auf, nur … warum? Haben seine Eltern ihm nicht erzählt, dass ich seit einem Jahr im Hotel aushelfe? Hat er nie nach mir gefragt?

Als er mich wieder ansieht, schluckt er. »Ich … wusste nicht, dass du hier sein würdest.«

Ich nicke und will gerade erwidern, dass ich selbst nicht weiß, wie ich hier oben gelandet bin, als er fortfährt.

»Bist du über den Sommer nicht immer bei deinem Vater in Kalifornien?«

Ich öffne den Mund, halte jedoch inne, weil seine Worte irgendwie wehtun. Allerdings kann ich die Wunde nicht sofort lokalisieren. Stumm spule ich seine Frage ein zweites und drittes Mal in meinem Kopf ab, taste nach der Doppeldeutigkeit, taste nach dem Schmerz.

Dann rastet die Erkenntnis ein.

Er will gar nicht wissen, was ich um diese Uhrzeit hier oben mache, sondern, warum ich in New York bin, wo ich doch eigentlich weg sein müsste. Bei meinem Vater in San Francisco.

»Doch, aber …« Meine Kehle wird eng, meine Stimme bricht. »Diesmal nicht.«

Mehr bringe ich nicht heraus. Keine weitere Erklärung und auch kein frotzelndes »Ha, und ich dachte, du wärst auf den Bahamas«. Nichts an diesem Moment ist albern oder lustig. Ryan hat sich offensichtlich nur deshalb wieder hier blicken lassen, weil er dachte, dass ich weg sein würde. Weil er mich nicht sehen wollte.

»Verstehe.«

Dann schweigen wir. Sekundenlang. Ich richte den Blick auf die Straße und halte die Tränen zurück, während meine Hoffnungen in einem Sinkflug auf den Asphalt stürzen. Die ganze Zeit habe ich mir eingeredet, dass wir uns irgendwann wieder vertragen würden. Dass wir uns, sobald wir uns wiedersehen, aussprechen und darüber reden, wie blöd alles gelaufen ist. Und dass dann alles wieder gut zwischen uns ist. Weil kein Konflikt der Welt es schaffen würde, uns auseinanderzubringen.

Aber Ryan ist noch sauer. Oder verletzt? Ich weiß es nicht, nur, dass diese Wiederbegegnung definitiv keine Versöhnung bedeutet.

Sondern das Ende.

»Ich … muss dann mal wieder los«, sage ich tonlos und drehe mich um, ohne ihn ein weiteres Mal anzusehen.

Er hält mich nicht auf – unvorstellbar, dass es mal Zeiten gab, in denen er mich gar nicht gehen lassen wollte. Doch jetzt kann ich ihm wohl nicht schnell genug aus den Augen treten.

Hinter mir fällt die Tür ins Schloss, ich zucke zusammen, und mein Herz tut es auch.

6. KAPITEL

Deb:
Hey Babes, ich hab endlich wieder Internet!
Was habe ich verpasst???

Als Antwort schickt Rahim ein Foto von seinen Füßen auf Miamis weißem Sandstrand. Deb reagiert mit: »Neeeeeid!« und schickt im Gegenzug ein Bild von grasenden Kühen, als Bildunterschrift drei schlafende Emojis. Sie befindet sich gerade auf der Farm ihrer Großeltern in Iowa und zählt bereits die Tage bis zu ihrer Rückkehr. Deb ist und bleibt ein Stadtkind, das nichts in der Natur verloren hat.

Deb:
@Ellis, Wie geht's dir eigentlich?
Du bist in letzter Zeit so still.
Ist es immer noch wegen der Columbia?

Missmutig lasse ich meine Finger über den Bildschirm fliegen.

Ich:
Unter anderem. Aber es ist auch die viele Arbeit.
Und ich vermisse euch. Außerdem ist Ryan
wieder da, aber er hat mir klargemacht, dass die

Freundschaft für ihn vorbei ist. Alles
irgendwie ein bisschen viel auf einmal.

Rahim schreibt in Sekundenschnelle zurück.

Rahim:
OMG! Sein Ernst?? Er ist doch nicht etwa immer
noch sauer wegen eures Streits vor zwei Jahren?

Ich:
Nein, ich glaube eher, dass er emotional
weitergezogen ist. Ihr kennt das doch.
Man zieht weg, sieht sich nicht mehr
regelmäßig, lernt andere Leute kennen,
und früher oder später verliert man
sich aus den Augen …

Deb:
Das ist Bullshit!!

Rahim:
Genau dasselbe wollte ich gerade auch schreiben.
Wahre Freunde lässt man nicht einfach los, nur weil
man nach Maryland zieht, um auf ein versnobtes
Eliteinternat zu gehen.

Mein Herz macht einen Sprung. Wenn die zwei nur wüssten, wie viel mir ihre Worte bedeuten. Denn meine Nachricht bezog sich nicht nur auf die Distanz zu Ryan, sondern auch auf die Angst, was die nächste Zeit für meine Freundschaft zu Deb und Rahim bedeuten könnte. Aber vielleicht wird es mit uns nicht so sein. Vielleicht wird die Freundschaft zu meinen zwei Schulfreunden nicht leiden, nur weil wir uns nicht mehr regelmäßig sehen werden.

Deb:
Außerdem hättest du ihn jederzeit
besuchen können. Oder er dich.

Ich:
Aber das wollte er ja nie.
Er musste »lernen« …

Rahim:
Was lernen? Sich bessere Manieren
anzueignen? Da ist jemand wohl heftig
durchgefallen …

Deb reagiert mir drei Lach-Emojis, und auch ich ringe mir ein kleines Lächeln ab.

Rahim:
Außerdem zeigt das nur, dass er nie ein
richtiger Freund war. Reiche Leute denken,
dass sie sich alles erlauben können und
man ihnen immer hinterherrennt. Scheiß
privilegierte Saftsäcke!

Sekunden später schickt er die nächste Nachricht hinterher.

Rahim:
Und nein, ich projiziere dein Drama mit
Ryan nicht auf mich und Logan!

Logan war Rahims erste richtige Beziehung und einer der unangenehmsten Menschen, die ich je kennengelernt habe. Seiner Familie gehört irgendeine Suppenmarke, deren reichhaltige Dosenkonserven Mom als Zementkleister bezeichnet hat und Dad als kulinarische Folter, die er nicht einmal seinem schlimmsten Feind anbieten würde. Dennoch verkauft sich das Zeug, jeder kennt die Suppe, und Logan lässt keine Situation verstreichen, seine Mitmenschen mit Phrasen wie »Dir ist schon klar, wer ich bin?« und »Weißt du überhaupt, mit wem du hier redest?« stets daran zu erinnern.

Deb:
Ja, okay, aber nicht alle reichen Leute sind so von sich eingenommen wie Logan. 😁

Deb:
Nicht, dass ich Ryan in Schutz nehmen will …

Ich:
Nein, es stimmt schon. Er hat seinen Status auf jeden Fall nie so krass raushängen lassen.

Deb:
Trotzdem würde ich auf ihn scheißen.

Rahim:
Ja, scheiß auf ihn!

Ich:
Muss ich ja. ☹️

Ich weiß, dass meine Freunde es nur gut meinen und mich mit diesen Kommentaren über Ryan aufmuntern wollen, trotzdem spüre ich, wie mir das gerade zu viel wird. Also verabschiede ich mich mit der Ausrede, dass ich gleich los muss. Ich will nicht, dass sie schlecht über ihn reden. Ich will nicht einmal, dass sie schlecht über ihn denken. Bevor er gegangen ist, war er der beste Freund auf der Welt, immer für mich da und nie abweisend oder kalt. Im Gegenteil, Ryan war so warmherzig, dass mich allein bei der Erinnerung daran ein heißes Kribbeln durchfährt.

Seufzend schließe ich die Unterhaltung und stecke mir das Handy in die hintere Tasche meiner Jeans, ehe ich mich wieder gegen das Balustraden Geländer des ersten Stocks lehne und runter zur Lobby schaue. Sonnenlicht scheint durch die Fenster der Seitenflügel, wird im Marmorboden reflektiert und lässt die Wasseroberfläche des Springbrunnens glitzern. Hin und wieder huschen Kellner mit Tabletts durch mein Sichtfeld. In der Lobby Lounge sind heute mehr Tische besetzt. Hoffnung keimt in mir auf. Vielleicht neigt sich das ganze Langston-Drama ja allmählich dem Ende zu.

Plötzlich fällt mein Blick auf eine junge Frau mit mir vertrauten rosa Haaren, die auf dem Weg zum Ausgang vor dem Springbrunnen in die Hocke geht, um sich die Schnürsenkel fester zuzubinden. Sie trägt ein kurzes weißes Tanktop, weiße Leggings und ebenso weiße Sportschuhe. Als sie sich aufrichten will, fällt ihr Blick auf mich und ein überraschtes Lächeln breitet sich auf ihrem Gesicht aus.

»Hey, Ellis!«, ruft sie mir von unten aus zu. Verwundert halte ich inne. Ich hätte nicht erwartet, dass sie sich an mich erinnern würde.

»Hey … Riley«, erwidere ich zögernd, denn auch wenn es Gäste von sich aus anbieten, fühlt es sich anfangs immer seltsam an, sie mit ihren Vornamen anzusprechen.

»Wie geht's?« Sie richtet sich wieder auf.

Da wir uns nicht wirklich kennen, kann ich nicht mit der deprimierenden Wahrheit rausrücken, die Deb und Rahim vorhin bekommen haben. Deshalb belasse ich es nur bei einem oberflächlichen: »Gut und dir?«

»Mir auch. Ich wollte gerade eine Runde joggen gehen. Ich hoffe nur, dass es nicht schon zu heiß ist.«

Bei einem New Yorker Nachmittag im Juli eher unwahrscheinlich …

»Ja, am besten geht man direkt morgens«, entgegne ich und lasse meinen Blick erneut über ihr Outfit wandern. Wann hat sie die Sachen eigentlich gekauft? Als sie vor ein paar Tagen angekommen ist, hatte sie doch nur die eine kleine Tasche dabei. Über Dennis habe ich erfahren, dass sie bis jetzt die meiste Zeit in ihrem Zimmer verbracht und sich das Essen immer nach oben bestellt hat. Möglicherweise hat sie auch jemanden aus dem Hotel beauftragt, sie mit neuer Kleidung auszustatten.

»Na ja, mal sehen. Bis später.« Sie winkt zum Abschied und tritt dann aus der Tür.

»Bis dann«, sage ich und lehne mich leicht über die Brüstung, während ich ihr hinterherschaue. Die Journalistin in mir würde ihr am liebsten nachgehen, um mehr über sie zu erfahren. Einfach so, weil ich glaube, dass sie ein spannender Mensch ist, der viel zu erzählen hat.

Plötzlich brandet hinter mir Applaus auf und lenkt meine Aufmerksamkeit auf sich. Irgendwo in einem der Veranstaltungsräume findet wohl eine Konferenz statt oder Ähnliches. Das würde die vielen Limousinen erklären, die ich vorhin vom Fenster aus gesehen habe. Es dauert nicht lang, bis sich die Tür zum Meetingraum II öffnet. Menschen in teuren Anzügen erheben sich von dem länglichen Besprechungstisch und verlassen in Grüppchen den Saal. Bald darauf bildet sich vor den

Aufzügen ein Stau, weshalb einige von ihnen die Wendeltreppen ansteuern und an mir vorbeigehen.

Schließlich treten Mr und Mrs Van Day aus der Tür, und mein Herz stolpert, als ich sehe, dass ihre beiden Kinder ihnen folgen.

Jules und Sam wirken braun gebrannt, vermutlich waren sie wirklich auf den Bahamas. Ryan und sein Dad Daniel hingegen haben ihren üblichen Olivteint. Jetzt, wo sie nebeneinanderstehen, könnten sie als Brüder durchgehen. Bis auf die schwarzen Haare ist Ryan nach wie vor das Ebenbild seines Vaters. Sein Anblick löst ein wildes Flattern in meiner Magengegend aus. Der elegante Anzug steht ihm etwas zu gut.

Ich frage mich, um was für ein Meeting es sich wohl gehandelt hat. Dass Sam bei solchen Konferenzen dabei ist, überrascht mich nicht, aber Ryan hat immer deutlich klargestellt, dass er nicht in die Fußstapfen seiner Familie treten möchte. Andererseits wurde ich auch lange nicht mehr upgedatet … Wer weiß, was für ein Mensch er heute ist.

Sam hakt sich bei ihrem Bruder unter, und es ist eine so vertraute und liebevolle Geste, dass ich unweigerlich die Stirn runzele. In meiner Erinnerung standen sich die zwei nie besonders nah.

Samantha sieht mich nicht, während sie schwatzend an mir vorbeigeht. Aber Ryan entdeckt mich, und mein Atem stoppt, als sich sein Blick für eine Millisekunde in meinem verfängt. Ein knappes Nicken in meine Richtung, dann wendet er sich ab und läuft weiter.

Verdattert sehe ich ihm hinterher. Ist das sein Ernst? Okay, wir sind nicht mehr befreundet, aber können wir uns deswegen nicht einmal mehr Hallo sagen?

Julia Van Day schaut ebenfalls nicht in meine Richtung, während sie, das Telefon zwischen Ohr und Schulter geklemmt, die

Treppe runtereilt, und dabei gleichzeitig mit einem Geschäftspartner spricht. Ich nehme es ihr nicht übel, schon gar nicht, wenn sie versucht, einen neuen Rekord im Multitasking aufzustellen. Wenigstens winkt mir Daniel freundlich zu. Ich hatte zwar nie viel mit ihm zu tun, fand ihn aber immer nett. Mit einem verkniffenen Lächeln winke ich zurück und wende mich wieder der Lobby zu, in der sich nun deutlich mehr Menschen tummeln. Mit den Augen folge ich Ryan, verliere ihn jedoch irgendwann im Gedränge.

Frust steigt in mir auf. Noch vor ein paar Tagen habe ich seine Rückkehr regelrecht herbeigesehnt. Jetzt kann ich es gar nicht erwarten, bis er wieder abreist. Diese neue Dynamik zwischen uns, dieses aneinander vorbeischleichen, Augenkontakt vermeiden und sich bestenfalls zunicken … Nein. Lieber sehe ich ihn gar nicht und pflege weiter die Wunden meines gebrochenen Herzens, als ihm fortan nur noch *so* zu begegnen und meinem Herzen zusätzliche Schrammen hinzuzufügen.

»Liebling!«

Die Stimme meiner Mutter lässt mich herumfahren. Sie trägt eine enge Jeans und eine elegante braune Bluse, aber der unordentliche Dutt auf ihrem Kopf lässt vermuten, dass sie schon wieder fleißig arbeitend durch die Gegend flitzt.

»Hey, was machst du hier?«

»Ich war kurz im Hochzeitssaal und habe gecheckt, ob für die Veranstaltung morgen alles an seinem Platz ist. Übrigens, dein Dad hat mich angerufen. Er denkt, dass du sauer auf ihn bist.«

»Oh nein.« Ich habe ganz vergessen, ihm zu antworten. »Ich werde ihm schreiben. Sorry, dass er sich an dich gewandt hat.«

Mom macht eine abwinkende »Schon gut«-Geste, die mich irgendwie überrascht. Seit ihrer Trennung vor zehn Jahren verliert sie selten ein nettes Wort über meinen Vater und regt sich immer tierisch auf, wenn er aus welchem Grund auch immer den Kontakt zu ihr sucht.

»Arbeitest du heute eigentlich?«, fragt sie, bevor ich weiter nachhaken kann.

»Nein, wieso? Brauchst du mich?«, entgegne ich und folge ihr die Treppe runter.

»Vielleicht.« Sie zögert. »Ich habe eine kleine Lieferung für einen privaten Catering-Auftrag. Eigentlich wollte einer meiner Kuriere sie gleich transportieren, aber der ist nun ganz spontan ausgefallen, und vorhin ist schon wieder eine neue Bestellung reingekommen, weshalb ich …«

»Mom«, unterbreche ich sie und halte mich an ihrem Arm fest, um sie im Gedränge der Menschen nicht zu verlieren. »Natürlich helfe ich dir.«

Dass sie Vollzeit als Köchin arbeitet, und in ihren Pausen nach oben düst, um sich auch noch um private Catering-Aufträge zu kümmern, ist bereits unzumutbar. Wenn ich sie irgendwie unterstützen kann, tue ich es.

»Das Problem ist nur …« Ich spüre, wie sich ihr Arm versteift.

»Was? Muss ich bis nach New Jersey fahren?«, scherze ich, obwohl ich das natürlich auch tun würde.

»Nein, aber …« Sie hält kurz inne, ringt mit sich und stößt die Worte schließlich mit einem tiefen Atemzug aus. »Du müsstest zur Columbia.«

Alles in mir verkrampft sich.

»Oh«, entfährt es mir nach einer Pause, von der ich sehnlichst hoffe, dass sie nicht länger als eine Sekunde gedauert hat.

»Irgendein Raum in der School of Arts. Ich weiß selbst nicht genau, was das ist. Der Veranstalter hat Finger Food für zehn Personen bestellt, also nichts Großes vermutlich. Nur … ist das auch okay für dich?«, fragt Mom und streicht mir sanft über den Handrücken. Erst jetzt fällt mir auf, dass wir stehen geblieben sind, neben uns der Brunnen, der im Takt meines Blutes zu rauschen scheint.

»Klar, warum sollte es nicht okay sein? Dann statte ich meiner Lieblingsuni einen kleinen Besuch ab. Ist doch toll«, sage ich mit so viel Enthusiasmus in der Stimme, dass es beinahe sarkastisch klingt. Was irgendwie auch stimmt, denn ich will da nicht hin. Will nicht über den Campus streifen und mich permanent daran erinnern müssen, dass ich mir in den letzten zwei Jahren nichts anderes als eine Zusage gewünscht habe, nur um sie letztendlich zu erhalten und trotzdem nie dort studieren zu können. Denn egal, ob ich alles in meiner Macht Stehende dafür tue, kann mir mein Traum immer noch verwehrt werden, da mir etwas fehlt, das ich selbst durch harte Arbeit nicht ausreichend beschaffen kann – Geld. (Nächstes Mal muss ich mit meinen Wünschen definitiv konkreter werden!)

Und dann muss ich auch noch zur School of Arts, die sich natürlich genau gegenüber der journalistischen Fakultät befindet. Irgendwer da oben hat wohl etwas gegen mich!

Aber Mom braucht mich, auch wenn wir nie offen darüber sprechen. Allein die Tatsache, dass sie als begnadete Chefköchin nun sogar das Catering für irgendwelche Kunststudierende machen muss, weil sie keinen Auftrag ablehnen kann, sagt schon alles.

»Ich mache es«, wiederhole ich, diesmal mit mehr Überzeugung.

»Danke, Liebes. Ich schick dir gleich die genaue Adresse. Du müsstest die Lieferung bis spätestens … Oh, hallo Ryan.«

Meine Eingeweide verknoten sich.

Bitte nicht schon wieder.

Moms Hand schießt nach vorn und im nächsten Moment

steht Ryan neben uns. Bei all den vielen Menschen um mich herum, habe ich seine Anwesenheit gar nicht bemerkt. Erneut überfordert mich seine plötzliche Nähe.

»Hi Kelly. Hi …«, Er räuspert sich, seine Stimme wird leiser. »Ellis.«

Ein Kribbeln fährt meine Wirbelsäule hinab, als ich meinen Namen aus seinem Mund höre.

»Hallo«, piepse ich und wage es nicht, seinen Blick zu erwidern.

»Gut siehst du aus«, sagt Mom, und ich stimme ihr im Stillen zu. Ryan war schon immer auf eine eher raue Weise schön. Tiefschwarze Haare, stechendgrüne Augen, glatte Gesichtszüge, hohe Wangenknochen. Heute zieht sich noch ein feiner Bartschatten über seine Wangen, verleiht seiner Erscheinung etwas Verwegenes.

Und Heißes.

Die Anziehung, die er auf mich ausübt, ist unbestreitbar, und ich frage mich, ob sie jeder hier Anwesende spürt. Der Drang, ihn zu berühren, weil er so verdammt begehrenswert ist.

»Sag mal, hast du gerade zufällig Zeit und könntest Ellis bei einer Lieferung helfen?«, fragt Mom.

Ich gefriere zu einer Eisskulptur. Nein. Das hat sie nicht getan. Unmöglich, dass diese Frau, die sich meine Mutter nennt, so grausam sein kann.

»Ähm …« Ryan wirkt sichtlich überfordert. »Ich … also …«

»Wunderbar.« Mom klatscht in die Hände. »Es sind auch nur zwei Kartons. Jeder von euch einen. Ihr solltet sie bis …«

»Mom«, unterbreche ich sie und habe Mühe, meine Wut im Zaum zu halten. »Ich glaube, Ryan hat keine Zeit, extra für dich quer durch die Stadt zu fahren.«

Ich weiß, sie meint es nur gut und will uns dabei helfen, das *Eis zu brechen*, aber ich wünschte, sie würde sich einfach raushalten. Ich habe ihr von unserer nächtlichen Begegnung im Turmzimmer erzählt und wie endgültig seitdem alles ist. Und trotzdem tut sie so, als wären wir nach wie vor das eingeschworene Team, eine Symbiose, die nur zusammen funktioniert. Ellis und Ryan. Ryan und Ellis.

»Warum denn quer durch die Stadt? Ihr müsst doch einfach nur durch den Central Park auf die andere Seite spazieren.«

Das sind drei Meilen und würde über eine Stunde dauern …

»Das schaffe ich auf jeden Fall allein«, beteuere ich, aber Mom fährt fort, als hätte sie mich gar nicht gehört. »Vielleicht kann euch Frank bringen.«

Frank ist der Fahrer der Van Days, der ganz bestimmt keine Lust hat, mich wegen einer Catering-Lieferung meiner Mutter durch den Nachmittagsverkehr zu chauffieren.

»Oder ihr ruft euch ein Uber. Wie ihr wollt. Ihr macht das schon aus. Hauptsache das Essen ist bis spätestens fünf Uhr am Veranstaltungsort. Tausend Dank euch beiden.«

Sie klatscht mir einen Schmatzer auf die Stirn, wuschelt Ryan durch die Haare und lässt uns dann einfach stehen.

Ungläubig sehe ich ihr hinterher. »Mom, du … Mom!«, rufe ich, doch sie ist bereits im Gedränge verschwunden.

Zurück bleiben Ryan und ich, angespannt wie zwei Baumstämme, die wohl nicht mal ein Tornado umschmeißen könnte.

7. KAPITEL

Die Sonne hat sich hinter die Wolken verzogen, doch ich klappe die Sonnenblende trotzdem runter. Einfach, um meinen Händen eine Beschäftigung zu geben. Dabei fällt mir etwas in den Schoß – eine schwarze Kondompackung, die offenbar zwischen Autodach und Blende gesteckt hat.

Heißes Blut schießt in mein Gesicht.

»Die gehören Sam«, sagt Ryan leise von der Fahrerseite, und ich nicke schnell. »Klar.«

Immerhin ist das ihr Wagen – ein Tesla mit dem seltsamsten ausziehbaren Türgriff, den ich je gesehen habe! Aber Ryan hat ihn sich freundlicherweise ausgeliehen, um mich zur Columbia zu fahren. Er hat jetzt einen Führerschein. Noch eine Sache, die ich nicht wusste. Dabei hat er immer gesagt, dass er Autos nicht mag. Oder vielleicht galt das auch nur für die Limousinen, in denen er damals kutschiert wurde. Er fand sie zu groß und auffällig, denn Ryan hielt sich immer gern im Hintergrund und fuhr viel lieber mit dem Fahrrad.

Verlegen verstaue ich das Kondom im Handschuhfach und richte den Blick aus dem Fenster. Rote Häuser mit schwarzen Feuerleitern fliegen an mir vorbei, vermischen sich mit dem Grün der Bäume, die die Gehwege flankieren. Der Verkehr am Broadway ist zäh und schleppend. Niemand von uns sagt ein Wort. Der Motor ist beinahe lautlos, die Luft im Raum ist heiß und stickig. Schweiß läuft meinen Rücken runter, klebt meine Kleidung an meine Haut. Ich war nie klaustrophobisch, aber jetzt frage ich mich, ob ich es nicht vielleicht doch bin. Ryan nimmt bereits zu viel Platz in meinem Kopf ein, und nun ist es, als würde das Auto mit jeder Sekunde schrumpfen.

Verstohlen linse ich in seine Richtung. Sein Kiefer ist angespannt, der umherhuschende Blick gestresst, fast schon genervt. Sofort steigen Schuldgefühle in mir auf, dabei habe ich ihn zu nichts gezwungen! Nachdem Mom weg war, habe ich ihm mehrfach versichert, dass er mich nicht begleiten muss, nicht, nachdem er neulich Nacht sogar ohne Worte klargestellt hat, was er davon hält, wenn wir wieder Kontakt haben.

Warum also ist er trotzdem mitgekommen? Aus Pflichtgefühl? Oder weil er Angst hatte, dass meine oder seine Mom ihm eins auf die Rübe geben würden?

Irgendwann macht Ryan das Radio an, vermutlich kann er die Stille ebenso wenig ertragen. Aus den Lautsprechern dröhnt *Heat Waves* von Glass Animals, und es ist einer dieser absurden Momente, bei denen der Song im Radio akkurat zur Stimmung passt. Er, ich und die stille Autofahrt, begleitet von unserem persönlichen Soundtrack.

Sometimes all I think about is you …

Ich fahre das Fenster ein Stück runter und sinke tiefer in den Sitz. Meine im Luftzug flatternden Haare versperren mir die Sicht, aber wenigstens verschwindet so auch Ryans Profil aus meinem Augenwinkel. Der Song endet, ein neuer beginnt, *Awkward* von SZA, und ich möchte einfach nur aus dem Fenster springen.

Fünfzehn unangenehme Minuten später, in denen keiner von uns ein weiteres Wort gesagt hat, kommt der Wagen vor dem Campus zum Stehen. Ich schnalle mich ab und bin überrascht, als Ryan es mir gleichtut.

»Brauchst du Hilfe beim Tragen?«, fragt er, während er den Kofferraum öffnet.

»Nein, ich glaube das geht schon«, entgegne ich und lasse mir von ihm die Kartons auf die Arme stapeln. Unsere Finger streifen sich für eine Sekunde, und mein Herz hüpft mir bis in die Kehle.

»Danke«, bringe ich heraus. »Auch fürs Bringen«, setze ich hinterher, als mir einfällt, dass ich das bisher noch gar nicht gesagt habe. Ryan hat mich zwar vermutlich nur aus Pflichtgefühl begleitet, aber ich weiß die Geste trotzdem zu schätzen.

»Kein Problem.«

Das schwarze Eisentor ist offen, dahinter beginnt ein mit Bäumen gesäumter Weg, der ins Innere des Campus' führt. Ein seltsames Gefühl der Geborgenheit ergreift von mir Besitz. Ich bin schon so oft über diese Wege spaziert, dass ich mich vermutlich noch besser auskenne als so manche Studierende. Doch diesmal kann ich meinen Besuch nicht genießen. Es ist wie bei der Kurzatmigkeit, die mich während der Pollensaison gelegentlich heimsucht. Wenn ich ganz tief einatme und es doch nicht genug Luft ist. Ja, genau so fühlt es sich an, hier zu sein. Egal, je schneller ich Moms Auftrag hinter mich bringe, desto besser. Außerdem will ich Ryan nicht allzu lang warten lassen.

Die Kartons balancierend marschiere ich zum Eingang der School of Arts und bedanke mich, als mir ein Mädchen meines Alters die Tür aufhält. Es dauert nicht lang, bis ich den richtigen Raum finde und die Lieferung bei einer Gruppe älterer Damen und Herren – vermutlich Dozierende – abgebe.

Wieder draußen begebe ich mich auf direktem Weg zum Ausgang. Als ich jedoch das Tor passiere, ist das Auto weg. Mein Herz erstarrt. Ist Ryan etwa wieder gefahren? Nein. Das kann er doch nicht ernsthaft getan haben. Ungläubig blicke ich nach links und rechts, aber keine Spur von Sams Wagen. Ryan ist wirklich gegangen.

Danke fürs Bringen – ob er das als Abschied aufgefasst hat? Aber so war das doch gar nicht gemeint! Wütend presse ich die Lippen aufeinander. Wenn er mich so schnell loswerden wollte, warum hat er mich dann überhaupt hergebracht?

Arschloch, fluche ich im Stillen und will gerade die Treppen der Station *116 Street Station – Columbia University* ansteuern, als hinter mir eine tiefe Stimme erklingt.

»Hey, bist du so weit?«

Abrupt fahre ich herum. Ryan lehnt mit dem Rücken an der Wand und stößt sich ab, als unsere Blicke sich treffen.

Er ist nicht gegangen. Er ist hier. Vermutlich hat er nur einen Parkplatz gesucht, weil er nicht die ganze Zeit mitten auf der Straße stehen konnte.

Okay Herz, beruhige dich wieder!

»Äh, ja«, sage ich und nicke zerstreut, während ich ihm die Straße runter folge. Mein Puls rast noch immer.

Ryan mustert mich von der Seite, Verwirrung glänzt in seinen grünen Augen. »Dachtest du, ich wäre gegangen?«

»Nein«, sage ich schnell. »Oder … Vielleicht eine klitzekleine Sekunde lang«, gestehe ich und spüre, wie sich meine Wangen röten. Doch gerade bin ich zu erleichtert, ihn zu sehen, als mich hinter kreativen Lügen zu verstecken.

Überraschung huscht über seine Züge, dann erscheint die Andeutung eines Lächelns auf seinem Gesicht.

»Aber danke, dass du es nicht getan hast«, sage ich, als wir den Wagen erreichen. »Überhaupt, dass du den Chauffeur spielst. Das wäre wirklich nicht nötig gewesen.«

»Schon gut, du musst mich ja nicht gleich beleidigen«, entgegnet er und entsperrt die Türen.

Huh?

»Ich …« Verdattert schließe ich den Mund wieder, brauche erneut mehrere Versuche, um den eingefahrenen Tesla-Türgriff zu mir zu schwenken, und setze mich, als die Tür endlich aufschwingt, unbeholfen ins Auto. Meine Gedanken überschlagen sich, versuchen zu begreifen, was er damit sagen wollte.

Erst als er losfährt, verstehe ich. *Chauffeur*. Das war eine Anspielung auf unsere erste Begegnung – ein Insider. Ach du Scheiße!

»Du hast gerade einen Witz gerissen!«, entfährt es mir, ohne nachzudenken.

Ein Schmunzeln von der Fahrerseite. »Das hat gedauert.«

Und er kontert! Ryan Van Day reißt Witze und kontert!

Was passiert hier gerade???

»Du bist jetzt also unter die Scherzkekse gegangen?«, frage ich mit vorsichtigem Optimismus.

»War ich das nicht schon immer?«

Ich mustere ihn ungläubig. »Du und Scherzkeks? Du fandest es nicht einmal witzig, als Dennis an Halloween versehentlich die Hash Brownies probiert hat.«

»Das war auch nicht witzig, sondern verstörend«, erwidert er trocken und ich kann nicht anders, als zu lachen. Es war wirklich verstörend. Dennis war der Einzige, der sich nicht verkleiden wollte, und am Ende war er es, der wie Frankensteins Monster lief und schaurige Töne von sich gab. Georgina, die junge Praktikantin, die die Brownies für die Mitarbeiter als Gag gebacken hatte, wurde daraufhin gefeuert.

Hach, das waren Zeiten …

»Bleibst du eigentlich im Hotel oder ziehst du ins Wohnheim?« erkundigt er sich plötzlich.

»Hm?«

»Die Columbia«, setzt er als Erklärung hinzu und nickt zu besagtem Gebäude.

»Oh. Ach so.« Ein Kloß blockiert meine Atemzufuhr. Als wir das letzte Mal über die Uni sprachen, war ich nicht sicher, ob ich mit Deb in ein Wohnheim ziehen oder im Hotel wohnen bleiben würde. Offenbar hat ihn niemand upgedatet.

Mein Hals zieht sich zusammen. »Nein, ich … werde nicht …«

»Was?« Ryan reißt die Augen auf. »Nein.« Er klingt ungläubig, als könnte er nicht fassen, dass ich nach all dem Hoffen, all dem Lernen und den Vorbereitungskursen nicht an der Columbia studieren werde.

»Doch, leider«, sage ich heiser und zwinge mich zu einem »It is what it is«-Lächeln, während ich innerlich schon wieder mit den Tränen kämpfen muss. Vielleicht bemerkt Ryan es, denn sein Blick wird weich, mitfühlend. Lange sieht er mich an, dann hebt er ohne ein Wort die Hand, bewegt sie zu meinem Kopf und erstarrt, kurz bevor er sanft mein Haar berührt. Hastig zieht er sie wieder zurück und umklammert das Lenkrad.

Meine Kopfhaut beginnt zu kribbeln. *Er wollte mir über die Haare wuscheln.* So wie er es früher immer gemacht hat. Egal, was mich damals beschäftigte, er hat mich nie zum Reden gedrängt, sondern einfach nur seine Hand in meinen Haaren vergraben und mich an sich gezogen. Meistens habe ich dann von selbst angefangen zu erzählen, es war beinahe, als wäre der Körperkontakt nötig, um meinen Redefluss zu aktivieren.

Ich spüre sofort, wie die Stimmung umschlägt. Ryan fährt seine Mauern wieder hoch, die ein paar Augenblicke lang unten waren. Augenblicke, in denen wir lachten und scherzten, als ob nie etwas geschehen wäre.

Angespanntes Schweigen tritt ein, das diesmal auch keine Musik übertönen kann. Der Rückweg kommt mir doppelt so lang vor. Ich lehne mich mit dem Ellenbogen gegen das Autofenster und atme frustriert gegen meine Faust. Da habe ich doch wirklich gedacht, dass nach einem Witz alles wieder so wäre wie früher.

Als das Hotel in Sichtweite kommt, hebe ich meine Tasche vom Schoß und schnalle mich ab. Ryan lässt mich am Eingang raus. Ich steige aus, ohne mich zu verabschieden. Er tut es auch nicht. Draußen strecke ich mich in dem Versuch, die Anspannung aus meinen Muskeln zu befreien. Gott, war das unangenehm! Noch länger und mein ganzer Körper hätte sich verkrampft. Ich kann einfach nicht fassen, dass wir nun so distanziert miteinander umgehen. Nachdem wir Jahre lang ein Herz und eine Seele waren …

»Ellis!«

Ich drehe mich zur Seite und halte die Hand über meine Augen, um das Sonnenlicht abzuschirmen. Riley läuft mir entgegen. Ihr Gesicht ist gerötet, ihr rosa Haaransatz glänzt feucht.

»Hey. Wie war das Joggen?«

»Anstrengend.« Sie verzieht das Gesicht. »Es war einfach viel zu heiß. Morgen versuche ich, früher zu gehen. Oder ich pfeif auf meine Gesundheit und lasse es für immer sein.«

»Du könntest auch die Hoteltreppen nehmen«, schlage ich vor und winke Gonzales und Levi zu, während ich mit Riley den Eingang passiere. Die angenehm klimatisierte Luft der Lobby empfängt uns und kühlt nicht nur meine Haut, sondern auch meinen erhitzten Kopf.

»Ich soll zwölf Stockwerke bis nach oben laufen?« Riley fächert sich Luft zu, während sie einen schnaubenden Laut von sich gibt. »Niemals.«

»Im Untergeschoss gibt es auch ein Fitnessstudio.«

»Ich glaub, ich lasse das einfach mit dem Sport.«

Ich lächele. »Auch eine Möglichkeit. Dann empfehle ich einen Besuch im Hotel Spa.«

Ein Funkeln blitzt in ihren Augen auf. »Ja, das klingt schon eher nach mir.«

Wir erreichen die Aufzüge, und als die Türen auseinanderschießen, macht mein Herz einen kurzen Schrecksprung. Dabei kann Ryan gar nicht darin sein, immerhin bin ich vor ihm ins Hotel gegangen. Vermutlich werde ich nie wieder in Ruhe Aufzug fahren können, ohne zu fürchten, von ihm überrumpelt zu werden – oder zu hoffen.

»Übrigens, ein Typ hat mir heute beim Frühstück erzählt, dass er später in seiner Suite eine Party schmeißt.« Sie sieht zu mir und ein unsicheres Lächeln zupft an ihren Lippen. »Du und ich kennen uns zwar noch nicht wirklich, aber hättest du Lust, mich zu begleiten?«

»Eine Party?«, wiederhole ich und deute auf die hohe Decke. »Hier im Hotel?«

»Ja, genau.« Sie hält inne und legt den Kopf schief. »Oder darfst du nicht mit Gästen ausgehen?«

»Doch … also nein, offiziell nicht, doch da wird schon niemand was sagen.«

Ihr Blick erhellt sich. »Ist das ein Ja?«

Ich denke kurz nach. Zwar bin ich keine große Partymaus, allerdings arbeite ich morgen nicht, und Riley wirkt echt cool. Es könnte nett werden.

Abgesehen davon brauche ich Ablenkung. Sehr, sehr viel Ablenkung …

»Okay«, willige ich ein.

8. KAPITEL

Da ich nicht wusste, welcher Dresscode verlangt wird, habe ich Debs Rat befolgt und eine schwarze Latexleggings mit einem goldenen Pailletten-Crop Top kombiniert. Darüber eine khakigrüne Lederjacke, die die Eleganz etwas abdämpfen soll, falls die anderen doch legerer gekleidet sind. Jetzt baumelt die Jacke allerdings an meiner Stuhllehne, weil die anwesenden Gäste sich deutlich schicker gestylt haben. Ich bin froh, dass ich mich doch noch in die schwarzen Stilettos gezwängt habe. Zwar halte ich nichts von unbequemen Schuhen, aber sie sind echt hübsch und im Sitzen drücken sie zum Glück nicht so sehr.

Die Party findet im fünfzehnten Stock in der Benedict Suite statt, benannt nach dem verstorbenen Bruder von Albert Van Day Junior. Nebenan gibt es noch die Marianne-und-Albert-Suite, die Grandpa Al nach der damals sehr aufwendigen Renovierung seinen Eltern gewidmet hat. Sie alle versprühen einen anderen Charme. Die Benedict Suite ist die größte im Stockwerk, besteht aus drei Schlafzimmern, einem riesigen Wohnzimmer und großen Barbereich. Die Einrichtung ist dunkel und auf eine eher moderne Weise prunkvoll. Graue Wände, braune Möbel im Kolonialstil, dunkle Teppiche, ein großer Steinkamin, viel Glas, Holz und Leder. Wer die Benedict Suite bucht, will es krachen lassen.

Riley und ich sitzen auf zwei Barhockern, hinter uns die feiernde Meute. Es sind insgesamt dreißig oder vierzig Gäste, und sie alle scheinen einem Film entsprungen zu sein. Ihr Auftreten wirkt einstudiert, eine feiernde Symbiose, die im Einklang trinkt, tanzt und lacht.

Beklemmung steigt in mir auf, als ich beobachte, wie ein betrunkener Typ beinahe gegen einen Spiegel knallt. Hoffentlich geht heute Abend nicht allzu viel kaputt. Zwar passiert es nicht selten, dass Teile der Einrichtung demoliert werden, und natürlich müssen die Gäste für alles aufkommen, aber sie sind nicht diejenigen, die das Chaos am Ende beseitigen müssen. Die Leute vom Housekeeping haben schon die grusligsten Geschichten erzählt.

»Also Ellis, verrat mir mal ein bisschen was von dir«, ruft mir Riley durch Drakes laute Beats zu. Sie trägt ein kurzes weißes Kleid mit dünnen Spagettiträgern, die rosa Haare hat sie mit einem ebenso weißen Haarreif zurückgesteckt. In der Hand hält sie ein Glas Champagner. Ich bin bislang bei einer Cola geblieben, weil ich nicht sicher war, ob es in meinem emotionalen Zustand klug wäre, zu Alkohol zu greifen.

»Was willst du denn wissen?«, frage ich zurück.

»Ist es wahr, dass du auch hier im Hotel wohnst?«

»Ja, das stimmt«, bestätige ich und gebe ihr die Kurzfassung, die ich jedes Mal aufs Neue runterleiere.

»Echt cool.« Ihr offener Blick mustert mich ehrlich interessiert, und irgendwie mag ich, wie die rosa Haare mit ihren dunklen Augenbrauen kontrastieren.

»Wirst du hier weiterhin wohnen bleiben? Oder fürs College wegziehen? Bei dir war's irgendwas mit Journalismus, oder?«

Dass sie sich daran noch erinnert …

»Ja, genau. Aber ich fange erst nächstes Jahr an zu studieren. Und du?«, lenke ich schnell von mir ab. »Wo kommst du eigentlich her?«

»Aus LA.«

»Cool.« Bei ihrem Akzent dachte ich mir das schon. »Studierst du da? Oder willst du studieren? Wie alt bist du eigentlich?«

»Neunzehn.«

Ob es Absicht war, dass sie nur auf meine letzte Frage geantwortet hat?

»Und du studierst nicht?«, hake ich vorsichtig nach.

Riley nimmt einen Schluck und macht ein unbeteiligtes Gesicht. »Nö.«

»Willst du noch?«

Sie zuckt mit den Schultern, trinkt wieder. »Mal sehen.«

So kann nur jemand reden, der sich keine Sorgen um die Zukunft machen muss.

»Was machen deine Eltern so?«, frage ich, bevor ich es verhindern kann.

»Sie sind reich. Und Hippies. Reiche Hippies, wenn du so willst.«

Hippies … Sie will ablenken.

»Sie arbeiten nicht?«

»Nicht, wirklich, nein.«

Wage, schwammige Antworten …

»Also sind sie die Kinder von reichen Leuten«, schlussfolgere ich. »Das oder Drogendealer.«

Riley grinst. »Du hast noch Lottogewinner vergessen.«

»Ich tippe auf Ersteres.«

»Du tippst richtig.«

»Kinder von Schauspielern? Oder Produzenten? Oder Drehbuchautoren?«

Ein amüsiertes Schnauben entfährt ihr. »Ich komme aus LA, nicht aus Hollywood.«

Wieder versucht sie, mir auszuweichen.

»Ist das ein Ja?«

»Heiliger …« Riley lacht. »Wird das ein Verhör?«

»Oh.« Erst als sie es sagt, bemerke ich, was ich gerade tue. »Sorry. Journalistenhirn. Manchmal merke ich gar nicht, wie es mich überkommt. Tut mir leid.«

»Alles gut.« Sie grinst. »Aber es zeigt, dass du mich noch nicht gegoogelt hast.«

Meine Fingerkuppen fangen an zu kribbeln. »Würde ich denn irgendwas Interessantes finden?«

»Du könntest es versuchen und müsstest dich auch nur durch die ca. vierzigtausend Ergebnisse durchwühlen, die Google parat hält.« Sie grinst.

Oh Mann, sie hat recht. *Wang* ist nicht gerade ein seltener Nachname.

»Oder du lässt es einfach und lernst mich ohne Google kennen.«

»Okay.« Es ist sowieso cooler, Menschen ohne Hintergrundrecherche zu begegnen. Das sorgt immer wieder für Überraschungen.

»Keine Sorge.« Riley angelt nach der Champagnerflasche vor uns. »Ich habe mich spannender verkauft, als ich eigentlich bin.«

Also ich finde dich bis jetzt äußerst spannend …

»Was sind drei Dinge, die dich ausmachen?«, frage ich plötzlich.

»Drei Dinge?«

»Ja. Was kommt dir als Allererstes in den Sinn?«

»Ähm …« Riley denkt einen Moment lang nach. »Ich liebe Horrorfilme, ich trage am liebsten alles in Weiß, und ich muss mir alle paar Monate die Haare in einer anderen Farbe färben.«

»Rosa steht dir.« Ich lächele.

»Danke. Ist bis jetzt mein Favorit.« Sie fährt sich über den Scheitel. »Davor war ich brünett.«

Vermutlich könnte sie die Haare auch grün tragen und es würde gut aussehen.

»Was sind denn die drei Dinge, die *dich* ausmachen?«, fragt sie zurück.

»Drei Dinge …« Ich halte kurz inne. »Okay, also ich wohne in einem Hotel, ich schreibe gern, und ich … führe ständig Selbstgespräche«, gestehe ich mit einem leicht verschämten Lächeln.

»Echt?« Riley hebt überrascht die Augenbrauen und deutet mit ihrem Glas auf sich. »Ich auch.«

»Wirklich?« Ich pruste los. »Okay, Vibe Check bestanden.«

Riley lacht ebenfalls, und es überrascht mich, wie seltsam verbunden ich mich ihr schon jetzt fühle. Es fühlt sich nicht so an, als würden wir uns erst seit Kurzem kennen.

»Übrigens habe ich gehört, dass Ryan Van Day später auch kommen soll«, wechselt sie plötzlich das Thema, und beim unerwarteten Klang seines Namens zieht sich kurz alles in mir zusammen. Eben noch fröhlich scherzend, ist die Luft um mich herum mit einem Mal unangenehm schwer.

»Ist wohl ein Kumpel des Gastgebers«, fährt sie fort und gießt sich noch etwas Champagner in ihr Glas. »Ich habe ihn noch nicht gesehen, aber er soll ziemlich süß sein.« Ihr Blick huscht zu mir. »Kennst du ihn?«

Ich nicke, die Oberfläche meiner Cola vibriert leicht unter meinen Fingern. »Ja, also von früher. Ich meine, ja, wir kennen uns. Aber jetzt haben wir nicht mehr wirklich viel miteinander zu tun. Damals schon, da waren wir … na ja, aber jetzt nicht mehr«, schließe ich mein Gebrabbel.

»Hui, rieche ich da eine fiese Trennung?« Riley legt den Kopf schief und lässt den Blick wachsam über mich wandern. »Ich dachte mir schon, dass dich irgendeine Liebeskummer-Aura umgibt.«

Liebeskummer-Aura?

»Nein!« Meine Stimme überschlägt sich fast. »Keine Trennung in *dem* Sinne«, setze ich etwas leiser hinterher. »W-wir sind nur zusammen aufgewachsen und standen uns mal sehr nahe.«

Sehr, sehr, sehr nahe.

Riley schürzt die Lippen. »Klingt mir trotzdem wie eine Trennung.«

Ihre Worte jagen einen Schauer über meinen Rücken. *Eine Trennung*. So habe ich das noch nie betrachtet. Haben Ryan und ich uns ... getrennt?

Glücklicherweise fragt sie nicht nach, was passiert ist. Stattdessen schiebt sie ihr Glas zu mir rüber. Ich zögere nur kurz, ehe ich es anhebe, und die Gedanken an meinen besten Freund in kalter, prickelnder Flüssigkeit ertränke.

Ich weiß nicht genau, wann es passiert – vielleicht nach den roten Shots, die an alle verteilt wurden, oder dem Cocktail danach –, aber irgendwann ist Riley so betrunken, dass sie sich an mir festhalten muss, um nicht umzukippen. Das Problem ist, dass ich inzwischen selbst ein wenig betüdelt bin und ebenfalls Schwierigkeiten habe, das Gleichgewicht zu halten. Ich vertrage echt nicht viel.

»Ich hab dich lieb«, lallt Riley in meine Halsbeuge.

»Ich dich auch«, sage ich, und spanne den Oberkörper an, als sie immer tiefer in meine Arme sinkt.

»Wollen wir beste Freunde sein?«, nuschelt sie an meiner Schulter.

Ein leises Lachen verlässt meinen Hals. »Okay. Aber lass uns jetzt erst mal gehen.«

»Warum? Is' doch noch voll früh.« Sie hebt die Hand in Richtung Deckenlampe, als würde die Sonne höchstpersönlich auf uns scheinen.

»Es ist schon zwölf und du kannst kaum noch aufrecht stehen.« Meine Worte fühlen sich schwer und zäh auf meiner Zunge an. Gott, was war bloß in diesen Shots drin?

»Komm' wir dann wieder?«, fragt Riley hoffnungsvoll.

Unwahrscheinlich.

»Vielleicht«, sage ich trotzdem, innerlich hoffend, dass sie einschläft, sobald sie im Bett liegt. Ohne sie loszulassen, erhebe ich mich vom Hocker, angele nach meiner Jacke und lasse den Blick ein letztes Mal über die Menge wandern.

Er ist nicht gekommen.

Keine Ahnung, warum ich seit Rileys Ankündigung die ganze Zeit darauf gewartet habe. Die gemeinsame Autofahrt war doch schon seltsam genug, und es wäre ja nicht so, dass wir uns einen schönen Abend gemacht und auf alte Zeiten angestoßen hätten.

»Ich hab Lust auf Wagyu«, murmelt Riley, während ich uns zum Ausgang manövriere.

»Wagyu?«, wiederhole ich und spüre die ersten Schweißperlen auf meiner Stirn tanzen. Meine neue beste Freundin ist viel schwerer als ihre zierliche Figur vermuten lässt. »Ist das was zu essen?«

»Mhm.«

»Lass uns noch mal darüber reden, wenn wir draußen sind«, ächze ich und versuche, mir einen Weg durch die Menge zu bahnen. Ich muss dabei im Zickzack laufen, weil niemand zur Seite tritt und sich ständig neue Leute in unseren Weg schieben. Meine eingequetschten Füße schmerzen bei jedem Schritt und mein Gehirn ist nicht sicher, ob wir uns auf dem Festland oder auf hoher See befinden. Fluchend laufe ich weiter, ziehe Riley mit mir und jubele innerlich, als wir endlich die Tür erreichen.

Meine Hand schwebt bereits über dem Türknauf, ändert jedoch die Richtung, als Riley unvermittelt ihr ganzes Gewicht auf mich verlagert.

»Hey, Riley, nicht einschlafen«, sage ich und tippe ihr leicht auf die Wange.

»Deine Hand ist schwitzig«, murrt sie und dreht den Kopf zur Seite, als wollte sie einer Fliege ausweichen.

Ich verdrehe die Augen. »Ich weiß, sorry. Aber kannst du noch zwei Minuten durchhalten? Wir sind fast draußen.«

»Ich muss ausnüchtern. Und ich will Wagyu.«

»Erst mal musst du hier raus.« Abermals versuche ich nach dem Knauf zu greifen, doch es gelingt mir nicht, ohne die Balance zu verlieren. Inzwischen brennen meine Arme unter ihrer Last wie Feuer.

»Hallo? Entschuldigung?«, wende ich mich der feiernden Meute zu, doch mein Ruf versinkt in Doja Cats *Women*. »Kann uns vielleicht jemand die Tür öffnen?«, bitte ich etwas lauter, und probiere, nach dem Ärmel einer vorbeigehenden Person zu greifen. Vergeblich.

Frust brandet in mir auf. Was soll ich jetzt machen?

»Warte«, erklingt es hinter mir, und ehe ich mich versehe, schiebt sich eine Hand in mein Sichtfeld, dreht den Knauf und öffnet die Tür. Es geht so schnell, dass ich nicht einmal blinzele. Erleichterung flutet mich, wird jedoch sogleich von Aufregung überschwemmt, als mein angetrunkenes Ich mit einigen Sekunden Verzögerung registriert, wer uns gerade die Tür geöffnet hat.

Diese Hand, diese Finger …

Er ist doch gekommen.

Wir stolpern auf den Flur, die Tür fällt laut hinter uns ins Schloss, und als ich mich umdrehe, steht dort Ryan, der uns nach draußen gefolgt ist.

»Danke«, presse ich hervor und hebe den Blick. Vorhin bei

der Autofahrt trug er noch Hemd und schicke Hose, jetzt ist er wieder in seine übliche Kleidung geschlüpft – graues Sweatshirt und blaue Jeans. Seine schwarzen Haare sind etwas aus der Form geraten, ein paar Strähnen fallen ihm in die Stirn.

»Kein Problem.« Er lächelt, und es ist ein so unerwartet strahlendes Lächeln, dass plötzlich ich es bin, die sich an Riley klammert.

»Soll ich ein Taxi rufen?«, bietet er an.

»Nicht nötig. Sie ist hier Gast«, erkläre ich und nicke in Richtung der Aufzüge. »Zwölfter Stock, Ballentine Suite.«

»Ey, redet nicht so, als ob ich nicht da wäre«, lallt Riley an meiner Schulter.

Ryans Blick fliegt zu meiner Freundin. Ein amüsiertes Lächeln zuckt über seine Lippen, dann entfährt ihm ein lautes Lachen. Erst glaube ich, dass ich im falschen Film bin. Ryan lacht?! Doch dann betrachte ich ihn erneut, bemerke sein gerötetes Gesicht und den leicht glasigen Blick seiner Augen. Ob er ebenfalls etwas angetrunken ist?

»Brauchst du Hilfe, sie nach unten zu bringen?«

»Oh.« Seine Frage bringt mich kurz aus dem Konzept. »Ähm, musst du nicht. Also, wie du willst. Fühl dich nicht verpflichtet. Du kannst auch wieder rein gehen und weiterfeiern und … so.«

Ein erneutes Lachen. »Gut, dass ich dazu deine Erlaubnis habe.«

Hitze schießt in meine Wangen. »N-Nein, damit meinte ich nur …«

»Ich nehme einfach mal ihre andere Schulter, okay?«, sagt er und macht Anstalten, Rileys Arm zu umfassen. Doch er wartet erst auf meine Einwilligung.

Ich nicke überfordert und atme gegen das hektische Klopfen in meiner Brust an. »Okay.«

Damals

Ryan, zehn Jahre alt

»San Francisco war toll, aber echt kalt. Also nicht extrem kalt, aber schon kühl und vor allem neblig. Ich dachte immer, dass Kalifornien richtig heiß und sommerlich ist, aber na ja, es war trotzdem voll cool. Und das Restaurant, in dem Dad arbeitet, ist krass schön und liegt in einem riesigen Hochhaus mit Ausblick aufs Meer. Einmal hatten wir ein Erdbeben, kein großes, aber es war trotzdem gruselig. Hast du schon mal eins erlebt?«

Ich nicke, während ich ächzend auf die Pedale drücke. Ellis ist viel schwerer, als erwartet. Als sie vorhin das Fahrrad gefahren ist und ich auf dem Gepäckträger saß, hat sie sich nicht so abgerackert. Vielleicht hat sie mehr Muskelkraft als ich …

»Fühlt sich voll merkwürdig an. Na ja, außerdem war ich ganz oft im Pool schwimmen. Dad hat oben auf seinem Dach einen, der sogar beheizt ist. Am Strand waren wir auch manchmal, aber den Pool mochte ich irgendwie mehr, weil da kein Sand war. Ich mag keinen Sand. Er ist kratzig und nervig. Obwohl – aber er sieht eigentlich schön aus. Auf Fotos mag ich Sand!«

Ellis plappert und plappert ohne Punkt und Komma. Ich bin mir nicht einmal sicher, ob sie Luft holt. Trotzdem muss ich lächeln. Mir war nicht klar, wie sehr ich ihr Gerede vermisst habe. Während der Ferien haben wir uns zwar manchmal zum Videochat verabredet, aber es war trotzdem nicht dasselbe. Außerdem waren Dad, Sam und ich ein paar Wochen lang auf Santorini und der Zeitunterschied war enorm.

Aber jetzt sind wir beide wieder da und probieren mein neues Fahrrad aus. Bis auf die ersten roten Blätter, die den Boden sprenkeln, ist der Asphalt angenehm glatt und eben. Die imposante Fläche des Central Parks erstreckt sich vor uns, dahinter Wolkenkratzer, die sich um den Park erheben und all die Bäume um uns herum winzig erscheinen lassen.

»Alles okay? Bin ich zu schwer?«, fragt Ellis, als ich wieder ächze.

»Nein.«

»Lügner.« Sie lacht.

»Ja, okay.« Keuchend fahre ich an den Straßenrand. »Steig mal vorne rauf.«

»Vorne?«, wiederholt Ellis und springt ab, woraufhin sich das Rad augenblicklich leichter fährt. »Ist das wirklich besser? Siehst du dann überhaupt was?«

»Probieren wir es aus.« Ich bremse ab.

Ellis wirft einen unschlüssigen Blick auf die schwarze Stange zwischen Sattel und Lenker. Das rötliche Licht der Abenddämmerung fängt sich in ihren Locken, ihre langen Wimpern werfen Schatten unter ihre Augen, die noch immer skeptisch dreinschauen. Heute trägt sie ein weißes I♥SF T-Shirt, was mich unweigerlich lächeln lässt.

Ich hab sie echt vermisst.

Nach kurzem Überlegen setzt sie sich schließlich seitlich rauf. Vorsichtig trete ich in die Pedale und lasse die Räder langsam anrollen.

»Woah!« Ellis lehnt sich zurück und krallt sich an meinem Arm fest. »Aber fahr vorsichtig«, kommandiert sie panisch.

»Mach ich«, verspreche ich, obwohl das Fahren jetzt deutlich angenehmer ist. Ich wechsele in einen höheren Gang und überhole eine Kutsche.

»Das dürfen wir nicht unseren Eltern erzählen.« Sie kichert, und ich unterdrücke ein Grinsen. »Stimmt. Sie würden ausrasten. Vor allem deine Mom.«

Wir haben schon Ewigkeiten gebraucht, sie zu überreden, eine Runde durch den Central Park zu drehen, der wohlbemerkt nur fünf Minuten vom Hotel entfernt ist. Erst wollte sie, dass noch jemand Erwachsenes mitkommt, aber dann konnten wir sie doch überreden, solange wir nur im vorderen Teil des Parks bleiben und vor Anbruch der Dunkelheit zurückkommen. Kelly ist nach wie vor echt ängstlich, was das Leben in einer Großstadt angeht.

»Immer noch schwer?«, fragt Ellis neckend.

Ich verdrehe die Augen und streiche ihre weichen Haare zur Seite, die mir ins Gesicht fliegen. »Nein.«

Aber dafür liegt ein süßlicher Geruch in der Luft. Ein angenehmer, beinahe süchtig machender. Neugierig sehe ich mich um, verliere kurz die Balance, fange mich aber noch rechtzeitig.

»Schau geradeaus!«, ermahnt Ellis.

»Sorry.« Ich fahre langsamer und halte das Lenkrad gerade, kriege den Duft aber trotzdem nicht aus der Nase. »Weißt du, ob es hier irgendwo einen Rummel gibt?«

»Einen Rummel?« Ellis klingt überrascht. »Hier im Park? Wie kommst du darauf?«

»Weil es hier wie in Coney Island riecht, findest du nicht auch?«

»Wie riecht denn Coney Island?«

»Keine Ahnung. Nach Popcorn und Zuckerwatte. Wie ein Rummel halt. Weißt du, was ich meine?«

»Ach sooo, das liegt, glaub ich, an mir. Dad hat mir eine ganze Kiste mit verschiedenen Body Lotions geschenkt, und *Cotton Candy* ist meine liebste.«

Cotton Candy. Zuckerwatte. Ellis riecht nach meiner absoluten Lieblingssüßigkeit. Hitze rauscht durch meinen Körper.

»Wie findest du den Duft?«

»Ähm, ich …« *… finde ihn so toll wie dich.*

Moment. Was denke ich da?

»Es … also, er ist sehr … intensiv«, bringe ich heraus, und bin froh, dass sie meinen roten Kopf nicht sieht.

»Oh.« Ihre Schultern sinken ein Stück herab, und am liebsten würde ich die Worte zurücknehmen, weil sie jetzt bestimmt denkt, dass mir der Geruch nicht gefällt.

»Der Duft ist schon sehr doll«, räumt sie ein. »Ich mag ihn eigentlich, aber … na ja, nächstes Mal nehme ich lieber etwas weniger.«

Meine Lippen pressen fest aufeinander, Frust steigt in mir auf. Warum drücke ich mich immer ausgerechnet dann so komisch aus, wenn ich mal was Ehrliches sagen will? Am liebsten würde ich es zurücknehmen, aber als ich den Mund öffne, ist meine Zunge wie erstarrt.

Typisch.

9. KAPITEL

Gegenwart

Ellis

Als Kinder verbrachten Ryan und ich Stunden in diesem Flur; damals, als er noch renoviert wurde und unbewohnt war. Bis wir die Schlüssel zu den Turmzimmern entdeckten, kamen wir fast jeden Tag her und hingen einfach nur ab. Es war so unspektakulär wie es klingt, aber wir fanden es trotzdem toll, denn hier hatten wir unsere Ruhe.

Und jetzt, knapp zehn Jahre später, sind wir wieder hier und schleppen meine neue beste Freundin über den weichen Flurteppich. Ich bin froh, dass Ryan mir hilft. Allein könnte ich sie gar nicht tragen.

»Wie viel hat sie getrunken?«, fragt er, als wir endlich im Aufzug sind. Sein hektischer Atem übertönt die leise Fahrstuhlmusik.

»Gar nicht so viel«, ächze ich und versuche, eine störrische Strähne aus meinem Gesicht zu pusten. »Aber die Shots waren echt heftig und ich hatte nur einen.«

»Ich glaube, ich hatte vier«, sagt er und drückt auf die zwölf.

»Vier?«, wiederhole ich ungläubig.

»Ja.« Er grinst, als wäre der Konsum von zu viel Kirschlikör das Lustigste überhaupt. Er muss viel betrunkener sein, als ich dachte.

»Seid ihr eigentlich Freunde oder so?«, fragt er mit einem Blick auf Riley, die wieder in meinen Armen döst.

»Ähm, ja, ich glaube schon. Wobei, eigentlich kennen wir uns noch nicht lang«, wende ich ein und versuche, die Strähne erneut aus meinem Gesicht wegzupusten. Im nächsten Moment ist sie verschwunden – dank Ryans langer Finger, die sie sanft zur Seite schieben. Es ist eine völlig banale Geste, doch sie bringt mein Herz trotzdem zum Rasen.

»Und du?«, frage ich mit einem leichten Beben in der Stimme. »Ich meine … warum warst du auf der Party?«

»Maxton hatte gefragt, ob ich vorbeikommen will. Erinnerst du dich noch an ihn?«

Maxton …

»Das war dieser Eine aus deinem Jahrgang, oder?«

»Genau.« In seinen Augen blitzt etwas, vielleicht Überraschung, weil ich mich erinnere. »Wir hatten zwar nie wirklich viel Kontakt, aber sein Cousin hat die Party geschmissen, und da ich gerade hier bin …« Er zuckt mit den Schultern, als würde das den Rest erklären.

»Verstehe«, sage ich leise und bin dankbar, als die Aufzugtüren endlich auseinandergleiten.

»Wir sind da«, teile ich Riley mit und ziehe an ihrem Arm, doch sie leistet Widerstand.

»Will noch nicht gehen«, nuschelt sie an meinem Hals.

»Komm schon«, dränge ich. »Wir haben es fast geschafft.«

»Aber ich will Wagyu«, protestiert sie.

Das schon wieder. Genervt drehe ich mich zu Ryan, der die Hand gegen die Aufzugtür drückt, um den Sensor zu blockieren. »Weißt du, was Wagyu ist?«

Ryan denkt kurz nach. »Ist das nicht dieses eine teure japanische Rindfleisch? Kobe oder so?«

Natürlich, was auch sonst.

»Gibt es das hier im Hotel?«, frage ich ohne große Hoffnung.

»Ne. Aber die Küchen sind jetzt sowieso geschlossen und machen erst um fünf wieder auf«, sagt er an Riley gewandt.

Als ob das was zu bedeuten hätte. Wer im Hotel Van Day zu Gast ist, bekommt alles, was er will, wann er es will.

»Aber wir sind doch in New York City.« Ein lautes Gähnen verlässt Rileys weit aufgerissenen Mund. »Irgendwo wird's das schon geben.«

»Es ist nach zwölf«, erinnere ich sie. »Alle Restaurants schließen irgendwann. Wie wär's, wenn wir jetzt schlafen gehen und morgen dein Wagyu essen?«

»Na gut. Dann eben nur eine Runde spazieren.«

»Spazieren?«

»Ja. Im Central Park.«

Ich glaub, ich hör nicht recht. »Du willst um diese Uhrzeit zum Central Park?«

»Um auszunüchtern. Ein bisschen frische Luft schnappen und zack, bin ich wieder klar.« Sie schnippt mit den Fingern, verliert jedoch das Gleichgewicht und krallt sich wieder an mir fest.

»Riley.« Ich schließe die Augen und kneife mir in die Nasenwurzel. »Es ist spät. Du kannst kaum noch aufrecht stehen. Außerdem ist es um diese Uhrzeit sehr gefährlich draußen im Park.«

Plötzlich lacht Ryan unverhofft los.

Irritiert sehe ich zu ihm rüber. »Was?«

»Nichts, sorry. Du klangst gerade nur wie deine Mom.«

Schamesröte klettert meinen Hals hoch. »Nicht hilfreich, Ryan!«

»Ihr müsst ja nicht mitkommen«, meint Riley und versucht, sich aus meinem Griff zu befreien.

»Spinnst du? Ich lasse dich doch nicht um diese Uhrzeit allein durch den Park laufen!«

»Dann komm halt mit«, seufzt sie, als wäre ich ihre nervige kleine Schwester, und wieder lacht Ryan, als wäre es das Lustigste, das er je gehört hat.

Ich bin immer noch etwas betrunken, das merke ich bei jedem schweren Tritt in die Pedale, während ich das Fahrrad durch die Dunkelheit lenke. Um halb eins. In der Nacht. Im Central Park.

Es war Ryans Idee, sich welche von einem Stand um die Ecke auszuleihen. Eine Runde durch die Nacht drehen, den Alkohol wegpaddeln und Riley auf den Gepäckträger bugsieren, weil sie ohnehin nicht mehr in der Lage wäre, selbst zu fahren. Er ist nämlich mitgekommen. Er, Ryan Van Day, mein ehemals bester Freund, hat uns einfach so begleitet. Warum? Keine Ahnung.

Wir erreichen die Gapstow Bridge, eine kleine steinerne Brücke, die aussieht, als käme sie aus einer anderen Zeit. Etliche kleine Leuchtpunkte schwirren über dem Wasser und um uns herum – ich hatte vergessen, wie viele Glühwürmchen es hier im Sommer gibt.

Ich wechsele in den ersten Gang, um den kleinen Berg leichter hochzufahren, Ryan und Riley fahren ein Stück hinter mir und unterhalten sich über Horrorfilme. Der Gegenwind verwandelt ihre Worte in einen unverständlichen Brei, aber offenbar ist alles, was Riley sagt, zum Totlachen.

Es ist absurd. In all den Jahren, die wir uns kennen, habe ich Ryan noch nie so oft lachen gehört. Selbst als Kind war er ernst, egal, wie sehr ich mich bemühte, ihm ein Lachen zu entlocken. *Der Alkohol.* Ja, der muss es sein, der ihn so locker macht und seine Mauern runtergefahren hat. Andernfalls würde er doch niemals die Party im Stich lassen, um mit uns – *mir* – rumzuhängen!

»Und deshalb finde ich ›Smile‹ overrated«, schließt Riley, was Ryan mit einem »Voll« quittiert. Inzwischen haben sie mich wieder eingeholt. Die beiden Lichtkegel der Fahrräder erleuchten den Asphalt. Die Straße ist schmal und dahinter dicht bewachsen mit Bäumen und Büschen. Wenn Mom wüsste, dass ich um diese Uhrzeit hier bin, würde sie vermutlich noch eine Vase zertrümmern.

Ich drücke leicht auf die Bremse und lasse mich ein Stück zurückfallen, um einen besseren Blick auf meine Begleiter zu haben. Rileys weißes Kleid strahlt in der Dunkelheit, ihre rosa Haare wehen im Wind. Eine Weile betrachte ich die Schemen der beiden, und plötzlich ist es, als würde ich auf mich selbst blicken. *Auf uns.* Ryan und Ellis, auf einem Fahrrad sitzend. In einer anderen Zeit. In einem anderen Leben.

»Hey, beste Freundin, alles klar bei dir?«, erkundigt sich Riley und dreht den Kopf zu mir nach hinten.

»Ja, aber lasst uns lieber umkehren«, sage ich mit einem Blick auf den immer schmaler werdenden Weg vor uns. »Der Park schließt demnächst und um diese Uhrzeit sollten wir ohnehin nicht so tief reinfahren.«

Ich rechne mit Protest, doch zu meiner Überraschung, willigt sie ein. »Na gut, aber auf dem Rückweg will ich fahren.«

»Bist du sicher?«, fragt Ryan und klingt hörbar skeptisch.

»Ja. Ich fühle mich wieder fitter.«

So klingt sie auch. Vielleicht hat die frische Luft sie wirklich etwas ausgenüchtert.

»Außerdem ist es hier hinten echt unbequem«, ergänzt sie und springt ab, als das Rad zum Stehen kommt.

»Ich weiß aber nicht, ob du mich tragen kannst«, wendet Ryan ein. »Ich bin echt schwer.«

»Dann fahr doch bei Ellis mit.«

Ich erstarre. Ryan und ich ein Fahrrad teilen?

»Ähm.« Ryan verstummt und wirkt kurz überfordert. »W-Wenn das okay für dich ist?«, fragt er an mich gewandt.

»Klar«, piepse ich und schaffe es nicht, seinen Blick zu erwidern.

Kurze Zeit später sitzt Ryan auf meinem Gepäckträger. Ich trete das linke Pedal und versuche loszufahren. Doch es gelingt mir nicht. Der Restalkohol in meinem Blut macht meine Beine schwer und kraftlos.

»Ich glaube, du musst fahren«, sage ich und steige stöhnend wieder ab.

»Wirklich?«

»Nur wenn du willst. Ansonsten laufe ich einfach nebenher.«

Ryan klettert vom Gepäckträger und wirft einen prüfenden Blick auf meine High Heels.

»Das geht schon«, beteuere ich, doch er schüttelt den Kopf und schwingt sich kurzerhand auf den Sattel.

Ich warte, bis er richtig sitzt, dann umfasse ich den Lenker, und setze mich vorsichtig auf die Stange. Hinter mir höre ich ihn zischend einatmen, und erst als ich mich gegen ihn lehne, wird mir klar, dass er vermutlich davon ausgegangen ist, dass ich mich auf den Gepäckträger setzen würde.

Oh. Das war wohl die Macht der Gewohnheit.

»I-ist das okay? Oder soll ich lieber nach hinten?«, frage ich und mache Anstalten, wieder abzusteigen.

»Nein, das …« Ich höre ihn schlucken. »Ist okay.«

Er ist nervös. Ich bin nervös. Warum sind wir nervös?

Das Rad quietscht, als er langsam anfährt. Ich hebe die Beine an, der kühle Sommerwind kitzelt über meine erhitzte Haut, lässt meine Haare fliegen.

»Kannst du was sehen?« Obwohl ich leise spreche, klingt meine Stimme viel zu laut inmitten all der Stille.

»Ja. Und kannst du … also, fahre ich zu schnell?«

Eben noch der Scherzkeks, der alles unglaublich witzig fand, wirkt er nun deutlich befangener. Ob er allmählich wieder ausnüchtert?

»Nein«, sage ich heiser. »Das geht.«

Riley ist uns bereits ein ganzes Stück voraus und gibt Frank Sinatras *Theme of New York, New York* zum Besten. Ein charmanter Soundtrack zu einer absurden Nacht. Absurd und surreal. Bei der Autofahrt vorhin schien es, als würde es Ryan physische Schmerzen bereiten, neben mir zu sitzen. Und jetzt liege ich förmlich in seinen Armen …

»Das ist das zweite Mal an diesem Tag, dass du mich kutschierst«, sage ich als Versuch, die Stimmung aufzulockern.

»Stimmt.« Er schmunzelt. »Du solltest mir wenigstens Trinkgeld geben.«

Okay, er geht auf meinen Scherz ein …

»Erst mal abwarten, wie die Fahrt wird.«

»Hey, ich bin ein guter Fahrer!«

Das ist er wirklich …

»Wer hat es dir eigentlich beigebracht?«, taste ich mich weiter vor. »Also, das Autofahren, meine ich.«

»Sam.«

»Wirklich?«

»Ja, sie ist eine echt gute Lehrerin. Aber sag ihr das nicht, sonst steigt es ihr zu Kopf.«

»Ihr versteht euch inzwischen echt gut, oder?«

»Ja, wir … ja.« Ich höre das Lächeln in seiner Stimme, und kann nicht anders, als es ihm gleichzutun. Es freut mich, dass sie sich nun nahestehen, obwohl sie sich als Kinder ständig in die Haare gekriegt haben.

»Du …« beginnt er plötzlich und bricht dann ab. Sein Atem riecht nach Kirsche und Wodka.

»Hm?«, mache ich, als er nicht weiterspricht.

»Du … ähm, benutzt immer noch diese … Body Lotion?«

»Oh. Ja«, gestehe ich und mache ein entschuldigendes Gesicht. Zwar liebe ich meine *Cotton Candy* Creme, aber Ryan war der Duft immer zu stark, weshalb ich in seiner Anwesenheit meistens darauf geachtet habe, nicht zu viel aufzutragen. Doch als er weg war, musste ich auf niemanden mehr Rücksicht nehmen.

»Ist dir der Geruch zu penetrant? Soll ich lieber absteigen?«

»Nein! Ich … egal, schon gut.«

Er klingt frustriert. Aber warum?

Schweigend fahren wir weiter. Riley summt vor sich hin, während wir ein Stück hinter ihr fahren. Bis auf die Fahrradlichter ist es stockdunkel, doch dann biegen wir nach rechts und erreichen den Center Drive, eine breitere Straße, die mit großen Laternen ausgeleuchtet ist. Von hier an geht es etwas steiler abwärts. Ryan drückt leicht auf die Bremse und lässt das Fahrrad kontrolliert ausrollen. Mein Blick fällt auf die vielen Wolkenkratzer, die den Park umschließen. Die meisten Gebäude werden angestrahlt, in einigen Fenstern brennt noch Licht.

»Ryan?«, rutscht mir sein Name irgendwann über die Lippen.

»Ja?«

Der Alkohol macht mich mutiger. Er und die Dunkelheit, die mich nicht jeden Gedanken erst zweimal hin und her wenden lässt.

»Worum ging es heute bei dem Meeting? Also, … wenn ich das fragen darf.«

Ryan atmet tief aus, dabei trifft sein Kirschatem auf meinen Hals und verursacht einen kleinen Schauer in meinem Nacken.

»Vermutlich kannst du es dir selbst denken.«

»Die Langston-Geschichte?«

»Unter anderem ja, aber generell steht es gerade nicht besonders gut um das Hotel.«

»Wirklich?« Das ist neu.

»Offenbar gibt es die Probleme schon seit der Führung von Grandpa Al. Oder … vielleicht sogar deswegen«, schiebt er tonlos nach. »Allerdings kenne ich mich mit den ganzen Details selbst nicht besonders gut aus. Sam kann dir da sicher mehr verraten.«

»Überlegst du, doch ins Hotelgeschäft einzusteigen?« Anders als Sam war er nie besonders scharf auf diese Zukunftsperspektive.

»Keine Ahnung.« Wieder dieses warme Seufzen und wieder dieser kleine Nackenschauer. »Eigentlich nicht. Glaube ich jedenfalls. Gerade interessiert mich einfach nur, das Hotel aus der Krise zu befreien.«

»Klar.« Ich nicke verstehend. »Außerdem hat das ja alles noch Zeit. Mal sehen, was Harvard aus dir macht.«

»Hm«, brummt er.

»Ich nehme an, du wirst dich in Richtung Wirtschaft und Politik orientieren?«

Bei unserem letzten Gespräch wusste Ryan noch nicht, was er machen wollte, seine Eltern hingegen hatten eine sehr klare Vorstellung von seiner Zukunft. Familientradition und so …

»Was ist eigentlich mit dir?«, sagt er anstelle einer Antwort. »Warum gehst du nicht an die Columbia?«

Mein Lächeln gefriert, und wie durch Knopfdruck versteifen sich meine Schultern.

»Hab kein Stipendium bekommen«, entgegne ich knapp.

»Aber du wurdest angenommen?«

Mein Hals wird dick. »Jepp.«

Ryan bedauert mich nicht, spricht kein Beileid aus oder beschwert sich darüber, wie frustrierend das ist. Stattdessen fragt er einfach weiter.

»Hast du es noch woanders versucht?«

»Ja, bei der Penn hat alles geklappt.«

»Und warum gehst du nicht dahin?«

»Das wollte ich ja, aber dann ist das Leben dazwischengekommen, und jetzt gehe ich erst im nächsten Jahr dorthin.«

»Was ist dazwischengekommen?«

Diesmal bin ich es, die leise seufzt. »Ich nehme an, du kennst die Geschichte über das Vasen-Fiasko noch nicht?«

»Ähm, nein?«

»Dieser eine merkwürdige Kunstsammler«, beginne ich. »Der schmierige, der auch mit eurer Familie befreundet ist. Julio irgendwas.«

»Der mit dem geringelten Schnauzbart?«

Ich schnaube. »Und dem Monokel, ja.«

»Was ist mit ihm?«

»Ich weiß nicht, ob du mal bei ihm zu Hause warst, aber sein komplettes Penthouse ist vollgestopft mit irgendwelchem alten Zeug. Wirklich überall, wie bei einem Grabräuber, der auf antiken Scheiß steht. Leider hat Mom bei einem Catering-Auftrag versehentlich eine seiner Vasen zerbrochen – blöderweise ausgerechnet ein Teil, an dem er besonders hing. Hunderte von Jahren alt, unbezahlbar, bla bla. Na ja, und die muss sie nun abbezahlen. Gerüchte besagen zwar, dass er pleite ist und ihm die Sache mit der Vase mehr als gelegen kommt, aber so oder so …«

»Was?«

Plötzlich bremst Ryan so scharf ab, dass das Hinterrad einen Augenblick lang in der Luft schwebt. Instinktiv kralle ich mich an seinem Arm fest.

»Hey!«, beschwere ich mich.

»Was bedeutet das?«, fragt er bebend. »Deine Mom hat wegen der Vase nun Schulden und du hilfst ihr, sie abzubezahlen?«

»I-Ich … ja«, entgegne ich stotternd, irritiert von seinem Tonfall. »Zu zweit geht es schneller.«

»Aber ich … das ist doch …« Er schließt den Mund wieder und hält einen Augenblick lang inne. »Okay, was bedeutet *unbezahlbar*?«

»Hundertachtzigtausend Dollar.« Die Zahl schmeckt schal auf meiner Zunge, doch Ryan verzieht keine Miene. Ich weiß nicht, ob er eine viel höhere Summe erwartet hätte.

»War deine Mom denn nicht versichert?«

»Nein, diesen Auftrag hat sie als Privatperson angenommen. Daher ging das nicht über das Hotel.«

»Und wer macht euch den Zeitdruck? Der Kunsttyp?«

»Nein, die Bank, bei der meine Mutter einen Kredit aufgenommen hat, um den Schaden zu bezahlen. Oder besser gesagt, der hohe Zinssatz, der mit dem Kredit einhergeht. Je eher wir ihn abbezahlen, desto besser.«

Ryan schüttelt leicht den Kopf, blinzelt. »Weiß meine Mom davon?«

»Ja, und natürlich hat sie mehrmals angeboten, ihr bei den Schulden zu helfen«, komme ich ihm mit seiner nächsten Frage zuvor. »Aber du weißt ja, wie stur Kelly Wheaton ist. Sie schämt sich und will nicht mal, dass ich es Dad erzähle, weil er sie natürlich auch unterstützen wollen würde.«

»Also ist es ihr lieber, wenn ihre Tochter ihre Zukunft auf Eis legt?« Seine Stimme ist leise, aber so schneidend, dass sie den Wind zerteilen könnte.

»Sie weiß nicht, dass ich deshalb erst im nächsten Jahr anfange. Ich habe ihr gesagt, dass ich nach der Schule erst mal eine Pause vom Büffeln brauche, Berufserfahrung sammeln will, und so.«

»Und das hat sie dir abgekauft?«

Meine Hand verkrampft sich um sein Handgelenk, und erst jetzt fällt mir auf, dass ich ihn noch immer festhalte.

»Ja«, murmele ich, versuche ihn loszulassen, aber meine Finger wollen nicht. »Und es stimmt ja auch«, setze ich leise hinterher. »Klar bin ich traurig, dass es mit dem Studieren erst im nächsten Jahr losgeht, aber es ist sowieso nicht die Columbia, und außerdem geht es hier um meine Mutter. Ich mache mir doch nicht ein schönes Leben, während sie in Schulden versinkt. Das Geld zu zweit abzubezahlen geht nun mal schneller. Und ich bin gern im Hotel. Die Arbeit macht Spaß.«

Schweigen legt sich über uns, das mit jeder verstreichenden Sekunde drückender wird. Vorsichtig drehe ich den Kopf in seine Richtung. Sein dunkler Blick brennt auf mir.

»Was ist?« Es soll trotzig klingen, doch meine Stimme bricht auf halbem Weg.

Ryan schüttelt kaum merklich den Kopf. »Ich kann einfach nicht glauben, dass ich nichts davon wusste.«

Meine Brust wird eng.

»Warum hat mir niemand davon erzählt?«, flüstert er.

»Warum hast du nie gefragt?«

Sein Arm spannt sich unter meinem Griff an, seine Pupillen weiten sich, als hätte ich ihm einen Pfeil in die Rippen gerammt. Dennoch sieht er nicht weg, hält meinen Blick, während all die unausgesprochenen Worte genau über uns schweben.

Ja, ganz recht. Egal wie übergangen er sich gerade fühlt, er hat kein Recht, sich darüber auszulassen, dass er nicht wusste, was in meinem Leben abging, wo er es doch war, der den Kontakt abgebrochen hat. *Er* war es, nicht ich.

Sekundenlang funkeln wir uns an, liefern uns ein stummes

Blickduell, verlieren uns in den Augen des andern. Die Glühwürmchen tanzen im Beat meines Herzschlags und leuchten mit der Intensität winziger Blitze, die sich allesamt in der Mitte meiner Brust gleißend hell entladen.

Dann strahlt uns ein Lichtkegel mitten ins Gesicht, und wir beide kneifen instinktiv die Augen zusammen.

Die Fahrradkette surrt, als Riley fröhlich summend angeradelt kommt. »Da seid ihr ja! Ich hatte schon Angst, dass ich euch verloren habe.« Als ihr Blick auf uns fällt, wird ihr Lächeln breit. »Ihr seht ja süß aus.«

Röte schießt in meine Wangen. Keiner von uns antwortet.

»Wollen wir langsam los?« Riley gähnt herzhaft. »Ich bin müde und meine Beine tun inzwischen echt weh.«

»Ja«, sagt Ryan leise, und ich nicke dumpf, schaffe es endlich seinen Arm loszulassen.

Ab nach Hause.

10. KAPITEL

»Ich hatte mich darauf eingestellt, dass wir keine Freunde mehr sind. Es war hart und schmerzhaft, aber ich hatte es widerstrebend akzeptiert. Ein Leben ohne Ryan, meinen besten Freund. Ein Leben, in dem wir uns zukünftig wie Fremde behandeln, uns flüchtig zunicken, seltsame Autofahrten miteinander verbringen und bei jedem kleinsten bisschen Vertrautheit sofort alle Mauern hochfahren. Doch jetzt bin ich wieder völlig verwirrt. Natürlich weiß ich, dass es der Alkohol war, der uns letzte Nacht so losgelöst hat, dennoch sind wir uns nähergekommen, haben geredet, uns einander anvertraut.

Und jetzt weiß ich nicht mehr, wo wir stehen, weiß nicht, ob die Fahrradfahrt und unsere Gespräche irgendwas verändert haben. Oder ob wir nun, wo wir klar und nüchtern sind, wieder getrennte Wege gehen. Noch vor vierundzwanzig Stunden waren wir zwei nicht mehr als der flüchtige Augenblick einer …«

Mit einem Rums springt die Badezimmertür auf.

»Dauert der imaginäre Podcast, den du da aufnimmst, noch lang, oder kann ich endlich ins Bad?«

»Mom!«, zische ich und angele nach dem Eyeliner-Pinsel, der mir vor lauter Schreck ins Waschbecken gefallen ist. »Kannst du ein Mal meine Privatsphäre respektieren? *Ein Mal*?«

Beschämt schnappe ich mir meine Schminktasche und stapfe an ihr vorbei.

»Hey, wir zwei sind noch nicht fertig«, bellt sie und hält meine Zimmertür auf, bevor sie ihr vor der Nase zuschlägt.

»Ich hab nichts getrunken«, lüge ich und stelle mich vor meinen Spiegel.

»Aber sicher doch. Und die zwei Tylenol hast du wohl nur aus Spaß genommen?«

Verdammt. Ich muss die leere Packung wohl in der Küche liegen gelassen haben.

»Außerdem hat Levi gesagt, dass sich drei betrunkene Hooligans bis vier Uhr morgens vor dem Hotel rumgetrieben haben. Und eine davon sah aus wie du.«

»Es war zwei Uhr morgens«, korrigiere ich. »Und die Hooligans waren bloß Ryan und Riley.«

»So habe ich dich nicht erzogen, Ellis Wheaton. Willst du, dass am Ende … Warte – sagtest du? Ryan?«

»Ja.« Meine Wangen röten sich. »Er … war auch auf der Party.«

»Habt ihr geredet?«, fragt sie aufgeregt und mit einem Mal ist sie nicht mehr die strenge Mutter, sondern ganz und gar beste Freundin.

»Ein bisschen. Es war nett, sehr nett sogar, allerdings waren wir alle etwas … äh, aufgedreht«, sage ich, bevor mir das Wort »angetrunken« über die Lippen kommt.

»Na hoffen wir mal, dass er sich endlich wieder eingekriegt hat.«

Mein Brustkorb zieht sich zusammen.

»Wolltest du nicht ins Bad?«, frage ich, statt eine Antwort zu geben.

»Stimmt.« Sie nimmt die Hand vom Türknauf und wendet sich zum Gehen. »Und vergiss nicht, dich endlich bei deinem Vater zu melden.«

Shit!

»Das mache ich sofort«, sage ich und schnappe mir mein Handy, das auf dem ungemachten Bett liegt.

Dad geht nicht ran. Ich versuche es noch mal und schicke ihm dann eine Sprachnachricht, in der ich mich ungefähr zehn Mal fürs nicht Rangehen entschuldige und frage, wann er das nächste Mal Zeit zum Telefonieren hat. Anschließend schminke ich mich fertig, binde mir einen hohen Pferdeschwanz und schlüpfe in eine weiße Latzhose aus Cord.

Als ein altmodisches Klingeln ertönt, horche ich auf. Das Geräusch kommt weder von meinem noch von Moms Handy. Verwirrt laufe ich zum Wohnzimmer, wo es immer lauter schrillt. Ach – das ist das integrierte Telefon, das zum Hotel gehört. Ich runzele die Stirn. Wer ruft denn *da* an?

»Hallo?«, frage ich, nachdem ich abgehoben habe.

»Willst du mit mir Mittagessen gehen?«, krächzt eine müde Stimme.

»Oh, hey Riley.« Ich lächele überrascht. »Wie bist du an diese Nummer gekommen?«

»Hab an der Rezeption gefragt, ob man mich mit dir verbinden kann.«

Oje, das wird Dennis nicht gefallen …

»Ich geb dir später mal meine Handynummer. Und klar können wir zu Mittag essen.«

»Na, wilde Nacht gehabt?«, ruft mir Louisa aus einem der offenen Zimmer zu. Abrupt bleibe ich stehen, laufe rückwärts und umfasse den Türrahmen, während ich ins Zimmer spähe. Louisa ist gerade dabei, Glasreiniger auf einen Spiegel zu sprühen und lächelt mich schelmisch an.

»Keine Ahnung, wovon du sprichst«, entgegne ich bemüht ahnungslos.

»Dennis hat gesagt …«

»Oh, wenn Dennis das gesagt hat«, unterbreche ich sie grinsend.

»… dass du mit Ryan unterwegs warst«, beendet sie ihren Satz und sofort schlägt die Stimmung um.

»Ach so. Ja … das stimmt«, bringe ich heraus und schlucke die aufkommende Aufregung runter, die die bloße Erwähnung seines Namens mit sich bringt.

»Hattet ihr eine gute Zeit?«

Ein Kribbeln erfasst meine Sinne, und mit einem Mal spüre ich wieder den Fahrtwind in den Haaren, den Geschmack der warmen Sommerluft, Ryans Körperwärme, seinen Geruch, seinen Atem an meinem Hals …

»Mhm.« Ich lächele gepresst.

»Das freut mich.« Sie mustert mich aufmerksam, hakt aber wie immer nicht weiter nach. Auch wenn wir nie im Detail darüber gesprochen haben, hat sie vermutlich eine vage Ahnung davon, wie hart die letzten Jahre für mich waren. Sie kennt uns, seit wir Kinder waren, weiß, dass es uns nie ohne den anderen gab.

Ein warmes Gefühl tastet nach mir, umschließt mich wie eine Decke der Geborgenheit, von der ich nicht weiß, ob sie von Louisas immerzu währender Fürsorge kommt oder der Tatsache, dass Ryan zurück ist …

Das *Kimberly's* ist brechend voll. Jeder Tisch ist belegt, das Geschwätz der Gäste übertönt die Jazzmusik, die aus den Lautsprechern dröhnt. Suchend lasse ich den Blick über das Restaurant wandern und entdecke Riley an einem freien Tisch am großen Rundbogenfenster, vor sich eine in braunes Leder eingefasste Menükarte und eine große Tasse Kaffee.

»Hallo beste Freundin«, begrüße ich sie und nehme ihr gegenüber Platz.

Riley schaut verwirrt von ihrer Tasse auf. Ihre rosa Haare sind zu einem Messy Bun hochgesteckt, die Wimpern noch mit der Mascara von gestern verklebt.

»Beste Freundin?«, wiederholt sie zweifelnd.

»Weißt du nicht mehr?«

»Nicht mehr alle Details. Verdammte Shots«, grummelt sie.

»Ja, die waren echt gefährlich.«

»Aber das mit dem Fahrradfahren war kein Traum, oder?«

Ich grinse. »Nope. Alles wahr.«

»Tun deine Füße auch so weh?«

»Ja. Sich mit High Heels aufs Fahrrad zu setzen, war wohl nicht die beste Idee.«

»Ist das auch auf meinem Mist gewachsen?«

»Nur das mit dem Park. Der Einfall mit dem Fahrrad kam von Ryan.«

»Ryan?« Abrupt richtet sie sich auf. »*Dein* Ryan?«

Hitze kriecht in meine Wangen. »Er ist nicht *mein* Ryan.«

»Das gestern war *Ryan*?« Ihre Augen werden größer. »Ryan Van Day?«

»Psst!«, zische ich und werfe einen panischen Blick zur Seite. »Nicht so laut!«

»Sorry«, flüstert sie und lehnt sich mir verschwörerisch entgegen. »Aber ich dachte, das wäre irgendein random Typ von der Party, der mitgekommen ist. Du hast uns einander nicht vorgestellt.«

»Hab ich nicht?«, flüstere ich zurück.

»Nein, ich war zwar echt dicht, aber daran hätte ich mich auf jeden Fall erinnert!«

Wir verstummen kurz, als Linus an unseren Tisch kommt.

»Wisst ihr schon, was ihr essen wollt?«

»Ja, ich nehme die Penne mit der Avocado Pesto«, sagt Riley und reicht ihm lächelnd die Karte.

Linus nickt, ohne sich die Bestellung zu notieren.

»Und du?«, fragt er an mich gerichtet.

»Machst du mir einen schwarzen Kaffee?«

»Und zu essen?«

»Erst mal nichts, danke.« Für feste Nahrung bin ich noch zu aufgekratzt.

»Na, doch keine Lust mehr auf Wagyu?«, necke ich Riley, als Linus wieder weg ist.

»Oh Gott«, schnaubt sie und hält sich beide Hände vors Gesicht. »Ich war echt anstrengend, oder?«

»Ein kleines bisschen«, ziehe ich sie weiter auf. »Aber auf eine charmante Weise.«

»Tut mir leid.« Sie schaut zwischen ihren Fingern hervor, und ich lache.

»Alles gut.«

»Aber noch mal zurück zu Ryan.« Sie senkt wieder die Stimme. »War es Einbildung oder habt ihr beim Fahrradfahren gekuschelt?«

Ich reiße die Augen auf. »Wir … haben nicht gekuschelt!«

»Du lagst also nicht in seinen Armen?«

»Ich … er war nur meine Lehne«, stammele ich.

»Lehne?« Riley unterdrückt ein Lachen. »So nennen die Kids von heute das also? Man spielt Sofa und Lehne?«

Meine Ohren werden immer wärmer. »So war das nicht. Ich hab nur …«

Der Rest des Satzes bleibt mir im Hals stecken. Wenn man vom Teufel spricht … In diesem Moment tritt niemand anderes als Ryan Van Day ins *Kimberly's*. Zwei Jahre lang war er wie vom Erdboden verschluckt, jetzt ist er plötzlich überall.

»Was? Ist er da?«, fragt Riley. Ich nicke knapp. »Aber nicht umdrehen«, murmle ich zwischen fast geschlossenen Lippen und riskiere einen weiteren Bick in seine Richtung.

Seine Haare sind noch feucht vom Duschen, er trägt einen schwarzen NYK-Hoodie und weiße Shorts. Suchend sieht er sich nach einem freien Platz um, und als sich unsere Blicke treffen, zucken wir beide kurz zusammen. Obwohl ich instinktiv wieder wegsehen will, halte ich meine kindischen Triebe im Zaum und hebe freundlich die Hand. Ryan versteht das wohl als Aufforderung, denn er setzt sich in Bewegung und schlängelt sich an einer der Steinsäulen vorbei in Richtung unseres Tisches.

Oh nein. Oder … oh ja? Was halte ich davon, dass er jetzt rüberkommt? Ich weiß es nicht.

Mein Herz pocht im Takt seiner Schritte und bleibt kurz stehen, als er es auch tut.

»Hi.« Sein Gruß klingt so leise, dass ich ihn beinahe nicht höre. Der herbe Duft seines Duschgels steigt mir in die Nase, und ein Kribbeln erfasst meinen Nacken.

»Hi«, entgegne ich mit seltsam kratziger Stimme.

»Hey Riley«, begrüßt er auch sie.

»Hey … *Ryan.*« Sie betont seinen Namen, als sei er ein Fremdwort. Ich unterdrücke den Impuls, die Augen zu verdrehen.

»Wie geht's? Gut geschlafen?«, erkundigt sie sich.

»Ja, ganz ok«, entgegnet er und spielt mit der Schlüsselkarte in seiner Hand. »Nur zu kurz.«

»Ich auch«, meint Riley und lässt ein tiefes Gähnen los.

Eine seltsame Pause tritt ein, in der wohl niemand so richtig weiß, was er sagen soll. Die vertraue Albernheit von gestern ist wie weggeblasen. Keine Spur von den drei *Hooligans*, die sich letzte Nacht im Central Park gegenseitig vollgelabert haben. Verlegen senke ich den Blick auf den verblichenen Mosaikboden, dessen geometrische Motive kaum noch zu erkennen sind. Eigentlich sollte er schon längst erneuert werden, aber das

Hotel ist stolz auf seinen Boden, den das *Kimberly's* bereits seit seiner Gründung im Jahre 1910 trägt.

»So, einmal die Penne mit Avocado Pesto«, sagt Linus feierlich und stellt einen riesigen Teller vor Riley ab. Dampf strömt von den mit grüner Soße bedeckten Nudeln, und mein Magen grummelt, als ich den cremig-würzigen Duft einatme.

Riley macht ein verblüfftes Gesicht. »Das ging schnell.«

»Bei so vielen Gästen haben wir auch mehr Köche«, erklärt Linus freundlich.

»Vielen Dank.« Rileys Blick wandert weiter zu Ryan. »Du kannst dich übrigens gern zu uns setzen.«

Mein Magen macht einen überraschten Satz.

»Oh.« Ryan schließt den Mund und wirkt einen Moment lang überfordert. »Ich … ach nein, alles gut. Lasst euch nicht stören.«

Du störst nicht, will ich sagen. *Setz dich, iss mit uns. Mach es nicht immer so verdammt komisch zwischen uns.*

»Du störst nicht«, meint nun auch Riley. »Außerdem müsst ihr mir bei dieser Portion helfen«, wendet sie mit einem Blick auf den Nudelberg ein. »Ich glaub nicht, dass ich das alles allein schaffe.«

»Soll ich noch zusätzliches Besteck holen?«, schlägt Linus vor, der noch immer neben uns steht.

»Das wäre großartig«, sagt Riley und damit ist es irgendwie beschlossen. Im nächsten Moment sitzt Ryan neben mir, vermutlich nur aus Höflichkeit, dennoch kann ich nicht verhindern, dass sich eine vibrierende Anspannung auf meine Muskeln legt. Wenn es jemals eine Zeit gab, in der mein Leben durchschaubar war, dann ist diese Ära offiziell vorbei.

Kurz darauf kehrt Linus mit Besteck, zwei zusätzlichen Tellern und einer großen dampfenden Tasse Earl Grey an unseren Tisch zurück.

»So, hier ist endlich dein Tee. Sorry, an der Maschine war eine lange Schlange.«

»Danke. Aber ich hatte eigentlich einen Kaffee bestellt«, erwidere ich amüsiert.

»Was? Wirklich?« Er verzieht entschuldigend das Gesicht.

»Ja, aber Tee ist sowieso gesünder«, winke ich ab.

Linus legt den Kopf schief und mustert mich prüfend. »Meintest du nicht mal, du magst keinen Kaffee? Oder warte.« Er hebt die Hand und schnippt mit dem Finger, als ihm die Erleuchtung kommt. »Du hast gesagt, du magst keinen Bubble Tea! So war das!«

Nein, so war das nicht. Aber da dieses Gespräch nicht unbedingt eine Diskussion wert ist, zucke ich bloß mit den Schultern, und Linus grinst, als hätte er es doch die ganze Zeit gewusst.

»Einige Sorten Bubble Tea sind aber echt gut«, bringt sich Riley ein und reicht jedem eine Gabel. Ich nehme meine entgegen, dabei huscht mein Blick zu Ryan, der mit einem Mal leicht angespannt wirkt. Doch bevor ich meine Gedanken auf eine Deutungsexpedition schicken kann, wird die Luft von einem zischenden Laut zerrissen.

»Anderson!«

Linus fährt zusammen und dreht den Kopf zu Anitta, die meinen Kollegen von der gegenüberliegenden Tischnische mit einem strengen Blick anfunkelt. Als sie ihn zu sich winkt, setzt er sich sofort in Bewegung.

»Räum deine Tische ab und hör auf, mit Wheaton zu flirten«, zischt sie ihm leise, aber immer noch gut hörbar zu.

»Ich hab nicht mit ihr geflirtet«, meint er unschuldig. »Sie hat geflirtet.«

Hitze schießt in meinen Kopf. »Das stimmt nicht!«, rufe ich lauter als beabsichtigt aus. Die beiden drehen sich zu mir um, Linus grinst, Anitta verdreht genervt die Augen.

»Die Tische, Anderson.«

»Jawohl.« Linus zwinkert mir zu und huscht davon. Belustigt sehe ich ihm nach. Auch wenn es romantisch nicht mit uns funktioniert hat, bin ich froh, dass wir uns trotzdem so gut verstehen.

»Wer war das?«, fragt Ryan plötzlich von der Seite. Seine Stimme ist leise, doch ich meine mir einzubilden, dass auch eine leichte Härte darin mitschwingt.

»Der Kellner gerade? Das ist Linus. Er arbeitet im Service, aber erst seit einem Jahr oder so.«

»Ah.« Ryan schweigt einen Moment, starrt auf die grünen Nudeln.

Warum wollte er das überhaupt wissen?

»Er steht auf dich«, erklärt Riley und füllt eine Portion auf meinen Teller auf.

Erneut glüht mein Gesicht. »Das stimmt nicht.«

»Oh nein. Sag mir bitte nicht, dass du eine von denen bist, die nicht merken, wenn jemand auf sie abfährt.«

Woher soll man das auch wissen? Was, wenn nicht jeder die typischen Anzeichen von Interesse aufweist? Was, wenn man die andere Person so sehr mag, dass man sie nicht einmal ansehen kann, komplett verkrampft und kein Wort herausbringt?

Okay, das sind die typischen Anzeichen … Aber es sind auch dieselben, wenn man wütend ist, Angst hat und sonst sehr emotional aufgeladen ist!

»Noch nie was von Freundschaft gehört?«, entgegne ich ausweichend und schnappe mir eine Gabel.

»Nö«, meint Riley und nimmt einen Bissen, ehe sie kurz kaut und dann innehält. »Wow«, meint sie mit vollem Mund und spricht mir damit wahrhaft aus der Seele. »Die Soße ist ja mega.«

»Voll«, pflichte ich ihr bei, und werfe einen vorsichtigen Blick in Ryans Richtung. »Wie findest du sie?«, frage ich leise und etwas schuldbewusst, immerhin vermute ich, dass er eigentlich seinen Caesar Salad wollte.

Doch auch Ryan nickt zustimmend. »Echt gut. Ich mag diese cremige Note. Ist das Rezept von deiner Mom?«

Ein stolzes Lächeln umspielt meine Lippen. »Ja, die gibt's schon seit Längerem auf der Karte, aber ich probiere sie gerade auch zum ersten Mal.«

Ryan nimmt noch einen Bissen und sieht sich dann suchend um. »Es fehlt nur etwas Salz.«

Stimmt. Die Soße könnte ruhig ein kleines bisschen salziger sein. Ich entdecke einen Streuer am Nachbartisch, angele danach und reiche ihn Ryan.

»Danke, Baby.«

Der Satz kommt ihm so leicht und natürlich über die Lippen, dass ich ihn beinahe nicht registriere. Erst als Riley die Gabel sinken lässt und uns beide mit vollem Mund anstarrt, begreife ich, was er da gesagt hat.

Stille senkt sich über den Tisch. Niemand von uns rührt sich, und ich könnte schwören, dass selbst mein Puls kurz stehen geblieben ist.

»Ich … äh, hole mir mal Servietten«, bricht Ryan das Schweigen und rückt den Stuhl geräuschvoll zurück. Riley folgt ihm mit den Augen und wartet, bis er außer Hörweite ist. Dann schießt ihr Blick zurück zu mir.

»Danke Baby?«, wiederholt sie, den Mund noch immer voller Pasta.

Mein Gesicht beginnt zu glühen. »Nein, das …«

»Baby«, blafft sie und schluckt endlich runter. »Von wegen *nur Freunde*.«

»Sind wir auch – ich meine … waren wir«, korrigiere ich und

stochere in meinen Nudeln. »Oder keine Ahnung, was damals zwischen uns …«

»Er hat dich gerade Baby genannt! *Baby*!«

»Das war ein Insider!«, sage ich schnell.

»Ein Insider, bei dem er dich Baby nennt?« Ihre Stimme trieft vor Zweifel.

»Ja.« Betreten senke ich den Blick, während sich vor meinem inneren Auge ein Zeitraffer auftut und die Bilder der Vergangenheit in entgegengesetzter Reihenfolge an mir vorbeirauschen.

Bis sie bei einem ganz bestimmten Moment zum Stehen kommen.

Damals

Ryan, elf Jahre alt

»Ich will einen Aufsatz über Albert Van Day schreiben«, sagt Ellis, als sie die Tür zum Turmzimmer hinter sich zuschlägt. Sie trägt ihren Rucksack auf einer Schulter, in den Händen hält sie ihre Schuhe, die sie noch im Flur ausgezogen hat. Immer wenn wir hier sind, versuchen wir, so wenig Dreck wie möglich zu machen.

»Über Grandpa Al?«

»Nein, über seinen Vater. Albert Senior.«

»Wieso?«, frage ich und schiebe meine Unterlagen zurück, damit ihre auch Platz haben. Seit das neue Schuljahr begonnen hat, kommen wir fast jeden Tag hier hoch und machen zusammen Hausaufgaben. Zwar gehen wir nicht auf dieselbe Schule, nehmen aber oft den gleichen Stoff durch.

»Wir sollen uns jemanden aussuchen, der etwas Großes erschaffen hat. Und da dachte ich gleich an ihn. Immerhin hat er ein Hotel gegründet.« Ihr Blick fällt auf den Tisch, auf dem meine Matheaufgaben liegen. »Ich finde das ziemlich interessant und würde gern mehr darüber erfahren. Und Grandpa Al ist sein Sohn. Vermutlich weiß niemand mehr über ihn als er.« Ellis hält kurz inne, schürzt die Lippen. »Meinst du, er wäre bereit, mir ein Interview zu geben?«

»Klar. Er würde sich bestimmt darüber freuen. Ich glaube, sogar, dass er heute hier ist.«

»Wirklich?«

»Ja, Mom hatte irgendwas erwähnt. Wollen wir kurz runterschauen und nachsehen?«

Sie nickt.

Wir schlüpfen wieder in unsere Schuhe, lassen unsere Sachen jedoch im Zimmer zurück und machen uns auf den Weg zu den Treppen.

Sams Stimme dröhnt, als ich die Tür zu unserer Hotelsuite öffne. Auf dem Tisch im Wohnzimmer stehen benutzte Tassen und Teller, in der Mitte steht ein halber Cherry Pie. Das herbe Aftershave meines Großvaters hängt in der Luft, aber bis auf Sam, die mit dem Handy zwischen Ohr und Schulter geklemmt umherläuft, ist niemand da.

»Hey, ist Grandpa Al hier?«

Sam schüttelt den Kopf und wendet sich sofort wieder ihrem Gespräch zu.

»Weißt du, wo er ist?«, frage ich mit einem Blick auf den Kuchen, von dem ich sicher bin, dass unser Großvater mindestens ein Drittel verputzt hat.

Sam brummt etwas, das ich nicht verstehen kann, da sie mir gerade den Rücken zuwendet.

»Was?«

Seufzend dreht sie sich um. »Ich hab gesagt, er ist gerade unten und streitet sich wieder mit irgendjemandem.«

»Äh, das erzählst du besser nicht in deinem Aufsatz«, bitte ich nervös an Ellis gerichtet, obwohl sie vermutlich selbst längst weiß, wie schwierig mein Großvater manchmal sein kann.

»Was für ein Aufsatz?«, fragt Sam und lacht leise auf. »Nein, ich meine nicht dich, sondern meinen Bruder …« Sie lächelt überrascht. »Ja, wusstest du nicht? … Echt? Nein, ich bin die Ältere.« Ihr Blick fliegt kurz zu mir. »Hm, ich weiß nicht.

Ellis?«, wendet sie sich an meine Begleitung. »Sehen Ryan und ich uns ähnlich?«

Ellis sieht kurz zwischen uns beiden hin und her. »Ja schon, aber Ryan ist ein bisschen hübscher.«

Obwohl sie sachlich klingt, laufen meine Ohren schlagartig rot an.

Sam verdreht die Augen. »Und das von jemandem, der sich dringend mal die Augenbrauen zupfen sollte.«

»Hey!«, gehe ich dazwischen, aber Ellis streckt ihr nur die Zunge raus.

»Sie sagt, dass Ryan besser aussieht … Nein, hör auf.« Sam kichert. »Du bist sowieso die Schönste von allen … Ja, ich auch. Okay, alles klar. Bis später, Baby.« Sie haucht einen Kuss ins Telefon und legt dann auf.

Ellis und ich starren sie verdattert an.

»Baby?«, wiederhole ich zweifelnd.

Sam macht ein verwirrtes Gesicht. »Jaa?«

Und dann bricht es aus uns heraus. Ellis und ich prusten so laut los, dass es von den Wänden widerhallt.

Meine Schwester läuft rot an. »Was gibt's da zu lachen?«

»Du nennst deine Freundin *Baby*?«, gluckse ich.

»Das ist ein Kosename.« Sie reckt das Kinn.

»Ihr habt Kosenamen, obwohl ihr erst seit einer Woche zusammen seid?«

»Was geht dich das an?«

»Und warum Baby? Sie ist doch kein Neugeborenes.«

Ellis muss so sehr lachen, dass sie sich am Tisch abstützen muss. Ihre Locken fallen ihr ins Gesicht und hüpfen auf und ab.

Sam verdreht die Augen und marschiert an uns vorbei. »Ihr seid echt kindisch.«

»Du bist nur ein Jahr älter als ich«, rufe ich ihr hinterher.

Sam streckt den Mittelfinger in die Höhe, bevor sie die Tür zu ihrem Zimmer schließt.

»Baby«, wiederholt Ellis und wir lachen wieder los.

Auf dem Weg zum Aufzug kichern wir noch immer. Dann ertönt das *Pliing* und die Türen öffnen sich.

»Nach dir, Baby«, sage ich und trete wie ein Kavalier zur Seite.

»Danke, Baby.« Sie läuft in den Fahrstuhl und dreht sich zu mir um. »Wohin fahren wir, Baby?«

»Erst mal wieder zum Turmzimmer, Baby?«

Sie nickt und drückt auf die 15. »Okay, Baby.«

Wir grinsen uns an.

»Werden wir uns jetzt immer Baby nennen?«, fragt Ellis.

Ich zucke mit den Schultern. »Keine Ahnung, Baby.«

11. KAPITEL

Gegenwart

Ellis

Es gibt wieder einen Artikel, diesmal aus der *elegant*, einem britischen Modemagazin mit einer internationalen Leserschaft. Der Bericht trägt den Namen *Das unglaubliche Leben der Edith Langston*. Zwar geht es dort hauptsächlich um ihre Karriere und ikonischen Outfits, doch bekommt auch ihr Tod zwei Absätze, wobei das Hotel Van Day ganze drei Mal verschlagwortet wird.

Das Gute: Der Text bleibt sachlich und ergeht sich nicht in Spekulationen. Das Schlechte: Es interessiert trotzdem keinen. Im Kommentarfeld geht es lediglich um ihr Ableben und die Verbindung zum Hotel.

Frust brennt in meinem Bauch. Ich schließe die Augen und drücke mir mit den Fingern gegen die geschlossenen Lider. Der Artikel würdigt Edith Langston – und das ist toll, wirklich! Aber wann haben die Hiebe gegen das Hotel endlich ein Ende?

»Wie lustig wäre es, wenn es wirklich ein Mord gewesen wäre?«, meint Emory plötzlich von der Seite.

Ich öffne die Augen wieder und drehe mich mit dem Stuhl in seine Richtung. Noch arbeiten während der Frühschicht nur wir beide, aber gegen neun kommt Verstärkung.

»Lustig?«, wiederhole ich irritiert und vielleicht auch ein klein wenig gereizt.

»Okay, vielleicht nicht lustig«, wiegelt er ab und tritt einen Schritt zurück, als fürchte er, dass ich ihn gleich anspringe, »aber es wäre ein Plot Twist.«

»Inwiefern ist es ein Plot Twist, wenn sowieso alle glauben, dass es ein Mord war?«

»Alle in Europa«, erinnert er mich. »Hier reden die Leute doch kaum noch darüber.«

»Ich will trotzdem, dass es aufhört«, brumme ich.

»Dann hör du erst mal auf, diesen Gossipscheiß zu lesen. Das ist doch auf Dauer nicht gesund.«

Ertappt beiße ich mir auf die Unterlippe und sehe zurück zum Bildschirm, von dem mir eine junge Edith Langston mit blonder Dauerwelle entgegenstrahlt. Er hat recht. Wenn ich will, dass die Menschen die arme Frau in Ruhe lassen, sollte ich es auch tun.

»Je weniger Klicks diese Artikel kriegen, desto besser«, meint Emory und lehnt sich an mir vorbei, um die Seite zu schließen.

Ich lächele verkniffen. »Danke.«

»Nicht dafür. Aber jetzt lass uns bitte über etwas Wichtiges reden. Ich muss mich nämlich über meinen neuen Erzfeind auskotzen.«

»Neuer Erzfeind?«, wiederhole ich amüsiert. »Ist Dennis etwa schon ersetzt worden?«

»Ja, dieser eine Typ vom Frühstücksbüffet ist nämlich tausendmal schlimmer. Kennst du den?«

»Welchen? Es gibt mehrere.«

»Ich weiß nicht, wie er heißt.«

»Wie sieht er denn aus?«

Emory denkt kurz nach. »Wie eine Mischung aus Jesus und Ziege.«

Er sagt das so ernst und nüchtern, dass ich nicht anders kann als lauthals loszuprusten. Schnell presse ich mir die Hand vor den Mund.

»Du bist fies!«, quietsche ich zwischen meinen Lippen hervor.

»Aber du weißt, wen ich meine?« Er grinst.

»Ja.« Ich wische mir eine Lachträne aus dem Auge. Der gute alte Claus. Er ist groß und drahtig, hat schulterlanges braunes Haar und ein unverkennbares Ziegenbärtchen, das er, neben seiner langen Mähne, ebenfalls mit einem Haarnetz abdecken muss. Ich kenne ihn eigentlich kaum, aber Mom beschwert sich ständig darüber, dass er über alles und jeden meckert. Neulich hat er sich sogar darüber echauffiert, dass er einen Bonus bekommen hat. Keiner weiß, warum.

»Was hat er getan?«, frage ich.

»Also«, beginnt Emory und macht eine »Halt dich fest«-Geste. »Ich kam gerade zu meiner Frühschicht und bin kurz hoch, um mir eine Handvoll Scones vom Frühstücksbüffet zu holen.«

Wieder muss ich lachen.

»Und dieser Arsch«, fährt er unbeirrt fort, »steht an der Essensausgabe und droht es zu melden, wenn ich die Scones nicht sofort wieder ablege. Und ich so ›Geht nicht, ich hab sie doch schon angefasst‹ und er ›Dann schmeiß sie weg‹ und ich ›Hä als ob‹ und dann …«, er macht eine bedeutungsschwere Pause, »meldet er es wirklich!«

»Verrat!«, sage ich theatralisch.

»Oder? Aber das Schlimmste kommt noch: Neulich gehe ich wieder nach oben und wen sehe ich, ein leeres Tablett raustragen und sich den letzten Scone in den Mund stopfen?«

»Doch nicht etwa Mr Ziegenbart!«

»Ein richtiger Heuchler!«

»Hast du Ärger bekommen?«

»Nur eine Verwarnung, denn das Personal darf sich ja am Büffet bedienen. ›Nur eben auch was für die Gäste übrig lassen‹«, zitiert er in einem nasalen Tonfall, der verdächtig nach Claus klingt.

»Vielleicht hätte ich eine Lösung«, überlege ich. »Wenn du willst, besorge ich dir die Scones gleich aus der Küche. Meine Mom ist die Köchin im *Kimberly's*, deshalb sagt niemand was, wenn ich mich da unten rumtreibe.«

Emory schnappt nach Luft und hält sich die Hand vor die Brust. »Das würdest du für mich tun?«

»Für dich und für mich«, gebe ich widerwillig zu. »Denn so stelle ich auch sicher, dass ich niemals auf deiner schwarzen Liste lande.«

Emory lacht laut auf und will gerade etwas erwidern, als ein Anruf unseren Plausch unterbricht. Schnell beugt er sich über die Rezeption und geht ran. Den Gesprächsfetzen nach zu urteilen, geht es um einen Gast, der – große Überraschung – sein Ladegerät vergessen hat. Inzwischen könnten wir einen Laden eröffnen, so viele Kabel, wie hier liegen bleiben. Meistens werden sie nicht wieder abgeholt, dieser Gast allerdings besteht darauf, dass wir es ihm zuschicken. Emory bittet mich mittels einer Handgeste um einen Kuli, ich reiche ihm einen, und im selben Moment rollen die Koffer von vier neuen Gästen durch die Lobby. Jetzt geht die Arbeit wohl richtig los. Ich drehe mich mit dem Rücken zum Eingang, um ein letztes Mal zu gähnen, richte mich gerade auf und kleistere mir ein strahlendes Lächeln auf die Lippen, bereit, die neuen Gäste damit zu begrüßen.

Als ich das nächste Mal auf die Uhr schaue, ist es schon zwölf. Die Frühschicht ist um einiges hektischer als die Spätschicht, hat aber den Vorteil, dass die Zeit schneller rumgeht. Nur noch zwei Stunden, dann bin ich fertig.

Während ich zwei Gäste auschecke und so tue, als hätte ich die hoteleigenen Pantoffeln und Duschgels nicht aus der offenen Tasche der Frau herausblitzen sehen (eine Hermès wohlbemerkt, aber klar, Duschgel ist auch nicht gerade billig!), bemerke ich aus den Augenwinkeln eine vertraute Silhouette. Instinktiv schaue ich zu der großen schlanken Frau mit den nachtschwarzen Haaren und dem blauen Damenanzug, den sie mit mörderhohen Louboutins kombiniert.

Julia Van Day.

Auch sie entdeckt mich, winkt mir aber nur flüchtig zu, weil sie es offenbar wieder viel zu eilig hat. Seit das Hotel in ihren Händen ist, hat sich die gesamte Dynamik zwischen uns verändert. Genau wie bei ihr und Mom, denn nun ist sie nicht mehr nur ihre beste Freundin, sondern auch die Chefin. Und Mom ihre Angestellte.

Ich habe mich schon oft gefragt, was Jules und meine Mutter aneinander angezogen hat. Sie sind so unterschiedlich, haben einen völlig anderen Charakter, völlig andere Lebensweisen. Andererseits lachen sie auch viel miteinander, was vor allem deshalb komisch ist, weil ich weder meine Mom noch Jules besonders witzig finde. Nur sie finden sich lustig. Ich schätze, Humor verbindet.

Ich verabschiede die Gäste, dann wandert mein Blick zurück zu Julia, die am Springbrunnen von einer älteren Frau in einem schicken Sommerkleid aufgehalten wurde. Beide tauschen die typischen Begrüßungsfloskeln aus – wie es ihnen geht, wie toll sie beide aussehen und wie die Arbeit läuft. Das Rauschen des Wassers übertönt die Hälfte des Gesprächs, doch als die Frau nach den Kindern fragt, lehne ich mich automatisch vor und spitze die Ohren. Ich verstehe nicht viel, nur »sehr gut«, »stolz auf sie«, und »gerade verreist«.

Meine Brust zieht sich zusammen. *Gerade verreist.* Deshalb

habe ich Ryan in den letzten Tagen nicht gesehen. Und ich hatte mich schon gewundert. Aber anscheinend ist er nicht mehr im Hotel, und ich weiß weder, wo er ist, noch wann er wiederkommt.

»Ich bin echt froh, wenn die Frühschicht rum ist«, seufzt Emory neben mir. »Nachts finde ich es viel entspannter.«

»Mhm«, mache ich, ohne den Blick von Ryans Mom abzuwenden.

»Wollen wir später zu diesem einen Korean-Street-Food-Wagen gehen? Ich glaub, der ist heute wieder da.«

»Klar«, entgegne ich gleichgültig.

»Alles okay?« Ich spüre seinen Blick auf mir, schaffe es aber nicht, ihn zu erwidern.

Nein. Nein, es ist nicht alles okay. Ryan ist weg, und es fühlt sich an, als würde mir das Déjà-vu die Lungen punktieren.

»Bin nur fertig«, antworte ich ihm, und zwinge mich zu einem schwachen Lächeln.

Nach unserer Schicht machen wir uns auf zum silbernen Essenswagen in der 57th Street. Emory hat seine Arbeitskleidung gegen ein graues Tanktop und eine schwarze löchrige Hose getauscht. An seinen Füßen haften latschenartige Treter, die ich bei den meisten prollig, aber bei ihm irgendwie stylisch finde. Die Fußnägel hat er schwarz lackiert. Der Anblick ist ungewohnt, doch die Kleidung passt irgendwie zu ihm. Auch ich habe mich umgezogen und bin in ein weißes Spagetti Top, High Waisted Jeans Shorts und weiße Flipflops geschlüpft.

Erneut fragt mich mein Kollege, ob alles okay ist, und wieder antworte ich, dass ich einfach nur erschöpft bin. Was irgendwie auch stimmt. Nur eben nicht aus dem Grund, den er vermuten wird.

Beim Essenswagen angekommen stellen wir uns in die Schlange und bestellen Mandu – Korean Dumplings und Fried Chicken Baos – bestehend aus einem gedämpften Teigtäschchen, das in der Mitte eingeschnitten und mit Gurken, frittiertem Huhn und einer würzigen Soße gefüllt ist.

Anschließend spazieren wir zum nahe gelegenen Grand Army Plaza und setzen uns auf die Treppen des Pulitzer Springbrunnens, der von Bäumen umschattet wird. Würde die Fifth Avenue nicht direkt vor uns wuseln, hätte dieser kleine Ort beinahe etwas Idyllisches.

Ich nehme einen Bao in die Hand und betrachte das strahlend weiße Brot, das mit den herausblitzenden Gurken und dem marinierten Fleisch kontrastiert. Vorsichtig nehme ich einen Bissen. Das Brot ist weich, das Fleisch von außen kross und von innen saftig. Die Gurke gibt dem Bao eine knackige Frische, und die würzige Soße rundet das Gericht ab.

»Richtig gut«, sage ich mit vollem Mund.

Emory hält mit seinen zwei Stäbchen in der Hand inne und wirft mir einen überraschten Blick zu. »Hattest du die noch nie?«

»Doch, aber vor Ewigkeiten.«

»Wenn du willst, können wir nach unserer Schicht öfter herkommen.«

»Das geht vermutlich nicht, ich … kann es mir so oft eigentlich nicht leisten«, gestehe ich und wundere mich selbst über meine Ehrlichkeit.

»Oh.« Emory lässt die Stäbchen in seiner Hand wieder sinken und hält einen Augenblick lang inne. »Ähm, willst du darüber reden?«, fragt er vorsichtig.

Ich nehme einen tiefen Atemzug. »Versprichst du, es nicht weiterzuerzählen?«

Seine Augenbrauen verengen sich. »Natürlich!« Er wirkt beinahe gekränkt, als wäre es eine tiefe Beleidigung, ihn mit Dennis auf eine Stufe zu stellen.

Und ich glaube ihm.

In einer Kurzfassung berichte ich vom Vasen-Fiasko und dass ich mein Studium pausiert habe, um meiner Mutter bei den Schulden zu helfen. Emorys Kinnlade klappt beim Zuhören immer tiefer runter, doch er sagt kein Wort. Vermutlich weiß er nicht, was er sagen soll.

»Danke, dass du mir das erzählt hast«, bringt er schließlich heraus.

»Kein Problem. Ist auch keine große Sache«, winke ich ab und betrachte die Taube, die sich neben mir auf die Stufen gesetzt hat.

»Ich finde, dass es eine ziemlich große Sache ist.« Emory macht eine wedelnde Handbewegung, um die Taube, die sich neugierig zu unserer Tüte vorgewagt hat, wegzuscheuchen. »Ich weiß nicht, ob ich die Willenskraft gehabt hätte, meine Pläne auf Eis zu legen, nur um meiner Familie zu helfen.«

Ich nicke und verurteile ihn kein bisschen für seine Ehrlichkeit, im Gegenteil. Ich bin dankbar, dass wir so offen miteinander reden können, und fühle mich ihm jetzt schon viel näher als vor unserem Mittagessen.

Wir bleiben noch eine Weile im Schatten sitzen, essen und unterhalten uns über unsere Eltern. Emory erzählt, dass er seine Mutter mag, aber eine eher oberflächliche Beziehung zu ihr hat, während ich berichte, dass Mom meine wichtigste Bezugsperson ist. Von unseren Vätern sagen wir beide das Gleiche: Wir lieben sie, treffen sie aber nicht so oft, weil unsere Eltern getrennt sind.

Danach reden wir über das Schreiben – Emory fragt, warum mein Laptop aus meiner Tasche hervorlinst, und ich erkläre ihm, warum ich ihn immer dabei habe.

Als mir irgendwann kalt wird, machen wir uns auf den Rückweg. Ich begleite Emory noch bis zur Haltestelle, dann laufe ich weiter entlang der 5th Avenue. Rechts von mir säumen teure Wohnblöcke die Straße und auf der linken Seite erstreckt sich der Central Park, der anders als neulich Nacht vor Menschen beinahe überläuft.

Sofort erscheint Ryan vor meinem inneren Auge, und mein Herz zieht sich zusammen. Nein. Ich will jetzt nicht an ihn denken. Vielleicht ist es sogar besser, dass er weg ist. Je weniger wir uns über den Weg laufen, desto seltener müssen wir steif umeinander herumtänzeln und ich mich trotzdem in bedauernswerten Hoffnungen verlieren.

Egal. Jetzt gehe ich erst mal nach Hause, um eine kalte Dusche zu nehmen. Und danach vielleicht ein Power Nap. Oder ich versuche Deb und Rahim zu erreichen, um mich bei ihnen auszuheulen.

Schlurfend mache ich mich auf den Weg zum Vordereingang, als hinter mir plötzlich ein vertrauter Ruf erklingt.

»Shamsi!«

Abrupt bleibe ich stehen. Diese Stimme …

Langsam drehe ich mich um und reiße die Augen auf, als ich in das warme Gesicht der Person blicke, mit der ich in diesem Moment am allerwenigsten gerechnet habe.

»Dad?«

12. KAPITEL

Mein Vater sieht nicht aus, als käme er aus New York. Vor dem Großstadtpanorama sticht er hervor, als wäre er in einem Schwarzweißfoto die einzige Person in Farbe. Die schwarzen Haare sind etwas länger als bei unserer letzten Begegnung, die Augenbrauen ebenfalls voller und dichter. (Im Gegensatz zu mir hat er den genetischen Urwald über unseren Augen immer zurechtgezupft.) Die warme bronzefarbene Haut kontrastiert mit seinem weißen Hemd, das er in den Bund seiner weinroten Chinohose gesteckt hat. An den Füßen trägt er schwarze Lederhalbschuhe ohne Socken, und er strahlt, als würde die kalifornische Sonne direkt über ihm herabscheinen.

»Mein wundervolles Kind.« Dad schlingt die Arme um mich, und erst wird mein Körper ganz starr, bevor der Schock allmählich nachlässt und ich seinen Griff zaghaft erwidere. Einen Moment lang halten wir uns fest, dann tritt er zurück und nimmt die Sonnenbrille ab, um mich besser ansehen zu können. »Es ist so schön, dich zu sehen.«

»Es … ist auch schön, dich zu sehen«, sage ich noch immer leicht überrumpelt. »Ich wusste nur nicht, dass du kommen würdest.«

»Wir haben ja auch ewig nicht geredet.« Er sagt es nicht vorwurfsvoll, doch das schlechte Gewissen schießt mir trotzdem durch die Venen.

»Tut mir echt leid, Dad.«

»Ach.« Er winkt ab, als hätte ich mich bei einem Treffen bloß um ein paar Minuten verspätet. »Nicht der Rede wert.«

»Bist du meinetwegen hier?«, frage ich etwas unsicher. »Also … wolltest du gerade zu mir oder …«

»Nein, ich bin extra hergereist, um einen überteuerten Kaffee in der Lobby zu trinken. Aber cool, dass du auch da bist.« Er stupst mich an der Schulter, und ich verdrehe die Augen.

»Haha, du Witzbold.«

»Aber tatsächlich wollte ich dich gerade anrufen und fragen, ob du spontan Zeit hast. Wir könnten in einen Coffee Shop gehen. Ich hab neulich bei Instagram eins gesehen, das ich unbedingt mal ausprobieren wollte. Sieht von innen ziemlich funky aus.«

Ich pruste los. Ja, *so einer* ist mein Dad. Edgy, hip und cooler als jeder Mensch, den ich kenne. Würde mich nicht wundern, wenn das Wort *funky* demnächst wieder in wird.

»Klar, sehr gern.«

Dad zückt sein Handy und sucht den Standort des Coffee Shops raus, dann machen wir uns auf den Weg.

»Wie geht's dir, Shamsi?«, fragt er und legt einen Arm um mich. Er nennt mich schon seit meiner Kindheit so – Shamsi ist die arabische Bezeichnung für »Meine Sonne«.

»Gut und dir?«, sage ich und schlinge den Arm ebenfalls um seinen Rücken, wobei ich nicht ganz mit ihm Schritt halten kann. Er läuft viel langsamer als ich hektische New Yorkerin.

»Mir auch. Die letzten Monate waren ein bisschen wild, aber jetzt ist alles wieder gut.«

Ich drehe den Kopf in seine Richtung. *Ein bisschen wild* kann alles bedeuten. »Warum? Ist irgendwas passiert?«

»Das erzähle ich dir gleich in Ruhe.«

Das Lokal, in das er mich führt, sieht wirklich »funky« aus. Jede Wand ist in einer anderen Farbe gestrichen, Palmen und Monsterae schmücken den Raum, und an der Decke baumelt eine Discokugel. Die Sitzplätze sind ebenfalls interessant. Neben dem Eingang sitzen zwei Gäste mit ihren Getränken in einer leeren Badewanne, und in einer Wandnische macht es sich ein Paar auf zwei alten Kinosesseln gemütlich.

Wir ergattern einen Tisch im Außenbereich. Ich nehme auf einem der mintfarbenen Stühle Platz, während Dad reingeht, um unsere Getränke zu bestellen. Bald darauf kehrt er mit zwei violetten Galaxy Shakes zurück. Ich bin überrascht, dass er sich ebenfalls einen bestellt hat. Normalerweise lässt er die Finger von Zucker.

Aus der offenen Tür dringt Phil Collins' *Can't Stop Loving You*. Dad dippt seinen kleinen Finger in die mit Streuseln verzierte Sahne und summt zur Melodie.

»Ah, da kommen Erinnerungen hoch.« Er schleckt sich die Sahne vom Finger und hebt das Glas, um es wie ein Feuerzeug auf einem Konzert zu schwingen. »Zu diesem Song haben deine Mom und ich zum ersten Mal Liebe gemacht.«

»Daaaad!« Ich verziehe das Gesicht. Solche Witze macht er ständig. Unnötig zu erwähnen, dass ich meine alberne Seite von ihm habe …

»'Cause I can't stooop loving you!«, grölt er die Lyrics mit, und wären wir nicht in New York, würden die Leute vielleicht komisch gucken. Doch hier stimmt der Nebentisch einfach mit ein.

»Aber ist das nicht eigentlich voll der traurige Song?«, necke ich ihn.

»Es war auch traurig«, scherzt Dad, und ich ziehe eine erneute Grimasse. »Nein, Spaß beiseite«, winkt er ab und setzt das Glas wieder ab. »Es war toll. Deine Mutter war toll. Ist sie natürlich immer noch. Eine tolle und wunderschöne Frau.«

Oh Gott, Hilfe!

»Erzähl mir doch lieber, weshalb du in New York bist«, versuche ich das Thema zu wechseln, und sofort hört Dad auf zu summen. Die Lachfältchen um seine Augen glätten sich, das verschmitzte Grinsen schrumpft in sich zusammen.

Überrascht halte ich inne. Habe ich was Falsches gesagt? War es verletzend, ihn so direkt zu fragen?

Dad nimmt einen Schluck von seinem Strohhalm und hält den Blick gesenkt, während er zum Sprechen ansetzt. »Ähm, tja, also … okay. Es ist so, dass ich wieder herziehe.«

Ich blinzele. »Was?«

»Ich habe auch schon eine Wohnung gefunden. Brooklyn Heights. Etwas teuer und bislang auch nur zur Untermiete, aber sie ist möbliert und fürs Erste sollte es …«

»Warte. Moment, Moment«, unterbreche ich ihn und setze mein Glas etwas zu fest ab. »Ich verstehe gerade gar nichts. Das ist kein Scherz? Du … du ziehst wieder nach New York?«

Dad nickt knapp. »Jepp.«

»Und warum? Ich meine … nicht, dass ich mich nicht darüber freuen würde«, setze ich schnell hinterher, »aber woher kommt der plötzliche Impuls? Ich dachte, du liebst die Westküste und deinen Job und …« Mein Blick weitet sich. »Haben sie dich etwa gefeuert?«

Aber Dad lächelt nur, als hätte er einen schlechten Witz bereits zum zweiten Mal gehört. »Nein.«

»Und was ist es dann?«

»Das ist eine lange Geschichte.« Er seufzt und nimmt die Sonnenbrille ab, um sich die Nasenwurzel zu massieren.

Die letzten Monate waren ein bisschen wild.

Ein mulmiges Gefühl umschließt meinen Magen. »Willst du mir davon erzählen?«

»Wenn du das möchtest.« Er zögert. »Aber ich muss etwas weiter ausholen und …« Er hebt den Kopf, sucht meinen Blick. »Es ist alles wieder gut, deshalb … bitte erschreck dich nicht.«

Mein Herz klopft schneller. Okay, jetzt habe ich Angst.

Dad betrachtet mich noch einen Moment, bevor er die Hände zusammenfaltet und tief Luft holt.

»Ich hatte einen Schlaganfall.«

Für den Bruchteil eines Herzschlags hört die Welt auf, sich zu drehen. Alles gefriert, die Hintergrundgeräusche klingen ab, und plötzlich ist da nichts mehr als dieser eine Satz.

»Was?«, stoße ich hervor.

Dad wiederholt das Wort, doch ich verstehe noch immer nicht. Redet er von dem, was ich denke? Oder einem Homonym, ein Wort, das genauso klingt, aber eine andere Bedeutung hat? Denn von *dem* Schlaganfall kann doch unmöglich die Rede sein.

»Es war vor einer Weile. Im April.«

April? »Das ist drei Monate her!«

»Ich weiß.« Reue spiegelt sich in seiner Miene. »Aber du standest kurz vor deinem Highschool-Abschluss und ich wollte dich nicht belasten. Eigentlich hatte ich vor, es dir diesen Sommer zu erzählen, aber dann …«

… habe ich ihn nicht besucht. Ich schlucke fest und kämpfe gegen die aufkommende Übelkeit an. »Was ist passiert?«

Und dann erzählt er es mir. Erzählt, wie er schreckliche Kopfschmerzen bekam und seine rechte Körperhälfte immer wieder taub wurde. Erzählt, dass er irgendwann nicht mehr richtig sprechen konnte und es gerade noch so schaffte, seinen Nachbarn anzurufen, der die Tür einbrach und ihn ins Krankenhaus schaffte. Seine Worte dringen wie durch Watte zu mir. Schweigend höre ich zu und spüre, wie die Luft immer dünner und meine Fingerspitzen immer kälter werden.

Als er endet, setzt beklemmendes Schweigen ein.

»Alles okay?«, fragt er leise.

Ich nicke benommen.

»Hey, es ist alles wieder gut.« Er schenkt mir ein aufmunterndes Lächeln, was sich irgendwie falsch anfühlt. Sollte ich es nicht sein, die *ihn* tröstet?

»Keine …« Die Worte zerbröseln in meinem Mund. Ich befeuchte meine Lippen und setze erneut an. »Keine … bleibenden Schäden?«

»Nein.« Er lächelt schwach. »Ich hatte echt Glück.«

Glück im Unglück. Noch nie hat dieser Spruch so gut gepasst wie jetzt.

»Ich verstehe das nicht«, gestehe ich mit einem leichten Beben in der Stimme. »Ich dachte, so was kriegen nur alte Leute. Oder … keine Ahnung, Menschen, die nicht so gesund leben wie du.«

Mein Blick gleitet zu unseren Gläsern. Die Sahne ist ein wenig eingesunken. Darf er das überhaupt trinken? Oder trinkt er es jetzt, nachdem er dem Tod haarscharf entkommen ist, erst recht?

Ein Schleier legt sich über seine Züge. »Ich verstehe es auch nicht, Shamsi.«

»Weiß Mom davon?«, frage ich.

»Ja. Aber erst seit Kurzem. Ich habe sie darum gebeten, dir nichts zu verraten. Ich wollte es dir selbst erzählen.«

Ob sie mich deshalb immer gedrängt hat, ihn zurückzurufen? Ein heißer Strahl Schuld fließt durch mich hindurch. Oh Gott, ich fühle mich wie die schrecklichste Tochter auf der Welt.

»Du hättest das nicht allein durchmachen müssen«, flüstere

ich. »Ich hätte alles stehen und liegen gelassen und wäre zu dir gekommen, Dad. Wirklich!«

Ein warmer Ausdruck tritt in seine braunen Augen. »Das weiß ich, Shamsi.«

»Ich verstehe nur noch nicht, was dein Umzug nach New York damit zu tun hat. Warst du in Kalifornien nicht mehr glücklich?«

»Doch. Aber irgendwie auch nicht. Schwer zu beschreiben.« Er hält den Blick gesenkt und trommelt mit den Fingern auf der Tischplatte. »Dieses Ereignis war wie ein Weckruf, weißt du? Als ich im Krankenhaus lag, dachte ich viel über mein Leben nach, und mir wurde klar, dass ich eigentlich nichts hatte. Eine tolle Wohnung, klar. Ein noch tollerer Job an einem paradiesischen Ort. Aber all das ist irgendwie ... sinnlos.« Seine Stimme wird leiser, seine Augenbrauen ziehen sich nachdenklich zusammen. »Wenn ich kündige, wird jemand anderes meinen Posten übernehmen. Wenn ich ausziehe, wird jemand anderes in meiner Wohnung leben. Ich werde einfach so ersetzt werden. Vor Jahren dachte ich, dass mein Leben erst dann Sinn machen würde, wenn ich irgendwo groß rauskäme, aber was habe ich letztendlich davon? Was bringen mir das Geld und die Anerkennung irgendwelcher Leute, die mich nicht interessieren, wenn im nächsten Moment sowieso alles vorbei sein könnte? Wenn mich nichts davon wirklich erfüllt? Das Einzige, das mich bereichert, ist Zeit mit den Menschen zu verbringen, die ich liebe.« Er hebt den Kopf, sucht meinen Blick. »Du wohnst hier. Deine Mom wohnt hier und viele meiner Freunde tun es auch.«

»Dad ...« beginne ich und breche ab, weil ich nicht weiß, was ich sagen soll.

»Und deshalb ziehe ich wieder zurück«, fährt er fort. »Ich will bei meiner Familie sein. *Bei dir.* Eigentlich war der Umzug erst zum nächsten Jahr geplant, aber nachdem du die Ferien bei mir abgesagt hast, und ich nicht wusste, wann ich dich wiedersehen würde, hatte ich keine Lust mehr, länger zu warten. Das Leben ist zu kurz, um immer …«

»Die Absage hatte nichts mit dir zu tun«, falle ich ihm ins Wort. »Wirklich, ich wäre total gern gekommen, aber ich musste arbeiten, weil … weil …« Ach, scheiß drauf. »Mom hat ziemlich hohe Schulden, und ich helfe ihr, die zu begleichen«, stoße ich in einem Atemzug heraus.

Dad nickt. »Ich weiß.«

»Was?« Ich richte mich auf. »Sie hat es dir erzählt?«

»Ja, neulich bei unserem Telefonat.« Er presst die Lippen zusammen. »Was für ein Mist.«

»Ziemlicher Mist«, pflichte ich ihm traurig bei. »Sie braucht Geld, Dad. Ich weiß, sie würde dich niemals darum bitten, aber …«

»Das hat sie schon.«

»Hat sie?«, japse ich. »Zu mir meinte sie, dass ich dir nichts erzählen soll!«

»Nachdem sie gesehen hat, wie viel du arbeitest, ist sie wohl doch über ihren Schatten gesprungen.« Er schaut sich um, senkt sie Stimme. »Das Problem ist, dass ich selbst nichts habe, das ich ihr geben könnte. Das meiste Geld schicke ich in den Libanon und die Krankenhauskosten haben meine restlichen Reserven aufgebraucht.«

Stimmt. Dad lässt seiner Familie jeden Monat einen Check zukommen, aber ich wusste nicht, dass es *das meiste Geld* ist.

»Das Einzige, das ich nie angerührt habe, ist dein Collegefond, und den will deine Mom nicht.«

Ich lege meine Finger auf meine heiße Stirn. Mein Kopf raucht. Erst Moms Zukunftsängste und jetzt der Schlaganfall. Was kommt als Nächstes?

»Aber ich werde sie natürlich trotzdem unterstützen«, verspricht er. »Ich habe auch schon ein paar interessante Jobs in Aussicht.«

Seine letzten Worte lassen mich aufhorchen.

»Aber fang nicht im Hotel an«, sage ich eilig. »Ich weiß, sie würden dich als Sternekoch mit Kusshand nehmen, aber bitte«, flehe ich. »Tu das Mom nicht an.«

Verlass sie nicht, um zehn Jahre später zurückzukehren und sie mit deinem Ruhm zu überschatten.

»Natürlich nicht, Ellis.« Sein Blick ist ernst. »Im Hotel ist deine Mom und nur deine Mom der Star. Vermutlich fange ich bei deinem Onkel Khalid an.«

Onkel Khalid. Jeder von Dads arabischen Freunden ist mein *Onkel.*

Ich spüre, wie sich meine Schultern langsam wieder entspannen. Vorsichtig lehne ich mich zurück und blicke auf die Straße, lausche dem vertrauten Stadtlärm, atme die benzingetränkte Luft ein.

Klammere mich an die Realität.

Dad ist hier, rufe ich meinem panisch schlagenden Herzen in Erinnerung. Egal, was er mir gerade erzählt hat, er sitzt direkt neben mir und ist gesund.

Gott sei Dank.

13. KAPITEL

Es dämmert bereits, als ich das Hotel erreiche. Dad und ich waren stundenlang spazieren und haben über alles Mögliche geredet. Es war schön, aber irgendwie auch surreal. Mein Vater hatte einen Schlaganfall, hat ihn überlebt und ist jetzt zurück nach New York gezogen.

Meinetwegen.

Ich steuere den Hintereingang an, der durch die Waschräume führt. Das gelbliche Deckenlicht strahlt grell auf mich herab, und ein kalter, muffiger Geruch liegt in der Luft. Schweigend laufe ich durch das vertraute Labyrinth aus Fluren und Türen. Vor den Personalaufzügen entdecke ich ein paar meiner Kollegen, aber da ich gerade nicht zu Small Talk aufgelegt bin, entscheide ich mich, die Treppen zu benutzen.

Das Licht springt an, als ich das kühle Treppenhaus betrete. Meine Flipflops schlappen auf jeder einzelnen Stufe, das Echo verdoppelt ihren Laut. Das Blut rauscht mir noch immer in den Ohren, dann dringt ein weiteres Geräusch zu mir durch. Eine Tür, die sich einige Stockwerke über mir öffnet. Schritte poltern über die Treppen, und ein Schauer durchfährt mich, als ich den vertrauten Klang seiner Schritte wiedererkenne.

Im nächsten Moment erscheint Ryan in meinem Blickfeld.

»Oh.« Er wirkt überrascht, mich zu sehen, lächelt aber. »Hey.«

Meine Eingeweide verknoten sich. Er ist also wieder zurück – von wo auch immer er gewesen ist – und er hat sich ebenso wenig angekündigt wie verabschiedet.

Hinter meinen Lidern beginnt es zu prickeln. Den ganzen Tag bin ich standhaft geblieben. Ich wollte stark sein – für Dad und auch für mich. Aber Ryans Anblick gibt mir völlig den Rest. Heiße Tränen schießen mir in die Augen. Hastig senke ich den Blick und stapfe an ihm vorbei.

»Ellis?«, ruft er mir hinterher, doch ich beschleunige meinen Gang und tue so, als hätte ich ihn nicht gehört.

»Alles okay?« Ich höre, wie er mir nachläuft, doch ich bleibe nicht stehen. Ich bin ihm keine Antwort schuldig. Inzwischen renne ich fast, meine Waden brennen, meine Lunge zieht sich zusammen. Die Kurven verwirren meinen Gleichgewichtssinn, Schwindel hämmert gegen meinen Schädel. Ich kralle mich ans Treppengeländer, um nicht umzukippen.

»Teufel, Ellis.« Ryan umfasst meinen Arm und zwingt mich stehen zu bleiben. »Warum bist du …« Als er mich zu sich dreht, erstirbt der Rest seiner Worte auf seinen Lippen. Seine Pupillen weiten sich. »Was ist passiert?«, fragt er alarmiert.

»Was interessiert es dich?«, fauche ich und schüttele seinen Griff ab. »Hat dich doch die letzten zwei Jahre auch nicht gekümmert. Kommst hierher und behandelst mich, als wäre ich eine Fremde, und glaubst jetzt trotzdem noch, dass du ein Anrecht darauf hast zu erfahren, wie es mir geht?«

Wütend wische ich mir über die Augen, erwarte, dass er weggeht, so wie er es immer tut. Doch stattdessen tritt er noch näher, den Blick voller Sorge.

»Was ist passiert?«, fragt er wieder.

Als Antwort schnaube ich nur und versuche, ihn zur Seite zu schieben.

»Hey.« Er umfängt sanft meine Handgelenke. »Bitte rede mit mir.«

Reiß dich zusammen, Ellis. Lass dich von ihm nicht erst wie Dreck behandeln und jetzt so leicht knacken. Bleib standhaft. Behalt deine Würde.

Aber seine grünen Augen hypnotisieren mich. Wenn er mich so ansieht wie jetzt, vergesse ich alles um mich herum, und plötzlich frage ich mich, welchen Zweck Stolz und Würde eigentlich haben. Wovor schützen sie einen, wenn man innerlich trotzdem zerbricht?

»Mein Dad«, beginne ich heiser. »Er … Schlaganfall … Zweiundfünfzig. Und jetzt … zurück, aber ich … ich wusste nicht … weil ich nicht zu ihm gefahren bin … und Mom hat mir die ganze Zeit nichts erzählt und …« Der Rest meiner Worte versinkt in einem tiefen Schluchzen.

Ryan runzelt die Stirn. Verwirrung spiegelt sich in seiner Miene, vermutlich versteht er kein Wort. Doch er fragt nicht nach, stattdessen zieht er mich mit einem plötzlichen Ruck an sich.

Nein, will ich sagen, will mich wehren, ihn von mir stoßen, doch meine Glieder und mein Widerstand erschlaffen, als sich seine kräftigen Arme um mich legen. Wärme rauscht durch mich hindurch, meine Nackenhaare stellen sich auf, mein ganzer Körper kribbelt. Die angestaute Sehnsucht begrüßt seine Berührung wie einen alten Freund, der zu lange weg war. Viel zu lang …

Ryan sagt nichts. Keine tröstenden Worte, kein »Alles wird gut.« Er hält mich einfach nur fest, dicht an seine Brust gedrückt. Ich höre seinen Herzschlag. Schnelle, hektische Schläge, die er sich gar nicht anmerken lässt. Ob er aufgeregt ist? Aber warum?

Keine Ahnung, wie lange wir so stehen. Minuten? Stunden? Aber irgendwann wird das Beben meiner Schultern immer schwächer und mein Atem ruhiger.

»Geht's wieder?« Er senkt den Kopf und sucht meinen Blick.

Ich ziehe die Nase hoch und nicke.

Ryan öffnet den Mund, zögert jedoch einen Augenblick. »Was … ist mit deinem Vater?«

»Es geht ihm gut«, versichere ich schnell. »Er hatte einen Schlaganfall und zieht jetzt zurück nach New York, weil …« Seufzend breche ich ab. »Lange Geschichte. Aber es geht ihm gut.«

»Verstehe«, murmelt er, obwohl der Ausdruck in seinen Augen das Gegenteil behauptet. Doch er belässt es dabei und fragt stattdessen: »Soll ich dich hochbringen?«

Obwohl der Großteil in mir nichts lieber will, als unter die Bettdecke zu kriechen, schüttele ich den Kopf. »Nein, ich kann Mom jetzt nicht sehen. Sonst werde ich sie nur anschreien, und das wäre unfair. Ich will einfach nur … keine Ahnung.« Ich weiß es selbst nicht. Mich zum Mond beamen? Ja, das vielleicht.

Ryan nickt und wendet den Blick ab, während er nachzudenken scheint.

»Okay. Komm mit«, sagt er und mein Herz macht einen Satz, als er plötzlich nach meiner Hand greift. Ein Kribbeln erfasst meinen Körper.

»Wohin gehen wir?«, frage ich, während ich ihm stolpernd folge.

Er antwortet nicht, drückt meine Finger nur fester.

Und dann weiß ich es.

Der Himmel leuchtet in einem Pastellrosa und taucht die ganze Stadt in einen warmen Filter. Wir rauschen vorbei an einem Nagelstudio, einem Blumengeschäft, einem Starbucks. Die Luft riecht nach Abgasen, aus den Gullys strömt heißer Dampf. Meine Tränen sind inzwischen getrocknet, aber das

Salz klebt noch an meinen Wangen, und mein Gesicht fühlt sich zerknittert an. Ich will gar nicht wissen, wie ich aussehe.

Der Weg ist nicht weit, doch er kommt mir länger vor, weil niemand von uns redet. Ryan hält noch immer meine Hand. Ich weiß nicht, was das zu bedeuten hat, aber mein Geist ist zu erschöpft, um sich erneut aufs Gedankenkarussell zu schwingen. Später, wenn ich im Bett liege, werde ich diesen Moment in allen Einzelteilen auseinandernehmen.

Wir biegen in die 52nd Street ein und halten auf das kleine Lokal zu, das sich zwischen einem Kiosk und einer Schneiderei befindet. Über dem Eingang prangt in Rot geschnörkelten Lettern *Alfredo's*, daneben *since 1976*.

Ryan öffnet die Tür, und eine Woge der Nostalgie überfällt mich, als mir der vertraute Duft nach Steinofen und geschmolzenem Käse entgegenweht. Mit klopfendem Herzen trete ich ein. Es sieht aus wie immer – braune Backsteinwände, alte Sitzbänke mit roten Plastikbezügen und eine Theke, auf der verschiedene Pizzen präsentiert werden, von denen man sich ein Stück auf die Hand bestellen kann. Der Laden macht einen schäbigen Eindruck, hat es aber trotzdem auf ein blaues A geschafft – den höchsten Platz, den einem das Gesundheitsamt ans Fenster pappen kann.

Wir laufen zu unserem Stammtisch am Fenster, und genauso schnell wie Ryan nach meiner Hand gegriffen hat, lässt er sie wieder los. Etwas zerstreut setze ich mich hin, verschiebe das Analysieren meiner Gefühle aber ebenfalls auf später.

Ein junger Kellner, vermutlich einer von Alfredos Enkeln, kommt zu uns herübergeschlurft. Ich bin froh, dass es nicht der Inhaber selbst oder einer seiner Söhne ist, und wir somit dem »Heeey, ihr wart ja ewig nicht mehr hier«-Small Talk entkommen. Der Junge reicht uns die Karten und zündet die Kerze vor uns an. Nach einem kurzen Blick ins Menü bestelle ich eine

Calzone mit Salami, und Ryan die vegetarische mit gegrilltem Gemüse und extra Chili. Als Getränk nehmen wir beide eine Cola. Der Junge zieht ab, grölt unsere Bestellung in die Küche und kehrt bald darauf mit zwei Getränkedosen und einem Glas, in dem sich Servietten und Besteck befinden, zurück.

Ich greife nach meiner kühlen Dose und halte sie mir an die Stirn, während ich mich in das Polster sinken lasse. Die Erschöpfung zehrt an meinen Muskeln, mein ganzer Körper schmerzt, als wäre ich einen Marathon gerannt.

»Warst du eigentlich je ohne mich hier?«, erklingt es plötzlich von der gegenüberliegenden Seite.

»Nein«, erwidere ich mit fester Stimme.

Ryan presst die Lippen zusammen, Schuldgefühle flackern in seinen Augen. Ein schwacher Trost für seinen Verrat neulich, aber wenigstens scheint er ihn zu bedauern.

Bevor die Stimmung zu kippen droht, wechsle ich das Thema. »Wo warst du eigentlich? Also, in den letzten Tagen, meine ich«, füge ich hinzu, als er mir einen verständnislosen Blick zuwirft.

»Ach so. In den Hamptons.« Er fummelt am Verschluss seiner Dose, und mein Blick fällt ungewollt auf seinen Bizeps, der sich durch die Bewegung kurz anspannt.

»Hab einen Kumpel besucht«, fährt er fort.

»Kenne ich diesen Kumpel?«, frage ich und öffne mein Getränk ebenfalls. Ein lautes Zischen erklingt, und eine kleine Dunstwolke entweicht.

»Ne, das ist einer aus dem Internat. Aber er lebt auch in New York.«

»Ist das derselbe, der neulich mit dir im *Kimberly's* war?«

Ryan stutzt, vermutlich überrascht, dass ich mich erinnere. »Genau. Tyler. Seine Freundin Megan war auch auf unserer Schule.«

»Wie war es so in Maryland?«, erkundige ich mich beiläufig, obwohl mir die Frage schon seit Monaten auf den Lippen brennt.

Ryan umklammert die Cola mit beiden Händen und zuckt mit den Schultern. »Ganz okay. Ziemlich krass, was den Unterrichtsstoff angeht.«

»Musstest du reiten lernen?«, necke ich ihn. »Oder fechten?«

»Nein, aber golfen.«

»Ernsthaft?«

Ein amüsiertes Lächeln zupft an seinen Mundwinkeln, und erst da bemerke ich, dass er mich ebenfalls aufzieht.

»Ich hab nur Basketball gespielt.«

Sieht man, denke ich, und zwinge mich, den Blick nicht erneut auf seine Arme zu lenken. Er ist so erwachsen geworden. Aber er sieht nicht nur älter aus, er redet auch ein wenig anders. Der dunklere Tonfall in seiner Stimme, der leicht veränderte Zungenschlag. Und sein Blick … offen und überhaupt nicht mehr verschlossen wie damals. Er lächelt sogar. Er reißt Witze und lächelt.

Aber solche Feinheiten fallen einem nur auf, wenn man jemanden eine Weile nicht gesehen hat, und die erneute Erkenntnis, dass ich so lang nicht Teil seines Lebens war, fühlt sich an wie ein Tritt in den Bauch.

Ich atme gegen den Schmerz an und räuspere mich. »Und wie waren die Leute so?«

»Eigentlich nett. Vor allem Tyler. Wir waren zusammen in einem Zimmer. Seine Eltern kommen auch aus der Hotellerie.«

Mehrere Hotelerben auf einem Haufen …

»Sind dir die reichen Schnösel auf Dauer nicht auf die Nerven gegangen?«, frage ich und meine es nur halb im Scherz. Die Leute auf seiner alten Schule fand ich schon zum Kotzen, aber auf der Saint Robinson Maryland tummelt sich ein anderes Level von *reich*. Dorthin gehen nur Kinder von Schauspielern, Politikern, Adelsfamilien … oder auch Hotelbesitzern.

»Ein bisschen. Aber die meisten waren cool.«

Das hat er auch über die Kids aus seiner alten Schule gesagt. Meine Nackenhaare sträuben sich bei der Erinnerung an Sadie, Logan oder – würg! – Jerimiah. Nein, Ryans Einschätzung ist in dieser Hinsicht nicht zu vertrauen.

»Und ähm, bei dir?«, fragt er nach einer längeren Pause. »Also … wie war dein letztes Jahr als Senior?«

»Ganz okay. Schule halt. Es ist nicht viel Neues passiert. Die Schülerzeitung hat die meiste Zeit gefressen.«

»Verstehe.«

Bald darauf kehrt der Kellner mit zwei großen Holzbrettern zurück, auf denen die mit Basilikum garnierten Calzonen liegen. Der Kellner zieht ab, Ryan und ich greifen nach dem Besteck und wünschen uns einen guten Appetit.

Während wir essen, schweigen wir. Die Pizza schmeckt genauso großartig wie immer, doch ich kann sie kaum genießen. Dieser Moment fühlt sich seltsam inszeniert an. Unecht, wie eine Kopie. Nicht wir. Ryan und ich sitzen hier und essen – aber wir sind *nicht wir*.

»Was machen wir hier eigentlich?«, frage ich und lege mein Besteck zur Seite.

Ryan schaut von seiner Calzone auf. »Was meinst du?«

»Wir sitzen hier, reden über die Schule und tun so, als wäre nichts gewesen. Warum hast du mich hergebracht?«

»Ähm.« Er wirkt überfordert. »Dir … ging's nicht gut. Ich wollte …«

»Mich trösten? Weil man das so macht?« Meine Stimme kippt, und bevor mich der Mut verlässt, sage ich es einfach. »Dir ist doch klar, dass es nicht mehr wie früher ist, oder?«

Ryans Kiefer spannt sich an. Unsere Blicke verflechten sich miteinander, Braun trifft auf Grün, Frust begegnet Schwermut. Und obwohl er so nah bei mir sitzt, dass ich bloß die Hand nach ihm ausstrecken müsste, ist es, als würde eine Schlucht zwischen uns liegen. Als würde jeder Schritt in seine Richtung in einem tiefen Fall enden.

Und dann muss ich wieder weinen.

»Scheiße.« Ryan verzieht das Gesicht und reicht mir eine Serviette. »Hey, Ellis. Tut mir leid.«

»Was tut dir leid?«, frage ich und tupfe mir über die Augen. »Dass ich weine? Oder dass du mich geghostet hast?«

Ryan zuckt zusammen, als hätte ich ihm einen Stromschlag verpasst. »Ich … hab dich nicht …«

»Wie nennt man es sonst, wenn man einfach abhaut, und von einem Tag auf den anderen den Kontakt abbricht?«

Ein Schatten huscht über sein Gesicht. »Wir hatten uns gestritten.«

»Und du wolltest dich nicht wieder mit mir vertragen«, schieße ich zurück.

Ryan macht ein frustriertes Gesicht, als könnte man das nicht einfach so sagen, doch er widerspricht mir nicht. Weil er weiß, dass ich recht habe.

Hinter meiner Stirn beginnt es zu pochen. Ich stütze meine Ellbogen auf den Tisch und vergrabe das Gesicht in meinen Händen.

»Im einen Moment fährst du mit mir Fahrrad und im nächsten verschwindest du für ein paar Tage und sagst nicht einmal Bescheid. Weil ich offenbar nicht wichtig genug bin, um mich davon in Kenntnis zu setzen. Ich weiß, ich war damals echt fies und hab gemeine Sachen gesagt, aber … entscheid dich bitte, Ryan. Sei sauer, ignorier mich meinetwegen für immer. Oder … verzeih mir einfach. Aber mach kein Zwischending.

Tu nicht so, als könnten wir hier ungezwungen sitzen, wenn du mir morgen wieder die kalte Schulter zeigst.«

Ich schließe die Augen, als sich die Tränen wieder einen Weg nach draußen bahnen wollen. Hätte ich vorhin doch einfach den Aufzug genommen. Dann wäre uns das alles hier erspart geblieben.

»Ellis?«

»Was?«, entgegne ich mit gesenktem Blick.

»Sieh mich an.«

Ich schüttele trotzig den Kopf. »Nein.«

»Bitte.«

Ein kleines Wort, das mit so viel Wärme, so viel Gefühl getränkt ist, dass es den Widerstand nach und nach von mir spült. Grrr. Warum schafft er das immer wieder? Warum muss er bloß so … Ryan sein?

Langsam schaue ich auf. Die Reste der Calzonen liegen vor uns, die Getränke sind noch fast voll. Ryan sitzt nach wie vor am anderen Ende des Tisches, die Unterarme auf die Tischplatte gelegt, den Körper nach vorn gebeugt. Im Kerzenschein tanzen Schatten über sein Gesicht, die Augen glänzen dunkel.

»Es tut mir leid.«

Wieder bloß dieser eine Satz, doch diesmal ist es anders. Diesmal sieht er mich an. Das ist nämlich das Ding mit Ryan. Er redet lieber mit seinen Augen, weil es ihm schon immer schwerfiel, seine Gedanken laut auszusprechen. Weil er es nicht anders gelernt hat. Und ich verstehe ihn. Das habe ich immer.

Es tut ihm leid, wie die Dinge gelaufen sind. Er bedauert, dass wir beide jung und kindisch, pubertär und dramatisch waren, und der Kontakt auf eine derart brutale Weise abbrach.

Und er will das Hin und Her genauso wenig wie ich.

»Du hast mir gefehlt«, sage ich kaum hörbar.

Ryan hält einen Moment inne, sieht mich an, schluckt. Schließlich streckt er die rechte Hand aus und sucht nach meiner. Seine Stimme ist leise, als er sagt: »Du mir auch.«

14. KAPITEL

»Und das war's. Wir haben uns in die Augen gesehen und … es war vorbei.«

»Vorbei?«, wiederholt Deb, und wirft mir über den Bildschirm meines Handys einen skeptischen Blick zu. »Der Streit hatte einfach so ein Ende?«

»Ja, so hat es sich zumindest angefühlt«, sage ich und lege die Beine auf dem hölzernen Couchtisch ab. Mom sieht das nicht gern, aber die arbeitet übers Wochenende auf einer Hochzeit in Long Island und kommt erst morgen Abend zurück.

»Okay, nur, damit ich das richtig verstehe.« Deb hebt eine Hand und lässt sie in der Luft schweben, während sie gedankenverloren in die Luft starrt. »Dieser Mistkerl zeigt dir wochenlang die kalte Schulter – bis auf das eine Mal, als er betrunken war«, setzt sie hinterher, als ich gerade etwas einwenden will, »und dann wirft er dir seinen Dackelblick zu, sagt ›Sorry‹ und du knickst sofort ein?«

Ihr abwertender Tonfall lässt mich innerlich zusammenzucken. »Was soll ich deiner Meinung nach machen? Ihn ewig schmoren lassen? Wir sind keine Kinder mehr.«

»Aber er hat dir wehgetan!« Ihre Stimme wird lauter.

»Und ich ihm«, pfeffere ich zurück und richte meinen Handtuchturban, der etwas verrutscht ist.

»Aber das, was er …«

»Deb, ich hab ihm verziehen«, falle ich ihr seufzend ins Wort. »Du hättest das nicht getan, ich weiß, aber ich schon. Ich will nicht für immer und ewig wütend auf ihn sein. Was habe ich am Ende davon?«

Das darauffolgende Schweigen ist so drückend, dass es den Sauerstoff aus dem Raum zu ziehen scheint.

»Und was, wenn er es wieder macht?«, fragt Deb eine Spur dunkler. »Was, wenn er erneut einfach abhaut, ohne Bescheid zu sagen?«

»Dann werde ich wieder traurig sein«, erwidere ich unumwunden. »Abgesehen davon können wir uns nicht für immer aus dem Weg gehen, dafür sind unsere Leben zu eng miteinander verbunden. Wir wohnen in einem Hotel. Unsere Mütter sind befreundet.«

Darauf erwidert sie nichts. Eine Weile liefern wir uns ein stummes Blickduell, beide innerlich nach Argumenten suchend, um den anderen beim nächsten Wortgefecht zu entwaffnen. Doch dann schrumpft Debs Bild plötzlich, wandert auf dem Bildschirm nach rechts, und mein Gesicht rutscht nach unten, während Rahim auf der linken Seite unserem Videochat beitritt.

»Heeey«, grüßen Deb und ich wie aus einem Mund.

Zwar hat er die Kamera eingeschaltet, aber es ist bei ihm so dunkel, dass er kaum zu erkennen ist.

»Bist du gerade draußen?«, fragt Deb.

»Ja, am Strand. Hört ihr das Wellenrauschen?« Er schwenkt die Kamera in Richtung Dunkelheit, doch bis auf die dröhnende Musik eines nahen Clubs ist nichts zu hören.

»Sorry, hab euren Anruf erst jetzt gesehen.«

»War auch eine spontane Idee«, meint Deb. »Ich bin gerade bei meiner Cousine in Des Moines und habe hier besseres Internet als auf der Farm.«

»Du bist braun geworden«, stellt Rahim grinsend fest.

»Wir alle. Schau mal zu Ellis.«

»Dabei war ich dieses Jahr kaum draußen«, sage ich und betrachte mein eigenes Bild, das im Schein des Lichts einen glänzenden Goldton angenommen hat. Jedes Jahr überrascht es mich aufs Neue, wie schnell sich die Bräune auf meine Haut legt.

»Aber ich hoffe, du cremst dich schön brav ein«, erinnert er mich in einem väterlichen Tonfall. »Unsere Haut bleibt nämlich auch nicht verschont.«

Da hat er recht. Nur weil mich meine sanfte Bräune in den meisten Fällen vor Sonnenbrand schützt, kann sie trotzdem keine UV-Strahlung abwehren.

»Also, was hab ich verpasst?«, fragt Rahim, während er über den Sand zu einem etwas ruhigeren Ort stapft.

»Deb war gemein und hat mit mir geschimpft«, petze ich.

»Hab ich nicht! Ich war nur ehrlich, was meine Bedenken angeht, dass du und Van Verräter wieder ein Herz und eine Seele seid.«

»Wir sind kein Herz und …«

»Moment – WAS!«, schrillt Rahims ungläubige Stimme aus dem Hörer. Im selben Moment klopft es an der Tür, und ich rechne fast damit, dass Rahim hereinplatzt, und »Erzähl mir alles!«, fordert. Aber der ist gerade in Miami …

»Wartet kurz«, sage ich und stehe auf, ehe ich mich, das Handy noch immer vor mir haltend, auf den Weg zur Tür mache. Als ich sie öffne, stutze ich. Riley steht vor mir und trägt genau wie ich nur Shirt und Schlafhose. Die rosa Haare hat sie zu einer Palme hochgesteckt.

»Hallo, beste Freundin.«

»Hallo, beste Freundin.« Sie lächelt unsicher. »Entschuldige den spontanen Überfall.«

»Alles gut, komm rein.« Ich trete zur Seite, um sie durchzulassen. »Leute, ich rufe euch zurück«, sage ich in mein Handy, während Deb im selben Moment mit einem »Wie war das? Beste Freundin?« dazwischengeht.

Ich mache eine »Erzähle ich euch nachher«-Geste und beende das Gespräch.

»Oh, du hättest doch nicht extra meinetwegen auflegen müssen«, meint Riley mit schuldbewusster Miene.

»Alles gut. Deb und ich haben schon zwei Stunden telefoniert. Rahim ist zwar eben erst dazugekommen, aber ich bin sicher, dass Deb ihn auf den neuesten Stand bringen wird.«

»Sind das deine Freunde?«

»Ja, aus der Highschool. Aber die beiden sind gerade im Urlaub.«

»Ah.« Sie nickt und lässt den Blick neugierig durch das Wohnzimmer wandern.

»Sorry wegen der Unordnung«, sage ich und schiebe einen herumliegenden Karton zur Seite.

»Nein, es ist total nett hier.« Riley dreht sich einmal um die eigene Achse. »Die Einrichtung ist ganz anders.«

»Ja, hier wurde seit Ewigkeiten nicht mehr renoviert«, bemerke ich mit einem Blick auf die alte Sofagarnitur, die seit unserem Einzug dieselbe ist.

»Aber gerade das gefällt mir. Sie hat was aus einer anderen Zeit.« Ihr Blick fällt auf die mit Fächern umsäumte Zwanziger-Jahre-Tapete. »Hier könnte man bestimmt einen coolen Gruselfilm drehen. Ein verfluchtes Zimmer, in dem keiner die Nacht überlebt, weil um Mitternacht ein Geist kommt.«

»Ähm, danke«, entgegne ich und deute aufs Gruselsofa. »Setz dich doch. Möchtest du was trinken?«

»Vielleicht ein Wasser?« Riley zupft an ihrem Shirtkragen. »Ist echt warm hier drin.«

»Ja, die Klimaanlage ist leider kaputt«, sage ich und mache mich auf zur Küche. Kurze Zeit später kehre ich mit zwei übereinandergestapelten Gläsern und einer gekühlten Wasserflasche zurück.

»Hier riecht es wieder so süß.« Riley schnuppert in der Luft. »Was ist das? Lufterfrischer?«

»Das bin wahrscheinlich ich«, erkläre ich und setze Flasche und Gläser ab. »Meine Body Lotion riecht nach Zuckerwatte.«

Erkenntnis flackert in ihrem Blick. »Ach sooo! Und ich hab mich schon gewundert, dass ich in deiner Anwesenheit immer Lust auf was Süßes kriege.«

»Höre ich nicht zum ersten Mal.« Ich zwinkere verschwörerisch, und sie lacht leise.

»Wie geht's dir so?«, frage ich, während ich uns Wasser eingieße.

»Eigentlich ganz gut.«

»Eigentlich?« Ich reiche ihr ein Glas.

»Heute war irgendwie blöd.« Sie senkt den Blick auf ihr Getränk. »Ich war den ganzen Tag in meinem Zimmer und habe kaum jemanden gesehen. Später lag ich im Bett und mir ist fast die Decke auf den Kopf gefallen, so allein habe ich mich gefühlt.«

Ihre Aufrichtigkeit lässt mich kurz stocken. Nachdem sie neulich so reserviert war, was ihr Privatleben angeht, hatte ich nicht mit so viel Offenheit gerechnet.

»Das verstehe ich«, sage ich vorsichtig. »Vermutlich würde ich mich auch etwas einsam fühlen, wenn ich ganz allein unterwegs wäre.«

»Eigentlich mag ich gerade das. Die Unabhängigkeit. Die Freiheit. Aber eben nicht nur.« Sie macht eine seltsame Handbewegung, die ich als »Es muss sich die Waage halten« interpretiere.

»Kennst du noch andere Leute in New York?«, erkundige ich mich.

»Bis auf die Leute im Hotel, nicht, nein.« Sie nimmt einen Schluck.

»Darf ich fragen, warum es dich ausgerechnet hierher verschlagen hat?«

Ein Schleier legt sich auf ihre Augen. Sie presst die Lippen zusammen und wendet sich ab. »Ich musste weg.«

»Warum?«

»Stress mit der Familie.«

»Oh.« Ich verstumme kurz. »Die Hippie-Eltern, richtig?«

Riley legt den Kopf in den Nacken und seufzt tief. »Genau die.«

»Willst du über das reden, was passiert ist?«

Wieder ein tiefer Seufzer. »Gibt eigentlich nicht viel zu erzählen. Wir haben uns nur ziemlich heftig gezofft. Dann habe ich ihnen vorgeworfen, dass sie scheiß Eltern sind, und sie haben mich bestraft, in dem sie mich rausgeschmissen haben.«

»Wow«, bringe ich heraus und versuche, nicht ganz so entsetzt zu klingen. »Ein, ähm, ganz schön radikaler Schritt. Waren deine Worte so hart?«

»Na ja, ich habe ihnen Kindesvernachlässigung vorgeworfen.«

Ich erstarre.

»Aber ich war nur ehrlich.« Eine plötzliche Härte erfasst ihre Miene.

»Natürlich«, sage ich schnell und nicke, um ihr zu zeigen, dass ich zu ihr stehe. »Dass sie dich nach diesen Anschuldigungen rausgeschmissen haben, ist schon ein bisschen ironisch.«

»Oh Gott, stimmt. Das ist mir gar nicht aufgefallen.« Sie lächelt verdrossen, doch dann trübt sich ihr Blick wieder und Mitgefühl überschwemmt mich.

»Tut mir leid«, sage ich leise.

»Schon okay.« Sie zuckt mit den Schultern. »Ich kenne es eigentlich nicht anders.«

»Aber wenn du sagst, dass sie Hippies sind … Vielleicht klingt das ein bisschen klischeehaft, aber müssten sie dann nicht voll auf Frieden und Harmonie abfahren?«

»Tun sie auch. Aber im egoistischen Sinne.« Ihr Blick verfinstert sich. »Sie denken nur an sich.«

Ein Schauer jagt über meine Wirbelsäule.

»Wissen sie, dass du hier bist?«

»Nein.« Riley richtet die Palme auf ihrem Kopf und schiebt die Unterlippe vor. »Aber das interessiert sie vermutlich auch nicht.«

Am liebsten würde ich sie in den Arm nehmen, aber ich kenne Riley noch nicht sehr gut und weiß nicht, ob das die Art von Trost ist, die sie jetzt braucht.

»Jedenfalls hatte ich Lust auf einen Tapetenwechsel«, fährt sie fort. »Und New York ist cool. Ich sag nur: Central Park.«

Lächelnd denke ich an unsere Fahrradfahrt. »Es freut mich, dass es dich in dieses Hotel verschlagen hat.«

Riley erwidert mein Lächeln. »Mich auch.«

Dann schweigen wir. Ein Schweigen, das unser Atem mit jeder verstreichenden Sekunde immer lauter durchdringt. Unbehaglich reibe ich mir über den Arm. Ich will irgendwas sagen, aber ich weiß nicht, was.

»Tja, also … ich lass dich dann mal.« Riley kippt den Rest Wasser in einem Zug runter. »Danke fürs Zuhören.«

»Du musst noch nicht gehen, wenn du nicht willst«, sage ich, als sie aufstehen will. »Mom ist über Nacht weg, du kannst also so lange bleiben, wie du magst.«

»Sicher?« Sie nimmt vorsichtig wieder Platz. »Fühl dich bitte nicht verpflichtet.«

»Tu ich nicht. Ich hätte auch nichts gegen etwas Gesellschaft.«

Ein kleines Lächeln umspielt ihre Lippen. »Na gut. Wenn das wirklich okay ist?«

»Ist es«, bestätige ich und nehme mir das Handtuch vom Kopf. »Also, was willst du machen, beste Freundin?«

Riley überlegt einen Moment. »Können wir einen Film anschauen? Mir ist irgendwie nach etwas Heimeligem, das man tut, wenn man zu Hause ist.«

Ich zwinge mich zu einem Lächeln, während sich ihre Worte wie dicke Nägel durch meine Herzkappen bohren. Jetzt will ich sie erst recht umarmen.

»Klar. Ich glaube, in der Küche liegt irgendwo noch eine Tüte Chips. Wir könnten uns auch in die Weinbar schleichen und uns eine Flasche Rosé besorgen. Ich muss sowieso noch mal runter, um eine Ladung Scones für meinen Kumpel Emory zu holen.«

Riley blinzelt mich verdattert an. »Du klaust?«

»Na ja, so würde ich es nicht nennen. Meine Mom und ich wohnen und arbeiten hier und ich … lasse es mitgehen. Kriegt ja keiner mit.«

Das lässt sie laut auflachen. »So hätte ich dich gar nicht eingeschätzt.«

»Wie dann?«, frage ich neugierig.

»Ich weiß nicht.« Sie lässt den Blick über mich wandern und schürzt die Lippen. »Eher schüchterner. Ruhig eben.«

»Ruhig?«, wiederhole ich amüsiert.

»Etwa nicht?« Ihre Augenbrauen klettern in die Höhe.

»Doch jetzt wahrscheinlich schon«, räume ich ein, »aber früher nicht. Du hättest mich mal als Kind erleben sollen. Ich war total aufgedreht.«

»*Du?*« Ihr Zeigefinger deutet auf mich, als wollte sie sichergehen, dass wir über dieselbe Person sprechen. »*Du* warst aufgedreht?«

»Jepp. Und ein richtiger Witzbold. Ständig habe ich Ryan zu irgendwelchem Quatsch überredet.«

»Ernsthaft jetzt?«

»Ich war ein Tornado!«

Wieder lacht sie. »Und was hat dir den Wind aus den Segeln genommen?«

Mein Lächeln erstirbt. Schluckend sehe ich zu Boden und räuspere mich. »Vermutlich, dass mein Clyde gegangen ist.«

Riley runzelt die Stirn. »Clyde?«

Damals

Ryan, zwölf Jahre alt

»Okay, Baby, wir machen Folgendes.« Ellis schaut sich im Flur nach Lauschern um und senkt die Stimme. »Ich verstecke mich im Servierwagen, du schiebst mich in die Küche, und wenn keiner hinsieht, schleiche ich mich raus und suche Warren.«

Ich werfe einen skeptischen Blick auf das Metallgestell neben uns. Da will sie sich reinquetschen?

»Das wird nie funktionieren.«

Trotz blitzt in ihren Augen auf. »Doch!«

»Warum machen wir das noch mal?«, jammere ich.

»Der Fall, Ryan«, erinnert sie mich ungeduldig. »Ich muss wissen, ob es Warren war. Er ist der Hauptverdächtige.«

»Und das machst du woran fest?«

»Der Schuhabdruck. Mann, muss ich es wirklich noch mal für dich zusammenfassen?« Sie klingt genervt, dabei sieht sie aus, als würde sie nichts lieber tun.

»Bitte nicht«, wehre ich ab, doch da holt sie schon tief Luft.

»Es ist der 24. Mai 2017«, schießt sie los, die Stimme in einem verschwörerisch tiefen Tonfall wie die Sprecherin einer Crime Show. »Im Ballsaal findet eine Hochzeit mit über dreihundert Gästen statt. Zwischen 14:00 und 14:15 Uhr passiert das Grauen: Jemand kippt in der Hotelküche die dreistöckige Hochzeitstorte um und flüchtet. Anschließend behaupten alle Mitarbeiter, weder am Tatort noch besagter Vandale gewesen zu sein.«

Tatort ... Ich unterdrücke ein Lächeln.

»Und da sich eine Torte nicht selbst umschmeißen kann, muss das bedeuten, dass einer von ihnen lügt. Das Motiv.« Ellis hebt die Schultern und bläst Luft in die Backen. »Vermutlich gibt es keins, denn alles am Schauplatz deutet auf einen Unfall hin. Aber der Grund für das Schweigen ist ganz sicher die Angst vor Ärger. Vor allem die Angst vor Moms Anschiss.«

»Und dem des Brautpaars«, füge ich hinzu, aber Ellis wirft mir nur ein müdes Lächeln zu, als wäre ich ein kleiner Praktikant, der noch eine Menge lernen muss. »Die Fakten, Ryan. Das Brautpaar hat, wie du weißt, nichts mitgekriegt.«

Ach ja, stimmt. Es wurde blitzschnell eine neue Torte nachgebacken und mit derart viel Obst und weiterem Schnickschnack dekoriert, sodass sie am Ende nicht den Anschein einer Express-Backware hatte. Ich glaube, selbst meine Eltern haben nichts mitbekommen. Ellis und ich wissen nur deshalb so gut Bescheid, weil wir es waren, die während unserer Suche nach dem Belgischen Schokoeis, die umgefallene Torte gefunden haben. Das durften wir allerdings keinem verraten, weil natürlich alle uns verdächtigt hätten. Bevor ich Ellis panisch aus der Küche zerrte, nahm sie jedoch einen Beweis mit, den sie neben den Überresten der Torte auf dem Boden fand – ein Blatt mit der Anleitung der Außenverzierung für Tortenstock Nummer vier, und auf der Rückseite ein Schuhabdruck in Größe 12. Ein Riesenfuß.

»Meinen Recherchen zufolge kommen genau sieben Mitarbeiter infrage, die sich zu dem Zeitpunkt in der Küche aufgehalten haben; vier Köche und drei Kellner. Die Kellner trugen allerdings andere Schuhe und von den restlichen Köchen haben alle zierliche Füße. Außer Warren.« Sie hebt den Zettel wieder an und hält ihn sich so dicht vors Gesicht, dass ich einen kurzen Moment glaube, sie würde an ihm riechen. »Zu ihm könnte dieser Riesentreter passen.«

»Ja, aber wer weiß, ob das überhaupt der Schuhabdruck des Täters ist«, wende ich ein. »Wie du sagst, sind da etliche Leute ein- und ausgegangen. Vielleicht entstand der Abdruck gar nicht in dem Moment, sondern viel früher.«

»Aber dieser Jemand ist gerannt.« Sie hält mir das Blatt hin, fährt mit dem Zeigefinger die Rillen entlang. »Siehst du diese verschwommenen Abdrücke? Er konnte sicher nicht schnell genug davonkommen.«

Alles an dieser Theorie ist lückenhaft, doch ich wage es nicht, ihr zu widersprechen.

»Also was ist? Hilfst du mir oder nicht?« Sie mustert mich erwartungsvoll.

»Warum willst du das überhaupt wissen?«, entgegne ich wenig überzeugt. »Der Fall interessiert doch keinen mehr.«

»Ich muss aber die Wahrheit erfahren.«

»Warum?«

»Darum.«

»Und dann? Was, wenn es wirklich Warren war? Soll er seinen Job verlieren, weil ihm versehentlich die Torte aus den Fingern gerutscht ist?«

Ellis reißt bestürzt die Augen auf. »Natürlich nicht! So was kann doch jedem mal passieren.«

»Aber?«

»Ich will es einfach nur wissen.«

Ich schüttele den Kopf. Dieses Mädchen ist sowieso nicht zu bremsen. Wenn sie sich einmal was in den Kopf gesetzt hat, zieht sie es bis zum bitteren Ende durch.

»Also?«, fragt sie erneut, die Augenbrauen herausfordernd nach oben gezogen.

»Okay«, seufze ich. »Was genau soll ich noch mal machen?«

»Den Wagen in die große Küche schieben.«

»Und dann?«

»Das war's. Von da schaffe ich es allein. Ich ruf dich an, wenn du mich wieder abholen sollst.«

»Wozu überhaupt die James-Bond-Nummer?«, frage ich und kicke gegen den Wagen. »Was spricht dagegen, einfach reinzugehen und nach ihm zu fragen?«

»Ich will nicht, dass Mom mich erwischt.«

»Und wenn sie es doch tut?«

»Dann … ach, ich lass mir schon was einfallen!«, winkt sie ab.

»Baby …«

»Hey, du musst ja nicht mitmachen. Wenn es dir zu blöd ist, dann lass es.« Ellis schiebt die Unterlippe vor und – das war's. Wenn sie mich so ansieht, würde ich auch eine Bank mit ihr ausrauben.

»Also gut«, sage ich ergeben.

»Yaay!«, jubelt sie und verliert keine weitere Zeit. Mit Schwung zieht sie das weiße Tuch zur Seite und quetscht sich in den Servierwagen.

»Los!«, flüstert sie, und ich verkneife mir ein Lachen. Das wird so was von schiefgehen. Aber wenn es um das Lösen von Rätseln geht, kann sie niemand aufhalten.

Ich winke der Kamera über uns zu, dann öffne ich die Tür, spähe kurz hinein, und als die Luft rein ist, lenke ich den Servierwagen vorsichtig über die Türschwelle.

Der Raum ist dunkel und die Wände sind von oben bis unten mit Edelstahl verkleidet. Ein warmer, muffiger Geruch liegt in der Luft. Ohne das Licht einzuschalten fahre ich an der Küchenzeile vorbei und steuere die Tür an, durch die das gedämpfte Scheppern von Geschirr und Stimmengewirr dringt. Noch ein paar Schritte, dann …

»Mr Van Day?«

Meine Muskeln spannen sich an. Mit angehaltenem Atem drehe ich den Kopf zu Doris, der freundlichen Köchin, die mich mit ihren weißen Haaren und der fast ebenso hellen Haut immer an die gute Fee aus einem Märchen erinnert.

»Was machen Sie denn hier unten?«

»Äh, ich … hab diesen Wagen gefunden«. Besser gesagt haben Ellis und ich ihn aus dem vierten Stock geklaut … »U-Und da … da wollte ich ihn zurückbringen.«

Doris macht ein untröstliches Gesicht. »Das ist sehr freundlich von Ihnen. Aber leider gehören die Wägen in den ersten Stock.«

»Oh! Ach so.« Ich räuspere mich. »Dann muss ich den Wagen wohl wieder rausschieben«, sage ich etwas lauter, um sicherzugehen, dass auch Ellis es mitkriegt.

»Ich mach das schon.« Doris umfasst den Griff. »Vielen Dank für die Mühe.«

Panik jagt durch meine Nervenenden.

»Nein!« Das Wort schreie ich fast, und Doris zuckt überrascht zurück. »I-Ich meine, ich will helfen«, setze ich etwas leiser hinterher.

Doris runzelt die Stirn. »Sind Sie sicher?«

»Ja«, entgegne ich und nehme den Wagen wieder an mich.

Der sich augenblicklich leichter anfühlt.

Was zur Hölle?

In diesem Moment sehe ich, wie ein Schatten lautlos hinter der Küchenzeile verschwindet. Offenbar hat Ellis den kurzen Plausch genutzt, um sich unbemerkt davonzustehlen.

Dieses Mädchen …

»Oder … vielleicht auch nicht«, lenke ich ein. »Immerhin weiß ich gar nicht, wo ich ihn abstellen soll. Tut mir leid, Doris. Ich wollte Ihnen keine zusätzliche Arbeit bereiten.«

»Das haben sie nicht, Mr Van Day. Sie wollten ja nur helfen.« Sie schenkt mir ein gütiges Lächeln und schnappt sich den Wagen.

Ich warte, bis sie aus der Tür ist, dann fahre ich herum.

»Baby?«, flüstere ich, bekomme jedoch keine Antwort. Suchend schaue ich hinter die Kücheninsel, aber vermutlich ist sie längst weitergeschlichen. Kurz spiele ich mit dem Gedanken, umzudrehen und draußen auf sie zu warten, aber die Neugier lässt meine Beine die Tür ansteuern, hinter der Ellis vermutlich verschwunden ist. Jetzt will ich auch wissen, wie die Mission verläuft.

Vorsichtig luge ich in die große Küche, in der eindeutig mehr los ist. Mitarbeitende in weißer Kochkleidung wuseln wie Ameisen durch den Raum, die Bewegungen hektisch, die Blicke gehetzt. Niemand scheint mich zu bemerken, auch nicht Ellis, die hinter einer Metalltür an die Wand gedrückt kauert. Ich beiße mir auf die Zunge, um nicht loszulachen.

In diesem Moment tritt kein anderer als Warren in den Raum, und mein Herz bleibt stehen, als er die Tür so schwungvoll mit dem Fuß aufkickt, dass das schwere Metall gegen das Gesicht meiner besten Freundin knallt. Sie taumelt, dann klappt sie wie ein Kartenhaus zusammen.

»Ellis!«

Warren schaut verwirrt zu mir, folgt dann meinem Blick, und reißt entsetzt die Augen auf. »Ach du Scheiße! Wo kommt die denn her?«

Ohne ein weiteres Wort hechte ich nach vorn und schiebe mich an Warren vorbei, der um ein Haar das Tablett in seiner Hand fallen lässt.

»Verdammt, Kleiner, pass doch auf!«

Ich ignoriere ihn und knie mich zu meiner besten Freundin.

»Hey, Ellis?« Ich tippe ihr leicht auf die Wange.

»Ryan?« Ihre Lider flattern.

»Sieh mich an«, sage ich und strecke meine Hand aus. »Wie viele Finger halte ich hoch?«

Ellis stiert auf meine offene Hand und kneift die Augen leicht zusammen.

»Dreißig?«

Ich runzele die Stirn. »Welches Jahr haben wir?«

»1789?«

»Wer ist der Präsident der Vereinigten Staaten von Amerika?«

»Lady Gaga?«

Erleichtert atme ich aus. »Okay, dir geht's gut.«

Vorsichtig helfe ich meiner Freundin auf und klopfe ihr etwas Staub von den Schultern.

»Ich bin aufgeflogen«, brummt sie niedergeschlagen.

»Was erwartest du auch, wenn du dich direkt hinter der Tür versteckst.« Mein Herz rast noch immer. »Tut dir irgendwas weh?«

»Nur der Kopf.«

Warren hat ihr die Tür ja auch direkt ins Gesicht gerammt …

»Du hast mich echt erschreckt«, gestehe ich leise.

»Nichts passiert«, winkt sie ab und ein leichtes Kribbeln durchfährt mich, als mir ihr süßlicher Duft in die Nase steigt. Zuckerwatte.

»Wir besorgen dir was zum Kühlen«, verspreche ich und sie lächelt auf eine Weise, die mein Herz schneller schlagen lässt.

Dann sieht sie an mir vorbei und plötzlich weitet sich ihr Blick. »Ryan«, flüstert sie.

Ich drehe den Kopf und folge der Stelle, die sie ins Visier genommen hat. Meine Augen treffen auf Warrens klobige Schuhe, die wirklich riesig sind, aber das ist es nicht, worauf Ellis anspielt. Es sind die hellen Stellen an der Seite, an denen das Leder besonders abgenutzt aussieht. Als hätte man dort irgendwas Hartnäckiges abgeschrubbt. Vielleicht Zuckerguss?

Ich sehe zurück zu meiner besten Freundin. Sie grinst, und ich kann nicht anders, als zurückzulächeln.

»Ellis!«

Kellys klirrende Stimme lässt uns beide zusammenfahren. Blinzelnd schaue ich auf und bemerke erst jetzt, dass eine Handvoll Leute um uns herumstehen.

Fluchend drängt sich Kelly an ihren Kollegen vorbei. Auch sie trägt die weiße Kochuniform, auf ihrem Kopf thront ein schwarzes Haarnetz. Ihr finsterer Blick fällt erst auf mich, dann auf ihre Tochter.

»Was höre ich da?«, bellt sie. »Ihr spielt Verstecken in der Küche?«

»Nein. Ich ... ich wollte bloß, äh ...«

»Canapés«, platze ich heraus und deute auf Warren. »Wir haben gehört, dass es Canapés gibt und wollten fragen, ob noch welche übrig sind.«

Kelly starrt mich an, als traue sie ihren Ohren kaum. »Ihr wolltet euch in die Küche schleichen, um Essen für die Gäste abzugreifen?«

»Äh ...« Meine Zunge verknotet und das schlechte Gewissen steigt in mir auf wie eine Wasserfontäne. Verdammt, ich hasse es zu lügen, sogar bei einer solchen Kleinigkeit.

»Ja, wir wollten einfach unser Glück versuchen«, setzt Ellis meinen Bluff fort. »Warren soll schließlich immer die leckersten Appetizer machen.«

»Und riskieren, dass der arme Mann euretwegen Ärger kriegt, weil ihr ihn von der Arbeit abhaltet?«, kontert Kelly finster.

Warren schüttelt missbilligend den Kopf, als wollte er sagen: »Zu meiner Zeit hatten die Kinder noch Anstand.«

Sei du schön froh, dass wir dich nicht bei ihr verpetzen, denke ich, behalte es aber für mich. Und dennoch – dass Kelly mir keine Extrawurst gibt, lässt mich irgendwie aufatmen. Anschiss zu kriegen für Dinge, die man falsch gemacht hat, so wie jeder normale Junge … lässt ein warmes Gefühl der Zugehörigkeit durch mich hindurchströmen.

»Schluss mit dieser Bonnie-und-Clyde-Nummer. Wenn ihr was klauen wollt, dann stellt euch nächstes Mal geschickter an. Und jetzt ab mit euch!« Kelly macht eine wegscheuchende Handgeste.

Schnell rappeln wir uns auf und huschen davon.

Als wir wieder im Flur stehen, atme ich tief aus. Na, das war ja was.

»Canapés, ja?« Ellis sieht amüsiert zu mir.

»Hey, mir fiel auf die Schnelle nichts anderes ein«, verteidige ich mich.

»Nein, nein, das war gut. Ich glaub nicht, dass sie uns auf die Schliche gekommen sind.«

»Wenigstens ist der Fall jetzt gelöst.«

»Na jaaa.« Ellis wiegelt unentschlossen mit dem Kopf. »Ein richtiges Geständnis haben wir noch nicht. Und als Warren sich vorhin erschreckt hat, konnte er das Tablett in seiner Hand balancieren. Vielleicht ist es in Wahrheit ja doch jemand anderes.«

»Dein Ernst?«

»Ich will nur ganz sicher sein.«

Lächelnd schüttele ich den Kopf. »Du gibst nie auf, oder?«

Ellis dreht den Kopf zu mir, das Kinn herausfordernd in die Höhe gereckt. »Warum sollte ich?«

15. KAPITEL

Gegenwart

Ellis

Riley:
OMG!

Riley:
Bitte hass mich nicht!

Riley:
Foto

Skeptisch klicke ich auf das Bild. Riley liegt im Bett, die nackten Schultern frei, der Rest des Körpers von einer weißen Decke verhüllt. Ihre rosa Haare stehen zu Berge, die Schminke ist verlaufen, die Mascara auf den Wimpern verklumpt. Mit einem schuldbewussten Blick schaut sie zur Kamera und deutet mit dem Zeigefinger hinter sich. Bis auf einen silbernen Schopf ist nichts von der schlafenden Person zu sehen.

Moment mal …

Ich:
Ist das Emory, der da in deinem Bett liegt???

Riley:
Sind wir jetzt keine besten Freundinnen mehr? ☹️

Ich:
Als ob! Ich find's voll witzig! 😂

Riley:
… Im Ernst?

Ich:
Ja! Emory und ich sind nur Freunde! 😇

Und um ehrlich zu sein erleichtert es mich, dass mein Kollege anscheinend genauso wenig romantische Gefühle für mich hat wie ich für ihn. Einen winzigen Moment hatte ich Sorge, dass es vielleicht anders sein könnte.

Ich:
Aber erzähl: Was ist passiert? Nachdem wir ihm die Scones vorbeigebracht haben, wollten wir doch beide wieder hoch, oder?

Ich habe einen anderen Aufzug genommen als Riley, daher haben wir uns schon in der Lobby verabschiedet. Was sie danach getrieben hat, weiß ich nicht.

Riley:
Nein, ich bin noch geblieben und habe weiter mit ihm gequatscht. Und nach seiner Schicht habe ich ihn gefragt, ob er noch mit zu mir möchte … 🙈

Ich:
😂😂😂

Wobei es auch ganz schön mutig von Emory ist. Hoffentlich hat keiner mitbekommen, wie er sich zu Riley geschlichen hat. Angestellten des Hotels ist es strengstens verboten, was mit den Gästen anzufangen. Nicht, dass das nicht trotzdem hin und wieder passieren würde …

Riley:
Und du bist wirklich nicht böse, dass ich was mit ihm hatte?

Ich:
Überhaupt nicht! Ich freue mich, dass ihr eine gute Zeit hattet! 😊

Riley:
Es war auch nichts Ernstes!

Ich:
Und selbst wenn, Emory ist super!

Riley:
Gut zu wissen …

Riley:
Aber von Ryan lasse ich die Finger, ich schwör's! 🤞

Ein plötzlicher Elektroschock jagt durch meine Synapsen. Ich umklammere mein Handy, als es mir beinahe aus den Händen gleitet. Mit rasendem Puls lese ich ihre Nachricht ein zweites

Mal. Warum schreibt sie das? Und was soll ich darauf antworten? *Danke?*

»Wheaton!«

Wieder zuckt mein ganzer Körper zusammen. Hastig stecke ich das Handy ein und begegne Anittas mahnendem Blick. Heute ist ihr Lidstrich so hoch geschwungen, dass er beinahe das Ende ihrer Augenbrauen berührt und ihren Ausdruck noch strenger macht.

»Das, äh, war ein Notfall«, stottere ich. »Ich hab nur geschaut, ob …«

»Du bist heute die Oberkellnerin«, unterbricht sie mich scharf. »Wenn die Gäste reinkommen, solltest du mit *ihnen* chatten und keinem anderen.«

»Jawohl«, sage ich und presse mir die Hand gegen den Oberschenkel, um nicht instinktiv zu salutieren.

Anitta funkelt mich ein letztes Mal an, dann zieht sie ab. Als sie außer Sichtweite ist, zücke ich mein Handy erneut und antworte Riley mit einem »Muss jetzt arbeiten«, ehe ich es wieder im Fach meines Stehpults verschwinden lasse. Nicht, dass ich weiteren Anschiss riskieren will, aber ich kann ihre letzte Nachricht auch nicht einfach so stehen lassen …

Der Vormittag vergeht ruhig und fast zu entspannt, denn das Begrüßen und Verabschieden der Gäste sowie die Platzverteilung sind ziemlich eintönig. Ein bisschen spannender wird es, als ich Reservierungen bearbeiten oder auf die Beschwerden reagieren muss. (»Heute war die Dorade voller Gräten« – Surprise, sie ist ja auch ein Fisch!)

Mit einem unterdrückten Gähnen winke ich den vorbeigehenden Gästen zum Abschied und verordne mir selbst, in der nächsten Pause einen starken Kaffee zu trinken. Riley und ich waren gestern einfach zu lange unterwegs. Aber der Abend war schön. Da die meisten Gäste, die das Hotel besuchen, noch älter als meine Eltern sind, komme ich nicht oft in Kontakt mit Gleichaltrigen. Na ja, abgesehen von …

»Hey.«

Meine Gedanken verstummen, als seine Stimme von der Seite erklingt. Ich hatte nicht damit gerechnet, ihn heute zu sehen. Normalerweise isst er immer später; ich war mir sicher, wir würden uns verpassen.

Als ich den Kopf hebe, durchfährt mich ein kleiner Schauer. Er trägt heute Schwarz, uff …

»Hey«, bringe ich heraus und reiße den Blick von seinen grünen Augen los, die immer stärker hervorstechen, wenn er etwas Dunkles trägt.

»Wie geht's?« Er lächelt – schon wieder! Ich schwöre, dass ich ihn in den ganzen zehn Jahren, die ich ihn kenne, nie so oft habe lächeln sehen wie in den letzten Tagen.

»Gut und dir?«

»Mir auch.«

Ein kurzer Moment der Unbehaglichkeit tritt ein. Das ist das erste Aufeinandertreffen nach unserer Aussprache im *Alfredo's*, und vermutlich haben wir beide keine Ahnung, wie es jetzt mit uns weitergeht.

»Ähm, leider ist dein Tisch gerade noch besetzt.« Mit einem entschuldigten Lächeln deute ich zu seinem üblichen Platz in der Nische. »Aber Linus wollte gleich die Abrechnung machen. Wenn du kurz wartest, könntest du ihn gleich haben.«

»Klingt gut.« Er hebt die Schultern und sieht sich einen Moment lang etwas unschlüssig um. Dann wandert sein Blick an mir vorbei und bleibt an einem Punkt hinter mir kleben. »Ist es okay, wenn ich mich kurz zu dir stelle? Ich will nicht den Weg blockieren.«

Mein Herz macht einen überraschten Hüpfer. »Sicher«, sage ich und rücke vor, damit er durch kann.

Ryan drängelt sich an mir vorbei, sein Geruch steigt mir in die Nase, und mein Herz hüpft wieder.

Ob das früher auch so war? Haben meine Sinne in seiner Anwesenheit schon damals so randaliert?

Die nächsten Gäste kommen an. Ich begrüße sie freundlich, weise ihnen einen Platz am Fenster zu und verhaspele mich, weil meine Stimme so zittert. Dass Ryan mir dabei die ganze Zeit über die Schulter schaut, hilft auch nicht.

»Sorry, Vorführeffekt«, scherze ich, als wir wieder allein sind.

»Warum? War doch voll gut.« Sein Blick wandert über meinen Blazer, und ein kleines Zucken umspielt seine Mundwinkel. »Du bist jetzt also Oberkellnerin?«

»Ja, sexy, oder?« Ich zupfe an meinem viel zu engen Hemdkragen.

»Sehr sexy«, bestätigt er und mein Magen macht einen kleinen Satz. Warum klingt er nicht ironisch?

»Ist aber nicht mein Lieblingsposten«, gestehe ich. »Zu wenig Abwechslung. Ich springe auch nur für jemanden ein. Gerade fallen total viele aus.«

Sein Blick verdunkelt sich. »Ich weiß.«

Überrascht hebe ich die Augenbrauen. »Und das macht dich wütend, weil?«

Ryan zögert einen Augenblick, sieht sich um und beugt sich dann zu meinem Ohr hinab. »Weil gerade viele ihre Kündigungen eingereicht haben.«

Meine Gesichtszüge entgleiten. »Was?«

Seine Augenbrauen wandern in die Höhe. »Hat dir das niemand gesagt?«

»Nein.« Meine Stimme vibriert. »Ich meine, mir ist natürlich schon aufgefallen, dass ich einige Kollegen länger nicht mehr gesehen habe, aber ich dachte, sie wären nur im Urlaub oder … keine Ahnung. Ich arbeite zum ersten Mal während des Sommers, deshalb habe ich keinen Vergleich.« Ich schlucke die aufkommende Galle runter. »Warum haben sie gekündigt?«

»Schätze, sie haben Angst um ihre Existenz.« Sein Blick wandert zu einem der vorbeigehenden Kellner. »Die ganzen Gerüchte verunsichern sie. Wenn es hart auf hart käme, würden sie von einem Tag auf den anderen ihren Job verlieren. Am Ende müssen alle an sich denken.«

»Aber damit machen sie es doch nur schlimmer«, sage ich aufgebracht. »Wenn das Personal weg ist, bricht das ganze Haus zusammen.«

»Angestellte würden wir schon finden.« Er lässt den Blick durch den Raum wandern, sein Tonfall wird dunkler. »Aber keine Gäste.«

»Es gibt doch welche!«, erwidere ich gepresst und lasse den Blick zum überfüllten Restaurant schweifen.

»Diesen Sommer waren es trotzdem viel weniger als in den letzten Jahren. Und den Grund kennst du ja.«

»Wovor haben die Leute eigentlich so Angst? Glauben sie wirklich, dass ein Geist hier wütet? Oder …« Der Rest des Satzes verklingt an meinen Lippen.

Ryan versteht trotzdem und zuckt mit den Schultern. »Alles, was ich weiß, ist, dass die Buchungen abgenommen haben.«

»Auch die der Stammgäste?«

Er nickt, und mein Hals zieht sich zusammen. Im Hintergrund scheppert es, Glas zerbricht, und irgendetwas zerbricht auch in mir. Schweigend stiere ich auf den Monitor, die Tischordnung verschwimmt vor meinen Augen. Verzweiflung drückt gegen meine Brust, so schwer, dass sich meine Lungen immer mehr zusammenziehen.

»Ellis?« Ryans besorgte Stimme dringt durch dumpfe

Schichten Ohnmacht zu mir. Langsam hebe ich den Kopf und blicke zur Seite.

»Dein Tisch ist frei«, sage ich tonlos.

»Ellis …« Etwas Schweres schwingt in seiner Stimme.

»Schnapp ihn dir lieber, bevor sich jemand anderes setzt.« Ich zwinge mich zu einem Lächeln, damit er nicht denkt, dass ich sauer wäre. Ich bin nur … keine Ahnung, kurz vorm Durchdrehen?

Ryan betrachtet mich einen Augenblick lang schweigend. Schließlich nickt er und schlängelt sich an mir vorbei, wobei er die Hand auf meine Schulter legt, und meine Haut an dieser Stelle zum Lodern bringt.

»Guten Appetit«, wünsche ich heiser, den Abdruck seiner Hand wie ein Brandmal auf mir spürend.

»Danke. Dir noch eine gute Schicht.«

Ein kalter Schauer jagt über meine Wirbelsäule.

Wer weiß, wie viele es davon noch geben wird …

Nach der Arbeit verziehe ich mich ins Turmzimmer, um einen Moment allein zu sein. Mir ist nach Weinen zumute, aber die Tränen wollen nicht kommen. Da ist nur Frust. Frust und tiefe Hilflosigkeit.

Und Angst.

Gäste stornieren ihre Zimmer, Mitarbeiter kündigen … Die ganze Zeit dachte ich, dass die Leute sich wieder einkriegen würden, aber was, wenn nicht? Was, wenn sich das Hotel von diesem blöden Vorfall nicht mehr erholen wird? Was passiert dann?

… *Mit meinem Zuhause?*

So viele Erinnerungen hängen an diesem Gebäude. Ich bin hier aufgewachsen. Louisa, Dennis, Levi, Gonzales – die Mitarbeiter sind für mich wie eine zweite Familie, und auch die

Van Days gehören zu unserem Leben. Selbst wenn ich eines Tages ausziehen sollte, kann ich mir ein Leben ohne das Hotel gar nicht vorstellen. Ein Leben, in dem es verkauft wird oder gar schließt. Vielleicht wird es sogar gnadenlos abgerissen, und das ehemalige *Schloss von Manhattan* versinkt in Schutt und Asche.

Die Stirn gegen die Scheibe gedrückt, starre ich aus dem Fenster, betrachte den vertrauten Anblick der Skyline. Der Himmel ist bewölkt, mehrere Helikopter zerschneiden die Luft.

Tiefe Hilflosigkeit packt mich. Ich will etwas tun, aber ich weiß nicht was. Wie kann ich verhindern, dass die Leute nicht kündigen? Was kann ich tun, damit wieder mehr Gäste kommen?

Die Tür öffnet sich mit einem leisen Quietschen. Vermutlich wusste Ryan, dass ich hier bin, und hat gar nicht erst versucht, den Schlüssel zu benutzen.

»Hey«, sagt er leise.

»Hey«, erwidere ich, ohne den Blick von der Queensboro Bridge zu nehmen.

Ein paar Sekunden lang sagt niemand was, Ryans Schatten steht unbewegt neben dem kleinen Turmfenster.

»Ähm, also … ich hab nachgedacht.«

»Worüber?«

»Über dasselbe wie du.«

Ich runzele die Stirn.

»Und ich glaube, ich habe eine Idee.«

Ich fixiere seinen Schatten, hebe eine Augenbraue. »Die da wäre?«

In seiner Stimme schwingt ein Lächeln. »Dreh dich um.«

»Warum?«

»Mach einfach.«

Skeptisch neige ich den Kopf zur Seite und zucke leicht zusammen, als ich die Handykamera entdecke, die auf mich gerichtet ist.

Blinzelnd starre ich ihn an. »Was machst du da?«

16. KAPITEL

Ryan hält das Handy noch immer auf mich gerichtet. Vermutlich sehe ich aus wie ein Reh im Scheinwerferlicht.

»Ellis?«, sagt er meinen Namen wieder.

»Jaaa?«

»Erzähl mir, wie wir zu dem Schlüssel gekommen sind.«

Ich blinzele einmal zu viel. »Ich soll … ernsthaft?«

Er nickt.

»Filmst du mich gerade?«

»Ja.« Er klingt nicht unhöflich, aber schon so, als hätte er nicht den ganzen Tag Zeit. »Und jetzt sag schon.« Er macht eine seltsame Handbewegung, den Blick noch immer aufs Handy gerichtet. »Wie sind wir zu dem Schlüssel für das Turmzimmer gekommen?«

Ich habe keine Ahnung, was er von mir will. Er hat mir eine Frage gestellt, und ich verstehe sie, aber ich weiß nicht, wie ich sie beantworten soll.

»Wir … haben ihn deinem Grandpa geklaut?«, sage ich vorsichtig, innerlich darauf gefasst, dass er sofort das Video stoppt und mir ein: »Spinnst du? So was kannst du doch nicht vor laufender Kamera sagen!« entgegenschleudert.

Doch er tut nichts dergleichen. Er filmt einfach weiter.

»Also besser gesagt du«, füge ich leise hinzu. »Nachdem ich dir gesagt habe, dass du mal in seinem Büro schauen sollst.«

Er lächelt, als hätte ich genau das Richtige gesagt.

»Und dann?«

»Dann haben wir hier abgehangen.« Mein Blick fällt auf den Tisch, an dem wir immer Hausaufgaben gemacht haben, und ein warmes Gefühl durchströmt mich. »Es war unser Geheimversteck.«

Ryan dreht das Handy einmal um die eigene Achse. »Und wie lange hat es gedauert, bis uns jemand auf die Schliche gekommen ist?«

»Puh.« Mit der Hand in die Hüfte gestützt denke ich nach. »Das waren schon mehrere Monate, oder?«

»Sieben Monate«, bestätigt er, seine Mundwinkel zucken verräterisch. »Und was ist dann passiert?«

Röte schießt in meine Wangen. »Das frischgebackene Ehepaar ist ins Zimmer geplatzt, als wir drin waren, und wir haben Ärger bekommen.«

»Und von wem?«

»Von deiner Mom und meiner Mom.« Meine Nackenhaare stellen sich auf. »Ein Monat Hausarrest.«

Ryan unterdrückt ein Lachen. »Und was hat Grandpa Al gesagt?«

»Er …« Ein breites Lächeln überkommt mich bei der Erinnerung. »Er hat uns ein High Five gegeben und sich bedankt, dass wir die Schlüssel gefunden haben, die er die ganze Zeit gesucht hat.«

Ryan dreht noch ein paar Sekunden, dann stoppt er das Video genauso schnell, wie er begonnen hat.

Ich runzele die Stirn. »Das war's?«

»Jepp.« Er steckt das Handy wieder ein.

Verdattert starre ich ihn an. »Was sollte das?«

Ryan schiebt beide Hände in die hinteren Hosentaschen und blickt zur Seite. »Ich habe eine Idee.«

»Das sagtest du bereits.« Ich deute auf ihn. »Aber was hat das Video damit zu tun?«

»Ich will es öffentlich machen.«

»Was?«

»Bei TikTok oder so hochladen.«

Soll das ein Witz sein? »Du willst ein TikTok hochladen, in dem ich erzähle, wie wir deinen Grandpa beklaut haben?«

»Warum nicht?« Er lächelt schief. »Ist doch lustig. Wir zwei sind hier aufgewachsen. Wir könnten etliche Geschichten über das Hotel erzählen.«

Und mit einem Mal begreife ich, worauf er hinauswill.

»Geschichten, die von dem Todesfall ablenken und seinen alten Ruf zurückbringen könnten?«

Er nickt. »Unsere Perspektive ist doch voll interessant, findest du nicht? Ein Blick hinter die Kulissen.«

»Doch.« Ich halte kurz inne. »Aber darfst du das überhaupt? Einen Account haben, meine ich.«

Ryans Eltern hatten ihm und seiner Schwester in der Vergangenheit sämtliche Social-Media-Nutzung verwehrt, aus Angst, dass sie sich dadurch in irgendeiner Weise angreifbar machen könnten.

»Ich bin erwachsen.« Seine Augenbrauen ziehen sich eng zusammen. »Und ich lade keine eskalativen Partybilder hoch, die dem Namen Van Day schaden könnten, im Gegenteil.«

»Aber das gerade war doch total unprofessionell«, wende ich ein und deute auf mich. »Ich hab gestottert. Und nicht mal richtig in die Kamera geschaut.«

»Na und? Es war spontan und echt.« Seine Augen lächeln, sein Blick fixiert mich. »Das macht es doch nur sympathischer.«

Zögernd senke ich den Kopf und kaue auf der Innenseite

meiner Wange, während ich mein Outfit betrachte, in dem ich schon seit Stunden den Bauch einziehen muss.

»Aber ich hab doch immer noch diesen Fummel an.« Verlegen zupfe ich an meinem viel zu engen Blazer.

Ryans Lächeln schwindet. »Du siehst wunderschön aus.«

Seine Worte sind leise, aber so ernst und aufrichtig, dass ich spüre, wie heiße Funken über meine Haut knistern. Das Déjàvu klopft heftig gegen meine Gedanken und sofort ploppt eine Erinnerung auf. Er und ich, in diesem kleinen Zimmer, und der Moment, als er das zum ersten Mal zu mir gesagt hat. Energisch. Wütend. Und was danach passierte …

»Ähm …« Ich habe keine Ahnung, wie ich darauf reagieren soll. Wo kommt das überhaupt her? »Ich … also, sollten wir nicht vorher mit deiner Mom sprechen?«, wechsle ich stolpernd das Thema. »Ich kenne mich in so was überhaupt nicht aus. Könnte doch sein, dass uns die Leute vom Marketing aus irgendwelchen Gründen davon abraten.«

Seine Miene verhärtet sich. »Du meinst die, die nichts anderes tun, als Fotos von Betten und glücklich aussehenden Menschen zu posten? Die, die bis jetzt nicht ein Wort über den Skandal verloren haben, weil sie die alte Schiene fahren, nach dem Motto: So lange ignorieren, bis das Problem von selbst verschwindet?«

Touché. Ich habe mich schon oft gefragt, warum das Management keine krasse Marketingkampagne auf die Beine stellt, um Besuchern den Aufenthalt im Hotel etwas schmackhafter zu machen. Die »Ignorieren«-Methode funktioniert ja ganz offensichtlich nicht. Und doch …

»Ich weiß nicht«, sage ich, noch immer sein warmes Kompliment auf meiner Haut spürend. »Ich habe irgendwie das Gefühl, dass so ein kleines Video nichts rausreißen wird.«

Er hält meinen Blick. »Und was, wenn doch?«

»Und was, wenn nicht?«

»Hey, wann hast du je aufgegeben?« Sein Lächeln wird herausfordernd.

Nie. Ich habe nie aufgegeben. Anders als er.

Unser Streit kommt mir wieder in den Sinn, und Kälte durchfährt meine Glieder, als sich meine Worte von damals zurück an die Oberfläche drängen. Meine Vorwürfe.

»Du tust nichts! Du stehst einfach nur rum und siehst zu, ohne was zu unternehmen!«

Ob er deshalb so motiviert ist? Ob er es diesmal anders machen will? Sich einsetzen, helfen? Anstatt nur zuzusehen?

»Ellis.« Er macht einen Schritt auf mich zu, verringert unseren Abstand. »Die Leute kommen sowieso nicht mehr. Was haben wir zu verlieren? Im schlimmsten Fall findet es niemand witzig, und das war's.«

Er hat recht. Der Ruf des Hotels ist ohnehin schon angeknackst. Ich lege die Hände in den Nacken, drehe mich um und schaue wieder aus dem Fenster. Vielleicht bekommt das Video ohnehin keine Views. Dann hat sich die Sache sowieso erledigt und einen anderen Plan habe ich nicht. Einen Versuch wäre es zumindest wert.

»Also.« Durch die Spiegelung des Fensters sehe ich, wie Ryan das Handy anhebt. »Darf ich das Video hochladen?«

Ich seufze. »Okay.«

17. KAPITEL

»Das TikTok ging viral. Vierzigtausend Views in zwei Tagen, ein Ergebnis, das definitiv nicht mir oder meinem Charme zu verdanken war, sondern schlichtweg der Tatsache, dass es einem internationalen Ereignis glich, wenn eines der Van Day Kinder zum ersten Mal in seinem Leben etwas im Internet teilte.

Vierzigtausend Views. Ich habe meinen Account seit Jahren und noch immer nicht die Fünfhundert Follower geknackt. Aber wer Freunde mit Reichweite hat, braucht nur einen kleinen Push. Ryans Freund Tyler hat das Video geteilt, außerdem noch Megan und noch andere seiner Internats-Clique.

Und dann war es sichtbar. Und es zeigte mich. Es war unfassbar.«

»Hat es denn was gebracht?«, fragt Oprah in meinem Kopf, die für unser Interview extra aus dem Ruhestand gekommen ist.

»Ja. Gleich nach dem ersten Video gingen etliche Buchungsanfragen für die Turmzimmer ein. Ich konnte es kaum glauben, weil … nun ja, das geschah wegen uns. Wir hatten etwas erreicht.«

Ein warmes Gefühl durchströmt meine Blutbahnen. Ich beende meine Rede und atme tief durch. Als ich die Augen wieder öffne, entfährt mir ein spitzer Schrei. Riley steht im Spalt der halb geöffneten Badezimmertür und starrt mich belustigt an.

»Das meintest du mit *Selbstgespräche*? Du führst Interviews mit dir selbst?«

»Oh Gott.« Die Welle der Scham trifft mich wie ein Tsunami. Mit einem Kopf, so rot wie eine Tomate, schlage ich ihr die Tür vor der Nase zu.

»Hey.« Lachend klopft sie gegen das Holz. »Wer war denn dein Interviewer? Warst du in so einer Talkshow oder beim Dreh für eine Doku?«

»Geh weg«, jammere ich und schließe gequält die Augen.

»Ach, komm. Das war nur Spaß.«

»Können wir bitte so tun, als hättest du das gerade nicht gesehen?«

»Na gut. Kommst du dann raus?«

Eine neue Welle der Scham reißt mich nieder. »Ich glaub, nicht.«

»Hilft es dir, wenn ich dir sage, dass ich ständig unter der Dusche singe?«

»Nicht wirklich«, schnaube ich. »Das macht doch jeder.«

»Und warum ist es weniger peinlich, das Duschgel als Mikro zu nutzen und so zu tun, als wäre man ein Rockstar? Was ist denn schon dabei? Wir alle verlieren uns doch mal in Fantasien.«

Interessantes Argument …

»Hey. Komm schon.« Wieder klopft sie, diesmal sanfter.

»Aber wir reden nicht mehr darüber, okay?«

»Worüber?«, fragt sie ahnungslos.

Gute Antwort. Vorsichtig öffne ich die Tür.

»Hi.« Sie lächelt, als wäre nichts passiert.

»Hi.« Verlegen reibe ich mir über den Arm. »Ich nehme an, meine Mutter hat dich reingelassen?«

»Hat sie. Ich wollte dich eigentlich fragen, ob wir abhängen wollen, aber …« Sie lässt den Blick über mein weinrotes Sommerkleid wandern. »Du siehst aus, als würdest du gleich irgendwo hingehen.«

»Ja, ich wollte meinen Dad in dem Restaurant besuchen, in dem er jetzt arbeitet.«

Riley blinzelt überrascht. »Er hat jetzt schon einen neuen Job?«

Während unseres gemeinsamen Abends neulich habe ich ihr ein bisschen von ihm erzählt.

»Ich hätte auch nicht gedacht, dass es so schnell gehen würde. Aber ein ehemaliger Kollege, der sich in Brooklyn selbstständig gemacht hat, hat ihm einen Posten angeboten. Er wäre zwar *nur* Souschef, aber für ihn ist es wohl trotzdem okay.«

»Krass.«

»Du kannst gern mitkommen«, biete ich an.

»Wirklich?«

»Klar. Falls du auf libanesisches Essen stehst?«

»Tue ich.« Sie strahlt. »Cool! Ich war noch nie in Brooklyn.«

»Oh, aber Emory kommt auch«, fällt mir wieder ein. Vorhin während unserer Schicht, als wir beim »Was machst du später?«-Small Talk waren, habe ich ihn spontan eingeladen.

Riley wirkt kurz verwirrt, als wisse sie nicht, worauf ich anspiele. Dann dämmert es ihr.

»Ach so! Ja, klar. Ich stehe nicht auf ihn. Und er, glaub ich, auch nicht auf mich, also keine Sorge.«

»Cool.«

»Dann gehe ich mich kurz fertig machen. In zehn Minuten unten?«

»Alles klar. Bis gleich.«

Ich lege mir noch meinen Anhänger – das blaue Auge der Fatima, das Dad mir einmal geschenkt hat – um den Hals. Ein letzter Blick in den Spiegel, dann trete ich aus dem Bad.

»Ich gehe jetzt zu Dad«, rufe ich Mom auf dem Weg zur Tür zu.

»Grüß ihn von mir«, sagt sie, ohne von ihrem Buch aufzuschauen.

Den einen Fuß schon in meinen Römersandalen steckend, halte ich inne. Das ist neu.

»Ähm, okay …«

Dass Riley mitkommt, ist eine schöne Überraschung. Lächelnd fahre ich nach unten und freue mich nun noch mehr auf den heutigen Abend.

In der Lobby angekommen entdecke ich sie neben dem Springbrunnen. Fröhlich laufe ich ihr entgegen, doch mein Gang gerät ins Stocken, als ich sehe, wer neben ihr steht. *Ryan.*

»Hey, rate, wen ich gerade im Flur getroffen habe.« Riley hakt sich bei ihm unter, als wären sie alte Freunde.

Mein Puls beginnt zu rasen.

»Lustigerweise steht er auch auf libanesisches Essen«, teilt sie mir geschäftig mit. »Und nachdem er mich förmlich angebettelt hat, mitzukommen …«

»Du hast mich einfach am Arm gepackt und mit dir geschleift«, beginnt Ryan, aber Riley spricht weiter.

»… wollte ich Barmherzigkeit zeigen und ihn einladen. Ist doch okay, oder?«

»Klar«, piepse ich und weiß nicht, ob ich Riley dafür küssen oder sie deswegen erwürgen soll. Natürlich wollte ich ihn auch fragen, aber ich war nicht sicher, ob es noch zu früh wäre. Bei unseren letzten Treffen ging es immer nur um die Videos. Die Stimmung war eher geschäftsmäßig und schien nie richtig, um das Gespräch in Richtung »Lass uns essen gehen« zu lenken.

»Ich würde mich freuen«, setze ich verzögert hinterher. »Und Dad bestimmt auch.«

»Sicher?« Ryan mustert mich aufmerksam, und ich nicke schnell. »Also … insofern du natürlich auch Lust hast.«

Schließlich sollte er sich nicht nur aus Höflichkeit anschließen. Seinem weiten Hoodie nach zu urteilen, hatte er sich vermutlich auf einen gemütlichen Abend vor dem Fernseher eingestellt.

Aber Ryan schiebt die Hände in die Bauchtasche seines Pullis und zuckt mit den Schultern, als hätte er sowieso Zeit.

»Warum nicht?«

»Cool!« Meine Aufregung reißt mich mit sich. »Cool, cool, cool!«

Riley zuckt kaum merklich zusammen und bedenkt mich mit einem gepressten »Das waren drei Cool's zu viel«-Blick.

Ich bin weird, schon vergessen?, antworte ich ihr stumm, und da nickt sie, als würde es ihr auch wieder einfallen.

»Okay, dann auf ins Restaurant!«, verkündet Riley feierlich.

Das *Meet me in Beirut* liegt im obersten Stock eines alten Industriegebäudes in Dumbo. Zu dritt fahren wir mit dem Aufzug hinauf und stellen uns, als wir aussteigen, zu den anderen Wartenden in die Schlange. Auf Zehenspitzen stehend spähe ich über die Köpfe der anderen ins Innere des Raumes. Der Boden ist aus schwarzem Beton, die Wände mit Backsteinen verziert, die schmalen Tische aus massivem, dunklem Holz und dünnen Eisenbeinen gefertigt. Über allen Sitzen hängen Glühbirnen ohne Schirme. Die Einrichtung ist urban und gemütlich rustikal, wirkt auf den ersten Blick aber nicht besonders »libanesisch«.

Mein Blick huscht zu Ryan, und meine Aufregung, die während der Bahnfahrt halbwegs abgeklungen ist, kehrt schlagartig zurück.

Er ist wirklich mitgekommen.

Als wir an der Reihe sind, wird nach unserer Reservierung gefragt. Ich nenne meinen Namen, und die Frau am Empfang nickt, als wüsste sie Bescheid. Mit einer Kopfbewegung bedeutet sie uns, ihr zu folgen. Wir werden zu einem wunderschönen Fensterplatz mit Ausblick auf den East River und die Manhattan Bridge geführt. Emory sitzt bereits mit einem Getränk am Tisch und steht auf, als er uns entdeckt.

»Hey, ihr!« Er schließt erst mich, dann Riley in eine vertraute Umarmung. Bevor wir aufgebrochen sind, habe ich auch ihn gefragt, ob es okay wäre, wenn Riley mitkäme, und genau wie für sie schien es für ihn kein Problem zu sein.

Von Ryan habe ich ihm allerdings nichts erzählt …

»Hey. Ich bin Emory.« Mein Kollege reicht ihm die Hand.

»Ryan. Freut mich.«

Emory hält kurz inne, die Zahnrädchen in seinem Kopf arbeiten. »Moment. Ryan wie *Ryan Van Day*?«

Anderen würde das leichte Zucken seines Kiefers vermutlich nicht auffallen. Aber mir schon.

»Ja, genau«, erwidert er freundlich.

»Ach krass.« Mein Kollege schüttelt seine Hand erneut, diesmal mit mehr Schwung. »Schön, dich persönlich kennenzulernen.«

Ryan hat mir mal erzählt, dass er nie weiß, was er auf so was antworten soll. Das Gegenüber kennt ihn bereits, während er andersherum nichts weiß. Meistens lächelt er nur höflich, doch wenn das Unbehagen besonders groß ist, verstummt er ganz.

»Wow, die Aussicht ist echt schön«, versuche ich, ihm zu Hilfe zu eilen, und schnappe mir den Stuhl am Fenster.

»Total«, stimmt mir Riley zu und setzt sich neben mich. Ryan nimmt mir gegenüber Platz, und als sich unsere Schuhe kurz streifen, kommt es mir vor wie ein stiller Dank. Aber wahrscheinlich ist das auch nur Einbildung.

Nein, ganz bestimmt ist es Einbildung.

Wie in vielen Restaurants der Stadt sind die Tische mit QR-Codes bestückt, die zum Menü weiterleiten, aber da ich altmodisch bin und lieber durch die Gerichte blättere, frage ich nach einer richtigen Karte. Trotz des Eindrucks, den die Inneneinrichtung vermittelt, ist die Auswahl sehr libanesisch. Falafel, Tabbouleh, Baba Ganoush, Fleischspieße – die köstliche Qual der Wahl.

»Shamsi!«

Mein Herz macht einen freudigen Hüpfer. Ich drehe den Kopf zur Seite und sehe meinen Vater winkend in meine Richtung steuern. Er trägt ein weißes Kochhemd, dazu lässige schwarze Jeans und bequem aussehende weiße Air Force. Als er mich erreicht, stehe ich auf und schließe ihn fest in die Arme.

»Schön, dass du es geschafft hast«, sagt er, als wir uns wieder voneinander lösen. Sein Blick bleibt an meiner Kette hängen, und sein Ausdruck wird noch weicher.

»Natürlich. Danke für die Einladung.« Ich trete zur Seite und deute Richtung Tisch. »Das sind Riley und Emory. Leute, das ist der berühmte Ahmet Wheaton!«

»Na, berühmt würde ich nicht sagen«, meint Dad und lächelt ganz und gar unbescheiden. »Aber ja.« Er hebt leicht das Kinn, und nickt widerwillig. »Im Großen und Ganzen bekannt.«

Riley und Emory prusten los.

»Spaß beiseite. Freut mich sehr, euch kennenzulernen.« Dad lehnt sich vor und begrüßt beide mit einem Küsschen links und rechts. »Eure Haare sehen funky aus!«

Oh Mann. Mein Dad ist toll, aber immer noch ein Dad.

»Ryan kennst du ja schon«, setze ich hinterher.

Dad strahlt ihn an. »Ryan, wow! Wie schön, dich wiederzusehen.«

»Finde ich auch.« Ryan erhebt sich von seinem Stuhl und umarmt meinen Vater freundlich. »Ist eine Weile her.«

»Eine Ewigkeit. Du bist ein richtiger junger Mann geworden. Und gut aussehend. Sieht er nicht gut aus, Shamsi?«

Manchmal glaube ich, meine Mom ist der peinlichere Elternteil. Und dann bringt mein Vater so was …

»Mhm«, mache ich mit erhitzten Wangen. Ein Glück, dass Dad das ganze Drama zwischen Ryan und mir kaum mitbekommen hat. Ich will gar nicht wissen, was für Sprüche er dann gebracht hätte.

»Habt ihr schon in die Karte geschaut? Wie wäre es, wenn ich euch ein bisschen von allem bringe? Ein paar Pasten, Salate, Brot? Gibt's auch alles vegetarisch. Und dazu die hausgemachte Limonade?«

Wir sprechen uns kurz mit Blicken ab, scheinen aber keine Einwände zu haben.

»Das wäre toll«, sage ich und spüre einen plötzlichen Anflug von Sorge in mir aufkeimen. Mein Dad hatte doch gerade erst einen Schlaganfall …

»Aber … du trägst nichts, oder? Also, ich meine … die Tabletts …«

»Shamsi.« Dad verdreht die Augen, als wäre auf einmal er das Kind. »Ich hatte keine Leistenbruch OP, ich darf Sachen tragen. Und ich darf auch arbeiten.«

Etliche Erwiderungen liegen mir auf der Zunge.

Aber überanstreng dich trotzdem nicht. Hör auf, wenn es dir zu viel wird. Bitte setz deine Gesundheit nicht aufs Spiel, um Mom bei den Schulden zu helfen.

Doch vor den anderen will ich das Thema auch nicht breittreten, und so schließe ich den Mund wieder.

Dad wendet sich den anderen zu. »Falls ihr irgendwas braucht, sagt einfach Bescheid.« Er schenkt mir ein letztes warmes Lächeln, tätschelt meine Schulter und macht sich dann wieder auf zur Küche.

»Uff, Dilf Alarm.« Riley sieht ihm hinterher und fächert sich mit der Menükarte etwas Luft zu.

»Voll! Dein Vater ist echt heiß!«, pflichtet Emory ihr bei und reckt den Kopf, um ihm hinterherzusehen.

»Ey! Finger weg von meinem Dad!«, scherze ich.

»Warum?« Ist doch ein Kompliment. Du siehst deinem Vater sehr ähnlich.«

»Echt? Die meisten sagen, ich komme eher nach meiner Mutter.«

»Ja, aber du hast auch viel von ihm.« Riley lässt den Blick prüfend über mein Gesicht wandern. »Ihr habt dieselben Augenbrauen.«

»Leider«, grummele ich. »Ich habe schon probiert, sie mit einem Pony zu kaschieren. Aber das steht mir nicht.«

Ryan mustert mich von der gegenüberliegenden Seite. Eben noch heiter, liegt nun ein Anflug von Verärgerung in seiner Miene.

»Deine Augenbrauen sind schön«, sagt er leise, und mein Herz setzt einen erschrockenen Takt aus, nur um im nächsten Moment schneller zu schlagen. Heiliger …

»Er hat recht«, pflichtet Riley ihm bei und zupft an einer meiner Locken. »Die passen zu deinem Gesicht.«

Oh Gott. Ich hasse es, im Zentrum der Aufmerksamkeit zu stehen. »Themawechsel, bitte!«

»Okay. Dann wieder zurück zu deinem Dad.« Emory neigt den Kopf, um mich über die Glühbirnen hinweg anzusehen. Seine braunen Augen funkeln im Schein des Lichts. »Wie lange sind deine Mom und er schon getrennt? Stimmt es, dass er anfangs auch im Van Day gearbeitet hat?«

»Ja, wir waren damals ganz frisch nach New York gezogen,

als er auch ein Angebot aus San Francisco bekommen hat. Aber das ist inzwischen fast zehn Jahre her. Kurz danach haben sie sich scheiden lassen.«

»Wow«, entfährt es Riley. »Aber wie jetzt?« Sie legt den Kopf schief, ihre rosa Haare fallen zur Seite. »Er ist gegangen und hat euch zurückgelassen?«

»Das klingt schlimm, ich weiß. Aber ein Teil von mir versteht ihn auch irgendwie. Dad hat Fuß in der Branche gefasst, als Menschen mit arabischem und muslimischem Hintergrund noch ziemlich schief angesehen wurden.«

»Und Gerichte wie Köfte und Hummus noch nicht Mainstream waren«, setzt Ryan hinzu.

»Genau.« Seine kluge Ergänzung lässt mich kurz lächeln. »Jedenfalls war sein Weg ziemlich schwer. Nur wenige haben ihm eine Chance gegeben, obwohl er alles versucht hat, um sich anzupassen. Er hat sogar den Namen meiner Mutter angenommen. Und dann hat ihm eines Tages ein Bekannter ein unfassbares Jobangebot gemacht, bei dem explizit nach einem arabischstämmigen Koch für ein kalifornisches Sternerestaurant gesucht wurde. Nur wollte Mom nicht mit, weil sie ihre eigene Karriere nicht für ihn aufgeben wollte.«

Und mich nicht von Ryan losreißen, ergänze ich im Stillen und zucke kaum merklich zusammen, als sich unsere Füße wieder streifen.

»Na ja, und so gingen ihre Leben getrennte Wege. Obwohl sie sich geliebt haben. Zumindest Dad sie. Er hat echt lange um die Beziehung gekämpft, aber Mom wollte nicht.«

»Warum nicht?«, fragt Riley und klingt ehrlich interessiert. »Hatte sie keine Gefühle mehr? Oder lag es an der Entfernung?«

»Weder noch, glaube ich. Es lag eher an der Tatsache, dass Dad uns … na ja, für einen anderen Job verlassen hat. Das ändert ja die Sichtweise auf die ganze Beziehung und auch das Leben, das man gemeinsam aufgebaut hat.«

Wir unterbrechen unser Gespräch, als ein Kellner mit vier hohen Gläsern an unseren Tisch tritt, die mit einem sprudelnden Inhalt, Eiswürfeln und Minzblättern gefüllt sind.

»Klingt echt heftig«, kommentiert Emory, als der Kellner wieder weg ist.

»Und doch hat er deine Mom mit dir zurückgelassen«, meint Riley zögernd. »Karriere hin oder her, er hatte immer noch ein Kind.«

»Das stimmt. Ich will ihn auch nicht in Schutz nehmen oder so«, sage ich und greife nach dem kalten Glas. »Aber inzwischen verstehe ich beide Seiten. Als Frau beruflich aufzusteigen, ist hart, aber wegen der Herkunft systematisch ausgeschlossen zu werden, auch.«

Rileys Pupillen weiten sich, Verständnis liegt in ihrem Blick. »Das stimmt natürlich.«

»Aber noch mal zum Mitschreiben«, geht Emory dazwischen. »Deine beiden Eltern sind also Single?«

Riley lacht los, und ich lächele, dankbar für den Stimmungswechsel.

»Wehe«, warne ich ihn dennoch grinsend.

Bald darauf werden uns zahlreiche kleine Schälchen serviert.

»Das sieht so gut aus!«, sagt Riley und lässt die Augen hin- und herwandern, als wüsste sie gar nicht, wo sie anfangen soll. Ich gebe einen zustimmenden Laut von mir und häufe mir ein bisschen von allem auf den Teller. Dann mache ich bei Ryan weiter, ganz automatisch, weil ich genau weiß, was er mag und was nicht.

»Oh«, stoße ich aus, als es mir erst nach der dritten Kelle Tabbouleh auffällt. »Sorry.«

»Alles gut.« Seine Mundwinkel heben sich und sein Lächeln

trifft mich mitten ins Herz. Schnell reiße ich den Blick los und tue den anderen auch was auf. Nicht, dass sie das sonst falsch verstehen.

Als wir alle was auf den Tellern haben, fordert uns Emory auf, mit den Gabeln anzustoßen – anscheinend eine Tradition seiner Familie. Amüsiert folgen wir seiner Anweisung, lassen das Besteck gegeneinander klirren – und dann essen wir.

Es ist einer dieser Abende, bei denen man nicht merkt, wie die Zeit vergeht. Die Sonne sinkt immer tiefer hinter die Skyline, während wir gemütlich essen und reden. Obwohl sich die meisten von uns nicht gut kennen, überspringen wir den Kennenlern-Small Talk. Emory berichtet von seinem neuesten Ärger mit Claus, während Riley von dem angeblichen Affen erzählt, den sie beim Joggen im Central Park gesehen hat – und bei dem es sich entgegen meiner Theorie nicht um ein großes Eichhörnchen handelt. Als das Gespräch auf die Videos von Ryan und mir gelenkt wird, bittet Emory um einen Einblick, und dann lacht der ganze Tisch. Nicht *über* mich, sondern *mit* mir. Ja klar …

Es überrascht mich, wie sehr die Gruppe harmonisiert, obwohl wir zum ersten Mal in dieser Konstellation zusammen sind. Ryan sagt zwar nicht viel, aber seiner entspannten Haltung nach zu urteilen, scheint auch er sich wohlzufühlen. Hin und wieder begegnen sich unsere Blicke, doch was immer sie bedeuten mögen, ich weiß es nicht.

Als Nachspeise gibt es Knafeh, süße überbackene Teigfäden mit Mozzarella und Pistazien. Eine warme Woge der Nostalgie bricht über mich herein. Nichts auf der Welt schmeckt so sehr nach Kindheit wie das hier.

Da Ryan und ich ziemlich satt sind, teilen wir uns eine Portion. Riley und Emory ziehen anfangs noch skeptische Gesichter, aber nachdem sie bei uns probiert haben, bestellen sie sich ebenfalls einen Teller.

»Ist das geil«, schwärmt Riley, die Stirn jedoch nach wie vor gerunzelt, als könnte sie nicht begreifen, wie diese Zutaten derart miteinander harmonieren können.

»Oder?«, sage ich, während Ryan und ich die letzten Reste von unserem Teller kratzen. Als er sich den letzten Bissen schnappt, ziehe ich eine Schnute. »Du Chauffeur!«

Ryan zuckt grinsend mit den Schultern. »Du hattest viel mehr als ich.«

»Das stimmt gar nicht.«

»Okay, warte.« Er klaut etwas Knafeh von Rileys und Emorys Teller und hält mir auffordernd die Gabel hin, doch gerade, als ich mich vorbeugen will, schiebt er sie sich selbst in den Mund.

Was für ein Schenkelklopfer! Ich verdrehe die Augen. »Du bist immer noch nicht witzig.«

Aber Ryan lacht, und es ist so ansteckend, dass sich meine Mundwinkel ebenfalls leicht nach oben ziehen.

Riley hingegen starrt uns an, als wären wir nicht ganz bei Trost.

»Ihr seid zu jung für Boomer-Humor!«

»Viel zu jung«, pflichtet Emory ihr grinsend bei, doch plötzlich erregt etwas hinter mir seine Aufmerksamkeit, und sein ganzer Körper ruckt so heftig nach vorn, dass unsere Getränke von der Bewegung über den Glasrand schwappen.

»Whow!« Ryan presst die Hände auf den Tisch, um ihn festzuhalten.

»Was war das denn?«, fragt Riley und tupft mit einer Serviette über die Pfützen auf der Tischplatte.

»Sorry.« Emory blinzelt betreten und schnappt sich ebenfalls ein Tuch. »Ich dachte, da wäre meine Ex. Ein Kumpel hat mir erzählt, dass sie nach New York gezogen ist, und seitdem sehe ich sie überall. Kennt ihr das?«

Ertappt beiße ich mir auf die Unterlippe.

»Dabei leben hier über acht Millionen Menschen. Als ob sie in diesem Moment ausgerechnet hier wäre.« Er schließt die Augen und schüttelt den Kopf, während er sich über den Nacken reibt. »Langsam werde ich echt paranoid.«

»Du hängst noch an ihr?«, mutmaßt Riley sanft.

»Ne, eigentlich nicht, aber … keine Ahnung.« Er zuckt mit den Schultern und stochert in seinem Nachtisch. »Erste Liebe halt.«

»Wie lange wart ihr zusammen?«

»Das ganze letzte Highschool-Jahr. Erstes Date, erster Kuss und so weiter.« Er lächelt schwach. »Ich wünschte, es wären nicht so viele Erinnerungen mit ihr verknüpft.«

Rileys Augen werden groß. »Du hattest deinen ersten Kuss mit siebzehn?«

»Ich weiß, Spätzünder.« Ein verschämter Ausdruck tritt in seine Augen.

»Nein.« Sie schüttelt eilig den Kopf. »So meinte ich das gar nicht. Ich hatte meinen ersten Kuss auch mit siebzehn.«

»Echt?« Emory hält mit der Gabel im Mund inne. »Wie kommt's?«

»Was meinst du?«

»Keine Ahnung. Standen die Leute bei dir nicht Schlange?«

»Doch.«

Emory prustet los, aber als Riley nichts weiter hinzufügt, wendet er sich mir zu. »Wie war es denn bei dir, Ellis?«

Mein Magen verkrampft sich. War ja klar, dass *das* kommen würde. Als Antwort schüttele ich nur den Kopf.

»Du willst es uns nicht verraten oder … du hattest …« Seine Pupillen weiten sich.

»Hey, sei nicht so anmaßend«, schimpft Riley.

»Alles gut«, winke ich ab. »Ich finde solche Fragen nur unnötig. Warum will man so was überhaupt wissen? Und was hat man am Ende davon? Fühlt man sich überlegener, wenn die andere Person weniger erfahren ist? Ich sehe darin keinen wirklichen Sinn, außer, dass es für alle Beteiligten Druck verursacht.«

»Okay, du hättest auch einfach sagen können: ›Nein, Emory, ich habe noch niemanden geküsst.‹ Au!« Er reibt sich über die Schläfe, an der Rileys Strohhalm ihn getroffen hat. »War nur Spaß, wirklich.« Er lächelt entschuldigend, wendet sich aber kurz darauf Ryan zu. »Und wie war es bei dir?«

Mein Puls beschleunigt sich.

»Ähm …« Ryan schluckt, sein Blick fliegt zum Fenster, und als sich unsere Blicke in der Spiegelung treffen, prickelt mein ganzer Körper. »Ich … war dreizehn.«

Damals

Ryan, dreizehn Jahre alt

Ellis:
Bist du noch in der Schule?

Ich:
Gerade Schluss, warum?

Ellis:
Besorgst du mir einen Rasierer?

Verdattert starre ich auf mein Handy.

Ich:
Wozu?

Ellis:
Zum Rasieren, Schlaumeier …

Ich verdrehe die Augen.

Ich:
Okay. Was für einen brauchst du?

Ellis:
Egal. Hauptsache irgendeinen.
In einer Stunde oben?

Ich:
Alles klar.

Ellis ist schon da, als ich das Turmzimmer betrete. Der Regen, dem ich gerade so entkommen bin, trommelt jetzt laut gegen die Fensterscheiben. Ich schlüpfe aus meinen Schuhen und lasse sie draußen stehen. Die Turmzimmer werden zwar immer mal wieder gebucht, aber meistens sind wir trotzdem die einzigen hier oben.

Ellis steht mit dem Rücken zu mir im offenen Badezimmer.

»Hey. Hab deine Sache besor…« Als sie sich umdreht, bleibt mir das letzte Wort in der Kehle stecken. Ihre Lider sind geschwollen, die Nase gerötet.

Etwas Schweres legt sich auf meine Rippen. »Alles okay?«

Anstelle einer Antwort nimmt sie mir die Tüte ab. »Warum so viele?«, fragt sie mit einem flüchtigen Blick hinein.

»Ich … wusste nicht, was für einen du brauchst.«

»Und da hast du einfach alle gekauft?« Sie lächelt schwach.

»Was ist passiert?«

Ellis winkt ab. »Nicht so wichtig. Aber kannst du mir helfen?«

»Wobei?«

Sie fischt ein Gestell aus der Tüte. »Beim Rasieren.«

»Eh …« Mein Hals wird trocken. »Wie … w-was meinst du?«

»Mein Gesicht.«

Ich reiße die Augen auf. »Du willst dich im Gesicht rasieren?«

»Ja.«

Mein verwirrter Blick fliegt über ihre glatten Wangen. »Warum?«

»Darum.« Trotz schwingt in ihrer Miene, und ich verstehe gar nichts.

»Wow.« Ich blinzele überfordert. »Ähm, ich … keine Ahnung. Ich kenne mich bei so was überhaupt nicht aus. Soll ich nicht lieber Sam holen?«

Ellis schnaubt. »Die würde sich doch nur über mich lustig machen.«

Das glaube ich nicht. Sam kann manchmal schwierig sein, aber immerhin ist sie auch ein Mädchen.

»Und was ist mit deiner Mom?«

Ellis schüttelt entschieden den Kopf. »Ich brauche nur dich.«

Die letzten Worte sagt sie leise, beinahe scheu. In meiner Brust flattert es, doch dann fällt mein Blick zurück zu ihren verweinten Augen und das Gefühl zersetzt sich.

»Aber warum?«, frage ich wieder, entschlossen, so lange nachzuhaken, bis sie es mir verrät.

Ellis seufzt tief. Als sie spricht, hält sie den Blick auf ihre verschiedenfarbigen Socken gesenkt. »Weil ich nie wieder als *arabischer Chewbacca* bezeichnet werden will.«

Ich runzele die Stirn. »Was ist das?«

Sie zuckt mit den Schultern. »Keine Ahnung. Offenbar irgendein haariges Etwas. Aber in der Arab-Version.«

Meine Muskeln spannen sich an. »Wer hat das zu dir gesagt?«

»Simon.« Ihre Stimme wackelt. »Und Theo meinte, dass ich mit meinen Koteletten wie ein Mann aussehe. Oh, und dass ich mir dringend die Augenbrauen zupfen sollte, bevor sie zu einer Monobraue zusammenwachsen.« Tränen sammeln sich in ihrem Augenwinkel, während heiße Wut in mir aufflammt.

»Was für ein Scheiß ist das denn? Was stimmt denn nicht mit deinen Augenbrauen?«

Ellis sieht mich an, als würde ich scherzen. »Sie sind dick!«

»Na und?«

»Das ist hässlich.« Sie wischt sich über die Wangen.

»Sagt wer?«

»Alle.«

Ich schüttele den Kopf, weil das, was sie sagt, überhaupt keinen Sinn ergibt.

»Das stimmt gar nicht. Deine Augenbrauen sind schön. Und die hier auch.« Ich lege meine Hand auf ihr Gesicht. Ellis zuckt zusammen, doch sie zieht sich nicht zurück, lässt es zu, dass meine Finger sanft über den weichen Flaum neben ihrem Ohr fahren. Sam hat auch welche und nennt sie Babyhaare. *Nicht Koteletten.*

»Fühlt sich doch voll schön an.« Meine Stimme wird leise. »Warum solltest du die wegmachen?«

Wieder seufzt sie, diesmal erschöpft. »Hilf mir einfach.«

Ich presse die Lippen zusammen, ringe kurz mit mir, weil es mir so unendlich schwerfällt, Ellis irgendwas abzuschlagen. Aber diesmal geht es nicht anders.

»Nein«, sage ich leise, und ich hasse, wie erbarmungslos und grausam ich klinge, aber ich werde ganz bestimmt nicht dabei assistieren, wie sie sich dem Willen dieser Arschlöcher beugt.

Enttäuschung glimmt in ihren verweinten Augen auf. Schnell blinzelt sie die Tränen weg und schüttelt meinen Griff ab. »Dann mache ich es halt allein.«

»Nein!«, sage ich wieder und reiße ihr die Tüte aus den Händen.

»Ey! Gib sie zurück!«

»Baby. Das sind doch nur Arschlöcher!« Ich werfe die Tüte aufs Bett.

Sie schließt die Augen und schlingt die Arme um sich selbst. »Ich hab keinen Bock, dass sich Leute über mich lustig machen.«

»Das will ich auch nicht! Aber das wirst du doch sowieso nicht ändern können.«

»Also ist das mein Schicksal?« Sie lacht auf, und ich verziehe das Gesicht.

»So meinte ich das nicht. Ich wollte nur sagen …« Gott, ich kann mich einfach nie richtig ausdrücken.

»Einige können einfach nicht anders«, setze ich erneut an. »Und egal, wie sehr du ihnen entgegenkommst, sie werden nicht aufhören. Weil es ihnen in Wahrheit gar nicht um dich geht, sondern um sich selbst. Verstehst du?«

Als Antwort schnaubt sie nur.

»Hey. Über mich lachen sie auch ständig.«

Das lässt sie stutzen. Zweifelnd wandert ihr Blick an mir herab. »Womit sollte man *dich* aufziehen?«

Verlegen deute ich auf die Akne in meinem Gesicht.

Ellis tritt näher und kneift die Augen leicht zusammen. »Die sieht man doch kaum.«

Lügnerin.

»Natürlich sieht man sie. Vor allem am Rücken. In der Umkleide machen sich alle darüber lustig. Aber sollen die Wichser doch, wenn sie nichts Besseres zu tun haben.«

»Ich kann das aber nicht.« Panik schwingt in ihrer Stimme. »Ich will nicht so genannt werden. Ich will nicht abstoßend sein.«

»Ellis.« Ihre Worte brechen mir das Herz. »Das bist du nicht!«

»Doch! Schau dir das an!« Sie hält mir ihren Unterarm vor die Nase. »Ich bin ein Mädchen und habe mehr Haare als du. Meine Hände …« Sie ballt sie zu Fäusten, zittert. »Niemand will mich anfassen. Ich hab Koteletten, meine Augenbrauen sind zu dick … Ich bin abstoßend!«, sagt sie wieder, und mir kommen fast die Tränen.

»Bitte hör auf, das zu sagen! Du bist nicht abstoßend, sondern wunderschön!«

»Bin ich nicht!«

»Doch!« Ich greife nach ihrer Hand.

Ihre Augen blitzen, während sie versucht, sie zurückzuziehen, aber ich halte sie nur fester. »Nein!«

»Doch!« Donner grollt im Hintergrund.

»Nein!« Sie schreit fast, weitere Tränen laufen ihr über die Wangen.

»Doch!«, schreie ich zurück, und bevor ich weiß, wie mir geschieht, ziehe ich sie an mich und presse meine Lippen auf ihre.

Ellis erstarrt unter meiner Berührung, und ich tue es ebenfalls. Meine Augen schließen sich, mein Puls überschlägt sich, und als mir nach etwa drei Sekunden dämmert, was ich hier tue, versuche ich, den Kopf zurückzuziehen.

Genau in dem Moment, in dem sie mir entgegenkommt.

Hitze steigt in mir auf und breitet sich wie ein Flächenbrand in mir aus, während ihr Mund erneut meinem begegnet. Ihr Druck ist zaghaft, schüchtern, die Lippen weich und … verdammt.

Sie schmeckt nach Zuckerwatte.

Ich verschränke unsere Finger miteinander und schiebe die andere Hand in ihren Nacken. Keine Ahnung, was gerade passiert, ich bin wie auf Autopilot. Unsere Lippen lösen sich voneinander, dann treffen sie sich wieder, lösen sich voneinander, treffen sich wieder. Ihr süßer Geruch umhüllt mich, ich seufze gegen ihren Mund, spüre die Gänsehaut, die sich überall in mir ausbreitet.

Grelles Licht blitzt gegen meine geschlossenen Lider, und im nächsten Moment zerreißt Donner die Stille. Wir beide fahren zusammen und treten einen Schritt zurück, schauen uns an, atmen schwer. Ellis' Pupillen sind geweitet, die Lippen geschwollen. Ein weiterer Blitz schießt über den Himmel, sein Licht erhellt kurz ihr erschrecktes Gesicht.

»Tut mir leid« sage ich aus Affekt und lasse die Hand, die noch vor wenigen Sekunden an ihrem Gesicht lag, langsam sinken.

Ellis schüttelt benommen den Kopf, eine uneindeutige Geste, bei der ich nicht sicher bin, ob sie ein »Schon gut« oder »Was war das gerade?« bedeuten soll.

Schließlich wandert ihr Blick zurück zu meinem Mund. Sie schluckt. »Hast … hast du das gemacht, weil ich gesagt habe, dass ich …«

»Nein«, sage ich schnell. »Ich habe es gemacht, weil ich es wollte.«

Und weil ich finde, dass du der großartigste, schönste und wundervollste Mensch auf der Welt bist.

Ellis nickt vorsichtig, dann schaut sie an mir vorbei, zur Tüte auf dem Bett. Keine Ahnung, ob sie ihren Plan immer noch durchziehen will, keine Ahnung, ob ich sie jetzt noch aufhalten könnte. Meine Gelenke fühlen sich an wie auseinandergeschraubt.

Mit gerunzelter Stirn fasst sie sich an den Kopf und sieht aus, als hätte sie die Kopfschmerzen ihres Lebens.

»Wollen wir vielleicht eine Runde spazieren gehen?«, fragt sie leise.

Überraschung flackert über mein Gesicht. »Es regnet«, sage ich über das laute Prasseln der dicken Tropfen auf dem Hoteldach, das einem das Gefühl gibt, als befände man sich im Inneren einer Muschel.

»Ich weiß. Aber es hört bestimmt gleich auf. Ich muss nur …« Ihr Blick fliegt zurück zur Tüte und ein gequälter Ausdruck tränkt ihre Augen.

Abstand zwischen sich und den Inhalt der Tüte bringen.

Und sie will, dass ich mitkomme. Mein Herz trommelt in meiner Brust.

»Okay«, sage ich und schüttele meine Schultern, die sich nicht mehr durchblutet anfühlen. »Lass uns spazieren gehen.«

18. KAPITEL

Gegenwart

Ellis

Die Nachtluft ist warm und schwül. Leichter Nieselregen fällt auf uns herab, aber nach dem deftigen Abendessen war Riley und mir trotzdem nach einem kleinen Spaziergang. Ryan ist schon ins Hotel gegangen, weil er morgen früh verabredet ist, und irgendwie bin ich froh um den Abstand. Dass er dabei war, war toll, aber in seiner Anwesenheit haben meine Gedanken ständig Tango getanzt.

»Ich finde es cool, dass wir denselben Heimweg haben«, sage ich zu Riley. »Unsere Gäste bleiben in der Regel immer nur ein paar Tage, sodass ich nicht wirklich eine Bindung zu ihnen aufbauen kann. Aber ich mag, dass du einfach bei mir anklopfst und wir abhängen können.«

Riley zieht sich die Kapuze ihrer Jacke über den Kopf und lächelt. »Das freut mich. Manchmal habe ich Angst, dass ich zu aufdringlich sein könnte.«

»Bist du nicht.« Ein Krankenwagen rauscht an uns vorbei, das blaue Licht spiegelt sich in der Pfütze vor meinen Füßen. »Aber ich verstehe es«, sage ich und umrunde die Lache. »Dieselbe Angst habe ich auch immer. Der Gedanke, *zu viel* zu sein.«

»Bist du nicht«, sagt sie zurück und ich lächele, während ich mich ein wenig mehr in meine Jacke kuschle.

»Hast du eigentlich noch mal was von deinen Eltern gehört?«, frage ich leise.

»Wie kommst du auf *noch mal?*« Riley lächelt humorlos. »Sie haben sich kein einziges Mal gemeldet.«

Ich beiße mir auf die Unterlippe. »Wissen sie denn, dass du in New York bist?«

»Vermutlich nicht.«

»Ich dachte nur, dass das der Grund sein könnte, warum sie nichts von sich hören lassen.«

»Sie wissen es nicht«, beharrt sie und schnaubt. »Andernfalls wären sie längst hier.«

»Warum?«

Riley versteift sich kurz.

»Weil … ich ihr halbes Geld aus dem Fenster werfe«, antwortet sie und irgendwas sagt mir, dass noch mehr dahintersteckt. Aber sie fügt nichts weiter hinzu und wieder traue ich mich nicht, nachzufragen.

Vielleicht sollte ich sie doch mal googeln. Obwohl ich das eigentlich nicht will. Nicht bei einer Freundin.

Der Regen wird stärker. Passanten flüchten sich unter die Markisen von teuren Wohnhäusern, während wir einfach weiterlaufen. Offenbar macht es Riley auch nichts aus, dass wir nass werden.

»Apropos Ryan«, sagt sie plötzlich und ich lache los.

»Warum apropos? Du fängst gerade ein neues Thema an.«

»Was hatte die Flirterei im Restaurant zu bedeuten?«

Meine Muskeln verkrampfen sich. »Wovon redest du?«

»Oh, Ellis, du hast so wunderschöne Augenbrauen«, schnurrt sie und streckt mir die Hand hin. *»Hier, nimm was von meiner Gabel, oder nein.«* Sie zieht die Hand wieder zurück. *»Doch nicht, reingelegt, hihi!«*

Lächelnd verdrehe ich die Augen.

»*Ach Ryan, du bist so ein Chauffeur!*«, imitiert sie mich in hoher Tonlage. »*Die anderen, wissen zwar nicht, was dieser Insider bedeutet, aber vermutlich ist er irgendwas Versautes.*«

Ich pruste los. »Er ist nichts Versautes.«

»Aber ihr habt geflirtet.«

»Ich … wir … und was ist mit dir und Emory?«, sage ich zu meiner Verteidigung.

Riley stutzt. »Was soll sein?«

»Ihr habt auch geflirtet.«

»Haben wir nicht.«

Verdammt. Das haben sie wirklich nicht.

»Aber … ihr wart vertraut.«

»Nicht so vertraut wie du und Ryan.« Sie hakt sich bei mir unter. »Warum hast du ihn nicht gleich gefragt, ob er mitkommen will? Gern geschehen, übrigens.«

»Weil ich mich nicht getraut habe.« Ich knuffe sie in die Seite. »Er war zwei Jahre lang weg.«

»Aber jetzt ist dein Clyde wieder da, Bonnie.«

»Ja, aber wir haben uns gerade erst wieder vertragen. Alles steht noch auf einem wackeligen Gerüst, und im Grunde muss ich den neuen Ryan erst mal richtig kennenlernen. Er ist jetzt anders als früher, weißt du? Geselliger. Offener.«

»*Offener?*« Riley streicht sich eine nasse Strähne aus dem Gesicht und blinzelt. »Ähm, nimm's mir nicht übel, aber so offen fand ich ihn jetzt auch nicht. Er hat zwar mitgeredet, aber überhaupt nichts von sich erzählt.«

So wie du, denke ich, behalte es aber für mich.

»Ja, das stimmt«, räume ich ein. »Aber das liegt daran, wie er erzogen wurde. Seine Familie ist sehr …« Ich suche nach einem passenden Adjektiv, finde aber keins. »Alles in seinem Leben läuft nach einem ganz bestimmten Skript«, setze ich erneut an. »Er soll nach Harvard gehen, einen guten Abschluss machen, ins Hotelgeschäft einsteigen und dabei freundlich lächeln und sich mit allen gut stellen. Kein böses Licht darf auf die Familie fallen. Aber Ryan hatte immer ein Problem mit dieser … Aufgesetztheit – nicht sagen und tun zu können, was er wirklich will. Selbst in seiner Familie wird nicht richtig miteinander geredet. Alles wird befolgt, niemand hat sich zu beschweren. Na ja, jedenfalls redet er deshalb nicht so viel«, schließe ich die viel zu lange Erklärung. »Weil er gelernt hat, die Wahrheit für sich zu behalten.«

Riley runzelt die Stirn. »Und wie habt ihr kommuniziert?«

»Mit mir konnte er ja reden. Und wenn nicht, dann wusste ich trotzdem, was ihm auf dem Herzen lag.«

»Woher?«

»Keine Ahnung. Ich wusste es einfach.«

»Wow.« Ihre Augen funkeln. »Das klingt nach einer sehr schönen und intensiven Verbindung.«

Meine Brust schnürt sich zu. »Das war sie auch.«

Ist sie hoffentlich noch immer.

Wir kommen an einer Ampel zum Stehen. Riley dreht den Kopf zu mir und betrachtet mich mit geschürzten Lippen.

»Du magst ihn, oder?«, fragt sie plötzlich. »Und jetzt komm mir bitte nicht wieder mit diesem ›Wir sind nur Freunde-Mist‹.«

Betreten senke ich den Kopf und versuche gar nicht erst, die Wahrheit zu verschleiern. Wem sollte ich noch was vormachen?

Riley nickt wissend. »Er dich auch?«

»Keine Ahnung«, murmele ich. »Glaub nicht. Jedenfalls nicht auf diese Weise.«

»Diese Weise?«

»Die ›Ich denke Tag und Nacht an dich, will dich heiraten und tausend Babys mit dir machen‹-Weise.«

Riley lacht. »So empfindest du für ihn? Schon immer?«

»Nein, so richtig erst, seit er weg ist. Gott, ich bin das reinste Klischee. ›Du weißt erst, was du hattest, wenn es weg ist‹«, äffe ich den Kalenderspruch nach, der leider viel zu sehr auf mich zutrifft.

»Na und?« Das Männchen an der Ampel läuft los und wir setzen uns ebenfalls in Bewegung. »Jetzt weißt du es eben. Besser zu spät als gar nicht.«

»Hm«, brumme ich, während wir den nassen Zebrastreifen überqueren.

»Und wer sagt, dass er dich nicht auch mag?«

»Hm«, mache ich wieder.

»Moment.« Abrupt bleibt Riley stehen. »Gerade meintest du doch noch, dass du seine Gedanken lesen kannst.«

»Ich kann seine Gedanken natürlich nicht lesen, sondern nur erahnen. Und in diesem Fall …« Ich zucke unschlüssig mit den Schultern. »Keine Ahnung. Er hat den Kontakt zu mir abgebrochen und wollte zwei Jahre lang nichts mit mir zu tun haben.«

»Ach. Das heißt gar nichts«, winkt sie ab.

Ich werfe ihr einen irritierten Seitenblick zu. »Dein Ernst?«

»Ja. Ich verlasse mich lieber darauf, was ich sehe.«

»Und das wäre?« Ich hebe eine Augenbraue.

Riley funkelt mich todernst an. »Zwei Menschen, die sich gegenseitig nackt sehen wollen.«

Ich pruste los.

19. KAPITEL

Ich stehe gerade vor der Hotelschneiderei, um ein Kleid für einen Gast abzuholen, als ein vertrauter Schatten von hinten auf die Wand vor mir fällt. Mein Herz macht einen kleinen Satz.

»Was machst du hier unten?«, frage ich, ohne mich umzudrehen.

»War im Fitnessbereich. Draußen ist es zu warm.« Ryan überbrückt die letzten Schritte und stellt sich zu mir. »Hi.« Er lächelt und ein warmes Kribbeln erfasst mich. Er trägt wieder Schwarz …

»Hi«, bringe ich heraus.

»Hast du schon das Neueste gehört?«

»Das mit den Turmzimmern?« Ein breites Grinsen erobert meine Lippen.

»So krass, oder?«

»Total.«

Jahrelang hat sich niemand für sie interessiert und jetzt sind sie bis Oktober ausgebucht, weil das Internet voll von den süßen Zimmern ist, die »jeder mal gesehen haben muss«.

»Aber ich will mir keine großen Hoffnungen machen. Wer weiß, ob nicht morgen … Oh.« Erst jetzt bemerke ich Margery, die mir das in durchsichtiger Folie gewickelte Abendkleid hinhält und dies, ihrem genervten Ausdruck nach zu urteilen, schon seit einer ganzen Weile tut.

»Sorry.« Ich will es gerade entgegennehmen, als Ryan bereits nach dem Kleid greift.

»Danke«, sage ich und folge ihm, als er in Richtung der Aufzüge marschiert. Seine Rückenmuskeln spannen sich unter seinem T-Shirt an, seine feuchten Haare kräuseln sich am Nacken. Hitze schießt in meine Wangen.

»Was wolltest du sagen?«, fragt er und dreht sich leicht in meine Richtung.

»Äh, weiß ich nicht mehr.«

In deiner Anwesenheit vergesse ich sogar meinen Namen.

»Du meintest, du willst dir keine großen Hoffnungen machen?«

»Ach so, ja. Weil das Internet launisch ist. Im ersten Moment sind wir das Hotel mit dem süßen Türmchen, und im nächsten spukt hier wieder ein Geist durch die Gänge.«

»Ja, das stimmt. Aber wer weiß. Vielleicht war's das auch endlich mit den Schlagzeilen.«

»Ja. Vielleicht.«

Vor den Aufzügen kommen wir zum Stehen.

»Wohin?« Ryan hält das Kleid hoch.

»In den achten Stock.« Kurz bin ich versucht, ihm das Kleid wieder abzunehmen. Aber dann hätte er keinen Grund mehr, mich zu begleiten …

Als Louisa mit ihrem Wagen an uns vorbeifährt, tritt ein wissendes Grinsen auf ihr Gesicht. »Na ihr beiden …«

»Hey, Louisa«, murmele ich und obwohl ich weiß, dass sie stets diskret bleibt, senke ich trotzdem den Kopf. Ihren Blick spüre ich allerdings dennoch auf der Schläfe.

»Louisa, warte«, hält Ryan sie plötzlich auf und fischt in seiner Hosentasche nach seinem Handy. »Was ist das Beste am Hotel?«, fragt er und hält die Kamera in ihre Richtung.

Louisa runzelt die Stirn. »Was wird das?«

»Ein TikTok.«

Sein Ernst? Ich unterdrücke ein Lachen. Wir stehen hier mitten im Flur, und das Licht ist total schlecht. Außerdem laufen ständig andere Mitarbeiter im Hintergrund durch das Bild.

»Oh, mein Sohn hat das auch! Komme ich ins Internet?« Sie richtet ihren Pony und lächelt verzückt.

»Wenn du die Frage beantwortest, schon.« Er tritt etwas näher, lächelt. »Also, was ist das Beste am Hotel?«

»Die Mitarbeiter, natürlich.« Sie zieht mich an ihre Brust und drückt mich fest. »Wir sind wie eine große Familie.«

Was für eine schöne Antwort. Gerührt schlinge ich einen Arm um ihre Mitte.

»Und wer ist dein Liebling?«, fragt Ryan.

»Gibt es nicht«, meint Louisa, drückt ihre Wange aber noch enger gegen meine.

Ryan hebt kurz den Blick und ein vielsagender Ausdruck tritt in seine Augen.

Ich zucke unschuldig mit den Schultern. Was kann ich dafür, dass ich ihr Liebling bin?

»Und der schönste Ort?«, fragt Ryan weiter. »Du kennst jedes Zimmer in diesem Hotel. Wo würdest du eine Nacht verbringen wollen?«

Louisa berührt nachdenklich ihr Kinn, überlegt einen Augenblick lang. »Ich glaube, in der Princess Suite. Die hat dieses wunderschöne Himmelbett.«

»Oh ja, die ist echt schön«, pflichte ich ihr bei.

»Welches ist es bei dir?« Sie wendet sich mir zu. »Der Ballsaal, oder?«

»Louisa!« Ich setze ein gespielt empörtes Gesicht auf. »Das Turmzimmer!«

»Oh ja, natürlich.« Sie schüttelt den Kopf, als könnte sie

nicht glauben, dass sie nicht selbst darauf gekommen ist. »Aber danach kommt der Ballsaal.«

»Ja, aber er ist immer nur Platz zwei.«

»Welcher ist dein Lieblingsraum, Schätzchen?«, fragt sie Ryan, und irgendwie finde ich es süß, dass sie ihn trotz der laufenden Kamera »Schätzchen« nennt.

»Ich glaube, auch das Turmzimmer.«

Louisa verdreht lächelnd die Augen. »War ja klar.«

»Ey, kein böses Wort zu unserem alten Geheimversteck«, warne ich.

»Ihr lungert doch nicht etwa immer noch da herum?«, fragt Carmen, die an uns vorbeikommt und wohl die letzten Gesprächsfetzen mitbekommen hat.

»Natürlich nicht«, erwidern Ryan und ich unisono. Und dann stoppt er das Video.

»Danke fürs Mitmachen, Louisa.« Er steckt sein Handy wieder ein.

»Gerne doch. Hat Spaß gemacht.« Sie sieht erst zu mir, dann zu Ryan. Ihr Blick wird warm und sofort beschleicht mich die Angst, dass sie gleich etwas sagt, à la: *»Schön, dass ihr zwei wieder vereint seid!«*

Stattdessen umfasst Louisa den Griff ihres Wagens.

»Ich muss jetzt weiter«, verabschiedet sie sich und wirft mir einen wissenden Blick zu, als wollte sie sagen: *»Das sag ich doch nicht vor ihm!«*

Ich unterdrücke ein erleichtertes Aufatmen.

»Das war cool«, sage ich, als Louisa wieder weg ist.

»Sie liebt dich«, meint Ryan und drückt auf den Aufzugsknopf.

»Sie liebt dich auch.«

Er schüttelt den Kopf. »Nicht so sehr wie dich.«

»Vielleicht nicht«, räume ich grinsend ein.

Wieder lächelt er, doch diesmal wirkt es irgendwie nachdenklich.

Als sich die Fahrstuhltüren öffnen, lässt Ryan mich vor. »Was machst du später?«

Abrupt bleibe ich stehen. Seine Frage erwischt mich eiskalt. »Ähm … warum?«, stottere ich. »W-willst du noch ein Video drehen?«

Irgendwas in seinem Ausdruck ändert sich. »Ja«, erwidert er und fixiert einen unbestimmten Punkt neben sich. »Können wir machen.«

Wollte er was anderes fragen? Wollte er Zeit mit mir verbringen? Oder wollte er einfach nur wissen, was ich heute vorhabe? Gott, früher wusste ich immer, was er denkt, jetzt habe ich keine Ahnung, was in seinem Kopf vorgeht.

Die Aufzugstüren öffnen sich wieder. Ryan und ich setzen uns automatisch in Bewegung, doch dann erkenne ich, dass wir uns noch immer im selben Stockwerk befinden, weil anscheinend niemand von uns auf den Etagen-Knopf gedrückt hat. Mir sackt das Blut in die Füße, als Julia und Samantha Van Day hinter den Metalltüren erscheinen. Ihre erstaunten Blicke liegen auf uns, als wären wir zwei die Letzten gewesen, mit denen sie hier gerechnet hätten.

Julia trägt einen dunkelblauen Hosenanzug mit roten Pumps, die schulterlangen schwarzen Haare sind zu einem lockeren Zopf gebunden. Sam ist so groß wie ihr Bruder, um ihren Körper schmiegt sich ein cremefarbener Jumpsuit mit V-Ausschnitt (vermutlich von Yves-Saint-lau-teuer). Die kurzen schwarzen Haare sind ordentlich zur Seite gekämmt. Obwohl sie nur dasteht, wirkt sie mit dem vorgestreckten Bein und einer Hand locker in die Hüfte gestemmt verdammt anmutig und grazil. Schon als Kind hat sie mich mit ihrer katzenhaften Ausstrahlung eingeschüchtert.

»Hi«, sage ich, unsicher wie ich ihnen, vor allem Julia, nach all den Wochen, in denen wir kaum miteinander gesprochen haben, begegnen soll.

»Hallo Schätzchen.« Jules begrüßt mich mit Küsschen links und rechts, die nicht meine Wangen berühren. Ihr vertrauter Duft – Gucci Flora – hüllt mich wie ein blumiger Umhang ein.

»Hey Ellis«, sagt auch Sam und zieht mich in eine kurze Umarmung. »Wir haben uns ja ewig nicht mehr gesehen.«

Ich dich schon, will ich sagen. *Wir sind uns in den letzten Wochen ständig über den Weg gelaufen, aber ich kann dich jetzt nicht darauf hinweisen, weil ich zu geschockt bin, dass du mich freiwillig umarmst und dabei lächelst, als würdest du es ernst meinen!*

»Was geht, Brüderchen.« Sie küsst Ryan auf die Wange, ein so absurd vertrauter Anblick, dass ich instinktiv wegsehen will.

»Wohin?«, fragt Jules und hält ihre schmalen Finger vor die Aufzugknöpfe.

»Achter Stock«, sagen Ryan und ich wie aus einem Mund.

Während wir hochfahren, schweigen wir. Ich weiß nicht, warum die Stimmung im Aufzug plötzlich so angespannt ist oder ob ich die Einzige bin, die so empfindet.

Aus dem Augenwinkel nehme ich einen kurzen Lichtschein wahr, und mein Blick fällt zu dem weißen Diamantklunker an Jules' linkem Ringfinger. Von Zeit zu Zeit trägt sie ihren Verlobungsring, und das, obwohl jedem Mitarbeiter bekannt ist, dass sie und Daniel Van Day schon lange getrennt leben. Aber vor der Welt wahren sie den Schein, und irgendwie scheint das Versteckspiel für alle zu funktionieren. Na ja, fast alle …

»Wie geht's dir, Liebling?«, bricht Julia nun doch die Stille und streckt den Rücken durch, während sie auffordernd zu Ryan sieht. Sofort imitiert er die Geste, vermutlich bemerkt er die stille Anweisung nicht einmal.

»Äh, gut und selbst?«, frage ich und streiche mir eine Locke hinters Ohr.

»Mir auch.« Ihr Blick huscht über meinen Körper. »Du hast abgenommen.«

Sie sagt es auf eine seltsame Weise, bei der ich nicht sicher bin, ob sie von Sorge rührt oder als Kompliment gemeint ist.

»Oh, echt?« Ich schaue an mir herab. »Keine Ahnung, kann sein. In letzter Zeit arbeite ich so viel, dass ich kaum zum Essen komme.«

Noch während die Worte meinen Mund verlassen, will ich sie am liebsten zurücknehmen. Julia wahrt ihr Pokerface, doch die ohnehin schon bedrückende Stimmung gerinnt zu einer klebrigen Masse, so dick, dass meine Luftzufuhr immer enger wird.

Trauer bläht sich in mir auf. Wann sind wir so geworden? Wann wurde es unhöflich, die Mauer des Small Talks zu durchbrechen? Hat es seit dem Streit mit Ryan begonnen? Oder liegt es an der Tatsache, dass ich jetzt im Hotel arbeite, weil meine Mom Schulden hat? Was ist es, das den Riss im Band unserer Familien verursacht hat?

»Ganz schön fleißig.« Jules lächelt mit schmalen Lippen.

»Aber vergiss nicht zu essen«, wendet Sam ein, und die ehrliche Sorge in ihrer Stimme lässt das Windows-Error Geräusch in meinen Ohren klingeln. *Systemabsturz.*

»Mhm«, mache ich und beiße mir auf die Unterlippe, um nicht erleichtert auszuatmen, als sich die Aufzugstüren endlich öffnen. Schnell raus hier.

»Ach, Ryan?« Jules hält ihn am Arm fest. »Könnten wir kurz mit dir reden?«

Ryan sieht überrascht zu ihr. »Worüber?«

Jules antwortet nicht, doch ich bemerke, wie ihr Blick versucht ist, in meine Richtung zu huschen. Es geht um mich. Oder um uns?

Es geht um die Videos!

Sie finden sie blöd. Oder vielleicht auch genial? Aber warum wollen sie ihn dann allein sprechen?

»Ähm, okay.« Die Folie knistert, als mir Ryan das Kleid reicht. Ich bette es auf meine Unterarme und steige aus.

»Bis dann«, sage ich leise, aber vermutlich hören sie mich gar nicht, denn die Türen gleiten wieder zu, und ich sehe nur, wie Ryans grüne Augen meine suchen, bevor sich eine Wand aus Metall vor uns schließt.

Rastlos laufe ich die Lobby auf und ab. Ryan ist schon seit Ewigkeiten weg. Worüber sie wohl reden? Ob er Ärger kriegt? Oder sogar Lob? Immerhin haben wir dem Hotel geholfen. Ja, vielleicht beglückwünschen sie ihn gerade. Das hoffe ich zumindest.

Mein Gang gerät ins Stocken, als Ryan endlich aus dem Aufzug steigt. Er hat sich umgezogen, trägt jetzt eine lange Hose und ein frisches Shirt. Vermutlich war er noch duschen und hat deshalb so lange gebraucht.

»Und?«, rufe ich in seine Richtung. Meine Stimme echot durch die ganze Lobby, und Dennis wirft mir von der Rezeption her einen mahnenden Blick zu. Ups. Ich hebe entschuldigend die Hand und fühle mich auf einmal wieder wie zwölf.

Als uns nur noch wenige Schritte trennen, setze ich von Neuem an. »Sag schon. Worum ging es?«

»Sie …« Ryan sieht sich kurz um und greift dann nach meinem Arm, um mich eilig zur Seite zu ziehen. Stolpernd folge ich ihm über den Marmorboden, der unter meinen Flipflops viel zu rutschig ist.

»Also?«, frage ich, als wir neben einer Bodenvase zum Stehen kommen.

Ryan seufzt, sein Blick verliert sich in der gewölbten Decke. »Sie wollen, dass ich die Videos lösche.«

Mein Magen zieht sich zusammen. »Warum?«, würge ich hervor.

»Sie halten es für Zeitverschwendung.«

Zeitverschwendung?

»Wissen sie denn nichts von den Turmzimmern?«

»Dad meinte, dass das nur Zufall ist.«

»Dein Dad war auch da?«

Nicht, dass es ungewöhnlich wäre, dass Ryans Vater bei Familiensitzungen dabei wäre – aber ist die Sache wirklich so wichtig?

»Ja. Und Mom denkt dasselbe. Alles nur *Zufall.*« Das letzte Wort trieft vor Ironie.

Wut wallt in meinem Bauch auf. »Bullshit. Das waren wir.«

»Ich weiß.«

»Seit wir das erste Video hochgeladen haben, sind etliche Buchungen eingegangen.«

Ryan fährt sich über die Haare, seufzt wieder. »Ich weiß.«

»Warum sollten sie auf die kostenlose Werbung verzichten wollen? Damit schaden wir doch niemandem.«

Ryan zögert. »Ich glaube, es geht ihnen eher darum, mein Gesicht aus Social Media fernzuhalten. Ich soll ›neutral‹ bleiben.«

War ja klar. Frustriert beiße ich die Zähne aufeinander, mein ganzer Körper bebt. »Und jetzt? Willst du die Videos wirklich löschen?«

Oder sollte ich lieber sagen: *Muss* er sie löschen?

Ryan schließt den Mund, schweigt, und die Sekunden, in denen er nichts sagt, dehnen sich in die Unendlichkeit aus. Mein Herz sinkt auf den Boden, doch gerade, als sich meine Enttäuschung dazulegen will, verändert sich sein Ausdruck.

»Nein.« Sein Tonfall klingt hart und entschlossen. »Ich werde die Videos ganz sicher nicht löschen. Keine Ahnung, warum sie dagegen sind, aber ich weiß, dass wir was bewirken können. Ich lasse mir nicht mehr länger alles vorschreiben.«

Zischend atme ich aus und stütze die Hände in die Hüften. Meine Haut kribbelt, mein ganzer Körper bebt vor Erleichterung. Und Ehrfurcht. Keine Ahnung, ob Ryan klar ist, was er da gerade gesagt hat. Ob er weiß, was für ein Durchbruch das ist. Autonom zu sein. Sich nicht länger fremdsteuern zu lassen. Eigene Entscheidungen zu treffen.

Und sich einzusetzen – der wohl wichtigste Punkt von allen. Aktiv dazwischengehen und nicht mehr nur tatenlos zusehen. Anders als früher.

Weil er sich wirklich geändert hat.

»Ellis?« Sein Schatten tritt näher, er klingt besorgt.

»Alles gut.« Ich richte mich wieder auf und zwinge mich zu einem Lächeln. »Dann lass uns doch gleich ein Video drehen. Wollen wir vielleicht in den Hochzeitssaal? Louisa hat mich auf die Idee gebracht. Und da ist gerade keine Veranstaltung, oder?«

»Nein.« Er mustert mich mit einem seltsamen Ausdruck, doch bevor er etwas sagen kann, ziehe ich ihn zur Treppe.

»Na dann, los.«

Damals

Ryan, vierzehn Jahre alt

Der Hochzeitsaal ist der Inbegriff von imposant. Weiße Wände, goldene Akzente, verspielte Stuckornamente, bunte Freskenmalereien und ein gigantischer Kronleuchter. Nun schmücken noch runde Tische mit aufwendigen Blumengestecken den Raum, und vorne befindet sich eine Bühne, auf der später die Band spielen wird. Alles ist groß und prunkvoll und glänzend. Und perfekt. So scheiß perfekt.

Ich presse meine Lippen fest zusammen, während das Unbehagen in mir wächst. Ich bin Ryan Van Day, ich liebe meine Familie, aber wenn ich sie mir hätte aussuchen können, dann wäre meine Wahl vermutlich auf weniger privilegierte Eltern gefallen. Vermutlich hab ich leicht reden und dürfte mich bezüglich meiner Situation nicht beschweren. Und das tue ich auch nicht. Ich bin dankbar für dieses Leben und die Sicherheit, die der Einfluss, Status und das Geld mit sich bringen.

Aber jede Medaille hat zwei Seiten, und auch, wenn beide glänzen, liegt eine immer im Schatten.

Da wäre zunächst einmal das permanente Verstellen. Mom sagt zwar, dass die Welt nichts angeht, was wir hinter verschlossenen Türen treiben, aber dass wir uns in der Öffentlichkeit trotzdem anders geben, ist für mich dasselbe wie lügen. Und mit den Jahren ist es, anders als erhofft, nicht leichter, sondern schwerer geworden.

Dann das Reden – ich habe es nicht gern, wenn meine Sätze einstudiert sind und ich bei jedem Wort aufpassen muss, was ich sage oder preisgebe. Aber wenn ich mich an ein Skript halten muss, fühlt es sich nicht an wie eine Konversation, sondern wie ein Schauspiel, bei dem das Gegenüber nicht einmal weiß, dass es sich inmitten eines Theaters befindet.

Fremde Menschen glauben mich zu kennen und mich zu mögen, mich einschätzen zu können. *Der freundliche Ryan. Der ruhige Ryan. Der reservierte Ryan.* Doch sie sehen nur das, was ich ihnen zeige. Dabei bin ich in Wahrheit … ja, wer eigentlich? Wer bin ich jenseits dieser Familie?

»Na, woran denkst du gerade?«

Ich zucke zusammen, als sich Ellis in mein Blickfeld schiebt. Um ihren Körper schmiegt sich ein langes kupferfarbenes Kleid mit dünnen Trägern und einem Schlitz, der beim Laufen ihr rechtes Bein freigibt. Sie trägt hohe Schuhe, hat sich die Haare geglättet und ist etwas stärker geschminkt als sonst. Ihre Babyhaare hat sie mit einem Spray fixiert und so geformt, dass sie in kleinen Wellen ihr Gesicht einrahmen.

Hitze erfasst mich, während mein Blick an den Rundungen ihrer Hüften hängen bleibt. In den letzten Monaten hat sich ihr Körper verändert. Ihr Hintern ist größer, ihre Brüste sind fülliger geworden.

Sie ist so perfekt.

»Du … dein Kleid ist schön«, stammele ich.

»Danke.« Ein rosa Hauch überzieht ihre Wangen. »Eigentlich gehört es Mom, aber zum Glück hab ich reingepasst.« Sie dreht sich einmal im Kreis, und ich schließe vorsorglich den Mund, aus Angst, dass mir die Kinnlade runterfällt.

»Das ist … nett von ihr«, bringe ich heraus.

So verdammt perfekt.

»Du siehst auch gut aus.« Ellis lehnt sich vor und richtet

meinen Kragen. Ein freches Lächeln umspielt ihre rot geschminkten Lippen. »Anzüge stehen dir.«

Ich erschaudere, als ihre Finger meinen Hals streifen. Gott, weiß sie denn nicht, welche Wirkung ihre Berührungen auf mich haben? Berührungen, die Gefühle hervorrufen, die geradewegs in meine Hose wandern …

»Findest du es hier auch so schön?« Sie richtet sich auf und sieht sich mit einem verzückten Glitzern in den Augen um.

»Schon, aber auch ein bisschen viel, oder?«

»Ich finde es genau richtig.« Sie schaut zurück zu mir, Neugier flackert in ihren Augen. »Was machst du eigentlich jetzt schon hier?«

»Mich nur kurz umsehen, bevor alles losgeht. Und du?«

»Ich wollte hier Deb und Rahim treffen, um ihnen vorher eine kleine Führung zu geben.«

Die Information braucht einen Moment, bis sie in mein Gehirn sickert.

»Deine Freunde kommen?«

Seit Ellis vor ein paar Monaten auf die Highschool gewechselt ist und Deb und Rahim bei der Schülerzeitung kennengelernt hat, redet sie pausenlos von ihnen. Ihren Erzählungen zufolge klingen sie nett, aber ich verstehe noch nicht, warum sie zur Hochzeitsfeier meiner Eltern erscheinen sollten.

»Ja. Jules hat mir erlaubt, sie einzuladen, weil … na ja, damit ich nicht so allein bin.«

Allein? Sie hat doch mich. Doch dann begreife ich.

Grandpa Al.

Eigentlich war Ellis' Mutter auch eingeladen, aber mein Großvater wollte nicht, dass die Köchin der Feier später dazustößt, geschweige denn mit uns am Tisch sitzt. Angestellte hätten seiner Meinung nach nichts auf der Hochzeit verloren, dabei ist hier die Rede von Moms bester Freundin. Und überhaupt, wer würde sich daran stören? Niemand konnte seine Logik nachvollziehen, es gab ein Riesendrama, und am Ende hatte Kelly sowieso keine Lust mehr auf die Feierlichkeit. Grandpa Al bekam wie immer seinen Willen. Ich liebe meinen Großvater, aber manchmal ist dieser Mann echt komisch. Wenn es einmal nicht nach seiner Nase geht, rastet er aus. Selbst am fünfzehnten Hochzeitstag seiner einzigen Tochter muss er das Sagen haben. Und alle beugen sich ihm.

»Moment.« Ein neuer Gedanke schießt durch meinen Kopf. »Heißt das, du sitzt nicht bei uns?«

Ellis' Blick trübt sich. »Leider nicht. Mein Platz ist jetzt irgendwo da hinten.« Sie deutet auf einen unbestimmten Punkt in der Ferne.

»Verstehe«, sage ich tonlos, nicht sicher, wie ich den Abend – das Lächeln, Posieren, den geheuchelten Small Talk – ohne sie an meiner Seite ertragen soll.

»Deine Freunde kommen auch, oder?«, fragt sie.

»Ähm, ja. Logan, Jerimiah und Sadie.«

Wobei ich sie nicht wirklich als *Freunde* bezeichnen würde. Meine Eltern haben ihre Eltern eingeladen, weshalb schnell klar war, dass sie auch kommen würden. In der Schule hängen wir manchmal zusammen ab, aber das war's auch schon. Unser Verhältnis ist sehr oberflächlich.

Genauso oberflächlich wie der ganze Abend werden wird. Meine Eltern feiern ihren fünfzehnten Hochzeitstag, obwohl sie seit über sieben Jahren getrennt leben. Es wird die reinste Heuchlershow.

»Ellis!«

Ellis und ich drehen uns um. Am Eingang stehen ein schwarzhaariger Junge und ein blondes Mädchen mit Bob. Beide tragen Anzüge.

»Aaah, ihr seid da!«, kreischt Ellis und hebt ihr Kleid an, ehe sie auf ihren hohen Schuhen zu ihnen stöckelt. Die drei fallen sich um den Hals und halten sich so fest, als hätten sie sich Jahre nicht gesehen.

»Oh mein Gott, Deb!«, quiekt Ellis und betrachtet ihr Outfit. »Wie cool ist das bitte, dass du wirklich im Anzug gekommen bist?«

»Ich weiß.« Deb lächelt stolz. »Ich dachte, mir einfach: Scheiß drauf.«

»Richtig so.«

»Und … hast du auch?«, fragt Deb und lässt den Blick fragend über Ellis' Kleid wandern.

Ellis nickt schüchtern und streicht ihr Kleid zur Seite, um ihr rechtes Bein freizumachen. Erst weiß ich nicht, was gemeint ist, doch dann fällt mir auf, dass sie ihre Beine nicht rasiert hat. Kein ungewöhnlicher Anblick für mich – und über den ich insgeheim sehr froh bin, denn das bedeutet, dass die Ärsche aus der Middle School sie nicht kleingekriegt haben!

Deb und Rahim jubeln los.

»Du bist meine Queen, Girl!«, grölt Rahim und erneut fallen sich die drei in die Arme.

Eifersucht schießt durch meine Venen. Ich wusste nicht, dass sich Ellis dieser Challenge gestellt hat. Warum hat sie das mit ihren neuen Freunden geteilt und nicht mit mir?

Plötzlich ruckt Ellis' Kopf in meine Richtung. »Ryan!« Sie winkt mich hektisch zu sich.

Widerwillig rappele ich mich auf, glätte meine Stirn und klebe mir ein halbwegs freundliches Lächeln auf die Lippen, während ich auf sie zugehe. Leichte Aufregung packt mich, was immer passiert, wenn ich neue Menschen treffe.

»Leute, das ist Ryan.« Ellis hakt sich bei mir unter und drückt meinen Arm. »Mein allerallerallerbester Freund auf der Welt.«

Ihre Begrüßung lässt mein Herz kurz stolpern.

»Hallo allerallerallerbester Freund.« Rahim schließt mich in seine Arme, als wären wir alte Freunde, und auch Deb drückt mich so fest, als würden wir uns ewig kennen.

»Ich hab schon so viel von dir gehört, Ryan!«

Mein Atem gerät ins Stocken.

Ellis redet von mir?

»Ich … auch von euch«, entgegne ich etwas überfordert, und sofort beginnen die drei wieder so schnell miteinander zu reden, dass ich vermutlich nicht einmal dann alles verstehen könnte, wenn ich es versuchen würde.

»So, ich führe die beiden kurz rum, bevor die Leute kommen.« Ellis blickt zu mir. »Willst du mitkommen?«

»Ähm, nein, passt schon. Ich muss sowieso wieder hoch. Wir … sehen uns später, schätze ich?«

Ihre Augen leuchten. »Auf jeden Fall.«

Stunden später wird die sechsstöckige Torte angeschnitten. Meine Eltern umfassen beide das Messer, während sie innehalten, um für die Kamera zu lächeln. Dann sehen sie sich in die Augen und das mit einem so verliebten Ausdruck, dass ich beinahe selbst darauf reinfalle.

Es ist nicht so, dass meine Eltern sich hassen. Sie arbeiten eng zusammen, sind ein gutes Team. Aber sie lieben sich nicht, wohnen nicht unter einem Dach, haben gelegentlich andere Partner, und doch ist es aus irgendeinem Grund für sie und alle anderen Beteiligten okay, dass sie weiterhin das verliebte Ehepaar spielen. Für mich aber nicht.

Mit zusammengepressten Lippen wende ich mich ab und sehe mich um. Alle Köpfe sind nach vorn gerichtet, wie gebannt von der romantischen Inszenierung meiner Eltern. Ich kippe mit dem Stuhl leicht nach hinten, suche im Meer aller Anwesenden nach ihr.

Dann entdecke ich sie. Auch sie sieht lächelnd zu meinen Eltern, und es wundert mich, dass sie so ergriffen wirkt, obwohl sie doch genau weiß, dass das hier alles nur Show ist.

Mein Blick fällt auf ihre Lippen, und ein warmer Schauer rieselt über meine Wirbelsäule. Ob sie manchmal noch daran denkt? Wir haben nie wieder darüber geredet, und inzwischen ist es so lange her, dass ich nicht weiß, wie ich das Thema anschneiden soll. Und obwohl ich schon tausend Gespräche mit ihr in meinem Kopf geführt habe, scheint keins richtig zu sein.

»Hey, weißt du noch das eine Mal, als wir uns geküsst haben? Hättest du Lust, das zu wiederholen?«

»Hey, ich will dich noch mal küssen. Du mich auch?«

»Hey, kurze Frage. Deine Lippe, meine Lippen …?«

»Hey, ich mag dich. Und ich will dich küssen.«

»Hey, ich denke noch ziemlich oft an unseren Kuss, und wie seltsam es danach war. Ich will nicht, dass du denkst, dass ich es aus Affekt getan habe … na ja, so gesehen schon, aber ich wollte es auch. Und seitdem will ich es immer wieder. Was ist mit dir?«

Ein Tritt auf den Fuß bringt mich mit einem Schlag zurück in den Hochzeitssaal.

»Schau nach vorn«, zischt Sam und umfasst meine Stuhllehne, damit ich aufhöre zu kippeln.

Ich verdrehe die Augen.

»Und hör auf, so zu gucken. Hier sind überall Kameras.«

»Sag bloß, du hättest ein Problem damit, wenn darüber berichtet wird, wie sehr du mich bevormundest?«, murmele ich und bin jetzt schon froh, wenn sie bald wieder weg ist. Vor einem Jahr hat sie mir den Gefallen getan, auf ein Internat zu wechseln, eine Entscheidung, für die ich ihr sehr dankbar bin.

Sams Pupillen weiten sich. »Ryan«, flüstert sie und ringt sich ein falsches Lächeln ab. »Heute geht es nicht um dich oder mich, sondern um Mom und Dad.«

Es geht nicht um Mom und Dad. Es geht um das Image dieser ach so perfekten Familie.

»Reiß dich also bitte zusammen.«

»Hör auf deine Schwester«, plärrt Grandpa Al, der es mir immer noch übel nimmt, dass ich die Familientradition mit den Füßen getreten habe und nicht ebenfalls aufs Internat gewechselt bin. Aber ich konnte nicht. Nicht, wenn Ellis nicht mitgegangen wäre.

Widerwillig drehe ich mich nach vorn, lasse das Schauspiel aber weitestgehend an mir vorbeiziehen. Der erste Tanz läuft wie ein Stummfilm in meinem Kopf, während meine Gedanken weiterhin nur um meine beste Freundin kreisen.

Als die Band zu spielen beginnt, dauert es nicht lang, bis sich die Tanzfläche füllt. Sam fordert Grandpa Al auf, und ich bin froh, als die beiden weg sind. Sam nervt sowieso immer, aber Grandpa war heute besonders unausstehlich. Die ganze Zeit hat er sich über jede Kleinigkeit beschwert – allem voran über das Essen, das im Übrigen fantastisch war. Irgendwie schade, dass er so geworden ist – oder vielleicht war er schon immer so, und mir ist es nur nicht bewusst gewesen, weil er zu uns Kindern immer toll war.

Meine Aufmerksamkeit gleitet zurück zu Ellis' Tisch. Ich suche ihren Blick, doch sie ist so sehr ins Gespräch vertieft, dass sie nicht einmal aufschaut. Ich betrachte sie eine Weile, dann gebe ich mir einen Ruck und erhebe mich von meinem Stuhl. Während ich durch den Saal zu ihrem Tisch laufe, ignoriere ich die Köpfe, die sich erwartungsvoll in meine Richtung drehen. Ich habe heute schon genug unangenehmen Small Talk geführt, meine sozialen Batterien sind vollständig aufgebraucht.

Na ja, fast.

Am Tisch angekommen, räuspere ich mich. »Hey.«

Ellis schaut auf, und sofort erhellt sich ihr Blick. »Ryan.«

Mit dem Fuß schiebt sie auffordernd den leeren Stuhl neben sich zurück.

»Wie waren gerade bei deinen Eltern«, erklärt Rahim, als ich neben Ellis Platz nehme. Ein verliebtes Seufzen entfährt ihm. »Wie süß sind die bitte?«

»Unfassbar süß«, pflichtet Deb ihm bei und drückt sich beide Hände gegen die Brust. »Richte ihnen aus, wie toll wir sie finden.«

»Das könnt ihr doch selbst machen«, meint Ellis.

Deb zieht den Kopf ein und starrt sie an, als würde sie scherzen. »Als ob ich den Van Days – den *Van Days*«, wiederholt sie, als würde es sich bei meinen Eltern um royale Persönlichkeiten handeln, »sage, dass ich sie süß finde.«

Ellis winkt ab. »Keine Sorge, die sind echt cool! Oder, Ryan?«

»Ja«, erwidere ich gedehnt. Echt cool und echt fake.

Ein langsamer Song wird angestimmt. Das helle Licht wechselt zu einem Magenta und die tanzende Menge wiegt sich sanft zu den Klängen. Ich blicke zurück zu Ellis. Ihr Gesicht ist in ein warmes Rosa getaucht, ihre dunklen Augen schimmern.

Frag sie. Zwei kleine Worte. Tanzen. Wir?

Ich schlucke trocken, befeuchte meine Lippen und wiederhole im Geiste die Frage. Schließlich öffne ich den Mund, aber als ich endlich den Mut aufbringe, knallen zwei feste Hände auf meine Schultern, und ich fahre zusammen.

»Naaa, erschreckt?« Logan lehnt sich über mich und lächelt mir verstohlen zu. Er trägt einen blauen Anzug mit einer goldenen Krawatte, die braunen Haare fallen ihm in die Stirn. Aus dem Augenwinkel entdecke ich Jerimiah und Sadie neben ihm.

Meine Schultern verkrampfen sich. Ein Teil von mir hatte wohl wirklich gedacht, dass ich heute nicht mit ihnen sprechen müsste.

»Ist doch okay, wenn wir uns zu euch gesellen, oder?«, fragt

Logan, der bereits mit dem halben Arsch auf einem der Stühle sitzt.

Nein!

»Klar«, entgegne ich dumpf.

Logan hängt sich das Jackett über die Schulter, dabei streift sein Blick Rahim und bleibt an ihm hängen. »Oh. Hallo.«

»Hi.« Rahim lächelt freundlich. »Wie geht's?«

»Jetzt gut.« Logan grinst und Rahim errötet leicht.

»Hi Ryan«, begrüßt mich Sadie, die sich für meinen Geschmack zu nahe neben mich gesetzt hat.

»Hi.«

»Du siehst echt toll aus.«

»Danke.«

Ein Hauch der Enttäuschung flackert über ihr Gesicht und erst als Jerimiah leise auflacht, wird mir klar, dass ich ihr Kompliment vermutlich hätte erwidern sollen.

»Du … auch«, erwidere ich nachträglich, was Jerimiah erneut grinsen lässt, Sadie jedoch ein geschmeicheltes Lächeln aufs Gesicht zaubert.

Jerimiah winkt einen Kellner an den Tisch, während Logan und Rahim bereits in einen flirtenden Schlagabtausch versunken sind.

»Hübsches Kleid.« Sadie nickt zu Ellis. »Ist das echt?«

»Oh.« Ellis tastet über den Stoff auf ihrem Schoß. »Keine Ahnung, das ist uralt. Eigentlich gehört es meiner Mom.«

»Ah, verstehe.« Sadie nickt höflich, aber auch wissend, als würde das irgendwas erklären. Ihr Blick gleitet zu Deb. »Dein Anzug ist auch sehr … interessant.«

Warum klingt sie so herablassend?

Aber Deb lächelt, als wäre nichts. »Danke. Hab ich aus dem Second-Hand-Shop in der Fünfzigsten ergattert. Hast du dein Kleid auch da her?«

Sadie zuckt zusammen, als hätte man ihr eine Ohrfeige verpasst. »Das ist aus der neusten Kollektion von Valentino!«

»Ah, verstehe«, entgegnet Deb im selben Tonfall wie Sadie vorhin und nimmt einen Schluck aus ihrem Glas.

Ich unterdrücke ein Lächeln.

»Auf welche Schule geht ihr eigentlich?«, fragt Jerimiah, als der Kellner mit seiner Bestellung verschwindet.

»Rosa Parks«, antwortet Rahim. »Und ihr?«

»Auf die Belford.« Jerimiah hält inne. »Eure kenne ich gar nicht.«

»Ist keine Privatschule«, erwidert Ellis und nimmt einen Bissen von ihrem Kuchen.

»Ach.« Jerimiah verschränkt die Hände am Hinterkopf und betrachtet die drei, wie ein Tierforscher, der auf eine ganz besondere Spezies gestoßen ist. Das darauffolgende Grinsen ist so dermaßen fehl am Platz, dass mich sofort tiefe Fremdscham packt.

»Uff, das könnte ich nicht«, meint Logan und schüttelt sich, als wäre er durch Spinnweben gelaufen.

»Warum?«, fragt Rahim überrascht.

»Na ja, die Metalldetektoren am Eingang und so viele Leute auf einem Haufen. Ist das nicht voll belastend?«

»Wenn man die Resilienz einer zerkochten Nudel hat, schon«, entgegnet Ellis mit vollem Mund, und wieder muss ich ein Lächeln zurückhalten.

»Die was?«, fragt Logan verwirrt, und ich bin nicht sicher, ob er sie akustisch nicht verstanden hat, oder keine Ahnung hat, was das Wort Resilienz bedeutet.

»Hey, würdest du bitte nicht so laut kauen?«, bittet Sadie plötzlich mit einem Blick auf Ellis.

Meine beste Freundin, die nicht sofort bemerkt, dass sie gemeint ist, hält mit dicken Pausbacken inne. »Hm?«

»Ich habe Misophonie«, erklärt Sadie.

»Miso-wasch?«

Sadie verzieht das Gesicht, als hätte sie ein ganz schlimmes Geräusch gehört.

»Misophonie. Mir wird übel, wenn Leute so laut kauen.«

Laut? Ellis hat überhaupt nicht laut gekaut. Abgesehen davon wird fast jedes Geräusch von John Legends *All of Me* verschluckt.

»Ähm … okay«, meint Ellis und legt zögernd die Gabel zur Seite. Im selben Moment wechselt das rosa Licht zu einem Gelbgrün und verstärkt die dunkle Atmosphäre, die plötzlich über uns schwebt.

»Ach du Scheiße. Schau mal, wer da ist.« Logan tippt Jerimiah auf die Schulter und deutet zu dem Tisch, an dem Kenneth – einer unserer Mitschüler – zusammen mit seinen Eltern sitzt.

Jerimiah simuliert ein Würgen. »Was macht *der* denn hier?«

»Vermutlich hat er sich reingeschlichen«, überlegt Sadie.

Ich unterdrücke ein genervtes Stöhnen. »Er wurde eingeladen«, berichtige ich. »Meine Mom und seine Mom sind befreundet.«

»Ja, weil sie ihre Kundin ist«, schnaubt Logan.

»Schätze, die Dämpfe im Nagelstudio haben ihr wohl den Kopf vernebelt«, höhnt Jerimiah und erntet leise Lacher von Logan und Sadie.

Ich presse die Lippen zusammen. Arschloch.

»Was habt ihr gegen ihn?«, fragt Ellis verwundert.

»Na ja.« Jerimiah lehnt sich vor und grinst wölfisch. »Zunächst einmal vögelt er seine Hausaufgaben.«

Logan und Sadie prusten erneut los und können sich vor Lachen kaum halten.

»Oder wie er sagen würde: ›Mir ist meine Handcreme in der

Tasche ausgelaufen‹. Dabei weiß jeder, dass ihm in Trigonometrie jedes Mal einer abgeht.«

Eine Lüge. Keiner weiß das, denn diese Situation ist nie passiert. Meine Hände ballen sich unter dem Tisch zu Fäusten. Am liebsten würde ich Jerimiah am Kragen packen und ihn rausschmeißen.

Aber ich kann nicht.

Deb blinzelt. »Ihr verurteilt also seine Sexualität?«

»Ich verurteile die Wichsflecken auf meinen Hausaufgaben«, korrigiert Jerimiah, und wieder kichern Logan und Sadie.

Mein Magen krampft sich zusammen. Es kostet mich sämtliche Willenskraft, meine Gesichtsmuskeln in Zaum zu behalten.

»Der Typ macht deine Hausaufgaben?«, fragt Rahim tonlos.

»Weil er es im Herzen eigentlich will«, erklärt Logan. »Er ist ein super Genie, das es nur wegen seiner Obsession für gute Noten auf unsere Schule geschafft hat.«

Du darfst nicht ausrasten. Es ist die Hochzeit deiner Eltern. Du darfst sie nicht blamieren. Du MUSST dich zurückhalten.

Ich spanne den Kiefer an, ringe um Kontrolle.

»Ja, wenn seine Eltern schon keinen Cent Schulgebühren zahlen, kann er sich ruhig mehr ins Zeug legen«, behauptet Jerimiah und Logan und Sadie nicken, als sei das nur fair.

Deb, Rahim und Ellis schweigen. Ihren geschockten Gesichtern nach zu urteilen, fehlt ihnen wohl die Sprache.

»Bleib diplomatisch«, erinnert mich Mom in meinem Kopf, und ich beiße mir so fest auf die Zunge, dass ich Blut schmecke.

Bleib diplomatisch. Bleib diplomatisch. Bleib diplomatisch.

Aber … ich kann nicht.

Abrupt springe ich auf. Geschirr klirrt, der ganze Tisch bebt. Alle zucken zusammen, ein Brüllen brennt in meiner Kehle, doch ich schließe den Mund und fahre herum. Renne zum

Ausgang, obwohl ich weiß, dass ich keine Aufmerksamkeit auf mich ziehen darf. Aber wenn ich nicht sofort aus diesem Raum verschwinde, explodiere ich.

Die Tür fällt viel zu laut ins Schloss, doch das ist mir egal. Ich rempele vorbeikommende Gäste an, und es ist mir egal. Stürze zum Ausgang, sinke gegen die steinerne Hauswand des Hotels, bin *auffällig*. Und es ist egal.

Ellis tritt nur Sekunden später ebenfalls aus dem Hotel. Ihre Haare wehen im Wind, während sie sich im Gewusel der rauchenden Gäste umsieht. Als sie mich entdeckt, entspannen sich ihre Schultern.

»Was ist los?« Sie geht vor mir in die Hocke und legt eine Hand auf mein Knie.

Ich schüttele den Kopf, atme angestrengt.

»Baby.« Sorge schimmert in ihren Augen. »Rede mit mir.«

Will ich ja. Aber wenn ich den Mund öffne, werde ich losschreien.

»Dieses … Arschloch«, presse ich hervor.

»Jerimiah?« Sie reibt über die Gänsehaut auf ihrem Arm, und ich nicke.

»Du willst ihn am liebsten zusammenscheißen, aber kannst nicht?«

Wieder nicke ich. »Sein … Vater … ist einer unserer größten Investoren.«

»Shit.«

»Aber … nicht nur er …« Meine Stimme bebt, meine Unterlippe vibriert, und Gott – ich kriege nicht einen vollständigen Satz zusammen. »Alles!«

»Ich weiß.« Ellis lächelt traurig, tätschelt meine Knie. »Ist ein harter Tag.«

Genau.

Hinter meinen Lidern beginnt es zu prickeln. Ich schließe

die Augen und atme hektisch aus. Morgen wird das Internet mit Fotos überflutet sein, in denen ich gemeinsam mit meiner Familie dastehe und lächele. Doch niemand wird wissen, wie übel mir vor lauter Aufgesetztheit war, dass mein Gesicht von all dem Lächeln schmerzte, und ich in Wahrheit einfach nur heulen wollte.

Weil der Tag so unendlich hart war.

»Weißt du, wir müssen nicht zurück«, sagt Ellis leise.

»Doch. Deine Freunde …«

»Sie würden es verstehen.«

Aber meine Familie nicht. Ich müsste mir sonst was anhören, wenn ich einfach abhauen würde.

»Oder wir tanzen«, schlägt sie vor und sieht zur Seite. Mein Blick fällt auf ihre Babyhaare, die sich aus ihrer zurückgegelten Form gelöst haben. Mich überkommt der Impuls, mit meinen Lippen über sie zu fahren.

»Dann bist du beschäftigt und musst mit niemandem mehr reden«, fährt Ellis fort und sieht wieder zu mir. »Wir bleiben einfach die ganze Nacht auf dem Parkett.«

Tanzen mit Ellis. Ein warmes Prickeln durchströmt meine Brust. Das war alles, was ich wollte.

»Ich lasse dich nicht los«, verspricht sie und greift nach meiner Hand. »Ich bleibe die ganze Zeit bei dir. Also, nur wenn du das willst, natürlich.«

Ein dicker Kloß steckt in meinem Hals. »Okay«, flüstere ich.

Drei tiefe Atemzüge, dann richten wir uns auf und klopfen uns den Staub von der Kleidung. Mein Kopf pocht noch immer, aber zumindest hat sich mein Puls beruhigt.

»Warte, Ellis?« Ich greife nach ihrem Handgelenk.

Ellis dreht sich um, ihre glatten Haare glänzen im Schein der Hotelbeleuchtung. »Ja?«

Danke, dass du da bist.

Danke, dass du mich ohne Worte verstehst.

Du bist der Grund, warum ich in dieser Scheinwelt nicht den Verstand verliere.

Kann ich dich bitte, bitte küssen?

»Nichts. Lass uns wieder reingehen.«

20. KAPITEL

Gegenwart

Ellis

Heute sind Emory und ich wieder zusammen in der Nachtschicht. Mit ihm macht die Arbeit immer doppelt Spaß, der Abend verspricht allerdings hektisch zu werden. Die Suits im fünfzehnten Stock sind alle belegt, mehrere Partys werden gefeiert und unser Buchungssystem kündigt die Ankunft von siebzehn neuen Gästen an, die ich alle einchecken muss.

Bisher ist es allerdings noch ruhig, so ruhig, dass ich sogar Zeit habe, mit Deb und Rahim zu chatten und sie bezüglich Ryan und mir auf den neuesten Stand zu bringen. Rahim hat mich neulich damit aufgezogen, dass meine Updates dem Intro einer Serienfolge gleichen, weshalb ich nun jede Nachricht mit »Was bisher geschah« beginne.

Ellis:
Was bisher geschah: Ryan hatte sich seiner Familie widersetzt, und sich bereit erklärt, peinliche TikToks mit Ellis zu drehen. Mit der Handykamera schwebten die zwei durch den Hochzeitssaal, so wie einst vor vielen Jahren …

Deb:
Gibt es noch einen anderen Typen, der um dich buhlt? Ich will eine Dreiecksgeschichte.

Rahim:
Also ich bin wieder Team Ryan!

Deb:
Deinem Urteil bei Männern ist leider nicht zu trauen, mein Lieber. Und meine Antwort zu Ryan lautet NEIN! Wenn ihr wollt, bin ich in dieser Geschichte das patriarchale Oberhaupt, das die Liebe missbilligt.

Rahim:
Aber dadurch treibst du sie doch nur noch mehr in seine Arme! 😱

Deb:
Ich verbiete es!

Ich unterdrücke ein Lachen. Das ist besser als jede Serie. Eine Weile lasse ich mich von ihnen aufziehen, dann ruft die Arbeit, und ich lege mein Handy zur Seite. Als ich aufschaue, sehe ich einen vertrauten Lockenkopf durch die Lobby huschen.

»Mom?«

Abrupt bleibt sie stehen und dreht sich zu mir um.

»Oh. Hallo, Liebes.« Zögernd stöckelt sie in meine Richtung, und … irre ich mich, oder wirkt sie etwas ertappt?

»Du arbeitest heute?«

»Ja.« *Das habe ich dir eigentlich auch gesagt*, denke ich. Mein Blick fällt auf ihr rotes Kleid, das unter ihrem schwarzen Mantel hervorblitzt. Die offenen Haare hat sie zur Seite gekämmt, ihre Augenpartie ist stärker geschminkt. Dicke Kreolen baumeln an ihren Ohren, und an ihren Handgelenken schillern Armreifen. So herausgeputzt habe ich sie schon lange nicht mehr gesehen.

»Wohin gehst du?«

»Aus.« Sie stützt einen Unterarm auf den Tresen und lächelt meinem Kollegen zu. »Hi, Emory.«

»Hi, Mrs Wheaton.« Emory räuspert sich und macht eine unbeholfene Handgeste in ihre Richtung. »Sie, ähm, sehen, heiß aus.«

Ich verdrehe die Augen.

»Oh.« Mom lacht überrascht auf. »Vielen Dank, Kindchen.«

Emory lächelt, aber auf eine Weise, als hätten seine Zähne auf einen Schlag Karies bekommen. Ich beiße mir auf die Unterlippe, um nicht loszulachen. *Kindchen.*

»Deine Zöpfe sind ja süß.« Mom lehnt sich über den Tresen, und ihre Armreifen klirren, als sie an einem der beiden zieht. »Die hast du als Kind auch immer so getragen.«

Ja, oder, wenn ich vergessen habe, mir die Haare zu waschen, wie es eventuell heute der Fall ist …

Moms Finger bleiben an meinem neongelben Haarband hängen, ein freches Grinsen schleicht sich auf ihre Lippen. »Ich mag die Farbe. Irgendwie funky.«

»Danke, die habe ich durch Zufall …«

Moment – *funky?* Das Wort flattert zurück in meinen Kopf und verdrahtet sich mit einem neuen Gedanken, der sämtliche Alarmanlagen in meinem Kopf anspringen lässt.

»Mom? Mit wem gehst du aus?«, frage ich langsam.

»Ach, nur mit einem Kunden«, nuschelt sie.

Meine Augenbrauen wandern meine Stirn empor. »Wie heißt dieser Kunde?«

»Ähm, Jack … et.«

Wow. Meine Mutter streicht sich über ihren Mantel und nennt ihr Pseudo Date *Jacket*.

»Ed Jack-son«, korrigiert sie sich, dabei über jede Silbe stolpernd. »Egal«, winkt sie hastig ab. »Den kennst du nicht. Ich muss jetzt los.«

»Viel Spaß!«, rufe ich ihr hinterher. »Und tu nichts, das ich nicht auch tun würde!«

Mom dreht sich noch mal um, bedenkt mich mit einem »Vorsicht, junge Dame«-Blick und verschwindet dann aus meinem Sichtfeld.

»Na toll, meine Mom trifft sich wieder mit meinem Dad«, grummele ich. Jahrelang habe ich mir nichts anderes gewünscht, als dass die zwei wieder zueinanderfinden, und jetzt, wo meine Mutter tatsächlich auf dem Weg zu meinem *funky* Vater ist, kann ich nur daran denken, dass ich eine zweite Scheidung niemals überleben werde.

»Ach, wer weiß das schon. Vielleicht trifft sie sich ja wirklich mit diesem *Jacket Ed Jackson.*«

Ich pruste los. »Diese Frau ist eine schreckliche Lügnerin.«

»Aber dafür unnormal heiß.« Er seufzt theatralisch, und ich knuffe ihn in die Seite.

»Hey! Jetzt reicht's aber, *Kindchen*!«

»Oh Gott!« Emory schüttelt sich. »Das war schmerzhafter als ein Tritt in die Weichteile.«

Wieder lache ich und diesmal stimmt er mit ein.

Gegen halb drei überkommt mich die Idee, ein TikTok fürs Hotel zu drehen – diesmal mit Emory. Nachdem das Video mit Louisa besonders gut angekommen ist, hatten Ryan und ich uns vorgenommen, mehrere Mitarbeiter vor die Kamera zu holen, um das Hotel auch aus ihrer Perspektive zu präsentieren. Und dem Internet scheint es zu gefallen. Inzwischen hat unser Account *@hotelvanday* nach gerade mal neun Videos schon über hunderttausend Views.

Nur die Kommentare sind schlimm. Oh Gott, die Kommentare.

Zeigt mal die Suite, in der Edith Langston verstarb.

Macht mal ein Video zu Edith Langston.

Habt ihr auch diesen gruseligen Schatten in Sekunde 8 gesehen? #HotelVanSpuk

Jedes Mal, wenn ich sie überfliege, weiß ich nicht, ob ich weinen oder lachen soll. Ryan reagiert sogar auf manche, bleibt immer höflich und diplomatisch.

Na ja, zurück zu Emory. Es dauert eine Weile, ihn zu überreden (er sieht seiner Meinung nach nicht »videotauglich« aus), doch schließlich willigt er ein.

»Ich stelle dir eine Frage und du antwortest einfach aus dem Bauch heraus, okay?«

»Na gut.« Er blickt zum Drehstuhl. »Soll ich am Laptop sitzen und so tun, als würde ich Buchungen durchgehen? Oder wirkt das zu gestellt?«

»Was auch immer du willst.«

Emory sieht einen Moment hin und her, setzt sich kurz hin und überlegt es sich dann wieder anders. »Ich stehe lieber.«

»Alles klar. Bereit?« Ich halte die Kamera vor sein Gesicht.

Emory richtet sich auf, zieht seine Krawatte zurecht und nickt.

Ich drücke auf Aufnehmen und hebe die Hand, um zu demonstrieren, dass jetzt gefilmt wird.

»Emory, wie ist es, an der Rezeption zu arbeiten?«

»Boah, extrem anstrengend«, stößt er aus und lässt sich nun doch gegen den Stuhl sinken. »Ich hätte echt nicht gedacht, dass so viel zu tun ist, weißt du?« Er sieht zur Decke und seufzt, als wäre das hier eine Therapiesession. »Sogar jetzt, wo weniger Gäste kommen. Und Alter, jedes Mal, wenn ich mit Dennis eingeteilt bin … Boah, ich versteh nicht, wie ein einzelner Mensch meinen Blutdruck derart in die Höhe …«

»Stopp.« Ich halte das Video an und schiebe es sofort in den Papierkorb. »Das kannst du nicht sagen.«

»Du meintest, ich soll ehrlich sein.«

»Ja, aber nicht *so* ehrlich.« Ich lache. »Gibt es denn irgendwas, das du an der Arbeit magst?«

»Klar.«

»Wie wär's, wenn du dich darauf fokussierst?«

»Na schön!«

Grinsend wische ich erneut zur Kamera, doch gerade als ich filmen will, kündigen sich neue Gäste an.

Mist! Immer ausgerechnet dann, wenn man eigentlich etwas anderes zu tun hat.

Schnell lege ich mein Handy zur Seite und trete mit Emory aus dem Backoffice, während unsere neuen Gäste Händchen haltend auf uns zu laufen.

»Hi«, sagen Emory und ich wie aus einem Mund. »Willkommen im Hotel Van Day.«

»Hi.« Der Mann schenkt uns ein strahlendes Lächeln und sieht dabei aus wie der Leadsänger einer K-Pop Band. Seine Begleitung ist etwas kleiner als er, hat braune lockige Haare und trägt ein quietschgelbes Maxikleid. Die beiden scheinen ein bisschen älter zu sein als ich – vielleicht so Mitte zwanzig.

»Wir hatten auf den Namen Nguyen gebucht.« Der Mann zückt sein Portemonnaie und reicht mir seinen Pass und Kreditkarte.

Während ich den Namen eintippe, kabbelt sich das Pärchen vor mir. Er kitzelt sie, sie schießt mit ihren Fingern zurück, wobei ihr Freund sie gekonnt abfängt und ein niedliches Kichern aus ihr hervorbricht.

»Vince!«, kreischt sie und sagt etwas in einer Sprache, die ich nicht verstehe.

Lächelnd sehe ich zu den beiden rüber. »Holländisch?«, rate ich.

»Deutsch«, korrigiert der Mann, den seine Freundin Vince genannt hat, laut Kreditkarte allerdings anders heißt.

»Oh, cool! Ich war noch nie dort.«

»Dann haben Sie auch nichts verpasst«, entgegnet die Frau, was uns allen vieren ein kleines Lachen entlockt.

»Seid ihr zum ersten Mal in New York?«, fragt Emory.

Die beiden nicken.

»Und wie lange sind Sie schon verheiratet?«

»Wir sind nicht verheiratet«, gluckst die Frau.

»Noch nicht«, erwidert Vince und erntet ein »Oho« von seiner Freundin. Sie wechselt wieder ins Deutsche, doch ich verstehe bloß »Empire State Building«, was Vince schnaubend antworten lässt, wobei ich nur das Wort »Klischee« heraushöre. Dann kabbeln sie sich wieder wie Teenager, die zum ersten Mal verliebt sind.

»Ihr seid echt süß«, platzt es aus mir heraus.

Vince legt den Arm um die Schultern seiner Freundin. »Hörst du das, Vicky? Wir sind süß.«

»Vince und Vicky?« Emory presst sich die Hand gegen die Brust und schüttelt den Kopf, als würde es ihm allmählich zu viel werden. »Ellis?«, fragt er, ohne aufzuschauen. »Kannst du unseren Gästen bitte ihre Schlüsselkarten geben, bevor ich die beiden anflehe, mich zu adoptieren?«

Lachend reiche ich ihnen die Karten. »Hier, bitte schön. Ich bin übrigens Ellis«, stelle ich mich vor und zeige auf meinen Kollegen. »Und das ist Emory. Ihr habt das Zimmer neunhundertfünfzehn. Das liegt im neunten Stock und ist am besten durch diesen Aufzug zu erreichen.« Ich lehne mich über die Rezeption und deute auf besagten Fahrstuhl. »Wenn irgendwas ist, meldet euch. Wir sind die ganze Nacht hier.«

»Danke.« Vicky strahlt. »Euch noch eine schöne Schicht.«

Arm in Arm laufen die zwei zu den Aufzügen, während Emory und ich ihnen schmachtend hinterhersehen.

»Ich will auch so verliebt sein«, seufzt er und lehnt sich gegen mich.

Nur wenn die Liebe auch erwidert wird, denke ich mit einem stechenden Gefühl in der Brust.

»Das war aber eine andere Sorte Gäste, oder? Oh Mann, das klingt irgendwie falsch.«

»Sehr falsch«, necke ich ihn, obwohl ich weiß, was er meint. Früher dachte ich, man könnte den sozialen Status eines Menschen nicht am Äußeren erkennen, aber nach zehn Jahren in einem Luxushotel erkenne ich die feinen Unterschiede. Ein kurzer Blick auf ihre Kleidung und ihr Auftreten reichen, um einzuschätzen, dass sie nicht aus wohlhabenden Kreisen kommen. Noch dazu haben sie eines der günstigeren Zimmer gebucht, die eigentlich mal wieder saniert werden müssten.

Aber ich freue mich, dass die beiden hier sind. Manchmal nervt es mich, dass immer nur reiche Menschen das Privileg haben, sich von der Atmosphäre des Hotels verzaubern zu lassen. Wie schön es doch wäre, wenn Luxus dieser Art für alle zugänglich wär …

»Egal, zurück zum Wesentlichen«, nehme ich den Faden wieder auf. »Wollen wir noch das Video drehen?«

Ich öffne bereits die App, doch als Emory nicht antwortet, wirbele ich zu ihm herum. Er starrt mit offenem Mund auf sein Handy, in seinem Blick liegt eine Mischung aus Schock und Unglauben.

»Alles okay?«, frage ich besorgt.

Sein Ausdruck ändert sich, und auf einmal erinnert er mich an den Moment, als ich Mom beichten musste, dass Ryan und ich ihr Abendkleid versehentlich abgefackelt haben. (Er wollte mir eine Flamme aus dem Deoauspuff demonstrieren, und Moms Kleid war zur falschen Zeit am falschen Ort.)

»Ähm … okay, raste jetzt bitte nicht aus, aber …« Emory verzieht leicht das Gesicht. »Es gibt wieder einen Artikel.«

Für einen kurzen, bittersüßen Moment habe ich keine Ahnung, wovon er spricht. Doch dann hämmert die Erkenntnis hart gegen meine Stirn, und ein heißer Schmerz überzieht meine Schädeldecke.

»Nicht. Dein. Ernst.« Ich stöhne in meine Faust. »Okay, zeig her. Obwohl – nein«, ermahne ich mich und ziehe die Hand wieder zurück. »Ich werde den Scheiß nicht länger lesen. Wie du schon sagtest, bringt es nichts. Sollen die Ärsche doch schreiben, worüber sie wollen.«

»Vielleicht solltest du es dir trotzdem ansehen«, insistiert er vorsichtig.

»Warum?«

»Sieh selbst.« Er hält mir sein Handy hin, die Lippen zu einer schmalen Linie gepresst.

Zögernd nehme ich es entgegen, sammele mich kurz und werfe schließlich einen Blick auf die Push-Benachrichtigung einer Nachrichtenapp. Während ich die Headline überfliege, spüre ich, wie mir das Blut aus dem Gesicht weicht.

Mit der positiven Resonanz auf unsere Videos habe ich mich doch tatsächlich hinter der Hoffnung versteckt, dass es endlich, endlich vorbei wäre. Wie falsch ich doch lag. Das hier ist nicht das Ende von irgendwas. Sondern der Anfang.

Der plötzliche Tod von Edith Langston – Was geschah im Hotel Van Day wirklich? Eine ehemalige Angestellte packt aus.

21. KAPITEL

Seit Filmikone Edith Langston Anfang des Sommers unerwartet im Hotel Van Day verstarb, ranken sich hartnäckige Gerüchte um ihren Tod. Hatte ihr Ableben eine natürliche Ursache? War es Suizid? Oder liegt gar ein Tötungsdelikt vor?

Es ist der 12. Juli 2023. Die britische Schauspielerin Edith Langston ist zwei Tage zuvor nach New York gereist, um an einer Wohltätigkeitsveranstaltung teilzunehmen. Bei dieser wird sie jedoch niemals auftauchen, denn ihr lebloser Körper wird am frühen Morgen in der Ballentine Suite des Hotel Van Day gefunden. Eine Reinigungskraft verständigt sofort den Notarzt, der jedoch nur noch ihren Tod feststellen kann. Edith Langston wurde 86 Jahre alt.

Ihr unerwartetes Ableben sorgt für internationales Entsetzen. Wochenlang schweigen Familie und Angehörige über die offizielle Todesursache, die später als Herzinfarkt angegeben wird. Die Gerüchteküche brodelt jedoch weiterhin und immer neue Fakten kommen ans Licht.

»Es war ganz sicher Mord«, behauptet eine ehemalige Angestellte, die aufgrund ihrer Sicherheit anonym bleiben will. »Ich habe ihre Leiche gesehen, so sieht niemand aus, der eines natürlichen Todes gestorben ist.«

Was geschah in jener Nacht?

Es ist Sommer in New York. Das Hotel ist ausgebucht, Besucher aus aller Welt sind zu Gast, Partys werden gefeiert. Edith Langston ist seit zwei Tagen im Hotel Van Day, erstmals ohne ihre Assistentin, die wegen eines persönlichen Termins in London geblieben ist. Vormittags geht die Schauspielerin spazieren, kehrt jedoch bald darauf zurück, als es zu heiß wird. Danach ist sie wie ausgewechselt. Unklar, ob ihr bloß die Hitze zusetzt oder was anderes.
»Den ganzen Tag schon wirkte sie aufgewühlt. Eine Kollegin erzählte mir, dass sie hörte, wie Mrs Langston mit jemandem am Telefon stritt.«
Langston begibt sich in ihre Suite und bestellt Abendessen beim Zimmerservice. Stunden später lässt der Lärm eines ausgelassenen Junggesellenabschieds das Stockwerk erzittern. Ein paar Gäste beschweren sich, Edith Langston jedoch nicht. Ob sie zu diesem Zeitpunkt bereits tot ist?
»Sie hat nachts versucht, bei der Rezeption anzurufen«, so die Angestellte. »Vielleicht wollte sie auf den Lärm aufmerksam machen. Oder um Hilfe bitten. Doch sie ließ es nur ein Mal klingeln und als meine Kollegen zurückriefen, ging sie nicht ran.«
Suizid oder Vergiftung?
»Auf ihrem Nachtisch lagen etliche Pillen«, so die Angestellte. »Einige davon waren sogar auf dem Boden verstreut. Es sah aus wie nach einem Kampf. Als ob man ihr gegen ihren Willen irgendein Gemisch verabreichen wollte und sie sich gewehrt hat. Ich kann mir nicht vorstellen, dass es Suizid war. Wann immer ich sie sah, wirkte sie heiter und lebensfroh. Sie wollte nicht sterben.«
Doch wer hätte ein Motiv, der berühmten Schauspielerin den tödlichen Cocktail zu verabreichen? Wer wollte ihr ein Ende bereiten?

»Es hätte jeder sein können«, vermutet die Angestellte. »Kranke Fans oder irgendwelche Leute, die es auf ihr Geld abgesehen hatten. Sie hat viele Verwandte in den USA.«
Auf die Frage, ob sie glaube, dass ein Zusammenhang zwischen Langstons Tod und dem des ehemaligen Hotelbesitzers Albert Van Day bestünde, zögert sie lange.
»Ich weiß es nicht«, sagt sie schließlich. »Alles, was ich sagen kann, ist, dass Albert Van Day bestimmt nicht eines natürlichen Todes gestorben ist.«

Wie benommen reiche ich Emory sein Handy und lasse mich in Zeitlupe auf meinen Stuhl sinken. In meinem Kopf tobt Chaos, als wäre eine Katze über eine Tastatur gehuscht und hätte mit ihren Pfoten *Hgkv to38wuips aq3jk11* getippt. Nichts lässt sich zusammenfügen, nichts ergibt Sinn.

»Hey, so schlimm ist es nicht.« Emory drückt meine Schulter.

»Doch«, murmele ich, ohne aufzuschauen.

»Der Artikel ist doch schon wieder total nichtssagend. Hier.« Emory geht leicht auf die Knie und hält das Handy vor uns. »›Ich habe ihre Leiche gesehen‹«, liest er vor. »›So sieht niemand aus, der eines natürlichen Todes gestorben ist.‹ Ähm, wie viele Leichen hast du denn schon unter die Lupe genommen, um das so gut beurteilen zu können?«

Ich ringe mir ein halbes Lächeln ab.

»Oder hier. ›Ich kann mir nicht vorstellen, dass es Suizid war. Wann immer ich sie sah, wirkte sie heiter und lebensfroh.‹ Ich mein, what the fuck? Das ist doch total lächerlich. Und irgendwie auch echt peinlich für einen so großen Nachrichtensender. Dass er solchen Mist rausbringt … Und was soll überhaupt dieser True Crime Touch und die Anspielung auf Albert Van Day?« Er schnaubt. »Denen geht's echt auch nur um so viel Mystery Vibe wie möglich. Ist die Verunglimpfung des Andenkens verstorbener Menschen nicht sogar eine Straftat?«

»Keine Ahnung«, erwidere ich tonlos.

»Alles okay bei dir?« Emory klingt besorgt.

Ich schlucke. »Nein.«

»Denk dran.« Er wedelt mit seinem Handy. »Es ist nur ein weiterer Artikel.«

Es ist eine Zeitung, widerspreche ich im Stillen. Diesmal hat eine seriöse, namhafte Zeitung das Interview veröffentlicht.

»Aber jetzt gibt es neue Anhaltspunkte. Indizien. Beweise.«

»Eine umgekippte Schachtel Halsbonbons ist ja wohl kein Beweis«, spottet Emory.

»Trotzdem. Der Text lässt eine ehemalige Angestellte zu Wort kommen, die Edith allem Anschein nach sogar gesehen hat. Was glaubst du, wie sehr sich die Leute darum reißen werden? Sie werden wieder nur lesen, was sie lesen wollen.« Seufzend stütze ich die Ellenbogen auf die Knie. »Ryan und ich waren gerade dabei, das Image zu retten.«

Ryan … Sofort greife ich nach meinem Handy und rufe meine Kontakte ab. Keine Ahnung, ob er noch dieselbe Nummer hat. Unser letzter Anruf ist eine Weile her. Aber ich muss mit ihm reden.

Es klingelt und klingelt, ohne, dass jemand abhebt.

»Falls du gerade deinen Lover anrufen willst, ich nehme an, der schläft schon.«

Verdammt, er hat recht.

»Er ist nicht mein Lover«, brumme ich und nehme das Handy wieder vom Ohr. Mein Blick fällt auf den Computerbildschirm, und meine Brust wird eng. Jede Wette, dass in wenigen Stunden die ersten Stornierungen eintrudeln werden.

»Ich verstehe das einfach nicht. Ist in dieser Stadt nichts Interessantes los oder warum dieser obsessive Fokus aufs Hotel? Ich mein, komm schon!« Frustriert werfe ich meine Arme in die Höhe. »Eine über achtzigjährige Frau ist gestorben. Nicht, dass es nicht traurig ist, aber ein Herzinfarkt in dem Alter ist doch auch nicht ungewöhnlich.«

»Hm, oder es war wirklich Suizid«, überlegt Emory.

»Das wäre immer noch wahrscheinlicher, als dass sie ein Geist, der durch Wände gehen kann, vergiftet hat.«

Wobei ich auch das nicht glaube. Die Gerichtsmedizin hat schließlich nichts Ungewöhnliches festgestellt.

»Vielleicht gab es auch gar keine Pillen in dem Zimmer und die Zeugin hat sich das nur ausgedacht.«

»Nein, das glaube ich nicht. Der Artikel schreibt die Wahrheit, verdreht sie nur, bis sie am Ende einen völlig neuen Sinn ergibt. Eine umgekippte Packung Tabletten wird als Kampf ausgelegt. Auch wenn es dafür andere Gründe geben könnte. Wenn Edith Langston zum Beispiel versucht hat, nach dem Telefon zu greifen und die Schachtel dabei umgekippt ist. Argh, diese Ratte!« Wut rauscht durch meine Blutbahnen. »Ich will wissen, wer die Person ist, die diesen Scheiß fabriziert hat!«

Emory wirft einen erneuten Blick auf sein Handy. »Wenn von einer ehemaligen Angestellten die Rede ist, muss sie kürzlich gekündigt haben. Vielleicht eine der Reinigungskräfte – wer sonst kann einfach so in ihr Zimmer? Oder wer hat sie noch alles gesehen?«

»Nicht viele«, überlege ich und rufe mir besagten Tag in Erinnerung. Es wurde so diskret mit dem Todesfall umgegangen, dass die Gäste nichts mitbekamen und die meisten von uns erst Stunden später davon erfuhren. »Auf jeden Fall muss die Person ein Motiv gehabt haben, dem Hotel zu schaden.«

Emory kräuselt die Lippen, seine Miene wirkt unschlüssig. »Meinst du wirklich, es geht ums Hotel? Vermutlich wollte sie einfach nur das Geld für ihre Informationen und hat es nicht mal persönlich gemeint.«

»So oder so ist es eine Rattenaktion. Wer fällt seinem eigenen Hotel derart in den Rücken?«

»Na ja, du vergisst, dass nicht jeder seinen Arbeitsplatz als sein Zuhause sieht.«

»Ist das eine Rechtfertigung, für Geld alles zu tun?«

Emory zuckt mit den Schultern. »Manche haben keine andere Wahl. Vielleicht hat die Person ja Schulden. Oder Kinder.«

Zögernd halte ich inne, denke an Mom und die hundertachtzigtausend Dollar, für die sie bis zum Burnout schuftet. Ob sie in der Lage wäre, so weit zu gehen, um unsere Existenz zu sichern? Und wenn ja, würde ich sie dafür verurteilen, wenn es nicht mein geliebtes Hotel wäre, das durch den Dreck gezogen wird?

Aber zu lügen? Ein ganzes Hotel in den Ruin stürzen? Und Hunderte von Existenzen gleich mit. Wie kann jemand, der so etwas tut, nachts überhaupt schlafen?

Entschlossen richte ich mich auf. »Ich will herausfinden, wer das war.«

Emory wirft mir einen unschlüssigen Seitenblick zu. »Und dann?«

»Keine Ahnung.« Meine Hände ballen sich zu Fäusten. »Aber ich muss es wissen.«

Damals

Ryan, fünfzehn Jahre alt

»Du musst sagen, dass es ein Unfall war«, erklärt Mom und hält mir ein neues Kühlkissen entgegen. Vorsichtig nehme ich das alte vom Gesicht und betrachte sie durch mein nicht geschwollenes Auge.

»Er hat es nicht absichtlich getan«, fährt sie fort und nimmt auf dem Sessel mir gegenüber Platz. »Dein Grandpa Al war nur etwas verwirrt.«

Verwirrt? Das ist ja wohl die Untertreibung des Jahrhunderts.

»Mom, er ist einfach auf mich losgegangen und hat mir eine reingehauen!«

»Er hat dich verwechselt.«

Ist das etwa eine Rechtfertigung, andere Menschen zu schlagen?

»Ich bin aber kein gewisser *Nathaniel*, mit dem meine Grandma ihn betrogen hat. Vor über vierzig Jahren!«

Mom bohrt ihre Finger in das alte Kühlkissen und atmet tief aus, während sie sich um eine neutrale Miene bemüht. Unfassbar, welches Durchhaltevermögen sie hat. Die Welt könnte untergehen, und sie würde sich ihre Gefühle nicht anmerken lassen.

»Er hat diese Aussetzer jetzt immer öfter«, rufe ich ihr in Erinnerung. »Kleine Momente, in denen er entweder nicht er selbst ist oder im Kopf in einer anderen Zeit. In diesem Zustand kann er doch kein Hotel leiten.«

»Das weiß ich. Und er weiß es auch. Manchmal«, fügt sie leise hinzu. »Wenn er klar ist.« Sie schließt die Augen und atmet tief durch. »Dein Vater und ich geben schon alles, um das Chaos zu managen.«

»Es geht ja nicht nur ums Hotel … Grandpa braucht Hilfe.«

Erst neulich hatte er einen cholerischen Anfall, in dem er fast zwanzig Mitarbeiter gefeuert hat. Mir hat das so leidgetan – für die Angestellten, aber vor allem auch für Grandpa Al. Wie schlimm muss es sein, wenn man die eigenen Handlungen nicht mehr richtig steuern kann?

»Die kriegt er«, versichert Mom.

»Wann?«, frage ich mit Nachdruck.

»Am besten du hältst dich erst mal fern von ihm.«

»Klar, das wird das Problem lösen«, blaffe ich.

»Vielleicht solltest du auch nicht mit auf die Preisverleihung.« Mom betrachtet mein Auge mit geschürzten Lippen. »Das würde nicht gut auf den Fotos aussehen.«

Ich lache kurz auf, verstumme jedoch sofort und verziehe die Lippen, als meine rechte Gesichtshälfte von Schmerz durchzogen wird.

»Die Leute würden Fragen stellen, und das würde vom Wesentlichen ablenken.«

»Verstehe. Mein Veilchen soll euch nicht das Rampenlicht stehlen.«

Nicht, dass ich scharf darauf bin, auf eine Preisverleihung zu gehen, bei der ich nicht einmal weiß, wem was verliehen wird, aber trotzdem …

»Am besten du verlässt auch nicht das Hotel. Sicher ist sicher.«

»Dein Ernst, Mom? Ich hab Schule!«

»Du kannst dich eine Woche krankschreiben lassen«, winkt sie ab.

»Mom, das ist nur ein scheiß blaues Auge. Du kannst mich doch nicht wegen eines Veilchens einsperren.«

»Ich sperre dich nicht ein, Ryan. Ich beschütze dich.«

Wirklich? Sie beschützt *mich*? Oder nicht eher unseren Ruf?

»Und kein Wort zu niemandem. Besser auch nicht zu deiner Schwester. Es würde sie nur traurig machen.«

»Als ob das was ändern würde.«

Bestimmt würde sie nur sagen, dass die Schelle verdient war, weil ich ein Gesicht habe, in das man reinschlagen will …

»Ich mein's ernst, Ryan. Samantha glorifiziert ihren Grandpa viel zu sehr und diese Geschichte würde sie nur …« Sie schüttelt den Kopf. »Erzähl es ihr einfach nicht.«

»Meinetwegen. Aber versprich, dass du ihm Hilfe besorgst. So geht das echt nicht weiter, Mom.«

»Das ist nicht so einfach.« Sie seufzt und in ihrer Stimme schwingt erstmals ein winziger Anklang von Frust mit.

»Warum? Ist doch nicht schlimm, dass er krank ist.«

»Wir können uns das trotzdem nicht erlauben, Ryan.« Ihr Blick wirkt genervt, als wäre ich ein Kind, dem sie die einfachsten Dinge erklären muss. »Wir sind nicht irgendwer. Bloß keine …«

»Angriffsfläche bieten«, beende ich ihren Satz und drehe das Kühlkissen auf die kalte Seite. »Ja, ich weiß. Wir müssen lügen, denn wir haben keine andere Wahl.«

»Diskret sein«, widerspricht sie mir. »Wir müssen diskret sein. Das ist nicht lügen.«

»Ich soll sagen, dass es ein Unfall war.«

»War es so gesehen ja auch …«

Wow. Diese Frau verdreht alles immer genau nach ihren Wünschen.

»Du wirst noch begreifen, was ich meine, wenn du und deine Schwester eines Tages das Hotel übernehmen werdet.«

»Du meinst *falls*«, erinnere ich sie kühl, denn wenn es nach mir geht, kann Sam das Erbe auch gern allein antreten.

Ein Klopfen an der Tür unterbricht unser Gespräch. Mom wirft mir einen letzten Blick zu, dann wirft sie das Kühlkissen auf den Tisch und steht auf. Barfuß tritt sie aus dem Salon und steuert die Tür an.

»Hallo, Liebling.«

Meine Mutter redet nur drei Menschen auf der Welt so an. Sam, mich und …

»Hey, Jules!« Ellis' lauter Gruß hallt durch den Flur, und ein warmes Gefühl breitet sich in meiner Brust aus. »Ist Ryan da?«

»Ja, er ist hier. Aber leider geht es ihm gerade nicht so gut.«

Ist das ihr Ernst? Hastig springe ich auf und unterdrücke einen Fluch, als ein schmerzhaftes Pochen durch mein Auge schießt. Das Kühlkissen gegen das Gesicht gepresst stürme ich zur Tür, bevor meine Mutter sie abwürgen kann.

Als ich Ellis erblicke, spüre ich, wie alles in mir aufatmet. So oft habe ich das Gefühl, dass dieses Hotel nur eine Kulisse ist, und sie das einzig Reale in diesem Ort.

»Ryan?« Ihr geschockter Blick wandert zu meinem Kühlkissen. Was ist passiert?«

»Ein Unfall beim Basketball«, erklärt Mom wie ein auswendig gelerntes Skript. »Irgendwer hat seinen Ellenbogen in Ryans Gesicht gerammt.« Sie sagt es, ohne die Miene zu verziehen oder auch nur mit der Wimper zu zucken. Diese Frau ist wahrhaft eine Meisterin der Täuschung.

»Oh nein!« Betroffen presst sie sich beide Hände gegen die Brust.

»Geht schon«, winke ich ab und schlüpfe in meine herumliegenden Nikes, ehe ich mich an meiner Mutter vorbeidrücke. »Bis später«, murmele ich ihr zu.

»Bis später, Liebling. Aber nimm das Kühlkissen nicht vom Gesicht. Sonst schwillt dein Auge an und …« Ihr Tonfall wird eindringlich. »Du weißt ja, was dann passiert.«

Natürlich verstehe ich die verschlüsselte Nachricht. *Auch kein Wort zu Ellis.*

Wenn ich könnte, würde ich die Augen verdrehen.

»Zeig mal«, sagt Ellis, als wir im Aufzug sind.

Langsam nehme ich das Kühlpack vom Gesicht.

»Das sieht übel aus.« Sie verzieht leicht das Gesicht. »Hast du Schmerzen? Wollen wir dir eine Tablette besorgen? Obwohl … fang lieber gar nicht erst mit diesem Zeug an. Louisa schwört ja auf Hypnose. Willst du Hypnose ausprobieren? Wenn du willst, können wir …«

»Ist echt nicht so schlimm«, unterbreche ich sie und lege mir das Kissen wieder aufs Auge. »Aber was ist mit dir? Wolltest du über irgendwas reden?«

Der Grund für ihren Besuch scheint ihr wieder einzufallen, denn ihr Blick trübt sich und ihre Schultern sacken ein Stück nach unten. »Ach, ich wollte dich nur wegen der Columbia vollheulen.«

Ach ja. Sie war heute mit ihrem Kurs dort.

»Warum vollheulen? War es nicht gut?«

»Doch, es war einfach nur großartig. Ich habe mich direkt in den Campus verliebt. Dort zu studieren, in diesen alten Vorlesungssälen, mitten in New York … Es wäre *der* Traum. Traum«, wiederholt sie leiser und lächelt brüchig. »Denn die Zulassungsrate beträgt gerade mal vier Prozent und selbst wenn ich zu den Glücklichen gehören sollte, werde ich mir niemals sechsundsechzigtausend Dollar Semestergebühren leisten können.«

Die Aufzugstüren öffnen sich im neunten Stock, doch niemand steigt ein.

»Was ist mit einem Studienkredit?«, frage ich und lehne mich mit dem Rücken gegen die verspiegelte Wand. Sekunden später schließen sich die Türen wieder.

»Nicht in der Höhe. Den könnte ich niemals wieder abbezahlen. Erst recht nicht mit einem Journalistinnengehalt.«

»Vielleicht kriegst du ein Stipendium.«

»Für was denn? Mein Talent, mich selbst beim Schach zu schrammen?«

Ein kleines Lächeln zieht an meinen Lippen. Als sie nach dem Kurs mit etlichen Pflastern heimkam, war das schon echt süß.

»Aber du bist Redakteurin in der Schülerzeitung. Und du belegst mehr Vorbereitungskurse als jeder andere.«

»Solange ich nicht superschlau bin und drei Klassen übersprungen habe, nützt das trotzdem nichts.« Sie zieht ihren Zopf zurecht und betrachtet nachdenklich ihr eigenes Spiegelbild. »Wenn ich Glück habe, steche ich vielleicht noch wegen ›mehrere kulturelle Identitäten‹ heraus.«

Ich runzele die Stirn. »Warum sagst du das?«

»Weil es so ist.« Sie zuckt mit den Schultern. »So funktioniert die Welt. Leute wie ich haben realistisch gesehen nur dann eine Chance, wenn die Betriebe irgendeine Quote halten müssen.«

»Du bist doch keine Quote, Baby. Du bist extrem talentiert. Und deine Noten sind super.«

»Das weiß ich«, erwidert sie einen Hauch gereizt. »Aber am Ende nutzen Noten und Talent auch nichts. Ach egal. Du verstehst das nicht.« Ein verbissener Ausdruck setzt sich in ihren Augen fest, und sofort krampft sich mein Herz zusammen.

Ich weiß, wie arrogant es klingt, aber manchmal vergesse ich, wie privilegiert meine Lebensrealität ist. Sie ist nun mal die

Einzige, die ich kenne, und wenn meine Eltern wollen, dass ich nach Harvard gehe, wird das finanziell kein Problem sein. Bei Ellis ist das anders …

»Tut mir leid«, sage ich leise. »Ich … finde es nur so unfair.«

»Ich wünschte einfach, man würde aufhören, Kindern zu erzählen, dass alle Träume wahr werden können«, murmelt sie. »Denn leider gilt das nicht für alle.«

Ein drückendes Gefühl umschließt meine Brust. Am liebsten würde ich ihr anbieten, meine Eltern zu fragen, ob sie sie unterstützen wollen. Aber ich weiß, dass sie das ohnehin nie annehmen würde.

»K-kann ich dich … umarmen?«, höre ich mich stattdessen stotternd fragen.

Ellis schaut auf und runzelt die Stirn. Überraschung flackert in ihren Augen auf, vermutlich, weil ich das sonst nie frage.

Aber immer will.

Schließlich lächelt sie. »Ja, bitte.«

Vorsichtig nehme ich das Kühlkissen vom Gesicht, öffne die Arme und ziehe sie an mich. Ellis lässt sich gegen mich fallen und schlingt die Arme um meine Hüften. Sekundenlang halten wir uns ganz fest.

»Das ist schön.« Sie seufzt leise. Ich drücke meine Wange in ihr Haar und ziehe sie fester an mich.

Das könnten wir immer tun, denke ich. *Aber du gibst mir nie ein Signal, machst nie einen Schritt in meine Richtung. Egal, wie sehr ich dir entgegenkomme, du bleibst immer hinter der Grenze der Freundschaft.*

»Ryan?«, flüstert sie an meiner Schulter, und erst da bemerke ich, dass einer ihrer Finger unter mein Shirt gerutscht ist. Vermutlich unbewusst, doch mit einem Mal steht mein gesamter Körper in Flammen.

»Ja?«, bringe ich heraus und spüre, wie meine Gedanken

nach und nach zerbröseln, und die Berührung ihrer Haut auf meiner immer stärker in den Fokus rückt.

»Es … war kein Sportunfall, oder?«

Und mit einem Schlag ist die Hitze erloschen. Ich versteife mich, während nüchterne Kälte in mir einzieht.

Dass ich nicht reagiere, ist Ellis wohl Antwort genug.

»Jemand aus der Schule?«

Wieder schweige ich, drücke sie nur fester.

»Jemand von hier? Jemand, den ich kenne? Jemand aus deiner Familie?«

Ich weiß, dass ich nichts erzählen darf, aber wie soll das gehen, wenn Ellis es sowieso errät?

Sie braucht noch zwei weitere Versuche, dann weiß sie es. Und danach sind ohnehin keine Worte mehr nötig.

Bis auf die drei, die ich ihr unbedingt sagen möchte, und mit denen ich alles, was wir haben, riskieren würde.

22. KAPITEL

Gegenwart

Ellis

Als ich aufwache liegt ein schwerer Arm auf meinem Bauch. Blinzelnd drehe ich den Kopf zur Seite und zucke zusammen, als ich den silberhaarigen Schopf entdecke, der mit geschlossenen Augen neben mir liegt. Er trägt kein T-Shirt. Heilige scheiße! Emory liegt in meinem Bett und trägt kein T-Shirt.

Was zur Hölle ist letzte Nacht passiert?

»Wir haben nur geschlafen«, murmelt Emory und zieht die Hand zurück, um sich auf die andere Seite zu legen.

Ich stutze. »Habe ich laut geredet?«

»Laut gedacht«, verbessert er und zieht sich gähnend die Decke über die Schultern.

Langsam schält sich die Erinnerung aus meinem verschlafenen Gedanken. Ach richtig, die Nachtschicht gestern. Der Artikel. Die *Angestellte, die auspackt.* Emory musste sich stundenlang meine wildesten Theorien anhören, hat geholfen, mir mögliche Motive zu überlegen, und am Ende der Schicht waren wir beide so kaputt, dass ich ihm erlaubt habe, bei mir zu schlafen.

»Sorry, dass ich gestern so anstrengend war«, entschuldige ich mich. Emory gibt ein brummendes Geräusch von sich, das ich als »schon gut« interpretiere.

Mein Blick fällt auf die Tätowierung, die seinen Rücken bedeckt. Sie zeigt eine Person mit Umhang, die mit jeder Hand ein langes Schwert umfasst. Hinter ihm ein großes Wappen, das aus zwei sich überkreuzenden Flügeln zu bestehen scheint, einer schwarz und einer weiß. Mit gekräuselten Lippen betrachte ich das Bild. Das Motiv kommt mir bekannt vor.

»Ist das Levi Ackermann auf deinem Rücken?«

»Hat Riley nicht geplaudert?«, murrt er. »Ich dachte, ihr Frauen erzählt euch alles?«

Ich blinzele mehrmals. »Okay, ich lasse dir diesen sexistischen Spruch ausnahmsweise mal durchgehen, weil du müde bist.«

Emory seufzt in sein Kissen. »Ich bin ein Arsch, sorry.«

»Schon gut. Lass uns einfach weiterschlafen«, sage ich und rolle mich auf den Rücken.

Emory schnarcht bald darauf, während ich weiter an die vergilbte Decke starre. Meine Augen brennen vor Müdigkeit, doch ich schaffe es nicht, sie zu schließen. Wie spät ist es überhaupt? Ich taste nach meinem Handy und kneife die Augen zusammen. Neun Uhr. Kein Wunder, dass ich so fertig bin. Die Nachtschicht hat erst vor zwei Stunden geendet.

Auf meinem Homescreen entdecke ich drei neue Nachrichten. Die erste ist von Rahim, der in Druckbuchstaben »OMG! WAS FÜR EIN SCHEISS IST DAS DENN?« geschrieben hat. Die zweite ist von Deb, die »Ist das Berichterstattung oder Satire?«, kommentiert hat. Die dritte ist von Riley, die fragt, ob wir zusammen frühstücken wollen, und als ich in der Spiegelung meines Bildschirms Emorys Schopf im Hintergrund aufblitzen sehe, kommt mir eine Idee. Ich öffne die Kamera, und drehe das Handy leicht zur Seite, während ich ein Selfie von Emory und mir schieße. Dann schicke ich es in unseren Chat.

Ich:
Ähm …

Riley:
WTF?!! Ist es das, was ich denke??? 😱

Ich:
Nein, haha, wir haben nur geschlafen.
Er war nach der Schicht zu müde, um nach
Hause zu fahren.

Ich:
Warum, wäre es schlimm gewesen? 😊

Riley:
Das hättest du Ryan fragen müssen, nicht mich. 😉

Hitze schießt in meine Wangen.

Ich:
Okay, Gespräch beendet!

Riley:
Warte! Essen wir später noch zusammen?

Ich:
Jepp! Ich meld mich, wenn ich richtig wach bin.

Wieder versuche ich einzuschlafen, kann jedoch nur an den Artikel denken. Edith Langston – wer hat sie gesehen? Wer hatte ein Motiv? Vielleicht sollte ich eine Liste derjenigen zusammenstellen, die in den letzten Wochen gekündigt haben.

Dennis könnte wissen, ob einer vom Team mit irgendwem verkracht war oder sonst ein Problem hatte.

Es sei denn, er war es selbst.

Nein. Jetzt werd nicht paranoid, Wheaton. Dennis würde so etwas nicht tun. Aller Wahrscheinlichkeit nach war es wirklich nur jemand, der Geld wollte.

Aufregung packt mich, und mit ihr Scham, weil ich – so schrecklich die Situation auch ist – das Lösen von Rätseln trotzdem unendlich liebe.

Ein Klopfen an der Wohnungstür reißt mich aus meinen Grübeleien. Ob das Mom ist, die endlich von ihrem Date mit *Jacket Ed Jackson* zurück ist? Ich bin ja sehr gespannt, wie sie sich jetzt rausreden will. Behutsam schlage ich die Decke zur Seite und schleiche auf Zehenspitzen aus dem Zimmer.

Als ich die Tür öffne, bleibt mein Herz kurz stehen. Es ist nicht Mom, sondern Ryan, der in T-Shirt und Jogginghose im Flur steht. Seine Frisur ist zerzaust, als wäre er gerade erst aufgestanden.

»Hey.«

»Hey.« Er betrachtet mein zerknautschtes Gesicht und verzieht entschuldigend die Lippen. »Habe ich dich geweckt?«

Ich schüttele den Kopf und trete zur Seite. »Konnte sowieso nicht mehr schlafen.«

»Hast du gestern gearbeitet?«

Ich gähne in meine Armbeuge und kicke die Tür mit dem Fuß zu. »Bis sieben.«

»Ach, krass.« Sein Blick fällt auf mein Oberteil – ein I♥ MIAMI T-Shirt, das mir Dad einmal mitgebracht hat. Bis auf meine Eltern und Ryan weiß niemand von meiner heimlichen Obsession für besagte Touri-Artikel. Da mich jeder dafür auslachen würde, trage ich sie inzwischen nur noch zum Schlafen.

Ein kleines Lächeln umspielt seine Lippen, das sein Gesicht jedoch augenblicklich verlässt, als er bemerkt, wie ich ihn beobachte.

»Ich … äh, hab gerade erst deinen Anruf gesehen«, murmelt er und hebt sein Handy. »Sorry, ich hatte schon geschlafen.«

»Alles gut, ich hätte wissen müssen, dass es schon zu spät ist. Ich war nur so aufgebracht und wollte … keine Ahnung, mich auskotzen, schätze ich.«

Sein Blick verdunkelt sich. »So ein Scheiß.«

»Du hast es auch gehört?«

»Ja. Gerade eben.«

»Hast du schon mit deinen Eltern geredet?«

»Mom sagt, ich solle dem keine große Beachtung schenken.«

Das darf nicht wahr sein. »Schon wieder? Wäre es nicht langsam an der Zeit, die Leute ausfindig zu machen, die diese Details preisgeben?«

Überraschung huscht über sein Gesicht. »Wozu?«

»Keine Ahnung. Um sie vor Gericht zu stellen?«

»Gericht?«

»Ja, wegen Verleumdung und Rufschädigung. Diese Leute können doch nicht ungeschoren davonkommen.«

Ryan lächelt amüsiert, und uff. Wenn er mich so ansieht, drückt das irgendeinen Reset-Knopf in mir, der sämtliche Gedanken auslöscht. Ein aufgeregtes Flattern setzt in meiner Brust ein.

Plötzlich schwingt meine Zimmertür auf und ich zucke zusammen, als Emory verschlafen und mit freiem Oberkörper ins Wohnzimmer schlurft. Oh Gott. Ich hatte völlig vergessen, dass er auch da ist.

»Konnte auch nicht mehr pennen«, gähnt er und streicht sich die silbernen Haare aus dem Gesicht. Als er uns entdeckt, stutzt er. »Huch.«

Ryans Miene erstarrt.

»Hey«, sagt Emory verlegen.

»Hey.« Ryans Stimme klingt so kalt, dass mich eine Gänsehaut überkommt.

»Wir haben gestern zusammen gearbeitet«, erkläre ich schnell. »Es wurde ziemlich spät und da … da hat er hier übernachtet.«

Kurz bin ich versucht, ein »Es ist nicht, was du denkst« hinterherzuschieben, schlucke es aber wieder runter.

»Ah«, erwidert Ryan und sieht überall hin, nur nicht zu Emory oder mir. Kurze Stille breitet sich im Raum aus, eine unangenehme Stimmung liegt in der Luft.

»Ähm, sorry, ich wollte auch gar nicht stören«, bricht Ryan schließlich das Schweigen.

»Hast du nicht!«, japse ich, als er Anstalten macht zu gehen. »Bleib ruhig, wenn du … also, du, du kannst sehr gerne …«

»Ich muss sowieso weg«, winkt er ab und öffnet die Tür.

»Oh. Okay.« Ein kurzer Stich der Enttäuschung piekt mir in die Seite. »Aber sehen wir uns später? Ich könnte deine Hilfe gebrauchen.«

»Klar.« Er fragt nicht einmal, worum es geht.

»Dann gehe ich erst mal duschen und melde mich danach.«

»Jepp. Bis dann.« Er dreht sich nicht noch mal um, die Tür fällt laut ins Schloss, und dann ist er weg. Zurück bleiben Emory und ich und das Gefühl, irgendwas falsch gemacht zu haben.

»Hui, da war aber jemand stinkig«, bemerkt Emory und lässt sich rücklings aufs Sofa fallen.

Wütend fahre ich zu ihm herum. »Ja, weil du nicht in meinem Zimmer geblieben bist!«

»Warum sollte ich? Ich bin doch nicht dein schmutziges Geheimnis.«

Touché.

»Aber jetzt denkt er bestimmt, dass wir …«

»Uns die Seele aus dem Leib gevögelt haben?« Er grinst verschlagen.

Röte schießt mir in die Wangen. »Das ist nicht witzig!« Ich werfe ein Kissen nach ihm. »Was, wenn er jetzt sauer ist? Hat er sauer auf dich gewirkt?«

»Ziemlich sauer«, bestätigt er. »Sein Todesblick hätte mich fast gegrillt. Aber vielleicht ist das ganz gut.« Er umklammert das Kissen und gähnt erneut. »Eine schöne Portion Eifersucht, damit er endlich mal aus'm Arsch kommt. Kann doch nicht sein, dass er dich die ganze Zeit anhimmelt und einfach nicht den Mund aufkriegt.«

Anhimmeln? Mein Herz klopft schneller. »Du … glaubst, er mag mich?«

Emory blinzelt mich an. »Dein Ernst?«

»Was?«

»Oh Mann.« Emory schließt die Augen und reibt sich über die Stirn. »Ich hab nur fünf Minuten mitbekommen und bin jetzt schon genervt.«

Ich runzele die Stirn. Wovon redet er?

»Okay, das reicht.« Emory wirft das Kissen zur Seite und steckt Zeige- und Mittelfinger in die Höhe. »Ich gebe euch genau zwei Stunden.«

»Zwei Stunden, bis was?«

»Zwei Stunden!«, donnert er und diesmal ist sein Tonfall so autoritär, dass ich nicht wage, erneut nachzufragen.

»Ist ja gut!«

23. KAPITEL

»Okay, die gute Nachricht.« Ich hebe einen der vielen Zettel, die über meinem Schoß verteilt sind, in die Höhe. »Dank Dennis habe ich hier eine Liste aller, die in den letzten drei Monaten gekündigt haben. Die schlechte Nachricht: Niemand von den Reinigungskräften, einschließlich Carmen und Louisa, sind gegangen. Und die waren offenbar die Einzigen, die Edith Langston gesehen haben. Also bis auf den Notarzt, Dennis und die Leute vom Bestattungsinstitut.«

Ryan antwortet nicht, während er Sams Auto auf die Queensboro Bridge lenkt.

»Es war also entweder jemand von ihnen oder aber sie haben mit der ›ehemaligen Angestellten‹ über die Details geredet, die sie gesehen haben. Und wenn das stimmt, könnte es jeder gewesen sein, auch ein Gast oder der Postbote. Vielleicht sogar jemand, der noch nie im Hotel war.« Ich blicke zur Seite und runzele die Stirn. »Ryan? Hörst du mir zu?«

»Ja«, erwidert er dumpf.

»Okay, also … was sind deine Gedanken zu der Sache?«

Ryan schweigt einen Moment. »Was ist mit diesem Gregory?«, fragt er plötzlich.

»Emory? Wir sind nur Freunde!«

»Nein, ich meinte, ob er es gewesen sein könnte. Er arbeitet noch nicht so lange hier, oder?«

»Oh.« Mein Unterbewusstsein krümmt sich vor Scham. »Nein, Emory hat nichts damit zu tun.«

Abgesehen davon weiß Ryan genau, wie er heißt …

»Wie kannst du dir da so sicher sein?« Sein Tonfall ist uneindeutig, doch ich meine eine leichte Schärfe herauszuhören.

»Ich weiß es einfach. So was macht er nicht.«

Abgesehen davon habe ich die Theorie gestern Nacht selbst in den Raum geworfen. Im Scherz natürlich, aber Emory fand das gar nicht lustig und hat gedroht, mich zu seiner neuen Erzfeindin zu machen, wenn ich meine Worte nicht sofort wieder zurücknehme.

»Außerdem hat er kein Motiv«, fahre ich fort. »Die Person aus dem Artikel wollte entweder Geld oder Rache. Meinst du, Sam weiß, ob das Hotel gerade mit irgendwem Stress hat?«

Ryan zuckt mit den Schultern. »Hab nichts mitbekommen.«

Ich sammele die Zettel ein und stopfe sie in meine Tasche. »Würdest du sie fragen?«

Wieder hält er kurz inne. »Warum willst du überhaupt herausfinden, wer mit den Medien gesprochen hat?«

Ist das sein Ernst? »Damit wir die Person zur Rechenschaft ziehen können!«

»Und was soll das bringen?« Er betätigt den Blinker, wechselt die Spur. »Meinst du, die Leute stürmen dann plötzlich wieder ins Hotel? Es ist dort immer noch jemand Berühmtes gestorben. Zwei bekannte Personen sogar, wenn man Grandpa Al mitzählt.«

»Ja, aber ich will es trotzdem wissen. Ich muss der Person, die das getan hat, ins Gesicht sehen, damit … keine Ahnung. Ich weiß nur, dass ich nicht eher ruhen kann, bis ich sie gefunden habe.«

Wieder verfällt er in Schweigen, und sofort beschleicht mich ein schlechtes Gewissen. Ob er es bereut, seinen Nachmittag für diese *Nichtigkeit* aufgegeben zu haben?

»Danke noch mal, dass du mich fährst«, sage ich leise.

Er nickt nur, ohne den Blick von der Straße zu wenden.

»Alles okay?«

»Ja, wieso?«

Weil du mich nicht mal ansehen kannst.

»Nur so.«

Seufzend blinzele ich gegen die Sonnenstrahlen, die durch die Frontscheibe fallen. Noch begreife ich nicht, was Emory damit meinte, dass Ryan Eifersucht guttäte. Aber vielleicht ist es gar keine Eifersucht. Vielleicht ist er einfach nur so sauer, weil ich … keine Ahnung. Nervig bin?

»Das ist fast wie früher, oder?«, setze ich zu einem erneuten Versuch an. »Du und ich auf geheimer Mission. Auf der Suche nach dem Schatz.«

»Mhm«, macht er unbeteiligt, und ich gebe auf.

So ein Chauffeur …

»Hier finden wir niemals einen Parkplatz«, murmele ich, als wir die belebte Kent Avenue entlangfahren. Rote, mit Graffiti bemalte Backsteinhäuser reihen sich zu beiden Seiten. Der Asphalt ist alt und uneben, die Straßenmarkierungen vergilbt und kaum lesbar. Eigentlich mag ich den rustikalen Charme von Williamsburg, doch genau wie in Manhattan mangelt es auch hier an Parkmöglichkeiten.

»Dann lasse ich dich kurz raus und warte im Wagen.« Er hält am Bordstein.

»Okay.« Ich öffne die Tür und klettere aus dem Auto. »Es dauert vermutlich auch nicht lang. Bis gleich.«

Dass *Williamswork* ist ein mehrstöckiger Co-Working Space mit Ausblick auf den East River. Der Eintritt erfolgt nur mit einer Mitgliedschaft, aber das Café darunter ist für jeden frei verfügbar.

Einen Moment lang betrachte ich mein Spiegelbild im Fenster. Ich trage ein rot geblümtes Hemd, dessen Enden ich auf Höhe des Nabels verknotet habe; dazu blaue Shorts und braune Sandalen. Meine Haare habe ich zu einem Pferdeschwanz gebunden. Ich wollte schick, aber nicht zu gewollt, leger, aber nicht zu lässig aussehen. Keine Ahnung, ob mir das gelungen ist.

Die kühle Luft einer Klimaanlage begrüßt mich, als ich eintrete. Der Innenraum ist in Brauntönen und minimalistisch eingerichtet. Zu meiner Überraschung ist jeder Platz belegt; überall sitzen Menschen mit ihren Laptops.

Mein Herz macht einen Satz, als ich Jason Corano am Fenster entdecke.

Er ist tatsächlich hier.

Ich stelle mich in die Schlange und bestelle einen Cappuccino. Während ich auf mein Getränk warte, fliegt mein Blick zurück zu Jason. Nachdem ich ihn heute eine halbe Stunde lang bei Twitter gestalkt und herausgefunden habe, dass er eine Vorliebe für Iced Matcha Latte in einem Becher mit dem Aufdruck des *Williamwork* pflegt, hatte ich die erste Spur, aber trotzdem nicht gedacht, ihn so schnell zu finden. Das war fast *zu* einfach. Wobei mir das Schwerste trotzdem noch bevorsteht: Ich muss mit ihm reden.

Ich schaff das, denke ich, während meine zitternden Beine in seine Richtung steuern. *Ich schaff das, ich schaff das, ich schaff das.*

Bei ihm angekommen räuspere ich mich. »Entschuldigung?«

Jason hebt den Kopf und sieht mich an. Er ist nur ein paar Jahre älter als ich, hat braune Haare und trägt eine dicke Hornbrille. Der Geruch von Zigaretten umhüllt ihn wie eine unsichtbare Wolke. Ich widerstehe dem Impuls, die Nase zu rümpfen und deute auf den Zuckerstreuer.

»Darf ich mir den kurz borgen?«

Ohne ein Wort reicht er mir den Glasbehälter.

»Danke.« Ich stelle mich ein Stück zur Seite, setze mein Getränk auf dem Tisch ab und öffne den Deckel. Während ich Zucker hineinschütte, betrachte ich ihn verstohlen von der Seite.

Meinen Recherchen zufolge hat er an der Brown studiert, mehrere Praktika bei namhaften Zeitungen absolviert und sich trotzdem entschieden, eine Karriere als Verbreiter von Klatsch und Tratsch anzusteuern.

Jason bemerkt mein Starren und schaut von seinem Laptop auf. Ich bin versucht, wegzusehen, zwinge mich aber, seinen Blick zu halten.

Und Action!

»Okay, blöde Frage, aber Sie sind nicht zufällig dieser Autor, der den Text über die Sixpackimplantate geschrieben hat?«

Überraschung huscht über sein Gesicht.

»Das Foto im Artikel«, erkläre ich und unterdrücke ein Würgen, weil ich das Bild, in dem er sich mit einem Edding einen Waschbrettbauch gemalt hat, genauso lächerlich fand wie den Rest des Beitrags. Jedes seiner Worte war unreflektiert und die reinste Diskriminierung gegen Prominente, die sich einer solchen OP unterziehen. Dass alle Menschen dem Druck extrem unrealistischer Schönheitsideale unterliegen, wird natürlich mit keiner Silbe erwähnt.

»Schön, dass er Ihnen gefallen hat.«

»Ich fand den Ansatz total spannend«, schleime ich weiter. »Der Vergleich mit Picassos Figurenkompositionen. Richtig witzig, und leider auch total wahr.«

Jason lächelt selbstgefällig, während ich ihm das Grinsen am liebsten aus dem Gesicht wischen würde. Dass er die Frechheit besessen hat, Menschen, die sich Schönheits-OPs unterzogen haben, mit »abstrakten Karikaturen« gleichzusetzen ... Das ist keine Satire, sondern entmenschlichend.

»Schreiben Sie auch?«, fragt er.

Schreiben. Diese Monstrosität von Artikel nennt er *Schreiben*.

»Ich studiere es. An der Columbia.«

Wenn ich schon lüge, kann ich meinem Lebenslauf ja ein bisschen Pepp verleihen.

»Verstehe.« Er lächelt höflich und wendet sich wieder seinem Laptop zu; offenbar bin ich ihm als Studentin nicht interessant genug.

Mist. Ich hatte gehofft, dass er gesprächiger wäre. Auf Social Media hält er sich schließlich auch nicht zurück. Aber was jetzt? Ob ich es einfach wagen sollte? Eine andere Wahl habe ich vermutlich gar nicht.

»Man merkt, dass Sie bei ihren Artikeln in die Tiefe gehen und nicht nur oberflächlich recherchieren«, taste ich mich weiter vor und schraube den Deckel meines Kaffeebechers zu.

»Danke«, sagt er, ohne von seinem Bildschirm aufzusehen.

»Der Langston Artikel gestern.« Ich nehme einen Schluck und mache ein fassungsloses »Wie krass war der bitte?«-Gesicht. »Ich mochte die Erzählstimme. Der Stil hat mich an einen Thriller erinnert.«

Jason dreht sich wieder zu mir, runzelt die Stirn, und ich sehe förmlich, wie sich die Zahnräder in seinem Kopf drehen. Seine Augen flackern, als Erkenntnis über ihn hereinbricht.

Scheiße.

»Warten Sie!«, sage ich, als er sich in Windeseile von seinem Stuhl erhebt und seinen Laptop zuklappt.

»Ich wurde schon vorgewarnt, dass mir irgendwelche fanatischen Fans nachstellen würden.« Er hängt sich seine Tasche über die Schulter und lacht schnaubend. »Aber dass es so schnell gehen würde, hätte ich nicht erwartet.«

Das ganze Café sieht zu uns rüber, Scham fließt heiß durch meine Glieder, doch ich versuche, sie abzuschütteln.

»So eine bin ich nicht«, versichere ich und folge ihm nach draußen. »Es geht nicht um Langston, sondern einzig und allein um das Hotel. Die Person, die Sie interviewt haben …«

»Hören Sie auf, mir nachzulaufen. Sie bekommen nichts von mir!«

»Das will ich auch nicht. Aber ich kenne die Wahrheit. Diese Angestellte … sie … sie hat nicht die Wahrheit gesagt!«

Jason bleibt abrupt stehen und fährt so schnell herum, dass ich fast in ihn hineinlaufe.

»Soll ich Ihnen was verraten?« Seine Stimme wird dunkel. »Das. Ist. Mir. Scheiß. Egal.«

Seine Worte schneiden mir ins Fleisch wie Messerstiche. Dachte ich allen Ernstes, ich könnte zu ihm durchdringen? Einem Menschen, der sich bereitwillig Gerüchten und Lügen verschrieben hat? Für Klicks? Für Geld?

»Es ist Ihnen egal, dass Sie ein ganzes Hotel in Verruf bringen? Egal, dass andere ihren Job verlieren?«

»Scheißegal«, bestätigt er, ohne mit der Wimper zu zucken, und mich überfällt ein so tiefer Abscheu, dass mir die Galle hochkommt.

»Sie sind armselig«, presse ich hervor.

»Und Sie sind noch ein Kind.« Er lächelt abfällig. »Wenn Sie wirklich jemals Journalistin werden wollen, müssen Sie Ihre Emotionen zurückhalten. Sie können nicht wegen jeder Kleinigkeit rumheulen.«

»Ich würde niemals lügen!«

»Das tue ich auch nicht. Ich schreibe nur darüber. Eine Story ist eine Story.«

Er wendet sich zum Gehen, dreht sich aber noch mal um. »Halten Sie sich fern von mir oder ich rufe die Polizei!«

Und damit rauscht er davon. Frustriert sehe ich ihm hinterher. Na, das lief ja ganz toll.

»Ähm.« Ein Räuspern erklingt, und als ich mich umdrehe, entdecke ich Ryan, der an Sams Auto lehnt. »Deshalb sind wir also hergefahren? Weil du dachtest, dass es was bringen würde, dem Autor des Artikels aufzulauern?«

»Ich hatte ihn fast«, brumme ich und stapfe an ihm vorbei. »Er hat mich nur nicht ausreden lassen.«

Er läuft mir nach und ein verräterisches Zucken umspielt seine Mundwinkel. »Du meinst, er hätte auf sämtliche Verschwiegenheitserklärungen geschissen und seine journalistische Integrität riskiert, wenn du ihm schöne Augen gemacht hättest?«

»Überzeugt«, korrigiere ich. »Außerdem hätte ich ihm als Gegenleistung für den Namen der Person eine größere Story angedreht.«

»Und was für eine?«

»Keine Ahnung. Die Titanic ist doch nicht gesunken und ihr Hafen befindet sich auf den Bahamas. Irgendein sensationsgeiler Scheiß eben.«

Sein Lächeln wird breiter. »Und du hättest nicht ein paar Tage warten können? Der Artikel ist doch erst vor wenigen Stunden erschienen.«

Verdammt, er hat recht. Wo war bloß mein Kopf? In der Regel gehe ich so was doch viel strukturierter und weniger Joe Goldberg-mäßig an.

»Ich hab meinen Plan nicht richtig durchdacht«, gestehe ich.

»Aber hey, immerhin hast du ihn gefunden. Das ist doch was.«

»Das hätte jeder geschafft«, winke ich ab. »Der Typ benutzt Twitter wie sein Tagebuch.«

»Aber nicht jeder hätte den Mut gehabt, ihn wirklich anzuquatschen.« Er klingt beinahe aufmunternd.

»Mut oder Creep?«, scherze ich, und jetzt lacht er richtig, ein warmer, kehliger Laut, der mir unter die Haut geht.

Eine gute Sache hatte diese Fail-Aktion wenigstens: Von der unterkühlten Stimmung im Auto ist kaum mehr was zu spüren.

Als wir an einer Ampel zum Stehen kommen, werfe ich einen Blick zur Seite. Vor uns erstreckt sich der Domino Park, eine längliche Parkanlage, die sich direkt am East River befindet.

Plötzlich kommt mir Emorys Ultimatum wieder in den Sinn. Die zwei Stunden, die er mir gegeben hat, sind fast vorbei. Zögernd schaue ich zu Ryan. Ob ich es ihm einfach sagen sollte? Ich weiß nicht, ob es zu früh ist. Nicht, dass ich ihn damit überrumpele oder erst recht von mir stoße.

Andererseits, wie lange soll ich noch warten? Ich bin hier, er ist hier. Ich mag ihn, und er … wenn er heute Morgen wirklich eifersüchtig war …

Die Hoffnung ist klein, und wenn er anders empfindet, weine ich vermutlich bis übermorgen. Aber jetzt gerade ist die Ungewissheit tausendmal schlimmer als die Angst vor einem Korb.

»W-Wollen wir noch zum Wasser laufen?«, frage ich mit einem leichten Beben in der Stimme.

Ryan schürzt die Lippen und dreht den Kopf zur Richtung, aus der wir gekommen sind. »Okay, aber nur kurz, weil ich im Parkverbot stehe.«

Nur kurz … Ob ich nicht doch lieber auf einen besseren Moment warten sollte?

Nein! Keine Ausreden. Ich zieh das jetzt durch.

Wie betreten den Park, der trotz seiner Grünflächen einen industriellen Charme versprüht, welcher der Zuckerfabrik geschuldet ist, die einst hier stand. Viele Menschen sind unterwegs, an den Imbissständen reihen sich Warteschlangen, und auf einem Stück Wiese machen ein paar Menschen Yoga.

Eine Weile laufen wir am East River entlang, vor uns die Williamsburg Bridge und dahinter die Skyline, die über dem Wasser aufragt. Warmer Wind weht durch meine Locken, während ich im Geiste nach einem guten Anfang suche.

»Hey Ryan, ich wollte dir nur sagen …«

»Schau mal.« Ryans Blick fällt auf einen rosa Zuckerwattestand in der Nähe. »Willst du auch?«

Erst glaube ich, er würde scherzen, doch da stellt er sich schon in die Schlange und bestellt eine Portion. Die Verkäuferin lässt einen dünnen Holzstab durch die silberne Schüssel kreisen, und mit dem Volumen der wattigen Masse wächst auch meine Verwirrung. Kurz darauf hält sie uns die fertige Zuckerwatte hin, und während Ryan in seinem Geldbeutel wühlt, greife ich instinktiv danach.

Wir laufen weiter, ich halte den Stab noch immer und traue meinen Augen kaum, als sich Ryan einen Wattebausch aus der Masse zupft.

Er bemerkt meinen Blick und runzelt die Stirn. »Was ist?«

Mit dem Finger deute ich auf die weißen Fäden in meiner Hand. »Du … isst das?«

Er wirkt irritiert. »Ja?«

»Aber ich … ich dachte, du magst keine Zuckerwatte?«

Sein Kiefer verhärtet sich. »Ich liebe Zuckerwatte.«

»Seit wann?«

Ich erstarre, als plötzlicher Zorn in seinen Augen aufblitzt. Ein paar Sekunden lang funkelt er mich an, dann lacht er auf, doch es klingt frustriert. Mit zusammengepressten Lippen wendet er sich ab, blinzelt in die Sonne, schüttelt mehrmals den Kopf.

Verwirrung hämmert gegen meinen Schädel. Ich will nachfragen, was gerade passiert, doch meine Kehle ist wie zugeschnürt.

Und dann geht alles ganz schnell.

Ryan fährt herum, nimmt mein Gesicht zwischen seine Hände und presst seine Lippen auf meine.

24. KAPITEL

Sämtliche Luft entweicht meinen Lungen. Ryan küsst mich. Er küsst mich! Passiert das wirklich? Mein Herz rast, während ich die Information in ihre Einzelheiten zerlege und zu einer neuen zusammensetze.

»Ich liebe Zuckerwatte.«

Das waren seine Worte. Und jetzt küsst er mich. Erkenntnis zuckt durch meine Synapsen, meine Knie werden weich, mein Herz rast in doppelter Geschwindigkeit.

Er will mich auch! Gott, er will mich auch!

Sehnsucht steigt in mir auf, mein ganzes Innerstes zieht sich zusammen, und gerade, als ich ihm entgegenkommen und den Druck erwidern will, schwindet Ryans Wärme von meinen Lippen, und zurück bleibt nur Kälte.

»Scheiße.« Ryan stolpert zurück. Sein Atem geht hektisch, sein Blick wirkt desorientiert. »Tut mir leid. Das war voll ohne Consent.«

»Nein.« Schnell schüttele ich den Kopf und mache einen Schritt auf ihn zu. »Ryan …«

»Ich hätte dich nicht so überfallen sollen«, redet er weiter. »Das war unfair.«

»Ryan …«

»Tut mir leid. Ich wollte dich wirklich nicht in so eine …«

»Ryan!« Ich halte ihm die Hand vor den Mund, um ihn zum

Schweigen zu bringen. Ryan erstarrt unter meiner Berührung, weicht aber nicht zurück.

Ich hole tief Luft. *Jetzt oder nie.*

»Ich … ich will dich jedes Mal küssen, wenn ich dich sehe.«

Seine Pupillen weiten sich.

»Küssen, umarmen und nie wieder loslassen«, fahre ich zitternd fort und nehme langsam die Hand von seinem Mund. Seine Lippen sind leicht geöffnet, sein Ausdruck verwirrt, als würde er die Bedeutung meiner Worte nicht verstehen. Die unterschiedlichsten Emotionen gleiten über sein Gesicht – Unglaube, Verwirrung, Skepsis, Angst.

Hoffnung.

Vorsichtig stelle ich mich auf die Zehenspitzen, streife seine Nasenspitze mit meiner und erschaudere, als sein heißer Atem auf mich trifft. Die Luft knistert vor Anspannung, mein ganzer Körper kribbelt. Ich hebe das Kinn, sehe ihm tief in die Augen und lege alles, was ich für ihn empfinde, in meinen Blick.

Ein Ruck geht durch seinen Körper. Mit einem gequälten Laut überwindet er den letzten Abstand und als unsere Lippen sich erneut treffen, explodieren meine Nervenenden. Die Umgebung um mich herum verschwimmt zu einem Aquarellbild, während wir uns so innig küssen, dass meine Knie weich werden. Ryan hakt seine Finger in die Gürtelschlaufen meiner Hose und zieht mich zu sich. Mir entwischt ein leises Keuchen, als meine Hüfte gegen seine stolpert. Meine Finger finden seinen Nacken, streicheln über seinen Haaransatz. Ich öffne meine Lippen, unsere Zungen treffen aufeinander, Hitze sammelt sich in meiner Körpermitte, und ich muss wieder keuchen. Der Kuss ist hart und energisch, drängend und ungeduldig. Und ich habe das Gefühl zu fallen. Immer tiefer, zerfließe in dem Moment, löse mich beinahe auf.

Irgendwann vibriert Ryans Handy in seiner Hosentasche,

doch wir ignorieren es, küssen uns weiter. Der Anrufer legt auf, aber kurz darauf vibriert es wieder.

Langsam kämpfe ich mich aus meiner Trance.

»Ryan?«, murmele ich an seinen Lippen. Meine Stimme klingt weit weg.

Ryan schüttelt den Kopf, zieht mich fester an sich.

»Dein Handy ...«

»Ist mir egal.« Er küsst mich weiter, immer weiter, und ich schmelze fast in seinen Armen.

Doch aller guten Dinge sind drei und als es erneut klingelt, seufzt er und löst sich schließlich von mir.

Wie benommen öffne ich die Augen, blinzele gegen das Sonnenlicht. Nur langsam setzt sich die Umgebung um mich herum wieder zusammen. Eine Gruppe Touristen läuft schnatternd an uns vorbei, Möwen kreisen über unseren Köpfen, in der Ferne bellt ein Hund.

Ryan wirft einen genervten Blick auf sein Handy, als er jedoch den Namen liest, wird sein Ausdruck sofort weicher.

»Hey«, sagt er sanft, die Lippen leicht nach oben gebogen. Lippen, die gerade eben noch auf meinen lagen.

Wir haben uns geküsst.

Mein Unterbewusstsein hüpft vor Freude und Aufregung mehrmals auf der Stelle. Es ist wirklich passiert! ES IST WIRKLICH PASSIERT!

Mein Blick fällt auf die Zuckerwatte, die ich noch immer in der Hand halte. Ihre Form ist ein bisschen in sich zusammengefallen – wie viel Zeit ist überhaupt vergangen?

»Noch in Brooklyn, warum?« Ryan runzelt die Stirn. »Jetzt?« Er schließt die Augen und stöhnt leise. »Und wieso muss ich dabei sein?«

Sein Blick fällt auf mich, und sofort kriecht Hitze über meine Haut. »Okay, dann nehme ich den Wagen und du fährst mit

Frank? Alles klar. Bis gleich.« Als er auflegt, seufzt er tief. »Das war Sam.«

»Du musst gehen?«

Er nickt. »Nach Hause. Also nicht ins Hotel, sondern …«

»Ach so.« Das Penthouse im Battery Park, in dem die Van Days fernab des Hotels offiziell als *Familie* wohnen.

»Ich muss mich ein bisschen beeilen, aber ich bring dich noch zurück.«

»Nein, geh ruhig.« Der Battery Park ist am unteren Zipfel Manhattans, während ich wieder hochfahren muss. Für ihn wäre das nur ein unnötiger Umweg. »Ich laufe einfach noch ein bisschen am Wasser entlang und nehme dann später die Bahn.«

»Sicher?«

»Ganz sicher.«

»Okay.« Er wirft einen erneuten Blick auf sein Handy. »Keine Ahnung, wie lange ich bleiben muss, aber ich hoffe, nicht allzu lang.«

»Lass dir Zeit. Vielleicht …« Meine Stimme vibriert. »S-Sehen wir uns ja später.«

Er schluckt. »Ich schreib dir.«

»Okay.«

»Okay.«

Sekundenlang stehen wir uns schweigend gegenüber, ohne, dass sich einer von uns von der Stelle rührt.

Schließlich lässt Ryan die Stirn gegen meine sinken und seufzt tief. »Ich will nicht gehen.«

Mein Herz macht Radschläge. »Das will ich auch nicht.«

»Okay, dann bleibe ich.« Er hebt mein Gesicht an und küsst mich, als sei die Sache entschieden.

Ich lächele an seinen Lippen. »Du musst. Es klang total dringend.«

»Ich weiß. Aber wie soll ich denn … ich kann doch jetzt nicht einfach … Nein.« Er schüttelt den Kopf, als sei dieses Vorhaben unmöglich. Erneut finden seine Lippen meine.

»Ryan«, versuche ich es wieder und lache, als er meine Worte durch einen weiteren Kuss ersticken will. »Zwing mich nicht, die Vernünftige zu sein.«

»Dann sei es nicht.«

Gott, gleich hat er mich wirklich.

»Ryan …«

Seufzend lässt er von mir ab. »Uff, ja okay.« Er reibt sich über das Gesicht, als würde ihn das alles übermenschliche Anstrengung kosten. »Aber ich fahre dich noch.« Er greift nach meiner Hand.

»Das musst du nicht«, sage ich, während ich ihm taumelnd folge. »Ich kann wirklich …«

»Ich fahre dich«, schneidet er mir das Wort ab, und heilige Scheiße! Seit wann finde ich es heiß, wenn mich ein Mann unterbricht?

Der Nachmittagsverkehr ist heute besonders zäh. Vermutlich gab es einen Unfall, denn die Fahrt zum Hotel dauert fast doppelt so lange. Für mich ist das okay – Ryan und ich wechseln zwar kaum ein Wort, doch unsere Finger sind auf der Mittelkonsole miteinander verflochten, und auch wenn der Großteil in mir noch immer nicht begriffen hat, was passiert ist, will ich mich nicht von ihm trennen. Das vorhin … es war so schön. Ich kann es gar nicht richtig glauben.

Als wir uns endlich zur Kreuzung kämpfen, setzt mein Herz einen erschrockenen Schlag aus. Etliche Menschen belagern den Hoteleingang – Reporter mit Mikrofonen und Kameras, aber auch Schaulustige, die wissen wollen, was passiert, und Polizisten, die versuchen, das Treiben aufzulösen.

»Fuck«, flucht Ryan und hält am Bordstein, der wegen der Busspur eigentlich nicht blockiert werden darf.

»Wie …«, beginne ich mit dem verwirrten Blick auf die Antenne eines blauen News-Vans. Dann dämmert es mir. *Der Artikel.* Oh nein. Bestimmt soll er deshalb zum Penthouse. Damit die Presseleute keinen Schnappschuss von ihm einfangen oder ein Zitat aus ihm herauskitzeln.

»Du musst mich hier rauslassen«, sage ich und schnalle mich ab.

Ryan blickt zur Straße. »Ich fahre dich noch zum Hintereingang.«

»Dein Ernst? Hier ist One Way, Baby. Das wäre erstens voll der Umweg und zweitens sollten dich diese Geier von Reportern nicht sehen. Bestimmt kennen sie Sams Wagen und warten nur darauf, dass wir vorfahren. Ich muss eh nur über die Straße, und dann …« Ich verstumme, als mich Ryan mit ausdrucksloser Miene mustert.

»Was ist?«

Er schluckt. »Du … hast gerade Baby gesagt.«

»Oh.« Wärme schießt in meine Wange. »Sorry.«

»Nein.« Er schüttelt den Kopf, lächelt, ganz leicht, und Gott! Das Ding in meiner Brust explodiert gleich. Das ist zu viel. Zu viel Gefühl. Zu perfekt.

Schnell wende ich den Blick ab und greife nach meiner Tasche. »Okay, ich gehe dann mal.« Mit klammen Fingern öffne ich die Tür.

»Pass auf dich auf.«

»Du auch auf dich. Und schreib mir, wenn du wieder da bist. Also … wenn du willst«, schiebe ich verlegen hinterher.

Ryan lächelt wieder, mein Herz rastet völlig aus, und als er sich vorbeugt, um mich erneut zu küssen, bleibt es schließlich ganz stehen.

25. KAPITEL

Mit gesenktem Kopf laufe ich an den Reportern vorbei. Komisch, dass sie diesmal nicht wegen irgendwelcher Prominenter, sondern uns Mitarbeitern hier sind. Die Van Days kennen diesen Rummel, doch im Gegensatz zu ihnen ist niemand von uns darin geschult, ihre aufdringliche Art abzuwehren. Natürlich wissen wir, dass wir nicht mit der Presse sprechen dürfen, aber was, wenn einer von uns derart provoziert wird, dass er irgendwann die Beherrschung verliert? Ein kalter Schauer jagt über meine Wirbelsäule. Schnell beschleunige ich meinen Gang und husche durch einen der Hintereingänge.

Auf den ersten Blick wirkt alles wie immer. Mitarbeiter gehen in gewohnter Nachmittagshektik ihrer Arbeit nach, in der Lobby hingegen herrscht mehr Trubel. Alle Sitzplätze sind belegt, im Loungebereich jagen die unterbesetzten Kellner von einem Gast zum nächsten. Vor der Rezeption hat sich eine Menschenansammlung gebildet; vermutlich, weil das Ein- und Ausgehen durch die vielen Reporter ausgebremst wird.

Dennis entdeckt mich und winkt mir zu. Schnell setze ich mich in Bewegung und umrunde den Tresen.

»Wie schlimm ist es?«, komme ich sofort zum Punkt.

»Noch ist alles ruhig. Die meisten sind eher neugierig und glauben, dass irgendeine berühmte Person hier wohnt. Warum ist dein Gesicht so rot?«

»Was?« Ich betaste meine warme Wange. »Oh, das ist wegen …«

Ryan. Ryan. Ryan. Ryan. Ryan.

»Der Hitze.«

»Ah.« Er wendet sich dem Laptop zu und hält mir die Hand hin. »Gib mir deine Schlüsselkarte, ich muss sie aktualisieren. Wegen der Vorkommnisse werden einige Zugangsberechtigungen zurückgenommen.«

»Worauf werde ich noch Zugriff haben?«, frage ich und reiche sie ihm.

»Erst mal nur auf eure Wohnung.«

Ich nicke, auch wenn sich leichte Enttäuschung in mir breitmacht. Ich liebe meine universelle Schlüsselkarte, aber in Anbetracht der Situation ist diese Sicherheitsmaßnahme wohl nur vernünftig.

»Gab es irgendwelche …«, ich nicke zum Computer und verkneife mir das Wort *Stornierungen*.

»Bis jetzt noch nicht.« Er schaut finster über den Tresen. »Aber nun, wo das Hotel belagert wird, ist es wohl nur eine Frage der Zeit, bis …« Er spricht nicht weiter, und ich schlucke, während mein Magen von einem erneuten Emotionscocktail überflutet wird. Eben noch in höchster Euphorie bin ich nun erschlagen, wütend und entsetzt.

»Hast du noch mal mit den anderen geredet? Hat irgendwer eine Ahnung, wer die angebliche Zeugin aus dem Artikel gewesen sein könnte?«

Dennis schüttelt den Kopf. »Niemand weiß irgendwas, alle sind total fassungslos.«

Und doch war es vielleicht irgendwer vom Team. Das scharfe Gefühl des Betrugs brennt sich durch meine Eingeweide.

*

Meine Beine haben mich in den winzigsten Raum des Hotels getragen – ich weiß gar nicht, ob er einen offiziellen Namen hat, denn im Grunde gehört er zur Küche und ist lediglich mit einem Schrank ausgestattet, in dem Besteck für besondere Anlässe gelagert wird. Als ich damals beim Versteckspielen diesen Ort fand, war ich sicher, dass mich Ryan nie finden würde. Doch je länger ich wartete, desto langweiliger wurde es, und irgendwann wich die Ödnis immer größer werdender Panik. Die Wände kamen näher, meine Glieder erstarrten, und als ich irgendwann anfing zu weinen und mich Warren aus der kleinen Kammer zog, schwor ich mir, nie mehr an diesen drückenden Ort zurückzukehren.

Und doch bin ich nun hier, denn der – nennen wir ihn »Besteckraum« – ist klein und privat, wie ein Vakuum, der das Treiben der Welt isoliert. Perfekt, um allein mit meinen Gedanken zu sein.

Gegen die Wand gelehnt greife ich nach meiner Tasche und zücke den Artikel mit der *ehemaligen Angestellten* hervor, den ich heute Morgen ausgedruckt habe. Er ist mit etlichen Markierungen und Randnotizen versehen. Mit zusammengekniffenen Augen überfliege ich die hervorgehobenen Passagen.

»Es war ganz sicher Mord«, behauptet eine ehemalige Angestellte, die aufgrund ihrer Sicherheit anonym bleiben will.

Ich halte inne, lese die Passage erneut und versuche mir dabei Louisas warme Stimme vorzustellen.

»Es war ganz sicher Mord.«

Dann Carmen, mit ihrem leichten spanischen Akzent.

»Es war ganz sicher Mord.«

Nein. Das passt einfach nicht. Selbst wenn es eine von ihnen gewesen wäre, würden sie sich nicht *so* ausdrücken.

»Es war ganz sicher Mord«, lese ich die Passage mit Dennis' Stimme. *»Es war ganz sicher Mord. Es war ganz sicher Mord.«*

Hm, zu ihm würde der dramatische Bariton schon eher passen, aber Dennis liebt das Hotel vermutlich noch mehr als ich. Unter keinen Umständen würde er es in Verruf bringen. So ist er nicht. So ist niemand von uns. Wir sind eine Familie, halten zusammen und haben keinen Grund, einander in den Rücken zu fallen.

»Den ganzen Tag schon wirkte sie aufgewühlt«, lese ich weiter. *»Eine Kollegin erzählte mir, dass sie hörte, wie sie mit jemandem am Telefon stritt.«*

Wenn das wirklich wahr sein sollte, wie soll besagte *Kollegin* das Telefonat überhaupt mitgekriegt haben? Hat Edith Langston etwa so laut geredet, dass man sie vom Flur aus gehört hat?

»Sie hat nachts versucht, bei der Rezeption anzurufen«, so die Angestellte. »Vielleicht wollte sie auf den Lärm aufmerksam machen. Oder um Hilfe bitten. Doch sie ließ es nur ein Mal klingeln und als meine Kollegen zurückriefen, ging sie nicht ran.«

Woher hat sie diese Information? Ich arbeite in der Rezeption und wusste es selbst nicht. Warum hat dieser Vollpfosten von Jason Corano nicht nachgefragt? Er kann die Leser doch nicht mit halbgaren Informationen abspeisen!

Doch der letzte Abschnitt ist der mit Abstand grausamste.

»Alles was ich sagen kann, ist, dass Albert Van Day bestimmt nicht eines natürlichen Todes gestorben ist.«

Wieso, wieso zieht sie auch ihn mit rein? Warum muss sie seinen Tod erneut aufrollen? Kann sie die Verstorbenen nicht einfach in Frieden ruhen lassen?

Oder hatte sie vielleicht etwas gegen ihn? Ich habe viele positive Erinnerungen an Grandpa Al, aber ich weiß auch, dass er ein sehr schwieriger Mensch war, besonders, als es mit seiner Demenz (die bis zum Schluss ein Geheimnis blieb) immer schlimmer wurde. Vielleicht hat er irgendwem das Leben zur Hölle gemacht, und er oder sie will sich jetzt rächen.

Brummend schließe ich die Augen und reibe mir über den Kiefer, der mit jedem gelesenen Wort immer stärker gemahlen hat.

Irgendwas übersehe ich doch.

Ein Detail, über das ich sicher schon mehrmals gestolpert bin, aber einfach nicht greifen kann. Ob ich an der falschen Stelle suche? Doch welche ist die richtige? Noch immer habe ich keinen wirklichen Anhaltspunkt, nicht einen konkreten Hinweis oder eine verdächtige Person, die als Informant infrage käme.

»Weil Sie ein Kind sind«, fährt mich Jason Corano im Geiste an. *»Sie haben nicht das Zeug zur Journalistin. Sie werden der Wahrheit nie auf die Schliche kommen.«*

»Aber Sie schon?«, höhne ich im Stillen zurück. *»Sie kennen sie doch selbst nicht, weil Ihnen die Person egal ist.«*

»Es gibt keine unbestrittene Wahrheit.«

»Ach, jetzt machen Sie einen auf Voltaire? Wollen Sie mir allen Ernstes mit der philosophischen Ebene kommen, weil Ihnen die Argumente fehlen?«

Halt, was tue ich hier? Ich führe einen imaginären Streit mit einem Journalisten, dem ich heute nachgestellt habe!

Meine Güte, ich muss echt raus aus diesem Raum.

Kopfschüttelnd stopfe ich die Blätter zurück in meine Tasche und richte mich auf, ehe ich meine steifen Beine schüttele. Leise öffne ich die Tür, warte, bis die Luft rein ist, und schleiche mich dann zum Küchenausgang. Den Blick auf die Füße gesenkt, schreite ich durch den Flur, bin tief in Gedanken versunken, und merke zu spät, wie ich geradewegs in jemanden hineinlaufe.

»Au!«

»Oh, sorry, Louisa«, murmele ich, als wir uns wieder voneinander lösen.

»Kein Problem, Schätzchen.« Sie richtet ihren Pony, der bei seiner Kollision etwas durchgeschüttelt wurde. Als sie lächelt, spüre ich stechende Scham über meine Haut kriechen. Wenn sie wüsste, dass ich vorhin im Besteckraum saß und auch nur in Erwägung gezogen habe, dass sie oder ein anderer Kollege besagte »Angestellte« wäre …

»Wo warst du?«

»Ähm, hier und da«, antworte ich ausweichend. »Und du? Müsstest du nicht längst Feierabend haben?«

»Doch, aber ich hab mich mit ein paar Kolleginnen in der Umkleide verquatscht. Bei guter Gesellschaft merkt man gar nicht, wie schnell die Zeit vergeht. Ist bei dir alles okay, Schätzchen?« Sie deutet auf meinen Kopf. »Du siehst aus, als würde es darin ziemlich arbeiten.«

Meine Mundwinkel verziehen sich zu einer schmalen Linie. »Ist viel los gerade«, seufze ich.

»Das Hotel oder Ryan?« Sie hebt eine Augenbraue, und sofort steigt Hitze in meine Wangen.

»Äh, beides. Aber gerade vor allem das Hotel.«

»Machst du dir Sorgen?«

Was für eine seltsame Frage. »Natürlich!«, rufe ich lauter als beabsichtigt aus.

»Musst du nicht«, winkt sie ab und hakt sich bei mir unter, während sie mich in Richtung der Aufzüge begleitet. »Dieses Gebäude hat schon weitaus Schlimmeres überstanden. Hast du jemals von dem Brand in der Redfort Suite gehört?«

Erschrocken reiße ich die Augen auf. »Ist da etwa auch jemand gestorben?«

»Nein, aber ein Gast hat bei einem Candle-Light-Dinner mit seiner Liebsten das halbe Zimmer abgefackelt. Das ganze

Hotel musste evakuiert werden. Einige Gäste kamen sogar ins Krankenhaus.«

»Wann war das?«

»Irgendwann in den Achtzigern. Und heute redet niemand mehr darüber. Genau wie das eine Mal, als sich ein Flamingo in die Lobby verirrt hat.«

Von der Geschichte habe ich gehört. Im *Kimberly's* hängt sogar eine gerahmte Schwarz-Weiß-Aufnahme von besagtem Ereignis, das sich irgendwann in den Zwanzigern zugetragen hat. Gerüchte besagen, dass einige Badtapeten deshalb mit pinken Flamingos gemustert sind.

Darüber sollten wir vielleicht auch ein TikTok drehen. Alte Geschichten aus dem Hotel erzählen … Im Geiste mache ich mir eine Notiz.

»Je älter das Hotel wird, desto mehr häufen sich die Geschichten«, fährt Louisa fort und lässt ihre Hand in der Luft wedeln. »Vermutlich könnte man ganze Bücher mit seinen Dramen füllen. Aber die Leute kommen trotzdem her, weil dieses Hotel einfach magisch ist. Du betrittst die Lobby und bist verzaubert.«

Lächelnd nicke ich und spüre, wie eine innere Ruhe in mir aufsteigt. Vielleicht hat sie recht. Vielleicht ist es nur eine Krise von vielen und fühlt sich für mich bloß deshalb so dramatisch an, weil ich mittendrin stecke.

»Danke«, sage ich leise und drücke ihren Arm.

»Immer.«

Wir erreichen die Aufzüge genau in dem Moment, als die Türen auseinandergleiten.

»Ich wollte gleich zum Bingo-Abend«, erklärt Louisa, als ich einsteigen will. »Hättest du Lust, mitzukommen? Vielleicht lenkt dich das ein wenig ab.«

Ich weiß nicht, ob es an ihrem warmen Lächeln liegt oder

unserem Gespräch über den Zauber des Hotels, aber mit einem Mal will ich nirgendwo lieber sein als hier im Van Day, umringt von meinen Kollegen und Freunden.

Meiner Familie.

»Sehr gern.«

26. KAPITEL

Wir spielen Exploding Kittens, ein Gesellschaftsspiel, bei dem es kurz gefasst darum geht, bestimmten Explosionskarten auszuweichen, weil man andernfalls, na ja … explodiert und verliert. Anfangs sind wir zu siebt – Margery von der Reinigung, Louisa, die verdächtig oft mit Gonzales flirtet, dann noch Linus und auch Anitta, die zu meiner Überraschung eine sehr alberne und unkonzentrierte Spielerin ist und jedes Mal schallend lacht, wenn sie rausfliegt. Es sind jedoch auch Leute da, mit den ich sonst kaum rede, nette Kellner aus der Spätschicht oder Kollegen aus der Küche.

Das Spiel selbst ist ein wenig makaber, aber irgendwie auch lustig. Eigentlich wollte ich nur eine Runde mitmachen, aber nachdem ich das erste Spiel gewonnen habe, packt mich der Größenwahn, meinen Titel zu halten. Je länger ich dabei bin, desto mehr taue ich auf, und nachdem ich auch die dritte Runde gewinne, kann ich nicht anders, als auch diesen Sieg ein wenig raushängen zu lassen. Grinsend bejubele ich mich selbst, und als Linus mir sagt, dass er mich noch nie so aufgedreht erlebt hat, und Louisa neben ihm wissend lächelt, berührt das etwas ganz tief in mir. Zum ersten Mal seit Ewigkeiten fühle ich mich wieder wie ich. Aufgedreht. Laut. Quirlig. Als würde ein Teil in mir wieder zurückkehren. Ein inneres Leuchten, das durch den Liebeskummer jahrelang überschattet wurde.

Ryan.

Ich hatte mein Handy zum Aufladen in unserer Wohnung gelassen, deshalb weiß ich nicht, ob er mir geschrieben hat. Ob er inzwischen wieder zurück ist? Der Gedanke daran, ihn heute noch zu sehen, lässt meinen Puls aufflattern.

Nach der vierten Runde verabschiede ich mich mit dem Versprechen, demnächst wieder dabei zu sein, und erst auf dem Weg zu den Aufzügen dämmert mir, dass ich während der Zeit im Pausenraum kein einziges Mal über den Artikel nachgedacht habe. Zwei Stunden lang saß ich in einer gemütlichen Runde mit meinen Kollegen, die die aktuellen Umstände ebenfalls mit keiner Silbe erwähnt haben. Warum eigentlich? Beschäftigt es sie nicht, dass einer von uns der potenzielle Informant sein könnte? Aber vielleicht haben sie auch ein solches Vertrauen ineinander, dass sie einen Artikel dieser Art sofort für eine Lüge abtun? Wenn es so wäre, dann … würde ich mich dafür umso mehr verachten, weil ich zugelassen habe, dass meine Gedanken in derart tiefe Abgründe sanken.

Als ich die Tür zu unserer Wohnung öffne, ist Mom gerade dabei, ihren Kulturbeutel in einen offenen Koffer zu stopfen.

»Hey«, begrüße ich sie und ziehe meine Schuhe aus. »Fährst du weg?«

»Ja, zu einem Junggesellinnenabschied in Maine.« Sie hält ein weißes Unterhemd vor sich und wirft es nach kurzem Zögern ebenfalls in den Koffer.

»Davon hast du gar nichts erzählt.«

»War auch ein ganz spontaner Auftrag. Bin Sonntagabend wieder zurück.«

»Fährt Dad auch mit?«, rutscht es mir, ohne nachzudenken, raus.

Mom erstarrt, ihre Finger verkrampfen sich um den weißen BH, den sie gerade hält. »Was?«

»Ich … na, weil er auch Koch ist«, druckse ich rum, als mir zu spät einfällt, dass sie mir noch gar nicht von ihrem Date mit ihm erzählt hat.

Röte schießt in Moms Wangen. »Wie kommst du denn darauf?«

Ich sag nur »funky« …

»Keine Ahnung. Egal. Ein spontaner Auftrag also«, lenke ich ab. »Junggesellinnenabschied. Soso.«

»Hey, sag das nicht so abwertend!«

»Nein, so meinte ich das gar nicht. Nur, normalerweise nimmst du doch eher … na ja, dekadentere Aufträge an.« Immerhin war es letztens noch eine richtige Hochzeit … »Wie viel zahlen die für solche Aufträge überhaupt?«

»Unwichtig.«

Ich seufze. »Also wenig.«

»So oder so kann ich es nicht ausschlagen.« Sie nickt zu dem aufgerissenen Briefumschlag, und sofort zieht sich alles in mir zusammen.

»Eine Mahnung?«, japse ich.

»Nein. Aber die tilgungsfreie Zeit ist ab sofort vorbei. Ab jetzt wird der Kredit abbezahlt. Und diese Zinsen … Gott, da zahle ich ja fast zwei Vasen ab. Je schneller er weg ist, desto besser.«

Ihr innerer Druck geht augenblicklich auf mich über. Am liebsten würde ich sofort wieder runter in die Lobby stürmen und irgendwen um eine zusätzliche Schicht anflehen, um etwas mehr Geld zu verdienen. Aber diesen Monat habe ich bereits zu viele Überstunden gemacht …

»Mom?« Ich setze mich an die Sofakante und werfe meinen Block auf den Tisch. »Das kommt jetzt zwar etwas aus dem

Nichts, aber warum wolltest du nicht, dass Jules uns hilft? Mit den Schulden, meine ich.«

Meine Mutter hebt den Kopf und mustert mich einen Moment lang mit gerunzelter Stirn. »Die Familie Van Day hat schon genug für uns getan.«

»Inwiefern?«, hake ich nach. »Du schlägst doch immer alles ab. Wann immer sie uns etwas anbieten, sagst du: ›Es ist zu viel.‹ Bei gesponserten Reisen nach Paris verstehe ich deine Bescheidenheit ja, aber diesmal ist es ein Notfall.«

»Es ist kein Notfall«, widerspricht sie und fummelt am Verschluss des Koffers. »Bloß ein Schuldenberg, der zugegebenermaßen ziemlich hoch ist. Aber shit happens.« Sie zuckt gleichgültig mit den Schultern. »Leute geben zu viel Geld für Keramik aus und andere mit zu wenig zerstören sie. Das ist unfair, aber so ist das Leben. Abgesehen davon sollten wir bei niemandem, am wenigsten noch bei unseren Freunden, in einer so großen Schuld stehen.« Sie richtet ihren Koffer auf. »Schon gar nicht, wenn besagte Freundin zugleich auch unsere Chefin ist. Was glaubst du, was los wäre, wenn die anderen aus dem Hotel erfahren würden, dass ich eine Extrawurst kriege?«

»Aber … es müsste doch niemand wissen.«

»Es wäre unfair«, widerspricht Mom.

Es ist auch unfair, so viele Schulden wegen einer beschissenen Vase zu haben, denke ich, behalte es aber für mich.

Ich bringe meine Mutter noch zur Tür.

»Pass auf die ganzen Reporter auf«, warne ich und umarme sie zum Abschied.

»Mach ich. Hab einen schönen Abend.«

»Und du ein schönes Wochenende.«

Als sie weg ist, lasse ich meinen Rücken gegen die verschlossene Tür sinken und atme mehrmals tief durch. Was für ein langer, aufreibender Tag, und ein Ende ist noch immer nicht in Sicht.

Hitze sammelt sich in meinem Nacken an, als mir wieder dämmert, warum ich es so eilig nach oben hatte.

Ryan. Ryan. Ryan. Ryan. Ryan.

Mit klopfendem Herzen laufe ich in mein Zimmer und finde mein Handy an der Ladestation. Mit einem leisen Gähnen stöpsele ich es ab und lege mich ins Bett, während ich durch meine neuesten Benachrichtigungen scrolle. In den letzten Stunden haben sich unzählige Mitteilungen angesammelt – neue Likes auf TikTok, neue Likes auf Instagram, mehrere Nachrichten von Dad, Riley, Rahim und … mein Herz macht einen Satz. Eine von Ryan.

Ryan:
Hey, wegen der Presse dürfen wir heute
leider nicht mehr zurück ins Hotel …

Nein! Er kommt nicht? Wir werden uns heute nicht mehr sehen? Enttäuscht rolle ich mich auf die Seite und entsperre den Bildschirm. Doch gerade als ich zu einer »Schade, aber das verstehe ich«-Antwort ansetzen will, blitzt mir unser damaliger Chat-Verlauf entgegen.

Sa. 25. Dez.

Ich:
Frohe Weihnachten.

Ryan:
Dir auch.

Fr. 13. Jan.

Ich:
Happy Birthday.

Ryan:
Danke.

Mein Magen zieht sich zusammen. Das ist eine blöde Idee, denke ich, während ich höher scrolle. Eine ganz, ganz blöde Idee. Doch meine Finger ignorieren die Warnung meines Verstandes und wischen höher, immer höher, durch den einseitigen Chatverlauf, der fast nur aus blauen Nachrichten besteht. Nachrichten von mir.

Do. 23. Sept.

Ich:
Wo bist du???

Ich:
Mom hat gesagt, dass du mit Sam
nach Maryland bist.

Ich:
Halloo???

Ich:
Ryan?

Ich:
Ignorierst du mich jetzt?

Fr. 24. Sept.

Ryan:
Ich habe hier kein gutes Internet.

Ich:
Du bist also wirklich in Maryland?

Ryan:
Ja.

Ich:
Und wie lange bleibst du?

Ryan:
Weiß ich noch nicht. Vielleicht mache ich meinen Abschluss doch hier. Würde sich anbieten, weil gerade erst das neue Schuljahr begonnen hat.

Ich:
???

Ich:
Ist das dein Ernst?

Ich:
Nur, weil wir uns gestritten haben?

Ryan:
Es ist nicht deswegen, sondern wegen Sam.
Sie braucht mich hier.

Ich:
Seit wann braucht SIE dich?

Ryan:
Unser Großvater ist gerade gestorben …

Ich:
Ich weiß, aber ist das nicht trotzdem
etwas überstürzt?

Sa. 25. Sept.

Ich:
Hallo?

Ich:
Du sagst, es hat nichts mit uns zu tun,
und trotzdem ignorierst du mich?

Weiter komme ich nicht. Die Kälte seines Schweigens lähmt meine Finger. Zitternd lege ich das Handy zur Seite und ziehe die Beine enger an meinen Körper. Warum habe ich diesen Chatverlauf überhaupt behalten? Ständig war ich kurz davor, diese Nachrichten zu löschen und habe es dann doch nicht getan. Jetzt wünschte ich, ich wäre weniger sentimental gewesen, denn nun fühle ich mich genauso schrecklich wie damals.

Noch vor ein paar Stunden war Ryan so sanft und zärtlich, dass ich beinahe vergessen hatte, wie grausam er in den letzten zwei Jahren gewesen ist. Wie er einfach gegangen ist, mich aus seinem Leben gestrichen und jeden Versuch, mich ihm anzunähern, blockiert hat.

Keine Ahnung, wie lange ich zusammengekauert im Bett liege, aber irgendwann vibriert mein Handy, und natürlich leuchtet Ryans Name auf.

Ich zögere ein paar unschlüssige Sekunden, dann drücke ich auf Annehmen.

»Hey«, sage ich leise.

»Hey.« Ich höre ihn lächeln, und mein verräterisches Herz erhöht seine Schläge. »Hast du meine Nachricht gekriegt?«

»Ja, hab sie gerade erst gelesen, weil ich mein Handy verlegt hatte.«

Es klingt wie eine Ausrede, aber ich bin zu aufgekratzt, um etwas Weiteres hinzuzufügen.

»Ah, okay. Ich, ähm, … wollte nur sagen, dass Frank gleich rüber ins Hotel fährt, um ein paar Sachen abzuholen. Und … also …« Seine Stimme wird leiser. »Wenn du willst, kann er dich mitnehmen. Zu … mir.«

Er will, dass ich zu ihm komme?

Ich schließe die Augen und atme tief durch, während sich die Emotionen in mir bekriegen. Freude kämpft mit Enttäuschung, Aufregung balgt mit Trauer. Sehnsucht ringt mit Zorn.

»Ich … glaube nicht«, sage ich leise.

»Oh.« Ryan klingt überrumpelt. »Okay, wie du willst.«

Darauf erwidere ich nichts, ich wüsste nicht mal, was. Nach allem, was heute zwischen uns war, nach all der Liebe und Zärtlichkeit, kann ich nicht glauben, dass ich jetzt so einen tiefen Zorn auf ihn verspüre.

»Alles okay?«

Ob ich es sagen sollte? Aber was, wenn er sich dann wieder zurückzieht?

Und was, wenn genau das das Problem ist? Meine stetige Angst, ihn erneut zu verlieren.

»Als gerade deine Nachricht kam, habe ich auch unseren alten Chatverlauf überflogen«, sage ich tonlos.

Ryan schweigt ein paar Sekunden, als müsste er erst überlegen, wovon ich rede. Dann begreift er.

»Oh.«

»Du bist einfach gegangen«, platzt es aus mir heraus. »Ich weiß, wir haben schon darüber geredet, aber scheiße noch mal, du bist gegangen! Ohne dich zu verabschieden! Als wäre ich sonst wer für dich! Als hätte ich dir sonst was getan.«

»Ellis.« Ryan seufzt, und ich stelle mir vor, wie er die Augen schließt und sich über die Stirn reibt. »Es tut mir so leid. Aber ich musste gehen.«

»Wegen Sam, schon klar.« Ich verdrehe die Augen. »Ist ja toll, dass du so ein unterstützender Bruder warst, aber du hättest nicht gleich den Kontakt abbrechen müssen. Es war, als würdest du mich dafür bestrafen, dass ich so scheiße zu dir war.«

»Ich wollte dich nicht bestrafen.«

»Ich habe dich vor deinen Freunden bloßgestellt«, rede ich weiter, »und du warst sauer und wolltest es mir heimzahlen.«

»So war das nicht.« Er klingt frustriert. »Versteh doch, ich … ich hab's in deiner Nähe einfach nicht mehr ausgehalten.«

Wie bitte???

Tränen schießen mir in die Augen. »Wow.« Ich wische mir über die Augenwinkel. »Danke.«

»Nein, so meinte ich das nicht. Was ich damit sagen wollte … ach, fuck. Wie soll ich das überhaupt erklären? Ich … ich konnte nicht atmen … in deiner Nähe.«

Ich runzele die Stirn. »Also habe ich dich erdrückt?«

Er schweigt einen Moment. »Ich wünschte du hättest.«

Hä?

»Ich … komme nicht mehr mit.«

»Scheiße, Ellis!«, ruft er aus, und ich zucke zusammen. »Wieso verstehst du es nicht? Ich war so verflucht verliebt in dich.«

Ich erstarre.

»Und … ich glaube, du wusstest es schon damals.«

Damals

Ryan, 16 Jahre alt

Wir sitzen auf Logans Dachterrasse und lassen den warmen Sommerabend, umringt von einem Meer aus Hochhäusern, ausklingen. Ein Baldachin ist über unsere Köpfe gespannt, darunter eine L-förmige Sofagarnitur, auf der Logan, Sadie, Rahim, Ellis und ich mit Drinks um einen Tisch sitzen. Alle anderen befinden sich im Wohnzimmer, aus dem die gedämpften Bässe von Drakes *In My Feelings* herausströmen.

Logan und Rahim haben seit einiger Zeit etwas am Laufen, und obwohl ich finde, dass die zwei überhaupt nicht zusammenpassen, hatte ich die leise Hoffnung, dass sich dadurch meine und Ellis' Freundeskreise ein wenig mehr zusammenschließen würden. Aber bisher scheint die Konstellation nicht sehr zu harmonieren – sondern viel mehr zu explodieren …

»Moment. Willst du damit sagen, ich stamme aus einer Familie von Sklaventreibern?« Logans wutentbranntes Gesicht gleicht der Farbe einer reifen Pflaume.

Deb schließt die Augen und atmet tief durch. »Nein, lieber Logan, das wollte ich nicht sagen, nur dass die meisten weißen reichen Leute in diesem Land wegen ihres Erbes so wohlhabend sind. Und wer sich damit brüstet, aus einer Familie zu stammen, die schon vor zwei Jahrhunderten vermögend war, darf sich nicht wundern, wenn ich diesen Vergleich anbringe. Deshalb sollte es auch eine viel höhere Erbschaftssteuer geben«, wendet sie ein, und ich kann nicht anders, als Deb für ihren Mut, auch die unangenehmen Themen anzuschneiden, zu bewundern. Sie sagt einfach, was sie denkt, und scheut keine Konfrontation.

Wie sehr wünschte ich mir, das Gleiche tun zu können.

»Ist doch unfair, dass die Nachkommen von wohlhabenden Familien automatisch Geld haben, während alle anderen für immer arm bleiben. Ich mein, wie viel größer soll die Schere zwischen Arm und Reich eigentlich noch werden?« Deb schließt seufzend und sieht zu Ellis, die ihr ein mitfühlendes Lächeln schenkt.

Schuldgefühle keimen in mir auf. Ich weiß, dass Ellis meine Leute nicht ausstehen kann, und trotzdem ist sie hier. *Meinetwegen.* Weil ich unbedingt wieder was mit ihr machen wollte, nachdem sie in letzter Zeit nur noch für die Schule lernt oder mit Deb und Rahim abhängt. Aber ich wollte ganz bestimmt nicht, dass sie sich unwohl fühlt.

Ich strecke meine Hand nach ihr aus und lege sie sanft auf ihren Kopf, so wie ich es immer tue, wenn ich sie trösten will. *Tut mir leid*, sage ich mit meinem Blick, und ein kleiner Stein fällt mir vom Herzen, als ihr Ausdruck weicher wird. Lächelnd schüttelt sie den Kopf, als wollte sie sagen, dass alles okay ist.

»Was ist mit Bill Gates?«, fragt Logan, und ich nehme die Hand wieder zurück. »Oder Mark Zuckerberg? Das sind alles Selfmade Milliardäre, die sich ihren Reichtum ganz allein verdient haben.«

Deb stöhnt auf und auch Ellis schürzt die Lippen, als wäre sie mit ihrer Geduld langsam am Ende.

»Die stammen beide aus einem wohlhabenden Elternhaus, Babe«, bringt sich Rahim ein und legt behutsam einen Arm um seinen Freund. »Sie sind vielleicht Selfmade, aber sie hatten von Anfang an die Möglichkeit, aufs College zu gehen und sich zu verwirklichen. Verstehst du?«

»Na und?« Logan schiebt trotzig die Unterlippe vor. »Können die doch nichts für. Sollen reiche Leute jetzt allen Ernstes auf ihre Träume verzichten, nur weil sie Geld geerbt haben?«

»Nein, aber andere ebenso talentierte Menschen haben dieses Privileg nicht«, sagt Rahim vorsichtig.

»Und dann steht ihnen noch Rassismus im Weg«, wendet Ellis ein, die sich bislang aus der Diskussion rausgehalten hat.

»Oder Sexismus«, fügt Deb hinzu. »Find mal eine Bank, die einer schwarzen Frau ohne Harvard Abschluss einen Kredit für ein Unternehmen geben will. Und genau darum geht es – die Ungerechtigkeit.«

Deb und Logan verlieren sich in einem weiteren Wortgefecht, während Sadie und Rahim so aussehen, als wollten sie am liebsten woanders sein.

»Hier, probier mal.«

Ich reiße den Blick los und schaue zu Ellis, die mir ihr Glas hinhält, in dem sich eine bernsteinfarbene Flüssigkeit befindet. Zögernd umfasse ich das Glas und nippe daran.

»Und?«, fragt sie erwartungsvoll.

»Was soll damit sein?«

»Schmeckt gut, oder?« Sie lächelt stolz. »Den habe ich mir selbst gemixt.«

Ein amüsiertes Lächeln tritt auf meine Lippen. »Du glaubst, du bist die Erste, die auf die Idee gekommen ist, Wodka mit Red Bull zu mischen?«

»Oh.« Sie runzelt überrascht die Stirn. »Gibt es diesen Drink schon?«

Mein Blick fällt auf ihren Mund, der sich vor Verlegenheit zusammengezogen hat – und Gott, ich will sie so sehr küssen.

»Wodka Red Bull ist ja mal so ziemlich das unoriginellste

Getränk überhaupt«, erwidert Sadie, ohne den Blick von ihrer Selfie-Kamera zu wenden, die sie so hält, dass nur sie, Logan, Rahim und ich drauf sind. »Und ich würde es sehr begrüßen, wenn du meine Misophonie endlich mal respektierst und nicht so laut trinkst.«

»Hey!« Ellis zieht mich mit einem Ruck aus dem Sichtfeld der Kamera. »Erstens gibt es niemanden, der lauter schlürft als du, und zweitens darfst du keine Bilder von Ryan machen!«

Sadie lässt die Hand sinken und verdreht die Augen. »Bleib locker, ich hätte es ja nicht hochgeladen.«

»Trotzdem! Für Ryan und seine Schwester gelten strenge Regeln. Kapier das endlich!«

Sadie wirft ihr einen angesäuerten Blick zu. »Ryan, findest du es nicht seltsam, wie bevormundend dein Gladiator mit mir spricht?«

Um ehrlich zu sein finde ich es seltsam, wie heiß sich das anfühlt …

»Mein Gladiator hat ja recht«, sage ich und wuschele meiner besten Freundin lächelnd über die Haare. »Ich darf nicht riskieren, dass ein ungeplantes Bild von mir im Internet landet. Ist zwar scheiße, aber so sind die Regeln.«

»Deine Eltern sind die übelsten Spießer«, murrt Sadie und in Gedanken stimme ich ihr zu. Spießer der schlimmsten Sorte.

Aber mein Gladiator beschützt mich mit Leib und Seele …

Die Terrassentür quietscht, und wir alle fahren herum, als Jerimiah den Kopf aus der Tür steckt und sich mit der Hand über den Augen vor der Sonne schützt.

»Hey, wollt ihr mitspielen?«

»Wobei?«, fragt Sadie und springt sofort auf.

»Saufen oder Küssen.«

»Wie geht das?«, fragt Rahim.

»Es ist wie Wahrheit oder Pflicht, bis auf die Tatsache, dass mich eure Wahrheiten nicht interessieren und wir entweder saufen oder küssen. Gewinner sind die, die sämtliche Hemmungen verlieren und extrem dicht sind.«

Wir alle fallen in kurzen heuchelnden Protest, bei dem irgendwie klar ist, dass insgeheim trotzdem jeder Lust darauf hat. Ich mein – wir sind sechzehn. Wir wollen nichts anderes als Saufen und Küssen …

Auf dem Weg ins Wohnzimmer lege ich einen Arm um Ellis' Hüfte. Es ist eine seltsam besitzergreifende Geste, von der ich gar nicht so genau weiß, woher sie kommt. Aber Ellis lehnt sich gegen meine Seite, als wäre nichts an dieser Berührung komisch oder unangebracht. Als würden wir ständig so rumlaufen. Sie in meinen Armen. Mein Herz klopft ein wenig schneller.

Wir betreten das Penthouse, das minimalistisch eingerichtet ist. Die meisten Möbel sind weiß, klare Linien definieren den Raum, und hier und da stehen Designerstücke herum, deren Funktion ich nicht kenne. Ein muffiger, nach Gras riechender Duft schlägt uns entgegen. Drake ertönt nun in doppelter Lautstärke und vermischt sich mit den Fernsehgeräuschen eines laufenden Basketballspiels. Auf dem Sofa sitzen ein knutschendes Paar und zwei Jungs, die sich auf dem mit Flaschen und Bechern übersäten Glastisch einen Joint drehen. Am anderen Ende des Raumes wiegt sich eine Gruppe rhythmisch zum Takt der Musik.

Da heute Dienstag ist und die Party völlig spontan war, tragen die meisten Anwesenden, mich eingeschlossen, noch die Schuluniformen der Belford. Irgendwie ironisch, dass Ellis, Deb und Rahim in ihren unauffälligen Jeans und Shirts am meisten herausstechen.

»Wollen wir später tanzen?«, raunt mir Ellis plötzlich zu. Ihr

Atem streift meinen Hals, und ein warmer Schauer läuft meinen Nacken hinab.

»Wir können auch jetzt«, sage ich, löse meinen Griff um ihre Hüfte und drehe sie einmal im Kreis. Ellis lacht laut auf, ihre Locken fliegen in alle Richtungen, und als ihre Hand auf meiner Brust landet, setzt mein Herz einen Schlag aus.

Irgendwas ist heute anders. Ellis ist anders. Sie berührt mich, flirtet, weicht mir nicht aus.

Was hat das zu bedeuten?

Jerimiah trommelt uns auf dem grauen Teppich zusammen und wir setzen uns in einen Kreis – Ellis und Deb, Rahim, Logan, Jerimiah, Sadie, Gwen und Valerie aus meinem Französischkurs, und Chris und Maxton aus meinem Basketballteam.

Jerimiah stellt eine volle Flasche Wodka in die Mitte, dreht sie – und dann spielen wir. Der Flaschenkopf fällt zuerst auf Maxton. Die beiden zucken mit den Schultern und lehnen sich vor, um sich zu küssen. Anschließend küsst Logan Valerie und Rahim Gwen. Dann ist Deb an der Reihe – die Flasche fällt auf Jerimiah, und beide sind damit einverstanden, als Deb die Flasche mit dem kleinen Finger weiterstößt und diese nun auf Maxton zeigt.

Als ich drankomme, bin ich der Erste, der trinkt. Ich weiß nicht einmal, auf wen der Flaschenkopf fällt, aber es ist nicht Ellis, und jemand anderen will ich nicht küssen. Die anderen buhen, während ich die Flasche aufschraube, aber das ist mir egal. Seelenruhig nehme ich einen kleinen Schluck und stelle die Flasche anschließend zurück in die Mitte.

Dann ist Ellis an der Reihe. Auf die Knie gestützt, beugt sie sich vor und dreht die Flasche mit Schwung im Kreis. Wie hypnotisiert folge ich dem Flaschenkopf, der mit jeder Umdrehung immer langsamer wird. Langsamer und langsamer. Und schließlich stehen bleibt. Direkt neben mir. Vor Chris.

Nein.

Alles in mir erstarrt, während Ellis innehält und für einen winzigen Moment genauso überfordert wirkt wie ich. Doch schließlich krabbelt sie vor und Chris lächelt, während er ihr entgegenkommt.

Nein. Nein. Nein.

Ihre Lippen treffen aufeinander und ein quetschendes Gefühl umschließt meine Brust. Ich will wegsehen, doch es ist wie bei einem Unfall. Die Katastrophe geschieht vor meinen Augen, und ich bin wie gelähmt vor Schock und Entsetzen. Die ganze Zeit habe ich nur daran gedacht, sie zu küssen, und dabei völlig ausgeklammert, dass hier noch acht weitere Menschen sitzen.

Es vergeht die längste Sekunde meines Lebens, in der es sich anfühlt, als würden sich meine Atome zersetzen. Dann zieht sich Ellis wieder zurück, die Augen leuchtend, die Wangen gerötet.

Das ist nur ein Spiel, rufe ich mir durch die vielen Schichten Schmerz zu. Nur ein scheiß Spiel und nur ein scheiß Kuss.

Doch irgendwer da oben will mir wohl einen Herzinfarkt bereiten, denn als Chris die Flasche dreht, landet sie ausgerechnet wieder bei Ellis. Kichernd begegnen sich ihre Lippen ein zweites Mal, diesmal länger, als wären sie bereits darin geübt.

Als ich wieder an der Reihe bin, trifft die Flasche auf Valerie, und kurz bin ich versucht, sie auch zu küssen. Aber ich will nicht, ich will nur Ellis, und so trinke ich.

Meine beste Freundin folgt nach mir – die anderen scherzen noch, wie witzig es wäre, wenn die Flasche wieder bei Chris landen würde – und dann tut sie es wirklich. Schüchtern, aber breit lächelnd tritt Ellis zum dritten Mal vor und kippt fast auf Chris, als er sie mit einem Schwung an sich zieht. Mein Herz krampft sich immer mehr zusammen und explodiert in einem

Scherbensturm, während sie sich so leidenschaftlich küssen, als sei dies ein lang ersehntes Wiedersehen.

Mit aller Kraft versuche ich, meine Gesichtszüge unter Kontrolle zu halten, lockere den Bund meiner Krawatte, und kann nicht glauben, was gerade passiert. Nicht glauben, dass das hier echt ist. Eben noch habe ich mir eingeredet, dass Ellis und ich uns näherkommen. Jetzt küsst sie einen anderen.

»Ihr schummelt«, sagt Gwen, nachdem sich die zwei endlich voneinander gelöst haben.

»Tun wir nicht«, widerspricht Chris und leckt sich über die Lippen.

»Setzt euch trotzdem um«, fordert Gwen, und am liebsten würde ich einen Freudensprung machen – würde sich Chris nicht geradewegs neben Ellis setzen. Wieder tritt dieses beschämte Lächeln auf ihre Lippen und ich … verstehe die Welt nicht mehr.

Während das Spiel weitergeht, tuscheln die beiden leise. Ich will nicht hinhören, und kann doch nicht anders. Gequält sauge ich jede Silbe des Kennenlern-Small Talks auf, während Chris Ellis mit Fragen durchlöchert, als wäre sie der interessanteste Mensch, den er je kennengelernt hat.

»Eeecht, du bist bei der Schülerzeitung? Eeecht, du schreibst gern? Eeecht, schon hundertvierzig Artikel?«

Als Chris an der Reihe ist, skippt er die Runde und nimmt einen Schluck. Und Ellis … tut es ihm gleich. Denn jetzt will sie offenbar lieber mit ihm reden, statt andere Leute zu küssen.

»Und auf welches College willst du gehen?«, fragt Chris weiter.

»Am liebsten auf die Columbia«, erwidert Ellis und streicht sich lächelnd eine Strähne hinters Ohr. »Die Chancen sind zwar ziemlich gering, und ich habe auch noch keine Ahnung, wie ich die Semestergebühren zahlen soll, aber meine Eltern haben ein bisschen was angespart, und ich habe eine Menge Vorbereitungskurse belegt.«

»Vielleicht klappt es ja mit einem Stipendium.«

Sie lächelt schwach. »Vielleicht.«

»Ich gehe auch an die Columbia«, mischt sich Jerimiah von der Seite ein. »Mein Dad kennt da jemanden.«

Ellis verdreht die Augen. »Das ist die Ivy League. Selbst die Superreichen haben inzwischen Probleme, einen Platz zu kriegen. Dein Lobbyismus bringt hier also nichts.«

»Wie gesagt. Mein Dad kennt da jemanden.« Jerimiah grinst selbstgefällig.

»Hör nicht auf ihn«, meint Chris. »Der labert nur und weiß nicht mal, wie *Columbia* geschrieben wird.«

Ellis prustet los, während sich eine bleischwere Kugel in meinem Magen bildet. Er bringt sie zum Lachen, küsst sie …

»Was ist los, Van Day?«

Logan wirft mir von der gegenüberliegenden Seite einen belustigten Blick zu. »Du siehst schon wieder so aus, als hätte jemand auf dich eingestochen.«

So ist es auch.

»Das Spiel ist kindisch«, brumme ich.

»Vielleicht solltest du mal jemanden küssen«, rät mir Chris.

Zorn wallt in mir auf.

»Vielleicht solltest du dich ins Knie ficken!«

Mein scharfer Ton lässt ein paar aus der Gruppe auflachen. Ellis schnappt leise nach Luft.

»Whoah, du musst ganz dringend jemanden küssen«, bemerkt Jerimiah lachend. »Sadie?«

»Liebend gern.« Sadie spitzt die Lippen.

»Nein«, entgegne ich so schroff, dass alle anderen erneut auflachen. Kränkung huscht über Sadies blaue Augen, ihre Schultern sinken ein Stück.

»Ryan!«, ruft Ellis bestürzt aus. »Warum bist du so gemein?«

»Ich will sie halt nicht küssen«, schieße ich zurück.

Wieder lachen alle, und ich weiß, ich bin ein Arschloch. Sadie hat mir nie was getan. Nicht ihr gilt meine Wut, sondern … keine Ahnung. Wahrscheinlich mir selbst.

Ellis' Blick verfinstert sich. »Wenn du nur saufen willst, musst du ja nicht mitspielen.«

Logan stößt ein Peitschengeräusch aus und wieder johlen die anderen. Weil es ja sooo witzig ist, dass meine beste Freundin mich komplett in der Hand hat. Weil sie alles mit mir machen kann und sich ihrer Macht vermutlich nicht einmal bewusst ist.

»Wir könnten es auch zu Saufen oder Strippen ändern, wenn du es weniger jugendfrei willst«, schlägt Jerimiah vor. »Ist es dann immer noch *kindisch*?«

»Aber du trägst viel mehr Kleidung als ich«, raunt Rahim Logan zu und zieht an seiner Krawatte.

»Ja, *noch*.« Er fängt seine Hand ab und lässt sie über sein Hemd wandern. »Aber ab dem nächsten Semester werden die Schuluniformen wahrscheinlich abgeschafft.«

Rahim stutzt. »Wirklich? Warum?«

»Weil es dieser eine hobbylose Veganerclub, der immer was zum Meckern braucht, neuerdings ›problematisch‹ findet«, antwortet Jerimiah und malt beim Wort »problematisch« Gänsefüße in die Luft. »Dabei ist es nur eine scheiß Uniform.«

»Also ich finde, dass an der Kritik schon was dran ist«, meint Deb und lässt Logan, Jerimiah und Sadie kollektiv aufseufzen.

»Was stört dich denn jetzt an Schuluniformen?«, fragt Sadie müde.

»Na ja, zunächst einmal unterstützen sie das Gender-Stereotyp.« Sie deutet auf Sadies knappen Rock.

»Du kannst auch Hosen tragen, wenn dir egal ist, wie dein Arsch darin aussieht.«

»Außerdem unterdrücken sie die eigene Individualität«, spricht Deb weiter und übergeht Sadies Kommentar.

»Oder aber sie stärken die *Identität*«, widerspricht Jerimiah. »Mal ganz abgesehen davon, dass man das Einkommen der Eltern nicht erahnen kann, wenn alle dasselbe tragen.«

Deb blinzelt ihn an. »Willst du mir allen Ernstes weismachen, dass man nicht auf das Einkommen der Eltern schließen kann, wenn ein Kind mit einer *Belford* Uniform durch Manhattan stolziert? Einer Uniform, die wohlbemerkt Hunderte von Dollar kostet, an einer Schule, die Tausende von Dollar kostet?« Deb schüttelt missbilligend den Kopf. »Nur diese elitären Machthäuser bedienen sich noch solch veralteter Traditionen.«

»Na ein Glück, dass du es dir nicht leisten kannst, dazuzugehören«, brummt Sadie.

»Hey«, geht Logan dazwischen und macht eine beschwichtigende Geste. »Nicht streiten. Seid nett zu meinem Freund und seinen kommunistischen Freundinnen.«

Deb verdreht die Augen, und Jerimiah prustet lauthals los. »Ha! Übelste Diktatorin!«

Hä?

Okay, offenbar hat Jerimiah keine Ahnung, was das Wort Kommunismus bedeutet, aber wir alle sind zu höflich, um ihn darauf hinzuweisen.

Bis auf Deb.

»Wow.« Ihr Blick gleitet abschätzig an ihm hinab. »Und du willst ernsthaft an die Columbia?«

Alle im Raum kreischen los vor Lachen. Nur Jerimiah nicht. Er sieht aus, als würde er jeden Moment explodieren.

»Weißt du was? Langsam reicht es mir mit dir. Wie wär's, wenn ich einen kurzen Anruf tätige und du morgen wegen dem ganzen Crack in deinem Schließfach suspendiert wirst? Dann kannst du mit deiner Klugscheißerei sonst wohin, aber ganz bestimmt nicht an ein College.«

Und so schnell kann es eskalieren.

Drückende Stille kehrt über das Zimmer ein, nur die Musik dröhnt weiter vor sich hin, doch in diesem Augenblick wirkt sie ganz weit weg.

Debs Augen werden schmal. »Ich kokse nicht.«

»Welch ein Jammer, dass du deshalb trotzdem von der Schule fliegen wirst.«

Deb presst die Lippen zusammen. Skepsis und Angst flackern über ihr Gesicht.

»Es sei denn du entschuldigst dich«, sagt Jerimiah und hebt die Hand. »Nein.« Sein Grinsen wird wölfisch. »Du fällst auf die Knie, nimmst meinen Schwanz in den Mund und entschuldigst dich.«

Wow. Mir entfährt ein Schnauben. Jerimiah ist so ein verdammtes Arschloch. Dieser Typ kann einfach nichts auf sich sitzen lassen, muss jede Grenze überschreiten, um sich aufzuspielen.

Eigentlich hatte ich Deb so eingeschätzt, dass sie ihn für diesen Spruch nach allen Regeln des Niederschmetterns zur Rechenschaft ziehen würde, stattdessen starrt sie ihn einfach nur an, als würde ihr die Sprache fehlen. Ihre Schultern sinken ein Stück herab, sie schluckt und wirkt beinahe so, als würde sie allen Ernstes über den Vorschlag nachdenken.

Plötzlich springt Ellis so ruckartig auf, dass die anderen im Kreis vor Schreck zusammenfahren. Mit einem Satz ist sie bei Jerimiah, ihr ganzer Körper ist vor Wut angespannt.

»Du widerliches Arschloch! Du abartiges Stück Scheiße! Hast du gerade allen Ernstes meiner besten Freundin gedroht, weil sie dein fragiles Ego verletzt hat?«

Jerimiah seufzt auf. »Van Day, nimm deine hysterische Göre bitte an die Leine.«

Alle drehen die Köpfe zu mir, doch bevor ich überhaupt den Mund öffnen kann, ergreift Ellis wieder das Wort.

»Spar dir deinen scheiß Sexismus und entschuldige dich bei ihr!«, verlangt sie.

Jerimiah lacht hohl. »*Ich* soll mich entschuldigen?«

»Entschuldige dich oder ich schwöre dir, du wirst dein blaues Wunder erleben.«

»Lass gut sein, El.« Deb zupft an ihrer Hose.

»Ja, gehen wir«, pflichtet Rahim ihr bei und richtet sich auf.

»Nein, geht nicht«, bittet Logan und packt sein Bein, aber Rahim ignoriert ihn.

»Ellis?« Rahim berührt sie sanft am Arm, doch sie reagiert nicht. Ihr hasserfüllter Blick ist einzig und allein auf Jerimiah gerichtet.

»Ich bemitleide dich.« Sie spuckt ihm die Worte entgegen, doch er wirkt völlig unbeeindruckt. »Und dich auch.« Sie fährt zu mir herum, bohrt ihren wütenden Blick in meinen. »Dein *Freund* gibt diese Scheiße von sich und du lachst?«

Sie zieht mich mit rein?

Fassungslos halte ich inne. Erst küsst sie diesen Vollpfosten und jetzt lädt sie ihren Zorn einfach auf mich ab und macht mich zum Sündenbock? Als ob das, was Jerimiah gesagt hat, meine Schuld wäre? Meine Emotionen kochen bereits, doch das bringt das Fass endgültig zum Überlaufen. Wütend stehe ich auf, packe ihren Arm und zerre sie in Richtung Terrasse.

Erst, als ich die Tür hinter uns schließe, lasse ich sie los. Die Dämmerung ist eingebrochen, um uns herum flackern die ersten Lichter auf.

»Was sollte das gerade?«, fahre ich sie an.

»Das fragst du *mich*? Du warst doch der, der gelacht hat, als meine Freundin bedroht wurde!«

»Ich hab nicht gelacht, sondern geschnaubt. Außerdem hat er doch nur gelabert. Als ob er Deb auch nur in die Nähe von seinem Schwanz lassen würde.«

»Es war trotzdem unmöglich, so etwas zu sagen!«

»Warum kackst du mich deswegen an? Ich bin doch nicht dafür verantwortlich, was er von sich gibt.«

»Aber du ergreifst auch keine Partei und siehst bloß zu. Wie ekelhaft ist das von dir?«

Ich ziehe den Kopf zurück. »Jetzt bin ich also *ekelhaft*?«

Die Musik im Raum verklingt. Jede Wette, dass die anderen jedes einzelne Wort mithören.

»Ein Typ in einer Machtposition hat meiner Freundin gedroht, ihre Zukunft zu zerstören, es sei denn, sie bläst ihm einen«, schreit sie gegen den Lärm der Stadt an. »Und du tust nichts! Du stehst einfach nur rum und siehst zu, ohne was zu unternehmen! Ja, das ist *ekelhaft*!«

»Ich …« Meine Zunge wird taub. Sie hat recht. Aber …

»Du … du weißt doch …«

»Was weiß ich? Dass du mich schön anschreien kannst, aber vor anderen den Mund nicht aufkriegst?«

Sie redet laut. Alle hören mit. Meine Kehle wird eng. Scham und Erniedrigung schnüren mir die Luft ab.

»Tja, manchmal muss man über seinen Schatten springen und es einfach versuchen, statt nur unbeteiligt dazustehen. Es gibt nichts Ekligeres, als alle Privilegien der Welt zu haben und sich auf seiner Macht auszuruhen, anstatt sich einzusetzen.« Ihr Blick wird angewidert, als hätte sie einen unerträglichen Geschmack im Mund. »Wenn sie wirklich deine ›Freunde‹ sind, kannst du sie doch auf den Scheiß hinweisen, den sie von sich geben!«

Nein, das kann ich nicht. Jerimiah ist der Sohn unseres größten Investors, das Unternehmen von Logans Vater kooperiert mit dem Hotel und Sadies Mutter ist Senatorin. Die Kontakte sind wichtig für unsere Familie. Ich muss nicht mit ihnen befreundet sein, aber ich kann auch keinen Konflikt mit ihnen anzetteln. Ich darf nicht. Egal, wie sehr ich sie verachte. Ich muss *diplomatisch* bleiben. Und das weiß Ellis auch …

Ohnmacht erfasst meinen Körper.

»Genau aus diesem Grund finde ich euch High Society Ärsche so zum Kotzen. Die Welt verehrt euch und will so sein wie ihr, dabei habt ihr einen völlig absurden Bezug zur Realität, glaubt, dass euch alles gehört und ihr mit allem durchkommt.«

Ihr. Euch. Sie redet nicht nur von meinen Mitschülern, sondern von mir. Sie findet *mich* zum Kotzen.

»›Ich geh auch an die Columbia‹«, äfft sie Jerimiah nach. »Schön für dich, Arschloch. Schön, dass dein Dad alles regelt, und keiner deiner *Freunde* deine korrupte Ader kommentiert. Nein, mehr noch schleppen sie mich zu einer Party, bei der es ihnen scheißegal ist, wie unwohl ich mich fühle!«

Meine Hände ballen sich zu Fäusten. »Es war deine freie Entscheidung mitzukommen!«, schreie ich zurück. »Ich hab dich zu nichts gezwungen. Und immerhin hast du Chris kennengelernt!«

Der letzte Satz stolpert ohne Vorwarnung aus mir heraus, und die Luft erzittert, als die Stimmung schlagartig umschlägt.

Ellis hält inne. »Was soll das jetzt heißen?«

»Was sollte diese Show vorhin?«

Ellis reißt die Augen auf. »Nicht so laut«, zischt sie.

Ach, jetzt hat sie Angst, dass wir zu laut reden?

»Außerdem war das nur ein Spiel.«

Ich schnaube, und diesmal klingt es wirklich wie ein Lachen.

»Wie ein Spiel sah das aber nicht aus. Ihr habt euch förmlich angesprungen.«

Schamesröte schießt ihr in die Wangen. »Na und?« Sie reckt das Kinn. »Ich bin Single, ich kann tun und lassen, was ich will. Was ist so schlimm daran, wenn ich mit einem Typen rede, der mich, *den arabischen Chewbacca*, ausnahmsweise mal gut findet?«

Ihre Worte graben sich wie Klauen durch meine Haut.

»Ausnahmsweise …« Ich breche ab, weil mir die Luft wegbleibt. »Du … ist das dein verfickter Ernst?«

Wie kann sie das sagen, wie kann sie das denken, wo ich doch direkt vor ihr stehe?

Aber sie sieht es nicht. Sie sieht mich nicht.

Gequält schließe ich die Augen. »Ellis du …«

… tust mir weh.

… spielst mit meinen Gefühlen.

… empfindest nicht das Gleiche.

Ich wende mich zur Tür.

»Hey, wohin gehst du?« Ellis Hand packt meinen Arm, doch ich schüttele sie ab.

»Lass mich!«

»Ryan!«, ruft sie mir hinterher, doch ich betrete die Wohnung und stürme an den anderen vorbei. Tränen schießen mir in die Augen, meine Umgebung verschwimmt, während ich zum Aufzug taumele und so lange auf den Knopf drücke, bis die Türen auseinandergleiten. Mit letzter Kraft hieve ich mich in die Kabine. Dann schließen sich die Türen hinter mir.

Und irgendwie auch zwischen uns.

27. KAPITEL

Gegenwart

Ellis

»Ich dachte, du empfindest genauso. Ganz kurz dachte ich: Ja, sie erwidert meine Gefühle. Aber das hast du nicht. Wie ich empfand, war dir völlig egal.«

»Ryan.« Ich schlucke, umklammere das Handy fester. »Es war mir nicht egal. Ich wusste es nicht.«

»Doch.« Seine Stimme ist leise, aber bestimmt, verzweifelt. »Du wusstest es. Komm schon, Ellis.«

Komm schon, Ellis, wiederholt eine Stimme in meinem Kopf. *Gib es zu. Wenn du ganz ehrlich zu dir bist, dann hast du es zumindest geahnt. Vielleicht sogar gehofft. Die Anzeichen waren offensichtlich, aber da er nie einen konkreten Versuch gestartet hat, hast du dir eingeredet, dass dem nicht so ist. Hattest Angst, dass du es dir nur einbildest. Dabei hatte er an diesem Abend nur Augen für dich. Jeder hat ihn angeschmachtet, aber du warst die Einzige für ihn. Und das Schlimmste: Du mochtest ihn auch.*

Aber du bist überschwänglich geworden. Ein heißer Typ hat dir schöne Augen gemacht und du wolltest mehr, weil sich dein verkackter Selbstwert zu diesem Zeitpunkt so unendlich nach Aufmerksamkeit gesehnt hat. Nach Bestätigung, dass du hübsch und begehrenswert bist, nachdem die meisten deiner Mitmenschen weniger positive Zuschreibungen für dich hatten.

Doch dadurch hast du Ryan verletzt und ihn von dir gestoßen, den einzigen Menschen, der dich immer toll fand.

»Bist du deshalb gegangen?«, frage ich heiser.

»Nicht nur. Aber ja.« Seine Stimme wird immer leiser. »Auch deswegen.«

Mein Magen zieht sich zusammen.

»Ellis.« Er nimmt einen tiefen Atemzug. »Ich glaube, du weißt gar nicht, wie viel du mir bedeutet hast. Du ...« er stockt, »warst alles für mich. Meine beste Freundin, meine Familie, meine Konstante. Der Kleber, der mein Leben zusammengehalten hat. Es gab niemanden, der mir wichtiger war, keine, mit der ich lieber Zeit verbringen wollte. Aber mit jedem Tag wurde die Dynamik zwischen uns immer unausgeglichener. Ich war komplett verrückt nach dir, und du nicht nach mir, und ...« Ich höre ihn schlucken. »Es war einfach nicht mehr gesund.«

Seine Worte schneiden mir in die Brust. Ich schließe die Augen, lasse das Gehörte sacken. Selten haben wir so ehrlich miteinander gesprochen, selten hat er sich derart geöffnet und verletzlich gezeigt. Vorhin im Domino Park konnte er noch nichts sagen, musste mich küssen, weil er keine Worte fand. Doch jetzt redet er, und auch, wenn es wehtut zu hören, was unsere Freundschaft mit ihm gemacht hat, ich bin ihm unendlich dankbar für die Ehrlichkeit.

»Du warst auch alles für mich«, flüstere ich. »Wirklich, Ryan. Ich ... ich war am Boden zerstört, als du nach all den gemeinsamen Jahren auf einmal weg warst.«

»Wirklich?«

»Wie kannst du nur so überrascht klingen?«

»Um ehrlich zu sein, dachte ich, dass du mich nicht mal leiden kannst.«

Ermattet schließe ich die Augen. »Ich weiß, bei unserem Streit habe ich gemeine Sachen gesagt ...«

»Du hast meinen Charakter als *ekelhaft* bezeichnet.« Er lacht, aber es klingt verbittert.

»Natürlich denke ich nicht so über dich! Es war falsch, dich auf dieser Party anzubrüllen. Und es war nicht fair, dir vorzuwerfen, dass du in diesem Moment …« *Nicht in der Lage warst, deine Gedanken und Gefühle zu äußern.* »Zu … aufgeladen warst, um dich einzusetzen.«

»Sehr diplomatisch ausgedrückt.« Er schmunzelt und auch meine Mundwinkel heben sich ein wenig.

»Abgesehen davon *war* mein Charakter ekelhaft«, fährt er mit ernster Stimme fort. »Zu oft habe ich nur zugesehen und geschwiegen, ohne was zu sagen oder mich einzusetzen. Und das nur, um nach der Pfeife meiner Eltern zu tanzen. Das war falsch. Wie meine Freunde euch behandelt haben, war unverzeihlich. Du hattest alles Recht, so wütend zu werden.«

Wärme durchflutet mich bei seiner Einsicht, denn die Sache ist die: Würde Ryan auch heute so passiv bleiben, stünde dieser Charakterzug immer wie eine Stange Dynamit zwischen uns, die früher oder später erneut explodieren würde.

Aber Ryan ist nicht mehr der Junge von damals. Er hat sich weiterentwickelt, sieht seine Fehler ein, will sich einsetzen, will helfen.

»Was, wenn wir uns nicht gestritten hätten?«, frage ich leise. »Wärst du dann trotzdem aufs Internat gegangen?«

Ryan schweigt lange. »Ich glaube schon. Nach Grandpa Als Tod … ich wollte für Sam da sein und brauchte auch Abstand vom Hotel. Nach der Hotelübergabe an Mom standen viele strukturelle Veränderungen an, bei denen ich nicht dabei sein wollte. Abgesehen davon war die Zeit in Maryland ziemlich prägend für mich. Ich habe viele neue Leute kennengelernt, aber vor allem mich selbst, und …« Er ringt mit seinen nächsten Worten. »Wer ich überhaupt ohne dich war.«

Meine Brust schnürt sich zu.

»Davor war ich nur auf dich fixiert. Du warst meine einzige richtige Freundin, und ich musste lernen, auch andere Menschen in mein Leben zu lassen. Es war hart, und ich hab dich mehr vermisst, als du dir vorstellen kannst, aber … es war auch gut für mich. Es musste sein.«

Es musste sein. Nach allem, was war, bereut Ryan die Entscheidung nicht. Er hatte keine andere Wahl, als den Kontakt zu mir abzubrechen. Und er würde es wieder tun.

»Aber … ich hätte mich zumindest verabschiedet«, setzt er leise hinterher, und ich presse die Lippen zusammen, als sich die ersten Tränen ihren Weg bahnen.

»Wahrscheinlich war es gut, dass du *so* gegangen bist«, schniefe ich. »Andernfalls hätte ich dich nicht mehr losgelassen.«

»Weinst du?« Sorge schwingt in seiner Stimme.

»Nein.«

»Lügnerin.« Ich höre ihn lächeln und muss noch mehr weinen.

»Es tut mir so leid.«

»Mir auch.«

»Wenn ich die Zeit zurückdrehen könnte …«

»Ich auch.«

»Ich wollte dich nicht verlieren.«

Ryan atmet tief aus. »Und ich wollte *dich* nicht verlieren.«

»Wärst du überhaupt zurückgekommen?«, frage ich und wische mir über die Augen. »Wenn das Ganze mit dem Hotel nicht passiert wäre?«

»Die Wahrheit?« Er nimmt einen tiefen Atemzug. »Keine Ahnung. Wahrscheinlich nicht. Ich hätte einfach nicht gedacht, dass du genauso empfinden würdest. Nicht *so*. Als wir uns zufällig über den Weg gelaufen sind, wollte ich eigentlich auch sofort wieder gehen. Weißt du noch das eine Mal, als ich in den Hamptons war?«

Ich nicke, obwohl er mich nicht sehen kann.

»Ich bin bei Tyler angekommen und wollte für den Rest des Sommers dortbleiben. Aber nach dem einen Abend mit dir und Riley im Central Park ... da war ich dir wieder völlig verfallen. Du bist wie ein Sog, Ellis. Wie Treibsand, der mich in seine Tiefen zieht. Ich wusste, wie gefährlich du für mich bist, wusste, wie sehr du mir wehtun kannst – und bin trotzdem wieder zurückgekommen. Weil ich bei dir sein wollte. Auf die schönste und schmerzvollste Weise.«

Meine Luftröhre zieht sich zusammen.

»Ryan«, flüstere ich und schlucke fest. »Nur für den Fall, dass das bisher nicht klar war, aber ... ich empfinde genauso.«

Die Stille am anderen Ende der Leitung ist beinahe drückend.

»Es hat eine Weile gebraucht, um das zu erkennen«, fahre ich fort, »und ich hasse mich dafür, dass ich dich erst verlieren musste, um mir meiner Gefühle klar zu werden, aber jetzt ... weiß ich es.«

Wieder diese Stille.

»Bist du noch da?«, frage ich besorgt.

»Ja.« Seine Stimme klingt ebenfalls belegt. »Ich denke gerade nur darüber nach, was ich verpasst hätte, wenn ich nicht zurückgekommen wäre.«

»Ich bin froh, dass du es getan hast.« Ich schlinge einen Arm um ein Kissen. »Auch, wenn die Umstände nicht so schön waren. Aber immerhin haben sie uns wieder ins Leben des anderen gebracht.«

»Das stimmt.« Er seufzt. »Aber ...«

Mir rutscht das Herz in die Hose. »Aber?«, wiederhole ich heiser.

Ryan atmet tief ein. »Ich kann dir nicht sagen, wie viel es mir bedeutet, dass du … genauso empfindest. Aber wenn du dir nicht sicher bist, wenn du morgen wieder einen Rückzieher machst …« Er bricht ab, seine Stimme zittert. »Du … kannst mir mein Herz nicht noch mal brechen. »Ich … noch mal stehe ich das nicht durch.«

Der Schmerz in seinem Tonfall brennt sich durch den Hörer. Ich schließe die Augen und lege all meine Zuversicht in meine Stimme.

»Ich war mir nie sicherer«, verspreche ich.

28. KAPITEL

Obwohl ich in den letzten zwei Tagen kaum geschlafen habe, werde ich auch an diesem Morgen viel zu früh wach. Mit einem dröhnenden Kopf setze ich mich auf und reibe mir über die Stirn. Die ganze Nacht lang sind meine Gedanken Achterbahn gefahren, haben jeden Looping mitgenommen und laut geschrien. Mein Blick fällt zur anderen Bettseite, auf der Emory gestern lag. Seitdem scheint ein halbes Leben vergangen zu sein. Zwischen den Laken blitzt mein Handy hervor, und sofort denke ich an Ryan. Seine gestrigen Worte hallen in meinem Kopf wider.

»Du kannst mir mein Herz nicht noch mal brechen.«

Schmerz pumpt durch meinen Körper. Schmerz, Schuld und Sehnsucht.

Kurzerhand greife ich nach meinem Handy, entsperre es und öffne unseren Chat.

Ich:
Ich will dich sehen.

Seine Antwort folgt nur wenige Minuten später.

Ryan:
Ich will dich auch sehen.

Ich:
Kommst du heute zurück ins Hotel?

Ryan:
Nein, leider darf ich noch nicht.

Zögernd halte ich inne.

Ich:
Steht das Angebot noch, zu dir zu kommen?

Drei Pünktchen erscheinen, als er zu einer Antwort ansetzt.

Ryan:
Mehr denn je.

Mein Herz macht einen Sprung.

Ich:
Wann hast du Zeit?

Ryan:
Sam und ich wollten noch mal mit unseren Eltern reden, aber danach könnte ich dich abholen?

Ich:
Perfekt. Ich bin die ganze Zeit hier. Sag einfach Bescheid, wann du kannst.

Ryan:
Mache ich.

Ich:
Ryan?

Ryan:
Ja?

Meine Finger schweben über der Tastatur, doch die Worte wollen nicht heraus. Sekundenlang starre ich auf den Bildschirm, werde immer unsicherer und will mein Handy fast schon zur Seite legen, als eine neue Nachricht von ihm erscheint.

Ryan:
Ich dich auch.

Ich nehme eine ausgiebige Dusche, stehe anschließend viel zu lang vor meinem Kleiderschrank und entscheide mich schließlich für ein graues Crop Top mit einem vorderen Reißverschluss und einen kurzen schwarzen Rock. Leger sportlich … und hoffentlich auch ein wenig sexy.

Mein Magen grummelt, während ich mir die Haare zu einem Zopf binde, aber da mich im Kühlschrank nichts als eine halb volle Flasche Ketchup erwartet, beschließe ich nachzuschauen, was vom Frühstückbüffet des Hotels übrig geblieben ist.

Auf dem Weg zur Küche schreibe ich Riley, ob sie auch was möchte. Sie antwortet mit einem Haufen Essens-Emojis, und ich lächele, während ich mich auf die Suche nach all den Leckereien mache. Claus arbeitet heute und wirft mir beim Einsammeln der übrig gebliebenen Scones finstere Blicke zu. Ich ignoriere ihn.

Als ich zehn Minuten später vor der Ballentine Suite stehe, öffnet mir Riley, in einen flauschigen Bademantel gehüllt, mit einem breiten Grinsen die Tür.

»Morgen, beste Freundin.« Ihr Blick wandert zum Servierwagen und ein freudiges Glitzern tritt in ihre Augen.

»Morgen.« Meine Mundwinkel heben sich wie von selbst, ihre gute Laune ist ansteckend. Den Wagen voranschiebend, schreite ich durch den mit Marmor überzogenen Eingangsbereich und werde von einer kühlen Brise empfangen. Offenbar hat Riley die Klimaanlage bis zum Anschlag aufgedreht.

Die Ballentine Suite ist auf eine eher sanfte Art *Gatsby*. Helle Farben in Weiß, Gold und Rosa, florale und geometrische Motive an Wänden und auf Teppichen und prächtige Dekoelemente, wie den goldenen Pfau neben der auffälligen Stehlampe, die mit ihren weißen Straußfedern einer Palme ähnelt. Allerdings ist die Suite mit dem riesigen Plasmabildschirm an der Wand, dem elektrischen Kamin und dem freistehenden Whirlpool, der sich neben ihrem zerwühlten Bett befindet, auch sehr modern. Eine gemütliche Unordnung herrscht im Raum; vermutlich wurde hier mehrere Tage nicht geputzt. Es hat fast den Anschein, als würde Riley wirklich im Hotel wohnen, statt nur zu Gast zu sein.

»Wow, wie viel Essen hast du mitgebracht?« Mit dem nackten Fuß deutet sie auf den Servierwagen.

»Es ist gar nicht so viel, aber mit dem Wagen sieht es nicht so aus, als würde ich schnorren, sondern einem Gast seine Bestellung bringen.«

»Der Gast bedankt sich.« Riley vollführt einen Knicks, und ich lächele amüsiert.

Wir machen es uns auf ihrem Bett gemütlich, vor uns Teller mit allerlei Gebäck, Aufstrichen und geschnittenem Obst. Erneut sehe ich mich im Raum um, warte auf das Hereinbrechen von Abscheu oder Ekel, weil die berühmte Edith Langston hier vor wenigen Wochen verstarb. Doch nun wohnt hier ein neuer Gast, und so grausam es klingt: Es ist, als wäre sie nie hier gewesen.

»Mir kommt gerade eine Idee«, sage ich plötzlich. »Wir haben zwar noch nicht die größte Reichweite, aber hättest du zufällig Lust, in einem unserer TikToks zu sein? Da du schon seit einer Weile hier wohnst, hast du sicher eine Menge …«

»Nein«, fällt Riley prompt dazwischen, und die unerwartete Abfuhr lässt mich kurz zusammenzucken.

»Oh. Okay.«

»Sorry.« Sie lächelt schwach und spielt an ihrem Tellerrand. »Es ist nur … dann könnten meine Eltern herausfinden, wo ich bin.«

Überrascht ziehe ich die Stirn kraus. »Du willst nicht mehr, dass sie es wissen?«

Riley schüttelt bloß den Kopf, und ich nicke, während ich mit geschlossenem Mund die Zähne aufeinanderbeiße. Ein Teil von mir findet es echt fies, dass sie mir immer nur Brocken zuwirft, die sie dann nicht weiter ausführt. Ein anderer weiß, dass sie mir keine Erklärung schuldig ist. Und dann gibt es noch einen, der, den journalistischen Juckreiz beinahe schmerzhaft beißend in den Fingerspitzen spürt. Nie war der Drang nach der Entdeckung einer Story so groß wie bei Riley. Wer ist sie? Wer sind ihre Eltern? Was ist ihre Geschichte?

Aber du willst kein Jason Corano sein, erinnert mich mein Unterbewusstsein.

Stimmt. Meine Freudinnen sind keine Artikel. Vertrauen ist die Basis jeder Beziehung, und ich werde nicht zulassen, dass mir meine Leidenschaft die Menschlichkeit nehmen wird.

»Denn dann müsste ich ja weg«, setzt Riley leise hinzu, und ich nicke nur, während ich den Kommentar zurückhalte, dass ihre Eltern früher oder später ohnehin einen Blick in ihre Auszüge werfen werden.

»Wo warst du gestern eigentlich?«, wechselt Riley das Thema und legt mir einen Blaubeermuffin auf den Teller. »Ich habe dich gar nicht gesehen.«

Die Erwähnung an die letzten vierundzwanzig Stunden treibt sämtliche negative Stimmung von mir.

»Boah, gestern war der längste Tag der Menschheitsgeschichte« sprudele ich heraus. »Ich habe in Brooklyn einem Reporter nachgestellt, Ryan geküsst, mit meinen Kollegen Exploding Kittens gespielt … und dann hatte ich noch ein richtig intensives Telefonat, bei dem …«

»Warte, warte, warte.« Riley hebt die Hand und starrt mich mit aufgerissenen Augen an. »Du warst ohne mich in Brooklyn?«

Ich lache los.

»Kleiner Scherz.« Sie grinst. »Aber jetzt bitte noch mal von vorn.«

»Wo soll ich bloß anfangen?«, murmele ich und lasse mich rücklings aufs Bett fallen. Geradewegs auf etwas sehr Hartes, das unter der zerwühlten Decke liegt.

»Au!«, erklingt es gedämpft hinter mir und, sofort schrecke ich hoch. Ein verschlafener Emory taucht aus dem Bett auf und blinzelt mich an wie ein Maulwurf, der zum ersten Mal das Sonnenlicht erblickt.

»Oh, das hatte ich ganz vergessen.« Riley deutet mit einem Stück Croissant zum Bett. »Emory liegt da.«

»Und würde es begrüßen, wenn ihr nicht so laut redet.«

»Hey, das ist immer noch mein Zimmer.«

Peinlich berührt schaue ich von ihr zu ihm. »Du … ihr … habt ihr beide wieder …«

»Nein.« Riley schüttelt den Kopf und tunkt die Hörnchenspitze in ein Schälchen Erdbeermarmelade. »Er hat hier nur geschlafen.«

»Eigentlich wollte ich ja dich fragen, aber Rileys Bett ist bequemer als deins«, erwidert Emory und kuschelt sich tiefer ins Kissen.

»Schön, dass ich die zweite Wahl bin«, blafft Riley, klingt aber eher belustigt als gekränkt.

Skeptisch beäuge ich die zwei. »Ihr … hattet also wirklich nichts?«

»Nein«, entgegnen beide synchron.

»Wir sind besser als Freunde«, ergänzt Riley, und Emory hebt einen Daumen, als wolle er dem zustimmen.

»Verstehe. Aber selbst wenn, wäre das natürlich auch völlig okay!«

»Schön, dass wir deinen Segen haben«, spottet Riley, und bringt uns damit alle zum Lachen.

»So meinte ich das nicht. Es ist nur … ein bisschen schräg«, gestehe ich.

»War es auch schräg, dass ich gestern in deinem Bett lag?«, konfrontiert mich Emory.

»Nein«, sage ich sofort. »Wir sind Freunde. Oh«, dämmert es mir. »Okay, okay, hab's kapiert. Du bist einfach nur ein Bettenschnorrer.« Ich tippe auf Emorys Fuß, den er sofort zurückzieht. Da ist wohl jemand kitzelig.

»Und nun zu dir.« Riley beißt vom Croissant ab und deutet mit dem angebissenen Teil auf mich. »Du und Ryan habt eusch geküscht?«

»Ja.« Röte schießt in meine Wangen. »Genau wie es Emory befohlen hat.«

»Hm?«, macht Emory, als er seinen Namen hört.

»Bei Ryan und mir.« Ich drehe mich in seine Richtung. »Zwei Stunden. Weißt du noch?«

»Du hast wirklich auf mich gehört?« Mit einem tiefen Gähnen zieht er sich die Decke über den Kopf.

»Na ja, so gesehen hatte ich kaum eine andere Wahl, nachdem du …«

Ich schrecke auf, als plötzlich das Telefon klingelt. Auch Emory zuckt unter der Bettdecke zusammen, während Riley genervt aufstöhnt. Murrend wischt sie sich die Krümel von den Fingern, ehe sie aufsteht, zur Kommode trottet und den Telefonhörer kurz anhebt und sofort wieder auflegt.

»Okay, kann mir einer von euch bitte verraten, warum mich seit gestern die ganze Zeit irgendwelche Leute anrufen und fragen, ob sie eine Tour durch das Hotelzimmer kriegen können?« Sie setzt sich wieder hin und greift kopfschüttelnd nach ihrem Gebäck. »Eine wollte mir dafür sogar Geld geben.«

»Niemals!«, ruft Emory aus, während ich im selben Moment »Ernsthaft?«, quietsche.

Riley lässt ihr Stück Croissant wieder sinken. »Was habe ich verpasst?«

»Hast du noch nicht von dem neuesten Artikel gehört?«, fragt Emory und setzt sich nun auch auf. »*Eine ehemalige Angestellte packt aus*«, zitiert er und lehnt sich vor, um nach einem Scone zu greifen. »Bist du mit deiner Detektivarbeit schon weitergekommen?«, fragt er und sieht zu mir.

»Nein.« Meine Mundwinkel sacken ab.

»Wie kommt's? Irgendwer hat mir doch gesagt, du seist extrem gut im Lösen von Rätseln.«

»Bin ich auch«, entgegne ich beschämt. »Eigentlich … Aber diesmal finde ich einfach keinen Verdächtigen.«

»Ich tippe ja auf Dennis.« Er nimmt einen Bissen. »Edith Langston wollte ihm kein Autogramm geben, und daraufhin hat er sie abgemurkst.«

»Das ist nicht witzig«, murre ich und zerrupfe meinen Muffin.

»Du willst doch nur nicht wahrhaben, dass es jemand gewesen sein könnte, den du magst« entgegnet er mit vollem Mund.

»Kann sein«, räume ich ein. »Aber es war trotzdem nicht Dennis.«

Und auch nicht Louisa oder Carmen, Linus, Anitta, Levi oder Gonzales. Niemand von ihnen war es, da bin ich sicher.

»Welche Anhaltspunkte hast du denn bis jetzt?«, fragt Riley.

»Keine«, gestehe ich und fühle mich wie die mieseste Journalistin aller Zeiten. »Nur, dass ihr Motiv entweder Rache oder Geld sein muss.«

»Und was, wenn nicht?« Emory pickt sich einen Krümel meines Muffins. »Vielleicht will die Person weder davon profitieren noch einen persönlichen Kampf ausfechten. Vielleicht geht es ja um was ganz anderes.«

Zweifelnd sehe ich zu ihm. »Und an was denkst du da?«

»Keine Ahnung. Ändere einfach die Perspektive und dann findest du tausend Gründe.«

»Vielleicht ist es irgendwer, der zu viel Langeweile hat, und darauf steht, Gerüchte in die Welt zu setzen«, überlegt Riley. »Ist zwar sehr einfach gedacht, aber solche Menschen gibt es doch. Ihr wisst schon, um sich ein bisschen mächtig zu fühlen.«

»Ja, aber niemand würde ein so großes Risiko eingehen«, widerspricht Emory und angelt nach dem nächsten Scone. »In Interviews lügen, die ganze Welt aufs Korn nehmen … Die Person muss entweder abgesichert sein oder nichts zu verlieren haben.«

Ich horche auf.

»Stimmt.« Riley legt den Kopf schief. »Es könnte irgendein hoffnungsloser Idealist sein, der Luxushotels kacke findet, weil … keine Ahnung. Nur wohlhabende Menschen davon profitieren oder so.«

»Ja«, pflichtet Emory ihr energisch bei. »Und mit dem Fall

des Hotels stürzt auch die Ungerechtigkeit. Ein ziemlich schwacher Versuch, um das ganze System aufzubrechen, aber wer weiß.« Emory sieht zu mir. »Meinst du, einer unserer Kollegen tickt so?«

Ich antworte nicht. Plötzliche Übelkeit erfasst mich und vermischt sich mit dem Pochen in meinen Schläfen, als meine Gedanken eine Vollbremsung einlegen und schlagartig die Richtung ändern.

Eine völlig neue Abzweigung nehmen.

Eine völlig neue Theorie.

Eine absurde Theorie.

»Hey, wohin gehst du?«, fragt Riley, als ich mich abrupt aufsetze. Mein Muffin rollt vom Teller, die Krümel fallen auf die Bettdecke.

»Ich, ähm, hab vergessen … ich muss gehen«, würge ich hervor und stürme aus der Tür.

29. KAPITEL

Mit schnellen Schritten eile ich zum Aufzug, fahre bis nach unten und schleiche mich durch die Waschräume nach draußen. Meine Gedanken rasen, während ich die 61st Street runterlaufe und gar nicht weiß, wohin ich will. Einfach nur weg, weit weg, wo ich meine Gedanken wieder hören kann. Auf wackeligen Beinen durchquere ich die 5th Avenue und halte auf den Eingang des Central Parks zu. Mit angehaltenem Atem drängele ich mich an einer Familie vorbei und hole erst wieder Luft, als ich hinter den Bäumen verschwinde.

Eine Weile laufe ich über den schmalen Gehweg und passiere eine Filmcrew, die vorm Eingang des Central Park Carousels eine Szene dreht. Auf der Suche nach einem Ort, der weniger überlaufen ist, verlasse ich den asphaltierten Pfad, durchquere eine Wiese und lasse mich, an einem etwas abgeschiedeneren Plätzchen unter eine Eiche sinken. Gegen den Baumstamm gelehnt, atme ich tief durch und sauge den Blick der vertrauten Wolkenkratzer in mich auf, die sich hinter den Bäumen erheben. Anschließend zücke ich meinen Laptop aus meiner Tasche. Den ganzen Sommer habe ich ihn kaum angerührt; jetzt zahlt es sich aus, dass ich ihn immer dabeihabe. In meinem Kopf herrscht das reinste Chaos, und nichts ordnet meine umherschwirrenden Gedanken so sehr wie das Schreiben.

Mit klopfendem Herzen fahre ich den Rechner hoch, öffne eine neue Datei, und fange an zu tippen.

Es war mein Kollege Emory, der mir den Denkanstoß gab. Wir sprachen über einen möglichen Verdächtigen, und er sagte: »Die Person muss entweder abgesichert sein oder nichts zu verlieren haben.«
Das lenkte meine Gedanken in eine völlig neue Bahn, eine Bahn, deren Abzweigung ich nie gewagt hätte zu gehen. Weil sie einfach nur absurd war.
Aber vielleicht auch nicht, denn wenn der anonyme Informant nicht irgendein Idealist war, der sich als Hotelangestellter ausgab, dann eindeutig jemand, der bei den möglichen Konsequenzen einer Entlarvung das Geld auf seiner Seite hatte. Anders konnte es nicht sein, denn wer würde ein solches Risiko eingehen?
Die ganze Zeit suchte ich nach einem Motiv, das mir schlüssig erschien, bis ich die Logik über Bord warf und meine ganzen offenen Fragen zusammenbrachte.
Warum hat das Hotel keine Stellungnahme abgegeben? Warum wurde die Tatsache ignoriert, dass ein berühmter Mensch gestorben war? Warum wurde Ryan und mir von der Veröffentlichung unserer Videos abgeraten? Warum hätten sie auf dieses großartige Marketing verzichten wollen, warum, wenn … es nicht anderen Maßnahmen in die Quere käme?
»Du willst nicht wahrhaben, dass es jemand gewesen sein könnte, den du magst«, sagte Emory, und er hatte recht. Ich wollte es nicht glauben, und vielleicht war das der Grund, warum ich nie gewagt hätte, in diese Richtung zu denken.
Ich habe weder einen Beweis noch ein Motiv, bloß eine morbide Theorie, von der sich selbst mein Verstand weigert,

sie anzunehmen. Aber wenn ich wirklich recht haben sollte, wenn rauskäme, dass das Hotel, das ich über alles liebe, die ganze Medienwelt aufs Kreuz genommen und den Tod einer Frau für PR-Zwecke ausgeschlachtet hat …
Dann wäre dies wirklich ein Skandal.

30. KAPITEL

Ich drehe eine lange Runde durch den Central Park, laufe über von Bäumen gesäumte Spazierwege, vorbei an Touristen, Joggern, Straßenmusikern. Um mich herum die schützenden Mauern der Skyline Manhattans, die mich wie eine Umarmung zusammenhält. Mehrere Interviewer klopfen in meinem Kopf an, doch ich lasse sie nicht hinein. Ich will mich nicht in Monologen verlieren, weil mir schlichtweg die Worte fehlen. Was außer *What The Fuck?* gibt es überhaupt zu sagen?

Ich werfe einen erneuten Blick aufs Handy. Fast fünf. Ryan hat sich immer noch nicht gemeldet.

Ich schließe die Arme fester um meine Tasche, spüre die festen Ränder meines Laptops, in den ich die größte Story meines bisherigen Lebens getippt habe. Eine Story, *eine Theorie*, die ich für sehr viel verkaufen und deren Erlös den Schuldenberg meiner Mutter reduzieren könnte. Meine Finger kribbeln, der Reiz, die Wahrheit in die Welt hinauszuschreien, ist unbestreitbar.

Aber das geht nicht. Nicht, ohne mein geliebtes Hotel, *mein Zuhause*, in Verruf zu bringen.

Als die Dämmerung hereinbricht, trete ich den Rückweg an. Die ersten Glühwürmchen glimmen auf und scheinen wie leuchtendes Konfetti über mir zu schweben. Schweigend spaziere ich durch das Schattenspiel, das das Sonnenlicht und die Baumkronen auf den Weg werfen. Auf der Wiese neben mir kabbeln sich ein paar Eichhörnchen, dahinter schießt ein frischgebackenes Hochzeitspaar Fotos. Um mich herum tanzt die frühabendliche Idylle, während in mir das Chaos tobt.

Das alles ist so surreal.

Ich verlasse den Park und laufe extra einen Umweg zur Madison, um zu schauen, ob noch Reporter da sind. Zu meinem Entsetzen sind es sogar noch mehr als heute Morgen. Na super. Wenn das so weitergeht, können Ryan und seine Familie nie mehr zurück ins Hotel kommen. Selbst am Hintereingang lungern ein paar Fotografen, und meine Schultern versteifen sich, als mir einer von ihnen ein »Hey« zuruft. Ich tue so, als hätte ich ihn nicht gehört, und husche ins Hotel.

Ich komme am offenen Pausenraum vorbei, entdecke Louisa und beschleunige meinen Gang. Sie wird mir vom Gesicht ablesen, dass mich etwas beschäftigt, und so sehr ich die Wahrheit herausschreien will, ich kann nicht. Nicht, bevor ich nicht mit jemand anderem geredet habe.

Erst bei der nächsten Abbiegung drossele ich mein Tempo und schaue vorsichtig über die Schulter, als plötzlich eine Hand nach mir schnappt und ich in den offenen Aufzug gezogen werde. Ich knalle gegen einen harten Brustkorb, der Schrei bleibt mir im Hals stecken. Zwei hektische Atemzüge lang bin ich wie erstarrt, dann hebe ich den Blick und treffe auf vertraute grüne Augen.

»Ryan?«, hauche ich und klinge deshalb fragend, weil er eine schwarze Cap trägt, die so tief sitzt, dass sie sein halbes Gesicht verdeckt.

»Hey.« Er lächelt, das vertraute metallische Geräusch erklingt, als sich die Aufzugstüren wieder schließen.

»Wie … aber … du darfst doch gar nicht hier sein«, stammele ich. »Wie bist du an den …«

»Hab mich reingeschlichen.« Wieder lächelt er, aber nur kurz, dann hebt er mein Kinn an, beugt den Kopf und küsst mich so innig, dass mir die Luft wegbleibt. Sehnsucht überkommt mich, und am liebsten würde ich nichts anderes tun, als mich in diesem Moment zu verlieren, nur …

»Ryan, warte«, stoße ich zwischen unseren Küssen hervor. »Ich muss mit dir reden.«

»Will nicht reden«, murmelt er an meinen Lippen.

»Ich auch nicht.« *Gott, ich auch nicht.* »Aber … es ist wichtig.«

Widerstrebend löst er sich von mir. »Okay.« Er sieht mich abwartend an.

Oh, er will, dass ich jetzt …? Schnell schüttele ich den Kopf. »Nicht hier. Lass uns erst woanders hingehen.«

»Zu den Turmzimmern?« Ryan streckt die Hand über mir aus und drückt auf die Fünfzehn.

»Was? Nein!« Ich packe seinen Arm. »Was, wenn da Gäste sind?«

»Lass uns einfach anklopfen.« Er zuckt mit den Schultern, als wäre nichts dabei.

»Ryan.« Lachend halte ich mir eine Hand vor den Mund. »Das ist voll unprofessionell.«

»Dann lass uns in die Princess Suite gehen.« Er drückt auf die Zehn. »Da ist nie jemand.«

»Wir können doch nicht einfach … Ryan, hier könnten überall Reporter sein«, erinnere ich ihn etwas leiser. »Du darfst nicht einfach durchs Hotel schleichen. Und seit wann bist *du* der Unvernünftige von uns?« Ich haue ihm leicht gegen die Brust, und er lacht. *Gott, dieses Lachen.*

»Wir gehen zu mir«, beschließe ich und drücke auf die Sechs.

Ryan tritt hinter mich, legt einen Arm um meine Taille und zieht mich gegen seinen Rücken. »Was immer du willst«, raunt er mir ins Ohr, und ich erschaudere.

Das *Pliing* ertönt und wir steigen aus. Ryan greift nach meiner Hand, doch ich ziehe sie schnell wieder zurück. Ein Teil von mir schreit mich gerade dafür an, aber ich will nicht, dass ihn jemand entdeckt. Vermutlich wissen nicht einmal seine Eltern, dass er hier ist. Schweigend laufen wir durch den Flur, und ich wage es nicht, zu Ryan zu sehen. Hoffentlich ist er jetzt nicht sauer.

Bei unserer Wohnung angekommen, halte ich meine Schlüsselkarte vor den Sensor und entriegele die Tür. Stille begrüßt uns, als wir die kleine chaotische Suite betreten.

»Sorry, falls das gerade zu ruppig …«, beginne ich, doch da presst er mich schon gegen die Tür.

»Ist okay. Gut, dass wenigstens eine von uns mitdenkt.« Er beugt sich vor, zieht meine Unterlippe zwischen seine Zähne, und Gott, das ist so unglaublich heiß!

Sehnsüchtig ziehe ich ihn am Kragen näher und werde mir bewusst, dass wir zum ersten Mal allein sind. Eine Welle des Verlangens reißt mich mit sich, und als wir uns diesmal küssen, weiß ich, dass uns nichts mehr aufhalten wird. Heiß und fest drängen unsere Münder gegeneinander, und ein ersticktes Keuchen entfährt mir, als sich seine Zunge zwischen meine Lippen schiebt. Das Blut rauscht mir in den Ohren, meine Gedanken flattern, irgendwas Wichtiges klopft gegen meine Gehirnwand, doch was immer es ist, ich kann es nicht greifen. Und so entgleitet es mir.

Je länger, wir uns küssen, desto weicher werden meine Glieder. Ich drohe zu fallen, doch noch ehe ich etwas sagen kann, schnellt seine Hand vor und zieht mich wieder aufrecht.

»Du küsst mich schwindelig«, verteidige ich mich und kreische auf, als ich plötzlich hochgehoben werde.

»Problem gelöst.« Er grinst ein verwegenes, freches Lächeln, das mir geradewegs in den Unterleib schießt. Mit der Kraft, die ich noch habe, schlinge ich die Beine um seine Hüfte, und lasse mich von ihm in mein Zimmer tragen.

Im nächsten Moment liege ich auf meinen ungemachten Laken, Ryan über mir. Ich schließe die Augen, vergrabe die Finger in seinen Haaren und seufze, als er sich meine Wange entlangküsst.

»Gott, ich liebe deinen Geruch.« Er drückt seine Lippen gegen meinen Hals, seine Bartstoppeln kitzeln mich und hinterlassen ein Prickeln auf meiner Haut.

»Und ich deinen«, stoße ich hervor und schlinge die Beine um seine Hüfte. Der Gürtel seiner Jeans reibt gegen meine Mitte und sendet heiße Luststöße durch meinen Körper.

»Weißt du, wie lange ich das schon will?«, flüstert er.

»Nicht so lange wie ich«, bringe ich heraus und mir wird heiß, als sich seine Finger zu meinem Dekolleté vortasten.

»Ist das okay?« Er umfasst den Reißverschluss meines Tops.

»Ja«, wispere ich und erschaudere, als das zippende Geräusch erklingt und mich Kälte an der Brust trifft. Seine Erektion zuckt an mein Bein, mein Innerstes zieht sich lustvoll zusammen.

Ryan streift mir das Oberteil von den Schultern und zieht sich sein eigenes in einer fließenden Bewegung über den Kopf. Ich habe kaum einen Blick auf ihn erhascht, da liegt er wieder auf mir, und ein leises Seufzen entfährt meinem Mund, als seine Haut mit meiner verschmilzt. Die Lippen noch immer auf meinen, schiebt er mir langsam die BH-Träger von den Schultern.

»Warte«, halte ich ihn auf und schnappe nach seinen Fingern, als mich plötzliche Nüchternheit packt. »Kannst du … die Vorhänge zuziehen?«

Ryan runzelt die Stirn, doch dann begreift er und seine Mundwinkel sinken ein Stück herab. »Ich will dich sehen.«

»Ich mich aber nicht«, gestehe ich und verschränke die Arme vor der Brust.

»Baby, du bist der wunderschönste Mensch, den ich …«

»Bitte«, sage ich, und er seufzt, ehe er sich mit einer Hand abstützt und aufrichtet. Im nächsten Moment ist er an meinem Fenster und zieht die Gardinen zu.

»So okay?«, fragt er, und lässt einen winzigen Spalt frei, damit die goldene Abendsonne in einem diagonalen Strich auf mein Bett fallen kann.

Ich nicke. Man sieht zwar immer noch etwas, aber die Dämmerung verschleiert zumindest meine Details. Ich hasse, dass ich so denke, schaffe es aber selbst vor Ryan nicht, meine Unsicherheiten zurückzudrängen.

Ryan kehrt zurück und zu meiner Erleichterung wirkt er nicht böse. Mehr noch liegt ein freches Lächeln auf seinen Lippen.

»Noch ein Wunsch, Miss?«

Ich berühre seine Wange. »Küss mich.«

Und das tut er. Langsam und tief, aber diesmal spüre ich auch eine gewisse Vorsicht mitschwingen, als wäre er nicht mehr sicher, wie weit er gehen darf. Ich nehme all meinen Mut zusammen und führe seine Hand zu meinem BH. Ryan stöhnt in meinen Mund, umfasst meine rechte Brust und drückt leicht zu.

»Ja«, flüstere ich, als sich seine Finger unter den Saum schieben und in kreisenden Bewegungen über meine aufgestellte Brustwarze reiben. Gänsehaut überzieht meinen ganzen Körper. So wurde ich noch nie berührt, so habe ich noch nie gefühlt. Wie im Rausch nestele ich am Verschluss seines Gürtels, knöpfe die Hose auf und schiebe vorsichtig meine Hand hinein.

»Fuuuck, Ellis«, flucht er und lässt kurz von mir ab, um sich die Jeans von den Beinen zu streifen. Sekunden später ist er wieder auf mir, und diesmal liegt kein Zögern, keine Vorsicht in seinen Berührungen. Mit festem Druck massiert er meine Brüste, küsst sich meinen Körper entlang. Ich drücke den Rücken durch, während seine Lippen eine feuchte Spur auf meiner Haut hinterlassen und tiefer wandern. Immer tiefer.

Am Bund meines Slips legt er eine Pause ein. Ein kurzer, fragender Blick in meine Richtung, und ich nicke schnell, lasse den Kopf zurück aufs Kissen sinken, atme zitternd aus, als er mir den Slip von den Beinen streift. Mein ganzer Körper steht unter Strom.

»Ryan«, wimmere ich und weiß gar nicht, was ich sagen will, nur, dass es mich um den Verstand bringt, wie er seine Hände unter meinen Hintern schiebt und mein Becken anhebt. Sein heißer Atem streift meine Mitte, meine Beine zucken, und als er seinen Mund auf mich senkt, ist das Gefühl so intensiv, dass ich nicht einmal schreien kann. Mit flatternden Lidern starre ich zur Decke, während seine Zunge meine empfindsamste Stelle streift, sie umkreist, an ihr saugt. Ein heißer Druck baut sich in mir auf, meine Umgebung zerfließt, mein Körper steht in Flammen. Ich kralle meine Finger in seine Haare, meine Knie zittern, meine Gefühle schwanken zwischen Lust und Folter. Ich blühe auf und zerreiße innerlich.

Und dann bricht es über mich herein, das Beben, das in Wellen meinen Körper durchläuft, und mein Herz zum Mond schießt.

31. KAPITEL

Das Bett schwankt ein wenig, als sich Ryan neben mich auf die Matratze fallen lässt. Sekundenlang sehen wir uns an, unsere Brustkörbe heben und senken sich im Gleichtakt. Mein Blick fällt auf seine Lippen und eine Hitzewelle rauscht durch mich hindurch. Ich bin gerade an seinem Mund gekommen. Heiliger, ich bin an seinem Mund gekommen!

Meine Mitte pocht noch immer, der Wunsch, ihn in eine ähnliche Ekstase zu versetzen, wird unbändig. Weiterhin leicht außer Atem, hebe ich ein Bein und rolle mich auf ihn. Ryans Blick weitet sich und ein leises Stöhnen entfährt ihm, als ich mich auf seinen Schoß setze.

»Ich will dich um den Verstand bringen«, teile ich ihm mit.

Ryan lacht heiser auf. »Das tust du sowieso schon.«

»Wirklich?« flüstere ich und fahre mit den Fingern über den letzten Streifen Sonne, der sich rötlich über seinen Oberkörper zieht. Seine Muskeln spannen sich unter meiner Berührung an.

»Wirklich«, bringt er heraus und schluckt, während ich der Haarspur folge, die unterhalb des Nabels beginnt. Dabei bewege ich meine Hüften auf und ab – ganz intuitiv. Weil es sich gut anfühlt. Und weil ich spüre, dass er dadurch immer härter wird.

Ryan schließt die Augen und umfasst meinen Hintern, drückt mich enger gegen seine Erektion, schiebt mich vor und zurück. Heiße Lust durchzuckt mich. Das Gefühl ist fast *zu* intensiv. Seine Lippen haben mich wund gemacht, doch ich will nicht aufhören.

»Ellis.« Er sagt meinen Namen wie ein Flehen, und abrupt höre ich auf, mich zu bewegen. Ohne ein Wort rutsche ich zurück und greife nach dem Bund seiner Boxershorts. Stück für Stück schiebe ich sie runter, und eine seltsame Ehrfurcht ergreift mich, als seine Erektion zum Vorschein kommt.

»Darf ich?«

»Ja«, krächzt er und gibt einen zischenden Laut von sich, als ich sie umfasse. Sie fühlt sich anders an als erwartet. Trotz der Härte ist die Haut überraschend weich. Langsam bewege ich die Hand auf und ab, entlocke ihm ein leises Stöhnen.

»Okay so?«

»Etwas fester«, bringt er heraus, und ich erhöhe den Druck.

»Gott, Ellis.« Zischend atmet er ein, streckt die Hand nach mir aus greift nach meinem Oberschenkel.

»Was magst du noch?«, frage ich erhitzt.

»Der … oben«, bringt er heraus, und es braucht einen Moment, bis ich verstehe. Langsam lasse ich den Daumen zu der Spitze wandern, umkreise sie und erschaudere, als seine Erektion unter meiner Hand zuckt.

»Fuck … ja, genau so.« Ryan schließt die Augen, sein Ausdruck wirkt beinahe gequält. Nie hätte ich gedacht, dass mich dieser Anblick selbst so erregen würde.

»Baby?«

Ich schaue auf. »Ja?«

Ryans Blick fliegt über mich und bleibt an meinem Rock hängen. Er stellt die Frage nicht laut, und erst weiß ich nicht, was er meint, doch dann dämmert es mir.

Er will mich sehen.

Aufregung schießt in meinen Unterleib. Langsam hebe ich den Rock an, spreize die Beine. *Zeige mich.* Mich derart entblößt zu präsentieren, lässt meine Nervenenden vibrieren, aber sein Blick … Gott, sein Blick ist alles. Pure Erregung, pure Ekstase. Noch nie in meinem Leben habe ich mich so erhaben, so begehrt gefühlt. Ryan zerfließt unter mir, und ich bin der Grund dafür.

»Schneller«, bittet er heiser, und ich erhöhe das Tempo, spüre, wie sich mein Innerstes beim Anblick von ihm erneut zusammenzieht. Als er kommt, gibt er einen kehligen Laut von sich, seine Erektion zuckt, seine Lust ergießt sich über meine Handfläche. Ihn so zu sehen … Es ist der heißeste Moment meines Lebens.

32. KAPITEL

Ein Klopfen ertönt, doch ich bin nicht sicher, ob es echt ist oder einem Traum entstammt.

»Baby?« Jemand schüttelt mich sanft.

»Du verdammter Schnorrer«, brumme ich, als ich Emorys Arm schon wieder auf meinem Bauch spüre. Rileys Bett war ihm wohl *zu* bequem. Warum zieht er nicht gleich hier ein?

»Was?«

Ich runzele die Stirn. Die Stimme passt nicht zu Emory. Vorsichtig schlage ich die Augen auf und blinzele, während meine Umgebung langsam schärfer wird. Dann erkenne ich ihn.

»Ryan«, flüstere ich und spüre, wie mich bei seinem Anblick warme Erinnerungen durchströmen.

»Hey.« Er lächelt schwach und wirkt genauso kaputt, wie ich mich fühle. Letzte Nacht … heiliger, letzte Nacht! Ich presse die Oberschenkel zusammen und werde mir bewusst, dass mein Höschen noch immer irgendwo auf dem Boden liegt.

»Sorry, dass ich dich wecke, aber da klopft die ganze Zeit jemand an eure Tür.«

Allmählich erwachen auch meine Sinne. Mit gespitzten Ohren lausche ich dem Hämmern und verziehe das Gesicht. Die Person hört gar nicht auf zu klopfen.

»Deine Mom?«, vermutet er.

»Nein.« Selbst, wenn sie ihre Schlüsselkarte vergessen hätte, würde sie sich unten einfach eine neue holen. Abgesehen davon ist sie noch in Maine und kommt erst heute Abend zurück.

Ein ungutes Gefühl ergreift von mir Besitz. Schnell richte ich mich auf und schlüpfe in ein herumliegendes Shirt. Den Rock von gestern trage ich noch immer.

»Warte hier«, bitte ich, für den Fall, dass es doch meine Mutter ist, dann eile ich aus dem Zimmer und richte mir im Laufen die chaotischen Haare.

Als ich die Tür öffne, zucke ich überrascht zurück. Ein vertrauter, glatzköpfiger Mann in einem schwarzen Anzug steht vor meiner Türschwelle.

»Frank?«

»Guten Morgen, Miss.« Er nickt mir knapp zu, seine Haltung wirkt angespannt. »Entschuldigen Sie den spontanen Überfall, aber befindet sich Mr Van Day zufällig bei Ihnen?«

Ertappt halte ich inne. »Ähm … ich weiß nicht«, erwidere ich vage, denn vielleicht will Ryan nicht, dass ich verrate, wo er sich befindet.

Frank verdreht die Augen und wirft einen gestressten Blick auf seine Armbanduhr. »Könnten Sie ihn bitte herholen?«

Doch in diesem Moment tritt Ryan selbst neben mich, bis auf die Cap, in derselben Kleidung wie gestern.

»Was ist los?«, fragt er ohne Begrüßung.

»Mr Van Day.« Franks Schultern entspannen sich bei Ryans Anblick. »Guten Morgen. Ich habe den Auftrag, Sie abzuholen.«

Ryans Miene versteinert. »Bin ich jetzt ein Hund, der wieder eingesammelt werden muss? Ich kann hingehen, wo ich will, und muss nicht den ganzen Tag im Haus eingesperrt werden, nur weil mir nicht zugetraut wird, auf mich selbst aufzupassen.«

»Das ist es nicht, Sir. Ihre …« Er senkt die Stimme, »Eltern wollen Sie sprechen.«

»Weswegen?«

»Das kann ich Ihnen nicht verraten, aber es ist sehr dringend.«

Irgendwas in Franks Tonfall lässt mich aufhorchen. Die Art, wie er *dringend* sagt. Als würde das ganze Wort vibrieren.

Ryan sieht ihn einen Moment lang prüfend an. Schließlich seufzt er und wendet sich mir zu.

»Kannst du mitkommen?«, fragt er leise.

Er will mich dabeihaben?

Mein Herz macht einen Satz.

»Natürlich. Wenn du das möchtest.«

»Nein«, geht Frank dazwischen. »Das ist eine private Angelegenheit.«

»Ellis *ist* privat. Sie gehört praktisch zur Familie.«

Okay, das war vielleicht das Süßeste, das je ein Mensch zu mir gesagt hat. Ich beiße mir auf die Unterlippe, um nicht bis zu den Ohrläppchen zu grinsen.

»Ich habe den Auftrag, *nur Sie* abzuholen. Aber danach können Sie bestimmt wieder zurück«, setzt Frank beschwichtigend hinterher.

»Bestimmt«, wiederholt Ryan spottend. »Und *bestimmt* lauern dann wieder irgendwelche Reporter hier herum, die mich nicht sehen dürfen, und dann muss ich im Battery Park bleiben.« Ryan sieht wieder zu mir, als wollte er sagen: »Dann sollst du wenigstens auch da sein.«

Mein Herz zappelt in meiner Brust. Ich kann einfach nicht glauben, dass er genauso empfindet. Dass er sich ebenso wenig von mir trennen will wie ich mich von ihm.

»Sir.« Jetzt lächelt Frank und wirkt fast ein wenig amüsiert. »Ich soll Sie nur nach oben geleiten.«

»Oben?«

»In den zwölften Stock.«

Ryan blinzelt. »Meine Eltern sind *hier*?«

»Ja.« Franks Blick huscht zu mir, sein Lächeln wird noch breiter. »Und danach können Sie wieder zu Miss Wheaton.«

> **Ellis:**
> Was bisher geschah: Ellis fand das Geheimnis um die mysteriöse ›Angestellte‹ heraus, doch sie wusste, dass die Wahrheit Ryan zerstören würde. Sollte sie es ihm trotzdem verraten? Sie musste, doch gerade, als sie es tun wollte, schlich er sich zu ihr, riss ihr die Kleider vom Leib, und sie vergaß alles um sich herum. Sogar ihren eigenen Namen.

> **Rahim:**
> Ihr hattet Sex???

Ich lache los. War ja klar, dass das alles ist, das ihn interessiert. Aus dem Augenwinkel blitzt mir Ryans Cap entgegen. Mit dem kleinen Finger angele ich nach ihr und setze sie mir erst auf den Kopf, ehe ich eine Antwort tippe.

> **Ellis:**
> Nein, aber gefühlt alles andere. 🙈

> **Rahim:**
> Du meinst keine Penetration?

> **Ellis:**
> Willst du das wirklich so genau im Detail wissen …?

Rahim:
Nein, aber Leute, die keinen penetrativen Sex haben, könnten sich eventuell angegriffen fühlen, wenn du es als ›alles andere‹ bezeichnest. 🙃

Wo er recht hat …

Ellis:
Na gut, dann hatten wir Sex!

Rahim:
Glückwunsch! 🎉

Seltsam, dass einem dafür gratuliert wird …

Ellis:
Haha, danke! Aber jetzt bitte zu euch!
Wir reden immer nur über mich!

Rahim:
Okay, ähm, … Logan hat mir geschrieben.

Ich reiße die Augen auf.

Ich:
Nein!

Rahim:
Er hat nur gefragt, wie es mir geht …

Ich:
Nein!

Rahim:
Du und Ryan habt doch auch wieder zueinandergefunden. ☹️

Ich:
Aber im Gegensatz zu Logan, ist Ryan kein narzisstisches Arschloch, das fünfmal mit mir Schluss gemacht hat …

Rahim:
Viermal …

Ich:
Und dich dreimal betrogen hat!

Rahim:
Viermal …

Ich:
Und es so hingestellt hat, als ob es deine Schuld gewesen wäre!

Rahim:
Okay! Ich antworte ihm nicht, zufrieden? 😑

Ich:
So ist's brav!

Rahim:
Lass uns lieber wieder zurück zu Ryan gehen. Wie war »es«? Und jetzt will ich wirklich Details.

Ich:
Gott, Rahim, es war so schön! Ich weiß, man sagt, dass das »erste Mal« nie besonders krass ist, weil man keine Ahnung hat und so weiter, aber Ryan und ich … wir haben einfach gevibt! Wir mussten nicht mal groß miteinander reden. Ein kurzer Blick von ihm, und ich wusste sofort, was er will!

Rahim:
Warum überrascht dich das so? Ihr zwei kennt euch doch in- und auswendig und eure Kommunikation hat noch nie Worte benötigt. Ist doch klar, dass es dann vibt. 😊

Ich:
OMG, du hast recht!!!😱

Rahim:
Glaubst du, er hatte vor dir schon mal mit einer anderen Sex?

Ich denke an seinen heißen Mund an meiner Mitte und beiße mir auf die Unterlippe.

Ich:
Seiner Zungentechnik nach zu urteilen, schon …

Rahim:
Oh! Okay, haha! Aber ist das schlimm für dich?

Ich halte inne und schürze die Lippen, während ich nach einer ehrlichen Antwort suche. Zugegeben, die Vorstellung davon, dass er andere Frauen ebenfalls in eine solche Ekstase versetzt hat, verursacht mir ein scharfes Ziehen im Bauch. Keine Ahnung, ob es die Eifersucht oder mein Ego ist, dass sich irgendwo ganz tief in mir wünscht, die Erste und Einzige gewesen zu sein. Aber ich weiß, dass dieser Gedanke nicht nur total veraltet, sondern auch lächerlich ist. Was vergangen ist, ist vergangen. Jetzt ist er hier, bei mir, weil er mich will. Und das ist letztlich alles, was zählt, oder?

Ich:
Nein, es ist nicht schlimm. 😀

Rahim:
Gut so! Und ich freue mich sehr für euch. 🖤
Ich war zwar echt sauer, als er gegangen ist,
aber du weißt ja, dass ich von Anfang an in
seinem Team war.

»Es gab ja auch kein anderes Team«, setze ich zum Schreiben an, höre aber auf zu tippen, als Deb online geht und erst einen Link und kurz darauf eine weitere Nachricht in unseren Chat schickt.

Deb:
OMG!!! Meinst du, das stimmt???

Oh nein. Eine kalte Vorahnung streicht über meine Haut. Mit angehaltenem Atem drücke ich auf die URL, ein neues Fenster öffnet sich, und als ich die Headline lese, die unter einer Fotografie des Hotels prangt, zieht sich alles in mir zusammen.

Mordgerüchte im Hotel Van Day – Heißt die dubiose »Angestellte« zufällig »Marketing-Abteilung«?

Ich gefriere zu einer Statue. Nein. Nein, nein, nein. Das ist unmöglich. Das kann nicht sein. Nein. Nein, das kann nicht sein.

Minutenlang starre ich auf meinen Bildschirm, unfähig, mich zu rühren oder was zu sagen. Der Schock hämmert gegen meine Rippen, kalte Panik fließt durch meine Venen. Ich wusste, dass es nur eine Frage der Zeit war, bis andere Reporter auf dieselbe Fährte kämen, aber dass es so schnell passieren würde ... Vermutlich ist Ryan deshalb oben. Weil es *dringend* ist. Oh Gott. Das darf doch alles nicht wahr sein.

Das Klingeln meines Handys durchbricht meine Gedankenkette.

»Hey«, krächze ich, als ich abhebe.

»Hey.« Debs Stimme hat einen mitleidigen Beerdigungstonfall. »Hast du ihn gelesen?«

Obwohl sie mich nicht sehen kann, schüttele ich den Kopf, ziehe mir die Cap so tief, bis sie beinahe meine Augen verdeckt. »Das muss ich nicht.«

»Nein!«, japst Deb. »Du wusstest es?«

»Ich wollte nicht recht haben«, flüstere ich. »Aber wenn ich schon darauf gekommen bin, war es wohl nur eine Frage der Zeit, bis andere den gleichen Verdacht haben.« Ich verziehe das Gesicht. »Ist er schlimm? Der Artikel, meine ich.«

Ein kleines, ironisches Lachen am anderen Ende der Leitung. »Wenn du mit ›schlimm‹ guten, investigativen Journalismus meinst, dann ja. Sehr schlimm.«

Meine Brust schnürt sich zu.

»Kannst du ihn für mich zusammenfassen? Nicht vorlesen, nur in deinen Worten wiedergeben.«

»Natürlich.« Es raschelt kurz, dann ändert sich der Ton. Vermutlich hat sie mich auf Lautsprecher gestellt. Ich krieche unter die Decke und balle meine Faust um das Laken.

»Okay. Also, die Autorin hat untersucht, wie das Hotel mit dem Tod von Edith Langston umgegangen ist. Wie komisch es war, dass es sich nicht ein Mal zu den Vorwürfen geäußert hat, und so weiter.«

Ich halte den Atem an.

»Dann hat sie sich auf das Interview bezogen, das dieser eine Journalist gerade erst veröffentlicht hat.«

»Jason Corano.« Sein Name hinterlässt einen bitteren Geschmack auf meiner Zunge.

»Genau. Sie sagt, dass er zwar genauso klassisch hetzerisch geschrieben ist, wie seine Vorgänger, aber trotzdem einfach too much ist. Beinahe wie eine Parodie. Zu viele Anschuldigungen ohne stichhaltige Beweise. Und da die Person im Interview anonym bleiben wollte, weiß man nicht, ob sie überhaupt echt ist, geschweige denn mit dem Hotel in irgendeiner Verbindung stand oder steht.«

Mein Puls hämmert gegen meinen Schädel. »Worüber schreibt sie noch?«, frage ich und reibe mir über die rechte Schläfe.

»Sie hat außerdem noch einen Wirtschaftsanalytiker hinzugezogen, und der meinte, dass …« Sie hält kurz inne, vermutlich, um die Passage zu überfliegen. »Schlagzeilen dieser Art ein typischer Marketing-Trick zur Steigerung der Perfomance sind. Nach dem Motto: ›Schlechte PR ist auch PR.‹«

»Das stimmt doch gar nicht!«, rufe ich aus. »Schlechte PR kann das komplette Image zerstören.«

»Ich weiß. Aber laut ihm wird das Hotel langfristig mehr profitieren, als es verliert.«

»Inwiefern?«, rede ich erneut dazwischen.

»Weil es wieder auf dem Radar der Leute ist. Seit Langstons Tod sei die Social Media-Präsens um das Fünffache gestiegen.«

»Aber das lag doch an unseren TikToks!«, wende ich erhitzt ein.

»Darauf hat er sich gar nicht bezogen.«

Na toll. Schön, dass unsere liebevoll konstruierten Videos nicht einmal Platz in einem Nebensatz gefunden haben.

»Denn laut ihm hat der Internet-Boom mit reißerischen Schlagzeilen begonnen«, fährt sie fort. »Er hat auch einige Statistiken erstellt. Und na ja.« Deb atmet tief aus und mir wird eiskalt. »Die Schlussfolgerung ist, dass das Hotel allem Anschein nach selbst für die Gerüchte und Schlagzeilen verantwortlich ist.«

Weil es genauso ist. Ich schließe müde die Augen. Das Hotel Van Day hat den Tod von Edith Langston für PR-Zwecke genutzt.

Und jetzt weiß es die ganze Welt.

33. KAPITEL

Einen winzigen Moment lang dachte ich, dass es, jetzt, wo die Van Days wieder zurück im Hotel sind, und es offenbar keine weiteren Sicherheitsmaßnahmen mehr benötigt, endlich vorbei wäre. Dass sich die Reporter da unten wieder beruhigt hätten, und wir nach und nach zum Alltag zurückkehren würden.

Nun, ich habe mich geirrt.

Twitter explodiert. Der Artikel wurde schon nach wenigen Stunden fast tausendmal geteilt, der Hashtag #hotelVanLie rutscht in den Charts immer höher. Mit einem Kloß im Hals scrolle ich mich durch die Kommentare und Tweets, lese den Zuspruch, die Wut, die Verschwörungstheorien – und weiß selbst nicht, was ich fühlen soll. Die Angst um das Hotel verursacht mir Übelkeit, während sich die Idealistin in mir auf eine zutiefst groteske Weise sogar freut, dass endlich mal die Wahrheit gesagt wurde. Aber der Rest von mir ertrinkt in Angst.

Um das Hotel.

Glücklicherweise scheint das Übel die echte Welt noch nicht erreicht zu haben. Als ich vorhin runter ins *Kimberly's* bin, schien alles so wie immer. Selbst die Reporter vor der Tür haben sich rücksichtsvoll verhalten.

Aber vielleicht ist es gar nicht so schlimm. Vielleicht ist es nur ein weiterer Artikel, eine weitere Theorie, die das Internet auseinandernimmt und wieder vergisst, sobald sich die Menschen auf den nächsten Skandal stürzen.

Hoffentlich.

Zum hundertsten Mal öffne ich den Chat zwischen Ryan und mir, doch meine Nachrichten sind noch immer nicht zugestellt worden. Vielleicht ist sein Akku leer.

Ob ich mal hochgehen und nach ihm schauen sollte? Nach drei Stunden sollte das vermutlich kein Problem sein, oder? Aber was, wenn ich reinplatze, während sie sich gegenseitig die Köpfe einschlagen? Wobei – in diesem Fall sollte ich es vielleicht erst recht tun …

Die Wohnung der Van Days befindet sich, genau wie die Ballentine Suite, im zwölften Stock. Allerdings muss man, um in die Wohnung zu gelangen, den privaten Fahrstuhl nehmen und eine spezielle Schlüsselkarte vor den Sensor halten. Dennis hat mir meine Universalkarte abgezogen, aber zum Glück lag noch eine in Moms Zimmer.

Mit leichtem Unbehagen fahre ich nach oben. Vor der Tür angekommen, ziehe ich mein schwarzes Kleid glatt – keine Ahnung, warum ich etwas Schickes angezogen habe. Wen will ich beeindrucken? Ein paar tiefe Atemzüge, dann klopfe ich vorsichtig.

Klackernde Schritte ertönen, und je lauter sie werden, desto schneller schlägt mein Herz. Im nächsten Moment schwingt die Tür auf, und Jules erscheint am Türrahmen. Sie trägt eines ihrer üblichen eleganten Outfits – Seidenhemd und Bleistiftrock, dazu hohe Schuhe. Die schwarzen Haare sind zu einem Pferdeschwanz gebunden, ihre blauen Augen strahlen mich überrascht an.

»Hallo Liebling.«

»Hi«, sage ich heiser und komme mir plötzlich wieder vor wie mit acht Jahren. »Ist, ähm, Ryan da?«

Jules legt den Kopf schief, und lässt ein amüsiertes Lächeln hervorblitzen. »Ihr seid ja süß.«

»Warum?«

»Er ist eben los und wollte dich suchen.«

Mein Herz macht einen Satz. Ob er jetzt unten ist, während ich hier oben bin?

»Aber du kannst gern hier auf ihn warten«, bietet sie an und macht einen Schritt zur Seite. Eigentlich will ich lieber runter, aber da ich nicht weiß, wie ich ablehnen soll, trete ich widerwillig ein.

Die Manhattan Suite ist die wohl prunkvollste im ganzen Hotel. Sie hat vier Schlafzimmer und zwei Bäder. Das Zentrum bildet der Salon, ein Raum mit hellen Wänden, der ähnlich wie im *Kimberly's* von korinthischen Säulen gestützt wird und mit einem roten Teppich ausgekleidet ist.

Die Flurwand ziert eine Bildergalerie aller Menschen, die hier einst gelebt haben, angefangen mit Albert Senior, dem Gründer des Hotels, bis hin zu seinen Söhnen Benedict und Albert Junior, Enkeln und Urenkel. Die Einrichtung ist eine Mischung aus Renaissance und Art Deco – majestätische Barockmöbel gemischt mit geometrischen Lampen, Kissen und farbenfrohen Accessoires. Der vertraute Duft nach alten Möbeln und teuren Raumdüften liegt in der Luft und erinnert mich daran, wie lange ich nicht mehr hier war.

Julia läuft um den schmalen Glastisch und nimmt auf einem cremefarbenen Sofa aus Samt Platz. Befangen setze ich mich auf den Sessel ihr gegenüber, bete stumm, dass Ryan jeden Moment zurückkommt. Ich mag Jules, aber die letzten zwei Jahre haben nicht nur meine Beziehung zu Ryan, sondern auch zu seiner Mutter verändert.

»Also. Du und Ryan.« Jules greift nach der Glaskaraffe und schenkt uns beiden ein Glas ein, während sie verschwörerisch zu mir linst. »Das wurde langsam auch Zeit, oder?«

Hitze schießt mir in die Wangen. *Darüber* will sie jetzt reden? Nein. Nein, auf keinen Fall.

In der Not frisst der Teufel Fliegen und in meiner Verzweiflung beschließe ich, ein viel schlimmeres Thema anzuschneiden.

»Wie ist die Stimmung gerade?«, platze ich heraus.

Julia stutzt, während sie mir das Glas entgegenreicht. »Was meinst du?«

»Im Hotel, wegen … na ja«, druckse ich und schiebe die Hände zwischen die Oberschenkel.

Jules starrt mich an, als hätte sie keinen blassen Schimmer, wovon ich rede. Dann dämmert es ihr.

»Ach so, *das*!« Sie lehnt sich mit ihrem Glas zurück und winkt ab. »Nicht der Rede wert.«

Ich runzele die Stirn. »Nicht der Rede wert?«

»Ja. Sollen die Leute doch schreiben, was sie wollen.«

Ist das ihr Ernst?

»Auch über die Wahrheit?«, frage ich herausfordernd, und Jules will gerade einen Schluck nehmen, da hält sie inne. Zweifelnd huscht ihr Blick zu mir, ihre Augen verengen sich leicht.

»Du weißt es.«

Ich schlucke, sinke immer tiefer in den Stuhl. »Ja.«

Ein paar Sekunden lang betrachtet sie mich mit ausdrucksloser Miene, dann zupft ein Lächeln an ihrem rechten Mundwinkel. »Du warst schon immer eine kleine Detektivin.«

Bei einem so offensichtlichen Fall hat es nicht viele Detektiv-Skills benötigt, denke ich, behalte es aber für mich.

»Habt ihr es Ryan und Sam erzählt?«, frage ich stattdessen, und greife nun ebenfalls nach meinem Wasser.

»Wir mussten.« Sie seufzt und nimmt einen Schluck. »Eigentlich wollten wir sie aus alledem raushalten, aber dank der Nachrichten …« Sie bricht ab und schüttelt missbilligend den Kopf, als wären *sie* die Bösen. »Vermutlich ist es ohnehin besser, wenn die Kinder über alles informiert sind.«

Zu gern wüsste ich, wie ihre Reaktionen ausgefallen sind. Ob Ryan sauer ist? Ich vermute es, bei Sam bin ich mir allerdings nicht sicher.

»Schon gut. Ich weiß, was du denkst.« Jules nimmt noch einen Schluck und schwenkt das Glas, als befände sich darin Whisky.

Überrascht sehe ich sie an. »Was denke ich denn?«

»Dass es eine scheiß Idee war.«

Anstelle einer Antwort sehe ich sie abwartend an.

»Ich weiß nicht, ob du wusstest, wie schlecht es die letzten Jahre um das Hotel stand«, beginnt sie leise, den Blick weiterhin auf ihr Glas gerichtet. »Grandpa Al …« Sie sagt es auf diese Weise, als wäre er auch mein Großvater gewesen. »Für ihn gab es nichts Wichtigeres als das Hotel. Aber er war auch sehr stur. Wollte an den Traditionen seines Vaters um jeden Preis festhalten und nicht mit der Zeit gehen. Warf das Geld für überflüssige Renovierungen weg, anstatt das Hotel zu modernisieren, kinderfreundlicher zu machen, barrierefreier.« Sie atmet tief aus. »Ihm ging es immer nur um den Prunk und die Ästhetik. Das Hotel sollte mit seiner Schönheit jedes andere in den Schatten stellen, und das hat es auch. Aber das bedeutet heute alles nichts mehr, denn inzwischen ist das *Schloss von Manhattan* komplett vom Radar der Hotellandschaft verschwunden. Ein veraltetes Juwel, über das niemand mehr spricht.«

»Und da dachtet ihr, dass euch der Tod einer berühmten Person mehr Sichtbarkeit verleihen würde?«, frage ich, bevor ich es verhindern kann.

Ein seltsamer Ausdruck huscht über Jules Miene, eine Mischung aus Scham und Trotz.

»Jimi Hendrix«, sagt sie plötzlich. »Janis Joplin. Whitney Houston. Oscar Wilde. Coco Chanel. Was haben sie gemeinsam?«

Ihre Frage bringt mich kurz aus dem Konzept. »Sie, äh, waren alle berühmt?«

»Und sie verstarben in einem Hotel.« Jules stellt das Glas zurück auf den Tisch und legt einen Arm über die Sofalehne. »Viele Fans pilgern noch Jahrzehnte später zu dem Ort, an dem ihre Idole ihr letzten Stunden verbrachten.«

Nein. Nein, das hat sie nicht gesagt. Ich widerstehe dem Drang, mir die Ohren zu reiben, weil ich nicht glauben kann, was ich da höre.

»Okay, nur damit ich das richtig verstehe.« Ich hole tief Luft, und zwinge meine Stimmbänder zu einem neutralen Tonfall. »Ihr wolltet das Hotel zu einer Pilgerstätte für fanatische Fans verwandeln?«

»Sichtbarkeit«, korrigiert sie. »Es ging uns nur um Sichtbarkeit.«

»Aber im negativen Sinne. Es sind doch etliche Stornierungen eingegangen, denn Spoiler Alert: Die meisten Leute haben keine Lust, an einem Ort zu schlafen, wo Menschen gestorben sind. Skandale schrecken sie ab!«

Jules schüttelt den Kopf. »Sie lieben sie.«

»Was?«

»Skandale. Katastrophen. True Crime. Echte Fälle von echten Menschen. Gerüchte. Tod. Mord. Je tragischer, desto besser. Die Leute ergötzen sich daran, kriegen nicht genug davon.«

Das Wort *True Crime* flattert zurück in meinen Kopf und lässt mich ertappt innehalten. Vor meinem inneren Auge taucht meine Spotify Mediathek auf, in der mindestens drei Podcasts dieser Art aufgelistet sind. Verbrechen zur Unterhaltung lauschen ... Ein kaltes Schütteln geht durch meinen Körper. Warum ist mir nie aufgefallen, wie makaber das eigentlich ist?

Und sie hat recht, dämmert es mir. Der Hype ist real. Serien, Filme, Dokus oder Podcasts werden von tragischen Fällen regelrecht inspiriert. Noch nie war das Angebot so groß. Die Darstellung von echtem Trauma und realer Gewalt ist Mainstream geworden. Und dasselbe gilt wohl für Dark Tourism ...

»Und dass dein Grandpa Al vor ein paar Jahren hier verstarb, verstärkte den Mystery Faktor.« Jules zuckt mit den Schultern, als wäre es die logische Konsequenz, den Tod ihres eigenen Vaters als Marketing-Strategie zu nutzen. Ein Lachen bleibt mir im Hals stecken, als mir klar wird, dass Grandpa Al vermutlich nicht einmal was dagegen gehabt hätte. Für ihn stand das Hotel immer an erster Stelle.

Aber trotzdem. Auch ihn in Mordgerüchte zu verwickeln?

»Alles was ich sagen kann, ist, dass Albert Van Day bestimmt nicht eines natürlichen Todes gestorben ist.«

Ekel steigt in mir auf. Und das von der eigenen Tochter!

»Und ja, am Anfang gab es Stornierungen«, räumt Jules ein. »Aber das hatten wir schon einkalkuliert. Langfristig sollten die Besuchszahlen explodieren.«

Ein scharfes Brennen umschließt meine Speiseröhre.

»Was ist mit den Angehörigen?«, frage ich mit bebender Stimme. »Die, die in den letzten Wochen keine Ruhe bekommen haben, weil die Medien sie mit Gerüchten genervt haben. Habt ihr überhaupt darüber nachgedacht, was das mit ihnen machen könnte? Wir haben es doch erst vor Kurzem mit Grandpa Al erlebt. Nach seinem Tod ...« Ein neuer Gedanke lässt mich innehalten. Schockiert schnappe ich nach Luft. »Oder habt ihr da auch die Gerüchte gestreut?«

Jules schüttelt den Kopf. »Damit hatten wir nichts zu tun. Und ja, natürlich hat es genervt.«

Genervt? Mit diesem Adjektiv beschreibt sie die Auswirkungen der Klatschpresse auf die Trauerphase?

»Außerdem sind es nicht nur wir, die davon profitieren. Edith Langston war ein Weltstar. Was glaubst du, wie viele Prominente noch lange nach ihrem Tod Massen an Geld verdienen?«

Ist Geld wirklich eine Rechtfertigung dafür, derart über die Stränge zu schlagen? Was, wenn die Angehörigen statt Geld einfach nur ihre Ruhe wollen?

»Und was wollt ihr jetzt tun? Die Katze ist aus dem Sack, wie wollt ihr das retten?«

»Die Katze ist noch nicht aus dem Sack«, widerspricht sie und nimmt noch einen Schluck. »Gleich morgen werden wir eine Presserklärung abgeben und sämtliche Gerüchte von uns weisen.«

Ich reiße die Augen auf. »Ernsthaft?«

»Natürlich. Es gibt keinerlei Beweise.«

Sie sagt es auf eine herablassende und selbstgefällige Weise, bei der in jeder Silbe die Gewissheit mitschwingt, dass sie keinerlei Konsequenzen fürchtet. Wut steigt in mir auf. Erkennt sie denn nicht, wie ernst die Lage ist?

»Aber was, wenn die Wahrheit früher oder später rauskommt? Was, wenn Jason Corano sagt, dass das alles fake war?«

Jules blinzelt, als würde es sie überraschen, dass ich den Namen des Reporters kenne. Dann klärt sich ihr Blick und sie winkt erneut ab. »Der wird nie was sagen, glaub mir.«

Weil sie ihn bestochen hat?, überlege ich, stelle die Frage aber nicht laut, weil sie ohnehin keine Rolle spielt.

»Aber ihr habt Lügen erzählt«, rede ich weiter. »So was kann richtig krasse Konsequenzen haben. Was, wenn doch irgendwer plaudert? Ihr könnt unmöglich alles auf eine Karte setzen und keinen Plan B haben.«

Jules schürzt die Lippen und sieht mich sekundenlang schweigend an. »Es gäbe schon einen Plan B«, sagt sie gedehnt.

Ich horche auf.

»Wenn die Angestellte, die das Interview gegeben hat, zugäbe, dass sie gelogen hat, zum Beispiel. Dann läge die Schuld nicht mehr bei dem Hotel, sondern bei ihr.«

Ich runzele die Stirn. »Es gibt keine Angestellte.«

»Vielleicht ja schon.« Jules sieht zum Fenster. »Und vielleicht hat sie sogar ein Motiv, das die Welt verstehen wird. Weil ...« Ihr Blick fällt auf ihre Nägel, »sie jung war und nur helfen wollte.«

Ich erstarre.

»Und aus Affekt gehandelt hat«, fährt sie ruhig fort. »Eine blöde Idee, die nicht mehr rückgängig zu machen war. Und als sie ihren Fehler erkannte, wollte sie ihn wiedergutmachen, und ... ich weiß nicht ...« Sie tut so, als müsste sie nachdenken. »Videos aus dem Hotel teilen oder Ähnliches.«

Endlich sieht sie zu mir, und als ihre stahlblauen Augen meine treffen, bin ich sicher, dass mein Herz stehen bleibt.

Sie redet von mir. Ich soll es tun. Ich soll der Plan B sein.

34. KAPITEL

Der Ballsaal war der einzige Raum im Hotel, der groß genug für die klaustrophobische Enge in meiner Brust war. Bis auf ein paar Tische, die in einer Ecke stehen, ist er dunkel und leer. Sanfter Regen trommelt gegen die Fensterscheiben, die hereinscheinenden Lichter der Stadt spenden schwaches Licht. Ich weiß nicht, wie spät es ist, weiß nicht, wie lange ich hier schon liege und darüber philosophiere, wann sich mein Leben in eine Dystopie verwandelt hat – vermutlich irgendwann zwischen Dads Schlaganfall und Jules' Angebot.

»Natürlich würden wir besagter Angestellter entgegenkommen«, hallt ihre Stimme in meinem Kopf wider. *»Immerhin würde sie uns retten. Sie könnte haben, was sie will. Die Begleichung der Schulden ihrer Mutter, zum Beispiel. Oder die Übernahme der Kosten für ihr Studium.«*

Es gruselte mich, wie sie in der dritten Person sprach, obwohl uns beiden klar war, von wem die Rede war.

»Ihre Mutter würde das Geld nie annehmen«, erinnerte ich sie, doch Jules zuckte nur mit den Schultern.

»Sie müsste es ja nicht erfahren. Vielleicht hat sie auch nur eine anonyme Spende erhalten.«

Jules zwinkerte, und mir wurde übel.

»Und was, wenn sie von der Zeitung, die sie ›angeblich‹ belogen hat, verklagt wird?«

»Das würde das Hotel nicht zulassen. Außerdem kenne ich jeden mit Einfluss in dieser Stadt. Wenn irgendwer irgendjemanden anklagen wollte, müsste er zunächst an mir vorbei. Und überhaupt wäre das ja sowieso nur Plan B. Ich bin sicher, dass sich die Schlagzeilen wieder beruhigen werden und die … ›Angestellte‹ ohnehin niemals zum Einsatz käme.«

Wenn ich also annehme, könnte ich meinen begrabenen Traum wieder ausbuddeln und doch noch an die Columbia gehen. Aber was viel wichtiger wäre: Meine Mutter wäre wieder frei von Schulden und müsste nicht mehr um jeden Job kämpfen. Meine Zukunftssorgen würden sich mit einem Mal in Luft auflösen, mein Leben wäre wieder auf dem richtigen Pfad. Alles nur für die Garantie, dass ich im Ernstfall Plan B wäre.

Sollte ich zusagen?

Plötzlich erklingt ein vertrautes Summen, und mein Herz macht einen erschrockenen Hüpfer. Die Tür schwingt auf, und ein Lichtkegel fällt auf mich.

»*Da* bist du!« Ryan stößt ein tiefes Seufzen aus, das im leeren Raum widerhallt. Leise schließt er die Tür hinter sich, und im nächsten Moment ist es wieder dunkel. Der Boden knarzt, während er mit großen Schritten auf mich zuläuft.

»Ich habe jeden Raum nach dir abgesucht.« Er klingt gehetzt und beinahe wütend. »Warum hast du nicht auf meine Nachrichten reagiert?«

»Tut mir leid«, entgegne ich kleinlaut. »Hab mein Handy oben gelassen.«

Absichtlich.

»Was ist passiert?«

»Nichts, ich wollte einfach nur ein bisschen nachdenken.«

Meine Antwort lässt ihn kurz stocken. »Über uns?«

Ich reiße die Augen auf. »Nein!«

»Willst du lieber allein sein?«

»Nein!«, sage ich wieder und strecke die Hand nach ihm aus. Jetzt, wo er hier ist und mich die vertraute Wärme seiner Anwesenheit erfüllt, will ich, dass er bleibt. Ryan greift nach meiner Hand, und ich ziehe ihn zu mir. Unsere Lippen treffen sich warm und zögernd, ich spüre eine leichte Vorsicht in dem Kuss mitschwingen. Um ihm zu zeigen, dass wirklich alles gut ist, schlinge ich die Arme um ihn und halte ihn, halb auf mir liegend, ganz fest.

Nach und nach entspannen sich seine Schultern, und als er sich zu mir legt, lassen wir uns trotzdem nicht los. Einander zugewandt sehen wir uns an.

»Hi.« Ich lächele.

»Hi.« Er wirkt noch immer ernst. »Worüber wolltest du nachdenken?«

»Über alles Mögliche. War ein sehr langer Tag.«

»Du hast es rausgefunden, oder? Das mit dem Artikel.«

Meine Muskeln verkrampfen sich. »Ja.«

»War es das, was du mir gestern erzählen wolltest?«

Die Stirn gegen seine Schulter gepresst, nicke ich.

»Weichst du mir deshalb aus? Weil du glaubst, dass ich sauer bin?«

Ich beiße mir auf die Unterlippe, hebe leicht den Kopf. »Bist du es denn?«

»Nein.« Ein kleines Lächeln umspielt seine Lippen. »Ich glaube, es war gut, dass wir gestern nicht geredet haben.«

Hitze durchströmt mich bei seinen Worten, doch im nächsten Moment schwindet sein Lächeln und der Stimmungsumschwung trifft mich wie ein Eimer kaltes Wasser. Mist, ich habe noch gar nicht gefragt, wie es ihm geht.

»Wie fühlst du dich jetzt? Also … nachdem sie dir alles erzählt haben?«

»Keine Ahnung.« Er zuckt mit den Schultern und kneift die

Lippen fest zusammen. »Ich kann es irgendwie nicht glauben. Ich meine, wie kommt man auf so was? Den Tod eines Menschen derart auszuschlachten ... Das ist doch abartig.« Er verzieht das Gesicht.

»Was hat Sam gesagt?«, frage ich.

Ryan bläst die Wangen auf und lässt die Luft seufzend wieder herausströmen. »Die ist richtig ausgerastet.«

»Echt?« Da sie ihrer Mutter in den meisten Fällen ähnelt, hatte ich fast erwartet, dass sie ihre Entscheidung gutheißen würde.

Ich rolle mich wieder auf den Rücken, umklammere Ryans Arm an meinem Bauch noch immer. Eine Weile schweigen wir. Ich richte den Blick auf den gigantischen Kronleuchter über uns, während mir dämmert, dass die Langston-Geschichte Ryan nicht nur zurück ins Hotel, sondern auch ins Familiengeschäft gebracht hat, und das, obwohl er früher immer wieder betont hat, dass er mit dem Vermächtnis seines Erbes nichts zu tun haben wollte. Doch nun ist er freiwillig zurück, weil ihm das Hotel offenbar mehr bedeutet, als ihm klar war.

»Baby?«

Noch immer lässt der Kosename Schmetterlinge durch meinen Bauch flattern. Mit einem sanften Lächeln drehe ich den Kopf in seine Richtung. »Ja?«

»Worüber hast du mit meiner Mom geredet?«

Ich erstarre, die Schmetterlinge fallen wie Steine in meinem Magen zu Boden.

»Sie hat gesagt, dass du vorbeigekommen bist.«

Sie hat was getan?

»Offenbar wolltest du nach mir sehen. Aber seit du bei ihr warst, versteckst du dich und weichst mir aus.«

Ich schlucke.

»Hat sie irgendwas Blödes zu dir gesagt?«

»Ach, und Ellis? Ich glaube, es wäre besser, wenn der hypothetische Plan B erst mal unser Geheimnis bleibt.«

Mein Magen verkrampft sich. Was erwartet sie von mir? Soll ich ihren Sohn jetzt belügen?

Als ich nicht antworte, stöhnt Ryan. »Also ja.« Er reibt sich mit den Handballen gegen die Augen. »Was hat sie gesagt?«

»Sie … es war … sie wollte, dass das Gespräch privat bleibt«, druckse sich.

Trotz der Dunkelheit erkenne ich, ich wie sich seine Pupillen weiten.

»Ellis?« Seine Stimme ist leise und dunkel. »Was. Hat. Sie. Gesagt?«

Sein Blick nimmt mich gefangen, sein Tonfall ringt mich nieder. Ich seufze ergeben, und vielleicht auch ein bisschen erleichtert. Zwischen uns sollte nie mehr irgendwas stehen, weder die Distanz noch ein Geheimnis.

»Okay. Sie wollte wissen, ob ich im Ernstfall bereit wäre, zu sagen, dass ich die Person war, die das falsche Interview gegeben hat.«

Jegliches Blut weicht aus seinem Gesicht. »Was?«

»Nur im Ernstfall«, sage ich wieder und setze mich auf, als er es ebenfalls tut. »Als eine Art Plan B, wenn die Presse keine Ruhe gibt. Und im Gegenzug würde sie Moms Schulden abbezahlen. Und mein Studium finanzieren.«

Ryans Miene wechselt von Unglauben zu Fassungslosigkeit.

»Du sollst die ganze Schuld auf dich nehmen?«

»Ja, aber …«

»Sie ist bereits so dreist, den Tod einer Frau als PR zu nutzen«, fährt er gefährlich ruhig fort. »Und jetzt will sie, dass du den Kopf dafür hinhältst?«

»Ryan …«

»Diese scheiß Arschlöcher«, flüstert er. »Dieser verkackte

Heuchlerverein. Diese …« Er schüttelt den Kopf, sein ganzer Körper bebt. Plötzlich muss er lachen. »Eigentlich wundert es mich gar nicht. Das ist so typisch *Van Day*. Mom sagt immer, Grandpa Al war schlimm, dabei ist sie kein Stück besser.«

»Es war wirklich nur so ein Gedanke!«, versichere ich und stehe auf, klopfe mir den Staub von der Kleidung. »Ein Hirngespinst.«

»Nein.« Er hebt die Hand. »Bitte versuch nicht zu rechtfertigen, dass sie bereit wäre, deine Zukunft zu zerstören. Sie hätte dich das niemals fragen dürfen. Du gehörst doch zur Familie. Du und deine Mutter …« Er bricht ab, seine Hände ballen sich zu Fäusten, sein ganzer Körper bebt vor Anspannung.

Noch nie habe ich ihn so wütend erlebt. Ryan spricht Klartext und hält weder seine Gedanken noch seine Gefühle verschlossen.

»Was hast du geantwortet?«

»Ich …«

»Nein.« Sein Gesicht wird aschfahl. »Bitte sag mir nicht, dass du allen Ernstes darüber nachdenkst.«

»Es wäre ja nur der Notfallplan.«

Blanker Schock zeigt sich in seinen Augen. »Ellis, nein!«

»Aber was passiert, wenn alles rauskommt?«

»Sollen sie es doch zugeben. Einräumen, dass sie einen Fehler gemacht haben, so einfach.«

»Das können sie nicht!«

»Warum nicht?« Er fährt zu mir herum, sein Blick erdolcht mich. »Du bist doch sonst immer für die Wahrheit.«

Autsch.

»Natürlich bin ich für die Wahrheit, aber das Hotel, unser Zuhause … Verstehst du denn nicht, dass es wegen dieses Skandals … Es könnte zugrunde gehen!«

»Dann sollen sie jemand anderen finden, der sich aufopfert.

Vorzugsweise jemanden, der an dieser beschissenen Situation auch tatsächlich schuld ist. Was meine Mom dir angeboten hat …« Er verzieht das Gesicht. »Es ist unverzeihlich.«

Seine Worte hinterlassen Gänsehaut auf meinen Armen.

»Ryan, sie hat mich zu nichts gezwungen. Wenn, dann wäre es meine Entscheidung. Und außerdem hätte ich auch etwas davon. Die Columbia könnte mich …«

»Welches gute College würde dich nach einem solchen Skandal nehmen wollen?«, fährt er dazwischen. Er hat recht. Scheiße, er hat so verdammt recht. Aber mein Kopf will die Hoffnung trotzdem nicht loslassen, klammert sich an die imaginären Fassaden der Columbia.

»Diesen Vollpfosten von Jerimiah haben sie doch auch genommen«, wende ich ein. Sein selbstgefälliger »Columbia, here I come«-Post auf Instagram, den ich vor ein paar Wochen entdeckt habe, dreht mir noch immer den Magen um. »Und der weiß nicht mal, was der Unterschied zwischen Diktatur und Kommunismus ist.«

Ryan seufzt und schüttelt den Kopf, als könnte man das nicht vergleichen. »Es geht nicht um Intelligenz, Ellis. Auch nicht um Gerechtigkeit. Sie würden dich ganz einfach nicht nehmen. Das riskieren diese Häuser nicht.«

»Aber … Jules glaubt schon«, flüstere ich, meine Stimme bricht fast. »Ich habe es verdient, dorthin zu gehen.«

»Natürlich hast du das.« Ryan reckt den Kopf und reibt sich erschöpft über das Gesicht. »Aber überleg doch mal. Selbst wenn sie dich wirklich nehmen, wäre nach dieser Aktion deine Integrität als Journalistin verloren, noch ehe deine Karriere begonnen hätte. Und dann ist sowieso egal, wo du studiert hast.«

Seine Worte graben sich wie Klauen in mein Herz.

»Mit der Zeit werden sie es vergessen«, wispere ich, doch Ryan schüttelt den Kopf.

»So was vergisst man nicht. Diese Geschichte, diese *Lüge* würde dich dein Leben lang verfolgen. Gott Ellis!« Er hebt die Arme, als wollte er mich schütteln. »Seit wann bist du denn so naiv? Die Hoffnung benebelt deinen Verstand! Du kannst doch nicht allen Ernstes um deine Zukunft pokern. Ist dir nicht klar ... wenn du tatsächlich die Schuld auf dich nimmst ... Du könntest dafür ins Gefängnis gehen! Dabei hattest du nichts damit zu tun! Nein.« Seine Züge verhärten sich. »Egal, was sie dir versprochen hat, du machst das nicht. Du wirst nicht deinen Kopf hinhalten und deine gesamte Zukunft aufs Spiel setzen. Ich werde das nicht zulassen.«

Ich werde das nicht zulassen?

Ich blinzele. »Du kannst mir nichts vorschreiben.«

»Ellis ...« Sein Tonfall ist knurrend.

»Nein! Hör auf, so bevormundend zu klingen.«

Frust lodert in seinem Blick auf. Er will etwas sagen, doch dann schließt er die Augen und wirkt für einen Moment unendlich ohnmächtig.

»Bitte«, flüstert er. »Ich will auch, dass du an die Columbia gehst. Ich will, dass deine Mom ihre Schulden loswird. Ich will, dass du den Sommer genießt und nicht arbeiten musst. Ich will, dass du frei von Existenzängsten bist und mit einem Lächeln in die Zukunft schauen kannst.«

Mein Hals schnürt sich zu.

»Aber vor allem will ich, dass du überhaupt eine Zukunft hast.« Er schiebt seine Hand in meine, drückt sie leicht. »Ich weiß, dass du das Hotel genauso liebst wie wir, aber bitte denk noch mal nach. Für dich steht so viel auf dem Spiel.«

Ich öffne den Mund, doch nur ein Wimmern verlässt meine Kehle. Fest kneife ich die Lider zu, meine Augen brennen, meine Unterlippe zittert unkontrolliert.

Und dann bricht es aus mir heraus, all der Stress und die

Anspannung, die ich über die letzten Tage in meiner Brust verschlossen hielt. Schluchzend schlinge ich die Arme um mich, während ich so heftig weine, dass mein ganzer Körper bebt.

»Scheiße.« Ryan zieht mich in seine Arme und sofort entkrampfen meine Muskeln. »Ellis. Hey, es tut mir leid.«

Du hast doch gar nichts gemacht, will ich sagen, doch mein Weinen blockiert meine Sprachfähigkeit.

»Ich bin hier«, sagt er sanft. »Ich bin hier.«

»Und du darfst nicht wieder weggehen.« Ich kralle meine Finger in sein T-Shirt. »Colleges können mich ablehnen und meine Eltern in Schulden versinken. Meine komplette Welt kann auseinanderbrechen, aber nichts ist so schlimm, wie dich noch mal zu verlieren. Du … kannst nicht noch mal einfach so aus meinem Leben verschwinden. Bitte, ich …«

»Ellis.« Er zieht meinen Kopf leicht zurück. Verwirrung schimmert in seinen Augen, als wüsste er nicht, wie ich auf einmal darauf komme. Ich weiß es ja selbst nicht. »Ich gehe nirgendwo hin«, flüstert er.

»Versprich es«, schluchze ich und kann kaum noch atmen, weil ständig ein Ruck durch meinen Körper geht.

»Natürlich verspreche ich es. Gott, Baby.« Ryan drückt meinen Kopf gegen seine Brust, streicht mir sanft über den Rücken. »Was habe ich dir nur angetan?«

»Du hast mich verlassen«, sage ich mit brüchiger Stimme.

»Es tut mir leid.« Er drückt seine Lippen fest auf meinen Scheitel. »Es tut mir so unendlich leid.«

»Geh nicht weg«, flehe ich und kneife die Lider fest zu, entsende einen erneuten Schwall Tränen über meine Wangen.

»Das mache ich nicht.« Seine Finger fahren entlang meiner Wirbelsäule. »Ich bin bei dir und gehe nicht weg. Niemals.«

Damals

Ryan, 16 Jahre alt

»Ihr dürft es niemandem verraten.«

Die leisen Worte meiner Mutter wiegen tonnenschwer im leeren Raum.

»Ich weiß, das ist sehr viel. Und es tut mir so leid, dass du ihn gefunden hast, Liebling.« Moms Blick fliegt zu meiner Schwester, die noch immer unter Schock steht. »Aber ihr wisst, was eine Nachricht dieser Art für das Hotel bedeuten würde.«

Ein Skandal.

Ich schlucke gegen das beklemmende Gefühl in meinem Hals.

»Deshalb bitte kein Wort zu niemandem.« Mom blinzelt müde, ihre Augen sind rot gerändert, wie immer, wenn sie versucht, ihre Gefühle von sich zu schieben. Keine Zeit, den eigenen Vater zu betrauern, jetzt geht's erst mal ums Geschäft.

»Auch nicht zu Ellis«, sagt sie an mich gerichtet, und beim Klang ihres Namens wird meine Kehle eng. Sofort brennen mir Tränen in den Augen, doch ich dränge sie zurück. Mein Großvater ist gerade gestorben. Ich kann jetzt nicht wegen Ellis weinen, unserem Streit und der Tatsache, dass wir seit zwei Tagen kein Wort miteinander gewechselt haben.

Weil sie mich nicht liebt. Nicht so, wie ich sie.

»Und auch zu keinem eurer anderen Freunde.« Mom formt

die Hände wie zum Gebet. »Dieser Vorfall *muss* diskret behandelt werden.«

Vorfall?

»Mom«, fahre ich dazwischen und werfe ihr einen verständnislosen Blick zu. »Ist das dein Erst? Unser Großvater ist gerade gestorben, Sam hat ihn gefunden, und das Erste, was du sagst, ist dass wir niemandem erzählen dürfen, dass er sich …«

Ich breche ab, als Sams Finger unkontrolliert zu zittern beginnen. Meine Schwester war die Einzige, die so was wie Abschiedsworte von Grandpa Al bekam. Kryptische »Ich bin stolz auf dich« – und »Du wirst es einmal ganz weit bringen«-Phrasen, die sie dazu veranlasst haben, aus dem Unterricht zu rennen und den nächsten Flieger vom Maryland Airport zum JFK zu nehmen.

Nur, um unseren leblosen Großvater in seinem Penthouse vorzufinden.

»Das ist richtig krass«, fahre ich fort und lege meine Hände auf Sams. Eine ungewohnte Berührung, doch sie fühlt sich nicht seltsam an. »Sie braucht bestimmt einen Therapeuten.«

»Nein.« Mom schüttelt den Kopf. »Kein Therapeut. Das ist zu riskant.«

Ich blinzele. »Wie bitte?«

»Darling«, meldet sich mein Vater erstmals zu Wort. Selbst nach all den Jahren der Trennung nennt er meine Mutter immer noch beim Kosenamen. »Ein Therapeut würde einer Schweigepflicht unterstehen.«

»Trotzdem. Vielleicht irgendwann, nur nicht jetzt. Das ist zu früh.«

Dad fährt sich über die Haare und seufzt kapitulierend. Er hat sich schon lange damit arrangiert, dass Mom immer das letzte Wort hat. Deshalb funktionieren sie so gut. Sie entscheidet, und er fügt sich.

»Aber natürlich kriegst du jede andere Hilfe, die du brauchst.« Mom beugt sich zu meiner Schwester vor und tätschelt ihr Knie. »Was auch immer dir das Leben erleichtert, Samantha Baby. Eine Reise, vielleicht? Oder möchtest du wieder nach New York kommen, um uns näher zu sein?«

»Nein!« Sams Stimme überschlägt sich fast, Panik glimmt in ihren Augen auf. »Ich … ich will ganz weit weg von hier.«

»Natürlich.« Mom nickt verständnisvoll. »Dann wieder zurück nach Maryland?« Sie schaut wieder zu mir und kneift die Lippen nachdenklich zusammen. »Ryan, möchtest du deine Schwester vielleicht begleiten? Dann ist sie nicht so allein.«

»Natürlich«, sage ich sofort, denn wenn Sam schon mit niemandem reden darf, soll sie es wenigstens mit mir tun können. Abgesehen davon hält mich ohnehin nichts mehr in dieser Stadt. Scheiß drauf. Dann gehe ich halt aufs Internat.

Sam fährt zu mir herum und sieht mich aus ihren großen verweinten Augen an.

»Du … würdest mitkommen?«, flüstert sie. »Auf die Saint Robinson?«

Ich nicke.

»Aber …« Meine Schwester runzelt die Stirn, schüttelt verwirrt den Kopf. »Ich dachte, du hasst mich?«

»Sam«, bringe ich schockiert heraus, ihre Worte schnüren mir kurz die Luft ab. »Ich bin dein Bruder. Auch wenn wir uns nicht immer verstehen, hasse ich dich doch nicht. Ich … liebe dich.«

Sams Pupillen weiten sich, und als ihr neue Tränen über die Wangen laufen, breite ich die Arme aus und ziehe sie fest an mich. Ein lautes Schluchzen verlässt ihre Kehle, ein so trauriges, dass selbst ich benommen schlucken muss.

»Ich war zu spät«, wimmert sie und krallt ihre Finger in meine Schulter.

»Du hättest es nicht verhindern können«, sage ich und streichele ihr sanft über den Kopf, während sie weint und weint und weint.

Unterdessen reden unsere Eltern leise über die nächsten Schritte, die Presseerklärung, die Beerdigung. Und immer wieder fällt dieses eine Wort.

Diskret. Diskret. Diskret.

Schließlich gibt es nichts, das wichtiger ist als das Hotel. Weder mein Großvater, der gerade gestorben ist, um der Demenz zu entkommen. Noch meine Schwester, die fürs Leben traumatisiert ist. Noch ich, der am Schein dieser falschen Welt erstickt.

Ich hab echt keinen Bock mehr. Ich muss hier weg.

35. KAPITEL

Gegenwart

Ellis

Eine Tür fällt ins Schloss, und ich schrecke auf. Im ersten Moment weiß ich nicht, wo ich bin. Dann fällt mein Blick auf die Wandverzierungen und Stuckarabesken, die sich aus dem Schatten erheben, und es dämmert mir. *Der Ballsaal.* Sind wir hier eingeschlafen?

»Ryan?«, flüstere ich in die Dunkelheit, doch niemand antwortet. Ächzend richte ich mich auf und reibe mir über das verspannte Schulterblatt. »Ryan?«

Er ist nicht hier. Mein Magen verkrampft sich. Ob sein Gehen das Geräusch verursacht hat, das mich geweckt hat? Aber warum sollte er mich allein hier liegen lassen?

»Du machst das nicht.«

Die Fetzen unseres gestrigen Gesprächs sausen ungeordnet durch meine Gedanken.

»Du wirst nicht deinen Kopf hinhalten und deine gesamte Zukunft aufs Spiel setzen.«

Mein Atem stockt, als meine Gedanken eine neue Route nehmen. Er würde doch nicht … Nein. Ich schüttele den Kopf. Das wäre absurd.

Aber er war so wütend. Auf seine Familie, und auf mich, die den Vorschlag seiner Mutter in Erwägung zog.

Meine Gedanken sirren wie eine defekte Glühbirne. Panik leuchtet auf und verglüht wieder. Könnte er das wirklich tun?

»Ich lasse das nicht zu.«

Oh Gott. Ruckartig springe ich auf und stürme zur Tür. Meine Schuhe liegen irgendwo herum, doch ich lasse sie liegen, umfasse zitternd den Knauf, stoße die Tür auf und renne los. Meine Füße fliegen über den menschenleeren Teppich, ein winziger Kieselstein bohrt sich in meine Ferse, ich verziehe das Gesicht, halte aber nicht an, laufe weiter.

Wo ist er hin? Wo könnte er sein?

Ich erreiche die Wendeltreppe und stolpere über die Stufen. Meine Finger umkrallen das Geländer, mein Herz rast vor Angst.

In der Lobby angekommen erwartet mich ein wie eingefrorenes Bild. Nichts rührt sich, niemand ist da, keine gedämpfte Musik, selbst der Springbrunnen plätschert nicht vor sich hin. Kompletter Stillstand.

Die Kälte des Marmorbodens kriecht durch meine Sohlen und mit ihr eine Angst, die mich bis in die Haarspitzen einnimmt. Vielleicht träume ich das ja alles nur. Aber müsste mich der Schock dann nicht längst geweckt haben?

Plötzlich huscht ein Schatten durch mein Sichtfeld. Ich recke den Kopf und mir springt fast das Herz aus der Brust, als ich hinter dem Springbrunnen eine vertraute Silhouette erblicke, die in Richtung der Aufzüge läuft.

»Ryan!«, schreie ich und spüre den Nachhall meiner Stimme im Boden vibrieren.

Ryan bleibt stehen, meine Beine setzen sich wieder in Bewegung, und als er sich umdreht, schaffe ich es nicht zu bremsen, und falle in seine Arme. Wir geraten ins Taumeln, fallen aber nicht.

»Gott, Ryan, verdammt!« Ich drücke meine Stirn gegen

seine Brust und bin so erleichtert, ihn zu sehen, dass ich es ihm nicht einmal mehr übel nehme, dass er mich einfach allein gelassen hat.

»Ich weiß, dass du wütend bist«, beginne ich und bin nicht sicher, ob er mich durch meinen keuchenden Atem überhaupt verstehen kann. »Aber bitte«, flehe ich und lege den Kopf in den Nacken, um ihn anzusehen. »Egal, was du jetzt vorhast … tu's nicht!«

Ryans Schultern verspannen sich bei meinen Worten. Schweigend sieht er mich an, sein brennender Blick liegt auf mir wie Feuer. Nie war das Grün in seinen Augen glühender, nie hat es mehr wehgetan, ihn anzusehen. Ich will meine Bitte gerade wiederholen, da ändert sich die Atmosphäre, die uns umgibt, ich spüre ein Vibrieren, das bis in meine Venen strahlt. Mein Puls tritt auf die Bremse, und mein gesamter Körper stellt seine Funktionen ein, als der Trotz in seiner Miene Schuld weicht und er schluckt.

»Zu spät.«

Fortsetzung folgt.

Eine besondere Nacht wird ihre Leben für immer verändern

Mounia Jayawanth
NIGHTSKY FULL
OF PROMISE

480 Seiten
ISBN 978-3-7363-1659-1

In einer Berliner Sommernacht verbringen Sydney und Luke ein paar viel zu kurze Stunden miteinander, bevor Luke ins Ausland geht. Um ihren Gefühlen trotzdem eine Chance zu geben, vereinbaren sie, sich nach Lukes Rückkehr am selben Ort zu treffen. Sydney ist zur Stelle – Luke jedoch nicht. Auch fünf Jahre später kann Sydney ihn nicht vergessen. Und dann steht Luke ihr plötzlich wieder gegenüber. Nur erinnert er sich weder an sie noch an ihr Versprechen …

»Ihr haltet hier ein ganz besonderes Buch in den Händen, das direkt mit der ersten Seite einen Platz in meinem Herzen erobert hat.« @BOOKSLOVE128

LYX

Ich wurde getäuscht. Mit jeder kleinen Lüge, mit jedem kleinen Geheimnis.

Kim Nina Ocker
EVERY LITTLE SECRET

544 Seiten
ISBN 978-3-7363-1744-4

Die Nachricht, dass ihre Mutter, die sie nie kennengelernt hat, ihr ein großes Vermögen vererbt, trifft Julie vollkommen unvorbereitet. Um das Erbe antreten zu können, muss sie allerdings Teil des Familienunternehmens ihrer Mutter werden. Julie taucht in eine Welt voller Luxus und Reichtum ein, aber auch voller Intrigen und Geheimnisse – und sie trifft auf Caleb, den Adoptivsohn ihrer Mutter, dessen Blicke Julies Herz gefährlich schnell schlagen lassen. Doch plötzlich erreichen sie beunruhigende Anrufe und mysteriöse Drohbriefe, die Julie Angst einjagen ...

»Eine moderne Cinderella-Geschichte mit spannendem Twist.«
ANABELLE STEHL

LYX

Verrat mir deine Wahrheiten, dann erfährst du meine

Anna Savas
HOLD ME - NEW ENGLAND SCHOOL OF BALLET

512 Seiten
ISBN 978-3-7363-1869-4

Als Zoe die Zusage für die New England School of Ballet erhält, erfüllt sich ihr größter Traum – auch wenn das bedeutet, dass sie dort Jase wiedersieht. Den Jungen, dem all ihre Wahrheiten gehören. Alle außer einer: warum sie vor einem Jahr den Kontakt zu ihm abbrach. Deswegen ist Jase auch überhaupt nicht begeistert, ihr plötzlich jeden Tag an der Schule zu begegnen. Doch als Zoe Jase als Tanzpartnerin zugeteilt wird, kommen sie sich unweigerlich näher – genauso wie ihrer Vergangenheit …

»Eine Geschichte voller Twists und Wahrheiten, mit der sich Anna Savas ab der ersten Seite in mein Herz geschrieben hat.« *SARAH SPRINZ, SPIEGEL*-Bestseller-Autorin

LYX

Sie glaubt nicht an zweite Chancen – bis sie ihn wiedertrifft

Merit Niemeitz
NO LONGER YOURS - MULBERRY MANSION

528 Seiten
ISBN 978-3-7363-1787-1

Avery kann ihr Glück kaum fassen: Sie hat tatsächlich eins der begehrten Zimmer der Mulberry Mansion ergattert! In einem Projekt der Universität sollen Studierende die alte englische Villa wieder instand setzen. Aber Averys Freude wird jäh gedämpft, als sie feststellen muss, dass einer ihrer Mitbewohner kein anderer ist als ihr Ex-Freund Eden. Aus dem Jungen von damals ist ein verschlossener junger Mann geworden. Doch während sie gemeinsam die Mulberry Mansion renovieren, kommen plötzlich wieder alte Gefühle hoch ...

»Die Geschichte von Avery und Eden tut auf die beste Weise weh und gleichzeitig so, so gut.« *LENA KIEFER, Spiegel-Bestseller-Autorin*

LYX

Was, wenn dein Traum der großen Liebe im Weg steht?

Yvy Kazi
THE DREAM OF US

448 Seiten
ISBN 978-3-7363-1662-1

July ist Cheerleaderin mit Leib und Seele. Daher ist es auch ihr Traum, einen Platz bei den Cheerleadern eines NFL-Teams zu ergattern. Doch dort gilt eine strenge Regel: Wer einen Footballspieler datet, fliegt raus! Bisher war diese Vorschrift kein Problem – bis sie den neuen Quarterback Andrew kennenlernt. Drew löst mit nur einem Blick Gefühle in ihr aus, die sie so noch nie empfunden hat, und jedes Mal, wenn die beiden sich treffen, wird das Prickeln zwischen ihnen stärker. Aber ist Drew es wert, ihren Traum aufzugeben?

»Wenn ihr humorvolle und gleichzeitig emotionale New-Adult-Romane mögt, werdet ihr diesen hier lieben!« KIM NINA OCKER

LYX